Amours, mensonges et illusions

Du même auteur
aux Éditions J'ai lu

MALENTENDUS
N° 3685

HOMME PARFAIT, BONHEUR IMPARFAIT
N° 8609

En grand format

TROUBLANTE DIFFÉRENCE

Jill

MANSELL

Amours, mensonges et illusions

ROMAN

Traduit de l'anglais
par Agnès Girard

Titre original
THINKING OF YOU

Éditeur original
Headline Review, an imprint of Headline Publishing Group,
a division of Hachette Livre UK Ltd

1

Pour la compassion, Ginny Holland savait qu'elle frappait à la mauvaise porte. Mais il était tôt, en ce samedi matin d'octobre ensoleillé et brumeux à la fois, et elle n'avait pas beaucoup d'autres solutions que celle-là. En plus, c'était tout près de chez elle.

— Je n'arrive pas à décrire ce que je ressens, dit-elle en secouant la tête, un poing serré sur le sternum. C'est tellement… tellement…

— Je sais exactement ce que c'est, coupa Carla. On appelle ça le syndrome du nid d'oiseau.

Ginny ne put retenir une grimace, tant il était évident que Carla n'avait pas d'enfant.

— Syndrome du nid d'oiseau, ça décrirait plutôt l'état de mes cheveux. Non. Moi, c'est le syndrome du nid *vide*. Mon nid est désert, mon bébé s'est envolé, et moi, je me sens vide, creuse… comme un œuf de Pâques bon marché.

— Eh bien, moi, je te trouve complètement folle.

Allongée sur le tapis, les pieds glissés sous son canapé en cuir crème, Carla était en pleine série d'abdominaux. Ses cheveux suivaient le mouvement, souples, brillants.

— Jenn est partie faire ses études, reprit-elle. Te voilà libre à nouveau. Tu devrais fêter ça. Et pour ta gouverne, les œufs Cadbury ne sont pas vides, ils sont pleins d'un truc crémeux et épais.

— Contrairement à toi. Tu as un grand trou à la place du cœur.

— Et toi, tu as trente-huit ans, pas soixante-dix.

Au bout de ce qui devait être sa dixième série de vingt abdominaux, Carla leva les jambes et, sans même faire une pause, se mit à pédaler furieusement.

— J'ai un an de plus que toi, et regarde-moi, je m'éclate comme jamais ! Je suis au top de ma forme, aucun mec ne me résiste et je n'ai jamais pris autant mon pied côté galipettes. Je suis une femme dans la fleur de l'âge. Et toi aussi.

Ginny était consciente que sa vie n'était pas terminée, bien sûr. Mais le départ de Jem l'avait mise au tapis. Elle avait toujours été tellement occupée et heureuse de l'être, jusque-là. Ce changement de situation était une vraie expérience pour elle. Et l'approche de l'hiver n'arrangeait pas les choses. À Portsilver, l'emploi était avant tout saisonnier. Elle venait de passer les six derniers mois à bosser comme une dingue dans un des cafés du bord de mer, mais les touristes étaient repartis, maintenant, et elle se retrouvait avec bien plus de temps libre qu'elle n'en avait besoin. Pour couronner le tout, deux de ses amies avaient récemment déménagé, son bar à vin préféré avait été racheté et transformé en lieu branché bruyant pour boutonneux amateurs de premix, et les cours de danse latine qui lui plaisaient tant avaient été brusquement interrompus, une samba endiablée ayant coûté une hanche à son prof. L'un dans l'autre, ce mois d'octobre ne figurait pas parmi les meilleurs de tous les temps. Quant à être dans la fleur de l'âge… après une journée de boulot, il lui arrivait d'en douter.

Ginny observa son reflet dans le miroir vénitien aux proportions démentielles qui décorait le salon de Carla et, d'un souffle, repoussa sa frange trop longue, qui lui tombait dans les yeux. Le nid d'oiseau déjà mentionné était long, blond, ondulé et possédait une personnalité tout à fait indépendante, sur laquelle Ginny n'avait aucun contrôle. Côté visage, elle n'avait rien d'une vieille pomme ridée – Ginny savait qu'elle faisait plus jeune que son âge –, mais si l'on se basait sur les canons de beauté des magazines féminins, il y avait tout de même pas mal de boulot. Elle aurait aimé être aussi chic et pomponnée que Carla, aussi naturellement femme fatale qu'elle. Mais il fallait regarder les choses en face, elle n'avait tout simplement pas envie de faire cet effort-là.

— Il faut que tu te reprennes, dit Carla, qui ne pédalait plus, transpirait à peine et n'avait même pas les joues rouges. Que tu retrouves le moral, que tu sortes et que tu rencontres quelqu'un.

— Tout ce que je dis, c'est que Jem me manque.

Ginny détestait être dans cet état. Jamais de sa vie elle n'avait ressenti de manque, et cette idée l'horrifiait autant que si elle avait soudain développé un penchant pour les minijupes bouffantes.

— Elle aimerait sûrement que tu aies une aventure.

— Je sais, répondit Ginny en arrachant sans y penser un fil à la manche de son pull. Mais j'ai vraiment envie de la voir.

— Alors, vas-y, si c'est ce que tu as envie de faire. Si tu penses que Jem n'en prendra pas ombrage.

Carla se releva sans effort, avec grâce, jeta un regard machinal dans le miroir vénitien et recoiffa sa chevelure lisse nourrie au sérum antichute – parfaite, comme toujours.

— Tu as vu que tu avais fait un trou dans ta manche, au fait ?

Ginny s'en fichait. De toute façon, ce vieux pull tout lâche avait vécu. Le plus important, c'était qu'elle venait d'obtenir de Carla ce qu'elle attendait.

— Tu as raison, c'est ce que je vais faire.

— Faire quoi ?

— Aller à Bristol pour voir Jem. C'est une excellente idée.

— Tu ne crois pas que tu devrais appeler, avant ? Elle a dix-huit ans, tu sais. Elle est peut-être en train de faire un truc un peu coquin. Elle a l'âge, maintenant.

— D'accord, d'accord, je vais l'appeler, dit Ginny, pour faire plaisir à Carla. Passe un bon week-end. On se voit demain soir, à mon retour, d'accord ?

— Je passe toujours de bons week-ends, répondit Carla en tapotant son ventre parfaitement plat. Je suis une femme dans la fleur de l'âge, tu te souviens ? En plus, ajouta-t-elle d'un air un peu hautain, Robbie doit passer.

Robbie était le dernier de la série des jeunes gens séduisants et interchangeables que Carla affectionnait pour leur corps vigoureux, leur chevelure ondulée, et... le reste, pas ondulé du tout. La dernière chose qu'elle recherchait, avec eux, c'était l'engagement.

— Bon, j'y vais, dit Ginny en l'embrassant.

— Embrasse Jem pour moi. Et sois prudente sur l'autoroute.

— OK.

Comme Ginny sortait, Carla lui lança :

— N'oublie pas d'appeler avant, hein ! Elle pourrait ne pas être ravie de te voir.

Seigneur, une meilleure amie pouvait être brutale, parfois. Si Ginny n'avait pas été aussi ravie de son projet, elle lui en aurait voulu.

Mais elle était comme ça, Carla. Et elle n'avait pas d'enfant. Elle ne pouvait pas comprendre.

— Maman ! C'est incroyable ! C'est génial que tu sois là !

Le visage de Jem s'illumina tandis qu'elle se jetait dans les bras de sa mère, la serrant si fort que Ginny ne pouvait plus respirer.

Pas mal, comme scénario. Ou alors…

— Oh, maman, c'est la surprise la plus géniale qu'on m'ait jamais faite ! Tu n'imagines pas à quel point tu m'as manqué…

Oups, attention à ne pas pleurer, non plus… Ginny laissa résolument de côté tous les scénarios de retrouvailles heureuses que son imagination échafaudait depuis son départ et se concentra sur la route. Il fallait trois heures et demie pour aller de Portsilver, dans le nord des Cornouailles, à Bristol, et pour l'instant, leur arrivée était prévue pour 13 heures. Heureusement, Bellamy aimait particulièrement les longs voyages en voiture et somnolait gentiment sur la banquette arrière. Chaque fois que Ginny lançait avec excitation : « Qui est-ce qu'on va voir, Bellamy ? Hein ? On va voir notre Jem ! », il ouvrait un œil et remuait doucement la queue.

Si Ginny en avait eu une, elle l'aurait remuée aussi.

Cela faisait trois semaines que Jem était partie de la maison. Ginny s'était préparée au pire, mais cela n'avait pas suffi. Le vide créé par l'absence de sa fille était mille fois plus insupportable qu'elle ne l'avait imaginé. Jem était la personne qu'elle aimait le plus au monde, c'était aussi simple que cela.

Au fil des kilomètres, elle se remémora certains de ses meilleurs souvenirs. Son mariage avec Gavin Holland, le jour de ses dix-huit ans… Bon, cela avait peut-être été une erreur, mais comment le regretter puisqu'ils avaient eu Jem ?

La naissance de sa fille… À bout de souffle, épuisée par les contractions tétanisantes, menaçant Gavin de lui faire avaler ses dents lorsqu'il avait lâché d'une petite voix plaintive : « Aïe, tu pourrais arrêter de serrer ma main ? Ça fait mal. »

Tenir sa fille dans ses bras et sangloter sans pouvoir se contrôler parce que l'afflux d'amour qui montait en elle était tellement plus puissant que ce qu'elle avait imaginé – et ce malgré le fait que la petite créature vagissante désormais prénommée Jem soit couverte de sang et de substances gluantes.

Un peu plus tard, les petites mains aux doigts écartés qui s'agitaient en l'air... Le premier sourire, magique... Le premier jour à l'école (« Mamaaaaaan, reste avec moi ! »)... Et cette panique dans le regard de Jem après avoir posté sa lettre au Père Noël, parce que « qu'est-ce qui va se passer s'il me confond avec l'autre Jemima, celle qui a les oreilles décollées et les lunettes, dans la classe de Mlle Carter ? ».

Oh, oui, il y en avait eu, des moments inoubliables. À chaque souvenir, le sourire de Ginny s'élargissait un peu plus. Gavin et elle s'étaient séparés lorsque Jem avait neuf ans – une épreuve difficile, certes, mais ça n'avait pas été la fin du monde. Gavin n'était pas homme à se satisfaire d'une vie tranquille et monogame, mais il s'était révélé être un bon père, aimant et toujours présent. Jem avait traversé cette période merveilleusement bien, s'était adaptée sans heurt aux inévitables changements.

À partir de là, Jem et elle étaient devenues réellement inséparables, aussi proches l'une de l'autre qu'une mère et une fille pouvaient l'être. Même la puberté et l'adolescence tant redoutées n'avaient pas réussi à gâcher leur relation, et Ginny savait qu'elle avait eu beaucoup de chance de ce point de vue-là. Tandis que d'autres ados adoptaient une attitude rebelle, se renfermaient sur eux-mêmes et claquaient les portes, Jem avait gardé le don de l'autodérision et sa nature gaie, lumineuse. À elles deux, elles formaient une vraie équipe, unie.

Une truffe humide toucha le bras de Ginny, et Bellamy, la tête passée entre les deux sièges avant, lui lécha le coude. Elle lui caressa vigoureusement les oreilles.

— Oh, excuse-moi, mon bébé, comment est-ce que j'ai pu t'oublier ? À nous trois, on formait une vraie équipe, bien sûr !

Il y avait peu de circulation sur l'autoroute, et à 12 h 50, Ginny entrait dans les faubourgs de Bristol. Jem n'avait pas voulu loger en cité universitaire, préférant une chambre dans un appartement en colocation. Début septembre, elle était venue passer une journée à Bristol pour visiter plusieurs chambres et s'était finalement décidée pour un appartement en colocation avec deux autres étudiants, dans le faubourg de Clifton. C'était là que Ginny l'avait aidée à installer ses affaires trois semaines plus tôt, juste avant l'arrivée des autres colocataires.

Elle traversa les Downs, en direction de Whiteladies Road. L'appartement se trouvait sur Pembroke Road. Elle n'y était venue qu'une fois mais l'aurait retrouvé les yeux fermés tant elle avait le sentiment d'y être liée, par une sorte de cordon ombilical invisible.

Enfin, non. C'était un peu trop gnangnan, comme image. Quoique... Oh, il avait l'air sympa, ce petit restaurant mexicain, sur la gauche. Peut-être qu'elle et Jem pourraient l'essayer, ce soir, pensa Ginny en tournant à droite sur Apsley Road. Et si les colocataires de Jem voulaient les accompagner, pourquoi pas ? Plus on est de fous... Ginny les imaginait déjà dans le restaurant bondé, tous assis autour d'une table couverte de plats exotiques, les plaisanteries allant bon train, et un des colocataires s'exclamant : « Tu as tellement de chance, Jem ! J'aimerais tant que ma mère soit aussi fun que la tienne ! »

Oups ! Attention au bus, là.

2

L'appartement se trouvait au premier étage de ce qui avait autrefois été une maison bourgeoise de quatre niveaux. Ginny attendit que Bellamy se soit discrètement soulagé contre un arbre, juste devant, et sonna. Voilà, cette fois, elle y était, et Jem n'allait pas tarder à avoir la surprise de sa v…

— Oui ?

— Bonjour ! Vous devez être Rupert ! s'exclama Ginny, faisant de son mieux pour ne pas sauter au cou du colocataire dont lui avait parlé sa fille. Jem est là ? demanda-t-elle.

— Non. Vous êtes ?

— Je suis sa maman ! Et je vous présente Bellamy, le chien de Jem. Quelle idiote, je n'ai pas pensé un seul instant qu'elle pourrait être sortie. J'ai essayé de l'appeler plusieurs fois, mais son portable était éteint, et je me suis dit qu'elle faisait la grasse matinée. Vous… vous ne sauriez pas où elle est, par hasard ?

Rupert, vêtu en tout et pour tout d'un short blanc, était mince et bronzé. Il frissonna quand une petite brise fraîche se mit à souffler.

— Elle est de service au pub, pour le déjeuner. De 11 à 14 heures, un truc comme ça.

De service ? Au pub ? Ginny regarda sa montre et demanda :

— Quel pub ?

— Aucune idée, répondit Rupert avec un haussement d'épaules. Elle me l'a dit, mais je n'ai pas fait gaffe. Quelque part dans Clifton, je crois.

Voilà qui l'aidait beaucoup. Il devait y avoir au moins un million de pubs, dans Clifton.

— Est-ce que je peux entrer et l'attendre ?

D'un ton pour le moins dénué d'enthousiasme, Rupert finit par répondre :

— Euh… ouais, bien sûr. C'est un peu en désordre.

Il ne plaisantait pas. La moquette vert pâle du salon était jonchée d'assiettes sales et de tasses vides. Une fille de type exotique, aux cheveux noirs coupés court, était affalée sur le canapé et mangeait des Coco Pops en regardant un film en noir et blanc à la télé.

— Bonjour ! lui lança Ginny avec un grand sourire. Vous devez être Lucy.

La fille cligna des yeux.

— Non. Je suis Caro.

— C'est ma copine, dit Rupert, avant d'ajouter à l'intention de Caro : C'est la mère de Jem, qui vient lui faire une petite visite.

Ginny se demanda si elle devait lui serrer la main ou si un tel geste serait perçu comme ringard. Caro, la bouche pleine, marmonna :

— Salut.

D'accord. Ringard, donc.

— Et ça, c'est Bellamy.

Dieu merci, un chien, pour briser la glace, il n'y avait pas mieux.

— Ah, fit Caro en léchant sa cuillère.

Bien, bien, bien…

— Et… donc, vous êtes aussi à l'université ?

Personne ne lui ayant proposé de s'asseoir, Ginny resta debout.

— Ouais.

Caro posa son bol vide par terre et se leva pour aller dans la cuisine. Du salon, Ginny entendit des gloussements, un rire étouffé, et se sentit de plus en plus mal à l'aise. Quelques instants plus tard, Rupert passa la tête dans l'entrebâillement de la porte.

— Vous voulez un thé ?

— Oh, merci, ce serait avec grand plaisir !

Arrête. Arrête de parler avec des points d'exclamation partout.

— Avec du lait et un sucre, s'il vous plaît.

— Je ne crois pas qu'on ait de sucre.

— Ce n'est pas grave. Je prendrai un verre d'eau, alors.

Rupert fronça les sourcils et se gratta la tête.

— Je crois qu'on n'a plus d'eau non plus.

Il plaisantait ou quoi ? Il n'avait rien trouvé d'autre pour se débarrasser d'elle ?

— À moins que vous ne buviez l'eau du robinet, continua Rupert.

Quel snob !

— Ça m'ira très bien.

Il fit la grimace.

— Comme vous voudrez.

— Ne faites pas attention à lui, dit une voix derrière Ginny. Rupert ne boit que de l'eau plaquée or. Bonjour, je suis Lucy. Et j'ai vu les photos, dans la chambre de Jem, donc je sais que vous êtes sa mère. Enchantée.

Ah. Voilà qui était déjà mieux. Lucy était grande et mince, noire, magnifique. Et surtout, surtout, elle souriait. Ginny lui en fut si reconnaissante qu'elle faillit l'inviter à dîner aussitôt. En quelques minutes, Lucy débarrassa le salon de ses assiettes et tasses sales, dissimula une pile de magazines derrière le canapé et installa Ginny dans le meilleur fauteuil, comme une reine.

— Jem a décroché ce boulot hier. Elle commence aujourd'hui. Un peu de sous en plus, c'est toujours bon à prendre, non ?

Lucy était bavarde, et agréable, la meilleure des colocataires qu'une mère puisse souhaiter pour sa fille. Après avoir joyeusement fait connaissance avec Bellamy, elle lui apporta un bol d'eau, en se déclarant navrée qu'il s'agisse d'eau du robinet.

Rupert et Caro étaient restés dans la cuisine et écoutaient de la musique. Puis Rupert fit une apparition pour repasser – assez mal – une chemise, sur la planche installée dans un coin du salon.

— Je peux le faire, si vous voulez, proposa Ginny, désireuse de se faire apprécier.

Rupert eut l'air amusé.

— Non, merci, je m'en sors.

— Jem n'a jamais aimé le repassage. Je suis sûre qu'elle a un gros tas de linge qui attend qu'elle s'y mette. D'ailleurs, puisque je suis là, je pourrais l'avancer un peu.

— Si je demandais à ma mère de faire mon repassage, dit Lucy, elle me traiterait de grosse feignante et me dirait de le faire moi-même.

La chambre de Jem était en désordre, mais propre. Le cœur battant, Ginny enregistra tous les détails familiers, les joyeuses photos de famille sur le panneau de liège, les vêtements, les livres et les CD éparpillés un peu partout, les canettes de Coca et les paquets de chips vides débordant de la corbeille à papier. Incapable de s'en empêcher, Ginny fit rapidement le lit et pendit tous les vêtements qui traînaient dans le placard. Tiens, ce devait être le nouveau petit haut que Jem s'était acheté. Il y avait une tache de gras sur son jean préféré ; il fallait le faire tremper, si elle voulait le ravoir au lavage. Et là, est-ce que ce n'était pas du vernis à ongles sur…

La porte de l'appartement claqua et Ginny se figea, réalisant qu'elle manipulait le jean de sa fille comme un pervers obsessionnel. Elle le jeta précipitamment sur le lit et sortit de la chambre juste comme Bellamy se mettait à aboyer. Une seconde plus tard, elle entra dans le salon et vit le chien faire la fête à Jem.

— J'y crois pas ! Maman, mais qu'est-ce que tu fais ici ? s'écria Jem en levant les yeux vers sa mère tandis que Bellamy lui léchait frénétiquement le visage.

— Ta mère a fait tout ce chemin rien que pour te voir, lâcha Rupert d'un ton ironique.

Dans le regard qu'il lança à Jem, Ginny comprit ce qu'il pensait de ces mères poules qui parcourent des centaines de kilomètres juste pour voir leur fille.

— Oh, maman, dit Jem, choquée.

— Mais pas du tout, protesta Ginny. Je n'ai pas fait tout ce chemin seulement pour te voir ! On allait à Bath, Bellamy et moi, et je me suis dit que ce serait marrant de s'arrêter en route pour te faire un petit coucou.

— Vraiment ? Alors, c'est super !

Lâchant enfin son chien, Jem alla embrasser sa mère. Ginny caressa les cheveux blonds à pointes roses de sa fille avec délectation. Ce n'était pas tout à fait les retrouvailles qu'elle avait imaginées, avec Rupert, Lucy et Caro en spectateurs, et son imagination moulinant à toute vitesse pour trouver une réponse plausible à la question que Jem allait à coup sûr lui poser. Mais au moins était-elle là. C'était mieux que rien.

Oh, elle lui avait tant manqué !

— Mais qu'est-ce que tu vas faire à Bath ? demanda Jem en s'écartant, un peu surprise.

Euh… pas la moindre idée !

— Voir une amie, dit Ginny.

Allez, vite, trouve quelque chose !

— Mais tu ne connais personne à Bath.

Je sais ! C'est bien le problème !

— C'est là que tu te trompes, répliqua Ginny d'un ton enjoué. Tu ne m'as jamais entendue parler de Theresa Trott ?

Jem secoua la tête.

— Non. C'est qui ?

— Une copine d'école. Je suis allée sur ce site Internet, là, amisdavant. com, j'ai laissé mon adresse mail, et en un rien de temps, j'ai eu un mail de Theresa. Elle vit à Bath aujourd'hui. Quand elle m'a invitée à venir lui rendre visite, je me suis dit que je ne pouvais pas passer si près de Bristol sans m'arrêter. Alors, me voilà !

— C'est génial ! dit Jem en l'embrassant de nouveau. C'est super de te voir. Et de te voir toi aussi, le chien !

— Ta mère était sur le point de faire ton repassage, fit remarquer Rupert avec un sourire en coin.

Jem se mit à rire.

— Maman…

Cette fois, Ginny décida qu'elle détestait Rupert et se sentit capable de répliquer. Elle le regarda droit dans les yeux et demanda :

— Votre mère n'a jamais rien repassé pour vous, peut-être ?

— Non, répondit-il en haussant les épaules. Mais c'est sans doute parce qu'elle est morte.

Oh, non, c'est pas vrai…

La sonnette retentit au même instant.

— Tu ferais mieux d'aller voir, Jem, dit Rupert. C'est sans doute ton père.

Jem sourit puis tira la langue à Rupert avant de descendre ouvrir. Elle reparut quelques instants plus tard, suivie d'un jeune homme aux yeux sombres et aux cheveux longs.

— Lucy, c'est Davy Stokes.

Lucy, qui était en train d'ôter son pull gris, retint le tee-shirt vert qu'elle portait en dessous pour l'empêcher de remonter.

— Salut, Davy, ça va ? J'allais prendre une douche.

Ginny entendit Rupert murmurer à Caro :

— À mon avis, ça ne lui déplairait pas de la prendre avec elle.

— Désolé, dit Davy. Comme je t'avais promis de te prêter ça, je passais juste pour le déposer.

Il tendit à Lucy le livre qu'il avait dans les mains.

— Qu'est-ce que c'est ? Ah, oui, les poèmes de John Donne. Génial. Merci !

Elle prit le livre et lui sourit avant d'ajouter :

— C'est super sympa de ta part.

Davy rougit.

— Tu verras, ça va te plaire. Euh... il y a un jeu concours, au pub *Bear*, cet après-midi. Je me demandais si... ça te dirait qu'on y aille ensemble.

Cette fois, Rupert souriait ouvertement. Ginny lui aurait bien jeté quelque chose à la figure.

— C'est gentil, Davy, mais je ne peux pas. Jem et moi, on va à une fête. D'ailleurs, il va falloir qu'on se dépêche, on va être en retard. Le rendez-vous est à 15 heures.

15 heures ? Et il était déjà 14 h 30. Ginny se demanda si Lucy mentait pour ne pas faire trop de peine à Davy.

— Bon, ben, une autre fois, peut-être. Salut.

Davy eut un timide regard circulaire, tout en reculant en direction de la porte.

— Je te raccompagne, dit Rupert.

Quelques instants plus tard, lorsqu'il remonta, il avait un sourire jusqu'aux oreilles.

— Tu as fait une sacrée touche avec lui, dis donc.

— Arrête de te moquer de lui, protesta Lucy. Il est gentil.

— Oui, il n'a aucun ami et habite encore chez sa maman, mais il est gentil.

Ginny se tourna vers Jem, pour qui elle venait de faire trois heures et demie de route.

— Alors, cette fête, c'est quoi ? demanda-t-elle d'une voix pleine d'entrain.

— C'est l'anniversaire de Zelda. Elle suit les mêmes cours que nous, expliqua Jem. On se retrouve tous dans un nouveau bar à cocktails de Park Street. Je ferais mieux de me préparer. À quelle heure dois-tu être à Bath ?

— Oh, j'ai le temps. Je peux vous déposer au bar, si vous voulez.

— C'est gentil, m'man, mais Mya a une voiture, et on doit passer prendre d'autres amis en route.

— Jem ? appela Lucy depuis la chambre de sa colocataire. Le haut noir que tu devais me prêter, je ne le trouve pas.

— Il est par terre, à côté de la chaîne.

— La seule chose que je vois par terre, c'est le tapis. Toutes tes fringues ont disparu, d'ailleurs.

— Elles sont dans le placard, intervint Ginny, gênée. Je les ai rangées.

Rupert s'amusait de plus en plus. Jem secoua la tête.

— Maman ! Et pourquoi ne pas faire mon lit, par-dessus le marché ?

Lucy, qui avait reparu, eut un large sourire.

— Il suffisait de demander !

— Elle voulait vérifier les draps, fit Rupert à l'oreille de Caro d'une voix tout à fait audible.

— Bon, je crois qu'il vaut mieux que je vous laisse, dit Ginny, réalisant que les filles n'avaient plus que dix minutes pour se préparer et qu'elle était dans leurs pattes.

Elle claqua des doigts à l'intention de Bellamy et embrassa sa fille, sans trop la serrer contre elle, pour ne pas faire mère possessive. Elle adressa un petit signe de la main et un sourire à Rupert et Caro, parce qu'ils faisaient partie de la nouvelle vie de Jem, que cela lui plaise ou non.

— C'est vraiment bête, dit Jem. Je te vois deux minutes, et te voilà déjà repartie.

Ginny réussit à afficher une moue désinvolte. Tant pis pour son merveilleux week-end en compagnie de la personne qu'elle aimait le plus au monde.

— Je t'appelle dans la semaine, d'accord ? Au revoir, ma chérie. Allez, le chien, dis au revoir à Jem, on y va.

Dehors, la pluie commençait à tomber. Tandis qu'elle s'éloignait, en agitant la main par la vitre ouverte à l'intention de Jem, Ginny sentit sa gorge se serrer. Lorsqu'elle s'engagea sur Whiteladies Road, la déception et la tristesse l'avaient envahie à un point tel qu'elle n'avait plus le courage de conduire. Elle se gara dès qu'elle le put et s'efforça de respirer profondément et lentement afin de repousser les larmes. Elle agrippait le volant avec une telle force que c'était un miracle qu'il ne se brise pas. *Ce n'est pas juste, ce n'est pas juste, ce n'est pas...*

Elle sursauta en réalisant qu'on l'observait. Tournant la tête, elle croisa le regard étonné de Davy Stokes. Dans la fraction de seconde qui suivit, elle se rendit compte qu'elle s'était garée sur un arrêt d'autobus, qu'il faisait un froid de canard et que, à en juger par l'expression de Davy, ce dernier croyait qu'elle s'était arrêtée pour lui proposer de le déposer quelque part.

Génial.

Mais il était trop tard pour repartir. Et au moins n'était-elle pas en larmes. Elle fit descendre la vitre côté passager, se pencha et lança, sur le ton le plus allègre possible :

— Vous êtes en train de vous faire tremper, là ! Je peux vous déposer quelque part ?

Il était un peu ami avec sa fille, elle était la mère d'une fille avec qui il était un peu ami. Elle réalisa en voyant la réaction de Davy qu'il se sentait obligé d'accepter sa proposition, tout comme elle s'était sentie obligée de la faire.

— Ça vous fait un grand détour, Henbury ? demanda-t-il, gêné.

Elle n'avait jamais entendu parler de Henbury, mais elle venait de faire trois cents kilomètres, et il lui en restait autant. Alors, quelques-uns de plus ou de moins…

— Pas du tout. Mais il faudra me guider. Et ne vous inquiétez pas si Bellamy vous lèche les oreilles, c'est sa façon de vous dire qu'il vous trouve sympathique.

— J'aime bien les chiens. Bonjour, Bellamy.

Une fois installé, sa ceinture bouclée, Davy écarta ses cheveux de son visage et demanda :

— Je peux vous poser une question ?

— Tout ce que vous voulez.

Enfin, du moment qu'il ne s'agit pas d'un problème de contraception.

— Est-ce qu'ils ont parlé de moi après mon départ ?

— Non, répondit Ginny après un silence.

Il eut un sourire.

— Vous n'auriez pas dû hésiter. Ça veut dire oui. Ils croient que je craque pour Lucy, c'est ça ?

— Euh… peut-être, oui, concéda Ginny à contrecœur. Pourquoi, ce n'est pas le cas ?

— Bien sûr que si. Elle est canon. Mais j'ai conscience qu'il ne se passera jamais rien entre nous. Je sais que je ne suis pas son type, ajouta Davy avec un soupir triste. J'avais espéré la séduire avec mon humour pince-sans-rire, mais le problème, c'est que chaque fois que je la vois, je perds mes moyens et je deviens un pauvre nase carrément rasoir.

Sa franchise toucha Ginny.

— Il faut vous laisser un peu de temps, dit-elle. Tout le monde est toujours un peu empoté, au début.

— Mais je sais que je ne joue pas dans sa catégorie, de toute façon. Vous ne répéterez rien de tout ça, hein ? Ça reste entre nous ? Je me suis déjà suffisamment ridiculisé comme ça.

— Je ne piperai pas mot.

— Promis ?

— Promis. Je peux vous confier quelque chose en échange ? Ce Rupert ne m'a pas beaucoup plu.

Davy eut un sourire plein de dérision.

— Rupert est un connard et un enfoiré. Excusez-moi, mais c'est la vérité. Il regarde tout le monde de haut. Et il se fiche complètement des autres.

— Vous vivez toujours chez vos parents, si j'ai bien compris ?

Sacrés veinards, ces parents.

— Avec ma mère, oui. Mon père est parti il y a longtemps. Maman ne voulait pas que je quitte la maison, alors je n'ai postulé qu'à l'université de Bristol. Heureusement que j'y ai été admis, parce que autrement j'aurais été coincé.

Elle en avait de la chance, cette mère. Elle avait demandé à son fils de ne pas partir, alors il n'était pas parti. C'était aussi simple que cela. Pourquoi n'y avait-elle pas pensé ? se demanda Ginny.

— Elle changera peut-être d'avis. Et peut-être que Rupert déménagera et que vous pourrez prendre sa place.

Ginny ne plaisantait qu'à moitié. Cette solution lui aurait plu.

— Il y a peu de chances que Rupert s'en aille, vu qu'il est chez lui.

— Ah, bon ? Je croyais qu'ils étaient tous locataires.

Davy secoua la tête.

— Le père de Rupert a acheté l'appartement pour qu'il y habite pendant ses études.

— Logique, je suppose. Si on en a les moyens.

— D'après ce que je sais, le père de Rupert a en gros les moyens de faire tout ce qu'il veut.

— Donc, les autres sont juste là pour aider à payer les mensualités et tenir compagnie à Rupert.

— C'est à peu près ça, oui. Mais il faut ajouter à cela que, comme par hasard, ils suivent tous les mêmes cours, lâcha Davy d'un ton sec. À mon avis, d'ici peu, il aura réussi à convaincre Lucy et Jem de lui faire ses dissertations. Vous prendrez la prochaine à gauche. Voilà, notre maison, c'est celle avec la porte bleue. Super. Merci beaucoup, et à une prochaine fois, peut-être.

Il se retourna et tapota affectueusement la tête de Bellamy.

— Salut, Bellamy. Tu me donnes la patte ?

Il attendit que le chien obtempère et lui serra solennellement la patte.

— Bonne chance, dit Ginny. Et dites-vous que les choses peuvent toujours mieux tourner qu'on ne l'espérait.

Davy descendit de voiture.

— Vous voulez dire que le pauvre nase qui perd ses moyens finit par séduire la fille ? Dans un film de Richard Curtis, peut-être. Mais dans la réalité, je n'y crois pas beaucoup. Enfin, ça forge le caractère, comme on dit. Il faut bien avoir le cœur brisé au moins une fois dans sa vie.

Ginny le regarda rentrer chez lui, une maison mitoyenne modeste, quatre pièces tout au plus, qui aurait sans doute arraché un sourire dédaigneux à Rupert. Peu lui importait que d'autres aient le cœur brisé. Le sien était un peu fendu, en ce moment.

— Allez, on rentre, le chien, dit-elle en tapotant la tête de Bellamy. En route pour Portsilver. Tant pis pour notre week-end avec Jem. Désolée.

Bellamy lui lécha la main, comme pour lui dire que cela n'avait pas d'importance et qu'il lui avait déjà pardonné. Elle le regarda avec affection.

— Mon gros bébé, heureusement que tu es là pour me tenir compagnie. Qu'est-ce que je ferais sans toi ?

Bellamy mourut trois semaines plus tard d'un cancer. La maladie avait progressé si rapidement qu'elle n'avait pu être traitée. Il ne pouvait plus marcher ni manger, et il souffrait. Le vétérinaire avait assuré à Ginny que l'euthanasier était la meilleure solution, la plus douce pour lui.

Alors, elle l'avait fait piquer. Jamais elle n'avait ressenti un tel chagrin, une telle douleur. Bellamy était son chien depuis que Gavin était parti. Au moment de la séparation, quelqu'un lui avait suggéré de prendre un chien pour se changer un peu les idées et, quinze jours plus tard, Bellamy était arrivé, compagnon tellement plus agréable que Gavin que Ginny s'était demandé pourquoi elle n'y avait pas pensé plus tôt. Gavin était un mari volage, un menteur invétéré à qui on ne pouvait pas faire confiance. Bellamy était tout le contraire : gentil, affectueux, et fiable à tous points de vue. Jamais il ne lui avait raconté de bobards sur ses activités en dehors de la maison. Ses exigences étaient simples et son amour inconditionnel.

— Tu aimes ce chien plus que tu ne m'as jamais aimé, avait grommelé Gavin un jour.

— Tout le monde ferait pareil, non ? avait répondu Ginny, le plus sérieusement du monde.

3

Bellamy n'était plus là. Ginny n'arrivait pas à s'habituer à son absence, à s'imaginer que jamais plus elle ne verrait son gentil museau moustachu. Ce matin, Jem et elle l'avaient enterré dans le jardin, sous le cerisier. Jem avait pris le train la veille au soir et, ensemble, elles avaient sangloté pendant toute la petite cérémonie.

Mais Jem avait des cours magistraux et des travaux dirigés qu'elle ne pouvait pas manquer. Il était hors de question qu'elle reste à Portsilver. Les yeux rouges et un peu bouffis, elle avait repris le train de midi pour Bristol.

Ginny n'avait pas meilleure mine qu'elle. Elle avait réussi à se mettre la brosse du mascara dans l'œil en se maquillant, ce qui n'arrangeait rien. De nature enjouée et gaie, elle n'avait pas l'habitude d'être malheureuse. Elle était meurtrie, épuisée psychologiquement, mais ne tenait pas en place, se sentait incapable de rester seule dans la maison, à regarder la tombe de Bellamy par la fenêtre.

Pour se changer les idées, elle prit sa voiture et se rendit dans le centre-ville. L'avantage du mois de novembre, c'était que l'on pouvait se garer facilement. Bien, quel petit plaisir allait-elle pouvoir se faire ? Un nouveau rouge à lèvres ? Une écharpe à paillettes ? Et si elle cherchait un nouveau jouet qui couine pour…

Non, Bellamy est mort. N'y pense pas, n'y pense plus. Ne regarde pas les autres chiens dans la rue. Et ne pleure pas.

Noël approchait, donc pourquoi ne pas commencer à s'occuper des cadeaux, plutôt ?

Comme par miracle, Ginny se sentit tout de suite mieux. Pour Jem, elle choisit des babioles, une ceinture fine en cuir rose et un petit carnet à couverture de nacre. Dans une autre boutique, elle trouva une paire de collants écossais bleu et vert, des élastiques pour les cheveux avec des boules qui clignotaient quand on appuyait dessus et un stylo à bille avec un panache de plumes de marabout mauves.

Ginny avait toujours aimé cela, acheter des petites choses rigolotes. Après avoir réglé, elle sortit et remonta la rue. Dans une vitrine, un tableau attira son attention, et elle s'arrêta. Et puis non, finalement, il n'était pas si fantastique que cela.

En détournant le regard, elle aperçut, sur le trottoir d'en face, une femme dont elle ne connaissait que le prénom – Vera. Son cœur s'emballa, et elle sentit la panique la gagner. Vera et elle n'étaient pas amies, mais elles avaient fini par sympathiser à force de promener leurs chiens le long de la plage de Portsilver. Vera possédait un lévrier afghan appelé Marcus. Actuellement assis à ses pieds, il attendait sagement que sa maîtresse remette son foulard. Vera était du genre pipelette et lui demanderait à coup sûr où était Bellamy.

Incapable de soutenir une telle conversation aujourd'hui, Ginny s'engouffra dans la première boutique venue. À l'intérieur, un peu partout, des objets en porcelaine étaient disposés sur des tables, aux côtés d'animaux en bois sculptés à la main, de chandeliers en verre aux couleurs psychédéliques, et de toutes sortes d'objets originaux.

Originaux et chers, découvrit Ginny en prenant un petit paon de couleur beige à la queue sertie de pierres, qu'elle fit tourner dans la paume de sa main. Elle crut d'abord qu'elle avait mal lu l'étiquette. Pour trente-huit livres, on devait pouvoir avoir de vrais bijoux ! Mais il n'était pas impossible que cela plaise à Jem. Ah, et ces coussins, là, elle les adorerait, c'était sûr.

Une nouvelle fois, un regard discret à l'étiquette la fit changer d'avis. Non, Jem n'aurait pas la possibilité de les adorer, à soixante-quinze livres pièce. Décidément, cette boutique était très jolie, mais pour les petits cadeaux que l'on glisse dans la chaussette de Noël, Ginny irait chercher ailleurs.

Rôdant autour de la table la plus proche de la sortie, elle jeta un coup d'œil dehors pour voir si Vera était toujours là. Ce n'était pas qu'elle n'aimât pas cette femme, non. Mais pour l'instant, annoncer la mort de Bellamy à une autre amie des chiens était au-dessus de ses forces. Et elle n'avait aucune envie d'éclater en sanglots au beau milieu de la rue.

Heureusement, la voie semblait libre. Comme elle balayait une dernière fois du regard la boutique, pour être sûre qu'elle n'avait rien raté qui aurait pu être dans ses moyens – mais il y avait peu de chances –, Ginny se rendit compte qu'elle était observée. Un homme brun au regard sombre et perçant, en jean et blouson de cuir patiné, col relevé, la regardait. Leurs yeux se croisèrent et, l'espace d'une seconde, Ginny vit une expression insondable dans ses yeux. Seigneur, qu'il était séduisant ! Et quel feu semblait couver dans ce regard !

Mais cela ne dura qu'une seconde. L'instant d'après, il se détourna avec un très léger haussement d'épaules indiquant que son intérêt était désormais ailleurs. Ginny retomba sur terre un peu brutalement et se morigéna. Comme si elle avait pu retenir l'attention d'un homme aussi attirant, aujourd'hui en particulier, avec ses yeux rouges et bouffis et ses cheveux en bataille !

« Tu peux toujours rêver », aurait dit Jem avec la franchise qui caractérise la jeunesse. La franchise et la lucidité, en l'occurrence. Heureusement qu'elle ne s'était pas ridiculisée à essayer de sourire et de battre des cils ! Soulagée, de ce point de vue-là au moins, Ginny se tourna vers la porte, que poussait justement une autre cliente, et quitta la boutique. Dehors, toujours désireuse d'éviter Vera, elle fonça tête baissée droit sur le parking. Elle en avait assez pour aujourd'hui, elle allait rentrer chez elle et...

— Je vous ai vue.

Son cœur fit un bond dans sa poitrine. Une main s'était posée sur son bras, et même si elle n'avait jamais entendu cette voix, elle devina immédiatement à qui elle appartenait.

Qui d'autre aurait pu avoir une voix comme celle-ci ?

Elle se retourna pour lui faire face et sentit ses joues se colorer. De près, il était encore plus attirant. Et visiblement intelligent, aussi, capable de voir au-delà de son apparence à elle, franchement pas très engageante pour l'instant. Un peu comme ces recruteurs d'agence de mannequins, qui savent reconnaître chez la fille pâle et filiforme celle qui fera un tabac sur les podiums de Gaultier ou Chanel.

— Je vous ai vue, répéta-t-il.

Même son odeur était séduisante. Quel que soit son après-rasage, Ginny décida que c'était son préféré. Le souffle court, elle murmura :

— Je vous ai vu, moi aussi.

Le regard de l'homme ne se détourna pas, cette fois. Sa main était toujours posée sur le bras de Ginny.

— On y va ?

On y va ? Doux Jésus, vraiment ? On se serait cru dans un film art et essai en noir et blanc, où les personnages ne se disent presque rien, mais font plein de choses.

— Où ?

Calmons-nous, là. C'est un inconnu, ne l'oublions pas. Tu ne peux décemment pas aller chez lui, lui arracher ses vêtements et te jeter sur lui. Tu viens à peine de le…

— Dans la boutique.

Ginny fut stoppée net en plein fantasme (c'était un chaud après-midi d'août, il y avait un lit à baldaquin avec des rideaux de soie crème ondoyant doucement dans la brise qui entrait par la fenêtre ouverte…).

— Dans la boutique ?

Peut-être en était-il le propriétaire. Peut-être habitait-il au-dessus. Oh, il lui prenait la main, c'était tellement romantique. Si seulement elle pouvait arrêter de répéter comme un perroquet tout ce qu'il disait !

— Allez, rendez-vous service, et laissez tomber, dit-il. Vous êtes peut-être bonne, mais pas à ce point.

Qu'était-elle censée comprendre ? Stupéfaite, Ginny le regarda lui retourner la main et lui ouvrir les doigts un par un.

Son sang ne fit qu'un tour. L'instant d'après, elle lâcha un cri d'horreur, suivi d'un flot de paroles à trois octaves au-dessus de la normale.

— Mon Dieu ! Je ne m'en suis même pas rendu compte ! Quelle horreur ! Comment ai-je pu ? Je n'arrive pas à croire que je sois sortie avec ça dans la main ! Heureusement que vous vous en êtes aperçu, je vais le rapporter tout de suite…

La voix de Ginny s'éteignit. L'inconnu refusait de lui lâcher la main et ne semblait guère croire à son innocence. En fait, il lui tenait le poignet si fermement qu'il l'empêchait de bouger.

— Écoutez, dit Ginny, troublée. Je ne l'ai pas fait exprès !

— Je méprise les voleuses, j'espère que vous serez poursuivie, lâcha l'homme d'un ton plat.

— Mais je ne suis pas une voleuse ! Je n'ai jamais rien volé de ma vie ! Seigneur, comment pouvez-vous penser une chose pareille ?

Horrifiée de constater que les passants commençaient à la remarquer et, pour certains, même, à s'arrêter pour écouter ce qui se disait, Ginny tourna les talons et se dirigea d'un pas rapide vers la boutique, le paon toujours dans la main, des larmes de honte dans les yeux. En plus, à fantasmer comme cela sur un homme chez qui elle avait cru déceler un intérêt pour elle, elle avait complètement oublié Bellamy. C'était dire combien elle était superficielle et égoïste.

Dans la boutique se trouvaient quelques clients en plus de la vendeuse. Sur ses talons – de toute évidence prêt à la plaquer au sol si elle essayait de s'échapper –, l'homme la poussa jusqu'à la caisse. Ginny déposa le paon dans la main de la vendeuse et bredouilla, mortifiée :

— Je suis absolument désolée, c'est un accident. Je ne me suis pas rendu compte que je l'avais encore dans la main lorsque je suis sortie de votre magasin.

— Elle est plutôt convaincante, hein ? dit l'homme en haussant les sourcils. Mais je l'ai bien observée, moi. Je l'ai vue préparer son coup.

Être innocent et se retrouver dans le couloir de la mort, ça devait faire le même effet, non ?

— Je vous en prie, ne dites pas ça. Je suis une femme honnête, j'ai toujours respecté la loi. C'est juste que j'avais l'esprit complètement ailleurs…

Les larmes étaient de retour. Elle plissa les yeux pour les refouler. Elle avait du mal à respirer.

— Ah, ça, sûrement, sinon vous ne vous seriez pas laissé prendre.

— Oh, vous, ça va ! Taisez-vous un peu ! Je ne voulais pas le prendre, d'accord ? Je l'aurais rapporté à la seconde où je l'aurais vu dans ma main ! s'écria Ginny. C'était un accident, je vous dis.

Elle tourna vers la vendeuse un regard éperdu.

— Vous me croyez, n'est-ce pas ? Vous ne pensez pas que je voulais vraiment le voler, ce paon ?

La vendeuse la regarda, ébahie.

— Eh bien, je...

— Vous avez vu la pancarte ? intervint l'homme, qui tendit le doigt vers un panneau indiquant que tout individu pris en flagrant délit de vol à l'étalage serait poursuivi. Si elle est là, ce n'est pas pour rien.

Ginny sentit la tête lui tourner.

— Mais je ne suis pas une voleuse !

Montrant le téléphone, l'homme dit à la vendeuse :

— Allez-y, appelez la police.

— C'était une erreur, protesta Ginny en sanglotant. Mon chien est mort hier, je l'ai enterré ce matin...

Ses jambes se dérobèrent sous elle, et elle vacilla. Les larmes roulaient abondamment sur ses joues, maintenant. La vendeuse tira précipitamment une chaise de derrière son comptoir.

— Je suis désolée, vraiment désolée... mais c'est trop pour moi, tout ça.

Ginny se laissa tomber sur la chaise et enfouit son visage dans ses mains en secouant la tête.

— Elle n'a pas l'air bien, murmura la vendeuse, impressionnée.

— Ça, c'est parce que je l'ai prise la main dans le sac, dit l'homme. Maintenant, elle va tout essayer pour s'en sortir.

— Oui, mais si elle dit la vérité ? Si son chien est mort hier ? C'est terrible, ce genre de chose. Et puis elle est drôlement pâle, non ? Vous vous sentez bien, madame ?

Ginny secoua la tête. Elle avait l'estomac retourné.

— Je... j'ai la nausée.

Un grand saladier avec des marguerites roses et dorées peintes à l'intérieur lui fut fourré entre les mains. L'étiquette annonçait deux cent quatre-vingts livres. Ginny inspira profondément, paniquée à l'idée de vomir dans un récipient de cette valeur. Un voile de sueur recouvrait son front.

— Elle n'a vraiment pas l'air bien.

— C'est parce qu'elle est coupable.

— Madame ? Madame, vous m'entendez ? Vous ne devriez pas rester seule. Est-ce que je peux appeler quelqu'un pour vous ?

— Comme la police, par exemple, suggéra l'homme.

— Non, murmura Ginny. Il n'y a personne à appeler. Ma fille n'est plus là. Elle est partie. Alors, finissons-en et appelez la police. Je m'en fiche.

Il y eut un long silence, comme si tout le monde dans la boutique retenait son souffle.

Enfin, la vendeuse lâcha :

— Je ne peux pas lui faire ça. La pauvre, comment voulez-vous que je la fasse arrêter, dans son état ?

— Ne me regardez pas, fit l'homme, exaspéré. C'est votre boutique, après tout.

— À vrai dire, non. Le propriétaire est à Penzance pour la journée. Je lui rends service, c'est tout. Mais on a récupéré l'objet, alors pourquoi ne pas en rester là ?

Le tintement du paon sur le comptoir vitré parvint aux oreilles de Ginny. L'homme, visiblement déçu, soupira avec résignation.

— Comme vous voudrez, dit-il d'un ton brusque. Je ne faisais que mon devoir, moi.

La porte se referma derrière lui. Ginny sortit un mouchoir de son sac et se moucha.

— Tout va bien, madame, dit la vendeuse en lui tapotant doucement l'avant-bras. Ne vous inquiétez pas. On va oublier tout ça, d'accord ?

— C'était un accident, hoqueta Ginny.

— J'en suis certaine. Vous vivez un moment difficile, c'est normal que vous ayez l'esprit ailleurs. Vous vous sentez mieux, maintenant ? Vous pensez pouvoir rentrer chez vous ? Il faut faire attention à vous, vous savez.

— Ça va aller. Merci.

À la fois gênée et reconnaissante, Ginny se leva et se dirigea vers la sortie, en priant pour que Terminator ne l'attende pas dehors.

4

— Tu ne devineras jamais ce que j'ai fait la semaine dernière.

Rien que d'en parler, Ginny se sentait rougir.

— Ah, enfin ! Félicitations ! dit Carla avec un hochement de tête approbateur. Bienvenue dans la vraie vie ! Alors, tu l'as rencontré où ?

Non, mais franchement...

— Je ne parlais pas de ça ! protesta Ginny. Tout le monde n'est pas une bête de sexe comme toi, tu sais !

— Encore heureux. Ça fait plus de mecs pour moi, répliqua Carla. Alors, raconte-moi ce que tu as fait qui était tellement mieux que le sexe.

— Je n'ai jamais dit que c'était mieux que le sexe.

Sans prévenir, l'image du lit à baldaquin et des voilages agités par la brise traversa une nouvelle fois l'esprit de Ginny, accompagnée de celle d'une silhouette masculine à moitié nue, qui se tenait à contre-jour.

— C'était l'horreur. J'ai volé dans un magasin sans le faire exprès, et j'ai été surprise par un type horrible qui a refusé de croire que c'était un accident. Ne ris pas ! protesta Ginny en voyant les lèvres de Carla commencer à tressauter. Jamais je n'ai rien vécu de pire dans ma vie. J'ai failli être arrêtée !

— Je déteste ce genre de situation. Qu'est-ce que tu essayais de piquer ? Un truc bien, au moins ?

Et ça s'appelle une amie, ça ?

— Je n'essayais pas de piquer quoi que ce soit, dit Ginny en pointant sa fourchette vers la main de Carla. C'était un paon miniature avec des incrustations de strass que je ne trouvais même pas beau.

— Il ne faut jamais piquer un truc qui ne te plaît pas. Où avais-tu la tête ?

— C'est bien là le problème. J'avais la tête complètement ailleurs ! J'avais enterré Bellamy le matin même et Jem venait de repartir. Je pensais que faire un peu de shopping me changerait les idées. Et maintenant, j'ose à peine entrer dans les magasins tellement j'ai la trouille de recommencer. À ce train-là, pour Noël, ce sera carottes en boîte et corn flakes.

— Il faut que tu te reprennes, dit Carla. Tu dois recommencer à sortir, te trouver un homme. Je ne plaisante pas, tu sais. Des carottes en boîte et une peine de sursis, ce n'est pas précisément ce que j'appelle prendre sa vie en main et aller de l'avant.

Ginny avait déjà entendu ce discours des dizaines de fois. Son célibat était pour Carla une réelle source d'inquiétude et d'étonnement.

— Je sais, je sais. Mais pas avant Noël, d'accord ? Jem sera bientôt de retour.

— Et voilà ! Tu vois ? Tu recommences. Tu mets ta vie entre parenthèses jusqu'au retour de Jem.

Pivotant sur sa chaise, Carla jeta un regard suspicieux en direction du calendrier pendu au mur de la cuisine de Ginny.

— Je parie que tu coches les jours qui te séparent de la fin du trimestre, reprit-elle.

— Des fois, je me demande pourquoi je suis ton amie, dit Ginny. Comme si c'était mon genre, de faire un truc pareil.

Et comme si elle allait cocher les jours du calendrier de la cuisine, pour que Jem voie ça à son retour… Elle n'était pas aussi bête. Elle barrait les jours sur son calendrier secret, celui qu'elle cachait sous son lit.

— Mais assez parlé de toi. Si on parlait un peu de moi ? dit Carla.

Elle rentrait d'un séjour en Sardaigne apparemment riche en événements et en rencontres.

— Je t'écoute. Que s'est-il passé après le départ de Russell ?

— Ah, quand même, soupira Carla en remplissant leurs verres de vin. J'ai cru que tu ne poserais jamais la question.

Ginny sourit. Plus que dix-neuf jours et Jem serait de retour. Elle allait boire à cette heureuse perspective.

Quelques jours après Noël, Ginny était dans la cuisine et chargeait le lave-vaisselle lorsque Jem hurla depuis le salon :

— Maman ! Viens voir ! Vite !

Ginny se redressa. Une araignée venait-elle de traverser le salon au grand galop ?

— Maman ! Dépêche-toi !

Dans le salon, elle trouva Jem non plus allongée sur le canapé, mais debout à vingt centimètres de la télévision, qui diffusait un de ces magazines typiques des programmes de la journée. L'animatrice parlait gaiement du phénomène des clubs de célibataires. Ginny sentit son cœur se serrer.

— Ah, non, dit-elle, je refuse d'aller dans un de ces trucs. Ce n'est même pas la peine d'essayer de me convaincre, je... Quoi ?

Un mouvement de caméra venait de révéler le visage de la personne assise à côté de l'animatrice.

— J'ai trop honte, gémit Jem. Dis-moi que tu avais un amant et que ce n'est pas mon vrai père.

Ginny, une main devant la bouche, regarda l'animatrice présenter Gavin et l'interroger sur les changements qu'avait provoqués dans sa vie le fait de s'inscrire à un club de célibataires. Gavin était fier comme un paon et portait une de ces chemises bariolées qu'il affectionnait tout particulièrement – certains les trouvaient jazzy, Ginny les trouvait juste moches à faire peur. Avec sa faconde habituelle, il raconta à quel point on s'amusait dans son club, et quel chouette réseau de copains il s'était fait depuis qu'il en était membre. Pas timide pour un sou, il expliqua d'un ton enjoué :

— C'est vrai, je ne suis pas Johnny Depp, mais tout ce que je cherche, c'est quelqu'un avec qui partager ma vie, et je suis convaincu que la femme qu'il me faut est ici, quelque part. Ce n'est tout de même pas trop demander, quand on a quarante ans, si ?

— Quarante ? s'écria Ginny, incrédule.

Quel toupet ! Il en avait quarante-trois bien sonnés.

— Aaaarrrghhh, et maintenant, il drague l'animatrice ! cria Jem en enfouissant son visage dans un coussin. Je ne veux pas voir ça !

Gavin et la présentatrice finirent par danser ensemble, avant que Gavin ne la fasse basculer dans une pose pseudo-hollywoodienne d'un ridicule achevé. Sur le canapé, Jem émettait des gémissements plus ou moins graves. Enfin, le sujet sur les clubs de célibataires fut clos, et l'on passa sans autre forme de procès à une discussion très sérieuse sur la cystite.

Osant enfin découvrir son visage, Jem se lamenta :

— Je n'arrive pas à croire que j'aie un lien de parenté avec ce mec ! Ce n'est déjà pas simple d'avoir un père qui s'inscrit à un club de célibataires, mais en plus, le mien, il faut qu'il en parle à la télé. Et il n'a même pas la décence de faire flouter son visage !

Elle attrapa son portable et composa le numéro de son père.

— Papa ? Non, ce n'est pas Keira Knightley, arrête de rêver, c'est *moi*. Évidemment qu'on t'a vu. Tu aurais pu prévenir, quand même. Si ça se trouve, tous mes potes regardaient. J'ai l'air maligne, tiens.

— Sa mission est de te pourrir la vie, commenta Ginny.

— Il dit qu'il a un petit creux, là, dit Jem en levant les yeux au ciel.

— Il a toujours un petit creux. C'est pour ça qu'il se retrouve obligé de cacher son gros bide sous d'horribles chemises multicolores. Mais bon... soupira Ginny. Dis-lui quand même de passer.

— Tu as entendu ? fit Jem dans le combiné.

Après un silence, elle ajouta à l'intention de sa mère, avec un large sourire :

— Papa dit que tu es la meilleure.

— C'est parce qu'il ne sait pas encore ce qu'on mange. Dis-lui que c'est salade, au menu, et rien d'autre.

5

Une demi-heure plus tard, Gavin débarqua dans sa Porsche blanche sale, symbole de sa crise de la quarantaine. Ils dînèrent ensemble dans la cuisine. Tous les efforts de Jem pour lui faire honte échouèrent, comme c'était à prévoir.

— Je ne vois pas où est le problème, franchement, rétorqua Gavin sans une once de remords, en se servant une nouvelle fois de purée. J'ai élargi mon cercle d'amis, je m'amuse, et j'ai rencontré des filles super.

« Filles » étant le mot clé de toute cette affaire, Ginny avait parfois du mal à croire qu'elle et Gavin aient pu être mariés, autrefois. Depuis quelque temps, il annonçait régulièrement qu'il avait enfin rencontré la créature la plus séduisante au monde et que cette fois, c'était vraiment la bonne. Inutile de préciser que Gavin était un dragueur infatigable et qu'il manquait singulièrement de jugement dans ses choix. Invariablement, ses conquêtes avaient une vingtaine d'années, une jupe très courte, des talons très hauts et des extensions capillaires blond platine. Leur relation n'avait pas grand-chose de la rencontre de deux esprits, et l'affaire ne durait en général que quelques semaines. À Noël, Gavin avait passé son temps à leur énumérer les vertus de son dernier amour, Marina. Aujourd'hui, à peine dix jours plus tard, il vantait les mérites d'un club de célibataires.

— Et Marina, qu'est-ce qui lui est arrivé ? demanda Ginny en trempant un bout de pain dans le bol de mayonnaise à l'ail.

— Qui ? Ah, oui. Son ex était super jaloux et il a fait un peu de foin. Ils se sont remis ensemble.

— Et te revoilà à la case départ. Les femmes de ton club, elles sont un peu plus vieilles que ce à quoi tu es habitué, non ?

— Et alors ? répliqua Gavin. Ce n'est pas un problème. Certaines ont des filles carrément craquantes ! Et ne me regarde pas comme ça, tu devrais essayer, toi aussi.

Il en fallait beaucoup pour déstabiliser Gavin.

— Quoi ? Draguer des femmes de cinquante ans et plus pour pouvoir partir avec leurs filles ?

— T'inscrire au club. Ça te ferait beaucoup de bien. La semaine prochaine, Jem sera repartie à la fac. Il faut que tu sortes un peu. Tu n'as qu'à venir avec moi, je te présenterai à tout le monde. Ça sera sympa.

— Tu plaisantes ? Je suis ton ex-femme ! Tu trouverais ça normal, toi, d'emmener ton ex-femme dans ton club pour célibataires ? Et puis, il faudrait déjà que j'aie envie d'aller dans un endroit pareil !

Gavin haussa les épaules.

— Il faut vivre avec son temps, et essayer d'envisager un peu l'avenir. De savoir ce qu'on veut faire de sa vie.

— Papa, arrête. Tu es en train de faire comme quand tu essaies de me persuader de manger des olives parce que *toi*, tu les aimes. Maman va très bien. Elle n'est pas en manque, comme toi.

— Je ne suis pas en manque ! protesta Gavin, furieux qu'on puisse ternir ainsi sa personnalité.

— Non, tu es juste un peu accro au sexe, dit Jem en se penchant pour lui donner une petite tape réconfortante sur l'épaule. Et ce n'est pas une critique, seulement une constatation. Mais maman n'est pas comme ça. Elle est heureuse comme elle est. Pas vrai, maman ? Tu ne te sens jamais seule, toi ? Ce n'est pas ton style.

— Euh... eh bien...

Prise au dépourvu par ce qui n'était qu'une question rhétorique, Ginny se demanda si le moment n'était pas venu d'avouer que de temps en temps, en fait, elle se sentait un peu...

— Dieu merci ! continua Jem. Et je t'assure que j'apprécie, parce que tu n'as pas idée de la façon dont se comportent certains parents. Franchement, il y en a, c'est des cas désespérés. Comme ceux de Lizzy, par exemple, une copine de la fac. Ses parents l'appellent pratiquement tous les jours. C'est super gênant, pour elle, mais ils ne s'en rendent pas compte. Tout le monde éclate de rire chaque fois que son téléphone sonne. On dirait que ses parents ne vivent qu'à travers elle. Et Davy, c'est encore pire. Le pauvre, sa mère n'a pas voulu qu'il quitte la maison. Il est coincé avec elle, et tout le monde se fout de lui. Elle pourrait faire un effort, quand même. On dirait qu'elle ne voit pas qu'elle est en train de foutre la vie de son fils en l'air.

Le pauvre. Ginny, vaguement nauséeuse, but une gorgée d'eau. Intérieurement, elle était soulagée de voir que Jem ne se doutait pas le moins du monde de ce qu'elle ressentait pendant son absence. Mais elle réalisait aussi qu'après ce qu'elle venait d'entendre, jamais elle n'oserait en parler.

— Elle ne le fait peut-être pas exprès, plaida-t-elle au nom de la mère de Davy.

— Même si c'est le cas, ça craint. On n'est plus des mômes ! fit Jem en gesticulant avec sa fourchette. On est des adultes.

— Ce n'est pas très adulte, justement, de se moquer d'un garçon simplement parce qu'il habite encore avec sa mère, dit Ginny avec en tête l'image de Jem, dans sa chaise haute, agitant sa cuillère de bébé exactement de la même façon. J'espère que tu n'es pas méchante avec lui, Jem.

— Maman, pour qui tu me prends ? Bien sûr que je ne suis pas méchante avec lui ! C'est juste qu'il passe pour le petit garçon à sa maman et que, du coup, il a du mal à trouver sa place. Quand on sort tous ensemble boire un verre, après, on se retrouve chez l'un ou chez l'autre pour discuter, mais lui, qu'est-ce qu'il peut faire ? Inviter tout le monde chez sa maman ? Tu imagines ? Une tasse de thé dans de la porcelaine fine, le petit doigt en l'air et tout ?

Intérieurement, Ginny grimaça. Pourquoi Jem ne lui plantait-elle pas directement sa fourchette dans la main ? Cela aurait été moins douloureux.

— Ne te prends pas le chou avec ce mec, c'est à lui de gérer ses problèmes, intervint Gavin, qui était au politiquement correct ce que M. Bean était à la subtilité. Concentre-toi sur tes autres amis. Celui-là, ça ne m'étonnerait pas qu'il soit un peu tapette, en plus.

Ginny était perchée sur l'escabeau et chantait à tue-tête en même temps que la radio lorsqu'elle entendit, lointaine, la sonnette de la porte d'entrée. Il lui fallut un moment pour s'essuyer les mains avec un chiffon, descendre de l'escabeau et se ruer dans l'escalier.

Lorsqu'elle arriva dans l'entrée, Carla hurlait par la fente de la boîte à lettres :

— Je sais que tu es là ! J'entends du bruit ! C'est quoi, ce vacarme ? Tu pleures encore ? Allez, ouvre-moi, je suis venue te remonter le moral, parce que je suis une fille adorable sur qui on peut compter.

Ginny ouvrit la porte, touchée que son amie s'inquiète pour elle.

— C'est gentil à toi, vraiment.

— En plus, j'aimerais que tu me prêtes ton sèche-cheveux, le mien est foutu. Mais... tu ne pleures pas ?

— Bien vu.
— Tu portes une salopette absolument répugnante.
— On ne peut rien vous cacher, Miss Marple.
— Et tu as du jaune vif partout sur le visage et les mains.
Carla se tut, réfléchit, plissa les yeux.
— J'en conclus que tu viens de te battre avec un bol de crème anglaise, déclara-t-elle.
— Raté ! Tu vois ? C'est pour cela que la police ne prête jamais attention à toi quand tu essaies de te mêler de ses affaires.
Carla sourit et la suivit dans la cuisine.
— À partir du moment où je me mêle de ses « affaires », n'importe quel homme fait attention à moi, qu'il soit de la police ou pas. Alors, dis-moi, qu'est-ce que tu fabriques ? Que repeins-tu ?
— La chambre d'amis.
Carla, qui n'était absolument pas bricoleuse, haussa les sourcils.
— Pour une raison en particulier ?
— Oui.
— Puis-je demander laquelle ?
Ginny prépara du thé et ouvrit un paquet de gaufrettes au caramel.
— Parce que j'en ai assez de me lamenter sur mon sort. Il est temps que je me reprenne et que je force un peu le destin.
— Bien dit. Mais je ne vois pas en quoi redécorer ta maison va faire avancer les choses.
— Jem m'a appelée, hier soir. Elle et Lucy partaient pour une soirée. Jem avait l'air tellement heureuse – elles s'entendent vraiment très bien, toutes les deux. Lucy a rencontré un joueur de l'équipe de rugby, et il les a invitées à un match, samedi.
— Pauvre Jem ! Un match de rugby, quelle horreur ! soupira Carla en prenant une gaufrette.
— Là n'est pas la question. Elle se fait de plus en plus d'amis, et bientôt, elle rencontrera les amis de

ses amis, expliqua Ginny. Quand on commence, ça ne s'arrête plus. Alors, hier soir, j'ai décidé de suivre son exemple. J'ai une jolie maison, je l'habite seule, et c'est dommage. J'ai donc décidé de mettre une petite annonce pour…

— Trouver un rugbyman bien baraqué rien que pour toi ! C'est une idée géniale ! Ou bien, encore mieux, une équipe entière ! Tu as la place, non ?

— Tu vas me trouver rabat-joie, mais je pensais à une femme. Et de préférence pas une joueuse de rugby. Juste quelqu'un de normal et de célibataire, comme moi. On pourrait sortir ensemble, comme le font Jem et Lucy. Je rencontrerais ses amis, elle rencontrerait les miens. Et quand on n'aura pas envie de sortir, on restera à la maison devant la télé, avec un verre de bon vin et plein de ragots à se raconter.

Carla fit mine d'être vexée. D'ailleurs, elle l'était un peu.

— Tu veux dire que tu vas chercher une nouvelle amie par petite annonce ? Mais je croyais que j'étais ton amie, moi. J'adore boire du bon vin, et je raconte les ragots comme personne !

— Je le sais bien. Mais tu as déjà la vie que tu voulais, expliqua doucement Ginny.

— Tu finiras par l'aimer plus que moi ! dit Carla, une main sur la poitrine. Et vous parlerez de moi quand je ne serai pas là. Lorsque je viendrai sonner à ta porte, tu me diras : « Écoute, Carla, je préférerais que tu repasses une autre fois, Doris et moi allions ouvrir une bonne bouteille et papoter entre filles. »

— Parfait, dit Ginny en écartant ses mains tachées de jaune. Je m'incline. Tu peux être ma locataire, si tu veux.

Cette fois, Carla parut réellement horrifiée.

— Tu plaisantes ? Je ne veux pas vivre avec toi ! J'ai besoin de mon espace à moi.

— Tu vois bien. Mais moi, je ne suis pas comme toi. Je déteste vivre seule, dit simplement Ginny. J'ai trop l'habitude d'avoir quelqu'un dans la maison. Dès que j'aurai fini de repeindre la chambre, je mettrai une petite annonce. D'ailleurs, puisque tu es là, ça te dirait de me donner un coup de main ?

— On est toujours amies, n'est-ce pas ?

— Absolument.

— Dans ce cas, tu me comprendras sûrement si je te dis que je préférerais manger une grenouille vivante plutôt que de t'aider à faire de la peinture. Le mieux, c'est que tu ailles me chercher ton sèche-cheveux et que je te laisse finir tranquillement. Tu sais ce qu'on dit : trop de marmitons gâte la sauce.

Ginny sourit en regardant Carla se lever et brosser sa jupe pour en ôter les miettes de gaufrettes.

— Sauf que tu n'as jamais tenu la queue d'une poêle de ta vie.

— Oui, mais j'ai d'autres talents, riposta Carla avec un sourire. Et je t'interdis de me remplacer, hein. Tu veux une locataire ? Très bien. Mais je suis ta meilleure amie, et je t'interdis de l'oublier !

6

— Tu n'es pas obligé de faire ça, tu sais.

Jem sourit à Davy Stokes, qui avait pris l'habitude de passer au pub juste avant la fermeture et de la raccompagner à la fin de son service.

— Je sais, mais c'est quasiment sur mon chemin, répondit Davy avec un haussement d'épaules, avant d'ajouter : Mais peut-être que ça te gêne ? Excuse-moi, je n'avais pas pensé à ça. Je ne le ferai plus, si tu préfères.

— Arrête de dire n'importe quoi. C'est sympa d'avoir quelqu'un avec qui discuter. Et comme ça, quand j'ai mal aux pieds, tu peux me porter !

Ses nouvelles bottes étaient indéniablement faites pour être regardées, et pas portées. Elles lui faisaient un mal de chien.

Davy se mit à rire.

— Dans tes rêves ! répliqua-t-il en s'écartant lorsqu'elle fit mine de lui sauter sur le dos. Tu n'avais qu'à mettre des baskets, comme toutes les serveuses !

— Mais regarde ! Je ne pouvais pas les laisser à la maison, elles sont géniales !

Les bottes de cow-boy de Jem, roses et à bout pointu, étaient le nouvel amour de sa vie.

— En fait, tu es jaloux parce que tu voudrais les mêmes !

Ils se chamaillèrent tout en remontant Guthrie Road, frissonnant sous la fine pluie fraîche qui s'était mise à tomber. Sans réfléchir, Jem proposa :

— Kerry et Dan font une fête, ce soir. Ça te dit de venir ?

Davy secoua la tête.

— C'est sympa, merci, mais il faut que je rentre.

Tous les samedis, après l'avoir raccompagnée, il prenait le bus pour Henbury. Se sentant désolée pour lui, Jem insista :

— Allez, viens, pour une fois. Ça va être sympa, tout le monde y va. Et après, tu n'auras qu'à venir coucher à la maison.

Connaissant le faible de Davy pour Lucy, Jem pensait qu'elle tenait là le meilleur argument qui soit.

Il enfonça ses mains dans ses poches.

— Non, vraiment, je ne peux pas. Ma mère va m'attendre.

— Davy, tu as dix-huit ans !

Il détourna le regard.

— Je sais, mais elle n'aime pas être seule. Arrête avec ça, OK ? Ma mère n'est pas comme la tienne.

Jem glissa un bras sous celui de Davy et le serra pour le réconforter.

— Tu as raison. J'arrête. Je me tais.

Il se détendit.

— Ça, c'est nouveau.

— Au fait, je ne t'ai pas parlé de la dernière idée de ma mère. Je l'ai appelée hier pour lui dire que je m'étais acheté de nouvelles bottes, et elle m'a annoncé qu'elle allait prendre une locataire !

— Ah, bon ? Qui ?

— Aucune idée, elle n'a encore trouvé personne. Elle vient juste de finir de repeindre la chambre d'amis et, la semaine prochaine, elle mettra une annonce dans un journal local.

— Et toi, tu prends ça comment ?

— Je trouve que c'est une super idée. Elle ne prendra jamais quelqu'un qui ne me plairait pas, de toute façon. Alors, je dis banco. C'est vrai, elle va de l'avant, elle fait des trucs positifs. Maintenant que je ne suis plus là, un peu de compagnie lui fera du bien. Tu devrais suggérer à ta mère de suivre son exemple. Comme ça, tu pourrais t'installer ailleurs sans te sentir coupable de la laisser seule.

Davy leva les yeux au ciel.

— Tu recommences.

— Excuse-moi. C'est juste tellement dommage que…

— Et c'est reparti !

Ils étaient arrivés devant chez Jem. Davy jeta un coup d'œil à sa montre.

— Je ferais mieux d'y aller si je veux attraper mon bus. Amuse-toi bien à la fête.

— Merci. Et merci d'avoir fait le chemin avec moi. À lundi !

Jem agita la main tandis qu'il prenait la direction de Whiteladies Road, silhouette solitaire dans un manteau trop grand acheté d'occasion, en route pour un chocolat chaud chez sa mère. Pas étonnant que les autres se moquent de lui !

Pauvre Davy, quel genre de vie avait-il ?

Jem entra dans l'appartement, s'attendant à le trouver vide. Il était minuit, et Rupert devait passer la soirée dans un des clubs branchés qu'il affectionnait. Lucy était déjà à la fête de Kerry et Dan. Jem n'avait qu'à se changer, remettre un peu d'ombre à paupières et de gel dans les cheveux, et elle ressortirait. Avec, aux pieds, des chaussures un peu plus confortables.

Mais lorsqu'elle poussa la porte du salon, elle trouva Rupert allongé sur le canapé. Il regardait la télé, un large assortiment de plats chinois tout prêts installés sur la table basse.

— Tiens, je te croyais sorti.

Amusé, Rupert imita son expression de surprise.

— Tiens, je suis resté.

— Comment ça se fait ? Tu es malade ? Où est Caro ?

Tout en retirant son manteau – Rupert avait cela de bien qu'il n'était pas radin côté chauffage –, Jem réalisa qu'elle n'avait pas vu Caro depuis déjà quelques jours.

— Va savoir. Je m'en tape. On a rompu, répondit Rupert en plongeant des baguettes dans une barquette de poulet *sui mai*.

— Oh, je ne savais pas. Je suis désolée.

— Pas pour moi, j'espère. Elle était d'un ennui mortel. Super canon, soupira-t-il, mais avec à peu près autant de conversation qu'une amibe.

Jem était d'accord, mais, diplomate, elle se garda bien d'abonder dans le sens de Rupert. Elle n'avait aucune envie de se retrouver avec deux ennemis si jamais Caro et lui se réconciliaient.

— Alors, me voilà, tout seul, avec plus de bouffe que je pourrai jamais en avaler. Mais tu es là, maintenant. Viens t'asseoir, ajouta Rupert en donnant une tape sur le canapé, et sers-toi. J'ai un tas de DVD, aussi. Comment ça s'est passé, ce soir, au pub ?

Jem hésita. C'était la première fois que Rupert l'interrogeait sur son job. Mais sans doute était-il plus affecté par sa rupture avec Caro qu'il ne voulait le laisser croire et avait-il besoin de compagnie.

— Euh... en fait, je suis censée retrouver Lucy à la soirée de Kerry et Dan. Pourquoi tu ne viendrais pas, toi aussi ?

— Kerry le joueur de hockey qui sait tout mieux que tout le monde ? Et Dan poil de carotte, dit l'Incroyable Hulk ? Plutôt me casser un pied. Mais qu'est-ce que tu vas faire chez ces tas de muscles imbibés de bière bon marché ? Il fait froid, dehors, il pleut. Le temps que tu arrives, tu seras trempée, et franchement, pour quoi ?

Il se sentait seul, c'était évident. Et à propos de pied cassé, les siens la faisaient cruellement souffrir. Jem hésita, imaginant la soirée qu'elle allait rater. Elle mourait de faim, et tout ce qu'elle pouvait espérer chez Kerry et Dan, c'était un morceau de pain rassis à tremper dans une sauce à l'ail. Tandis que Rupert, lui, ne se fournissait pas chez le Chinois du coin, mais chez le meilleur restaurateur de Clifton, raison pour laquelle tout ce qui se trouvait sur la table était terriblement appétissant et sentait délicieusement bon.

— Tu as peut-être raison.

Cédant à la tentation, elle se laissa tomber sur le canapé, à côté de lui.

— J'ai toujours raison, dit Rupert avec un grand sourire. Tu veux que je t'aide ?

Jem retira sa botte gauche et soupira d'aise tandis que ses orteils reprenaient leurs places respectives. Rupert l'aida à retirer la botte droite et la contempla en secouant la tête.

— Tu ne devrais pas porter des trucs pareils.

Pour qui se prenait-il ? Un podologue ?

— Elles sont en cuir, elles vont s'élargir.

— Ça ne changera rien au fait qu'elles sont horribles.

— Quoi ?

— C'est vrai, elles sont moches. Tu les as payées combien ?

— C'était une super affaire. Vingt livres en solde, au lieu de soixante-quinze !

— Exactement ce que je disais ! Qui en aurait voulu, sinon ?

— Moi ! protesta Jem en regardant ses bottes, prise d'un doute soudain.

Son expression fit rire Rupert, qui les lança à l'autre bout de la pièce.

— Bon, assez parlé bottes. Sers-toi un verre. Et mange ce que tu veux. Tu as assez chaud ?

Les beignets de gambas étaient divins. Jem craqua ensuite pour des coquilles Saint-Jacques sauce chili. Le vin blanc était, lui aussi, de qualité nettement supérieure à celui, premier prix, qu'elle buvait en général. Elle ferma les yeux, remua les doigts de pied et lâcha :

— Tu sais quoi ? Je suis beaucoup mieux ici.

— Évidemment. Rester chez soi, c'est la nouvelle attitude branchée.

Maniant les baguettes avec beaucoup de maîtrise, Rupert lui tendit une bouchée de poulet au citron.

— Tu entends la pluie, dehors ? reprit-il. Nous, on est là, à l'abri, avec tout ce qu'il nous faut. Aller traîner à une soirée pourrie juste pour dire de sortir, c'est ce que font les gens qui ne sont pas bien chez eux.

Jem avala la bouchée de poulet, étonnée par ce Rupert devenu si bavard. Jusque-là, lorsqu'il était avec Caro, il avait toujours affiché une attitude supérieure, du moins systématiquement distante. Il y avait de l'amélioration dans l'air. Vivement le retour de Lucy, qu'elle lui raconte combien Rupert le snob pouvait être humain !

D'ailleurs, elle allait lui envoyer un texto tout de suite, pour lui dire qu'elle ne viendrait pas à la soirée.

À 1 h 30 du matin, ils avaient bu deux bouteilles de vin. *Gangs of New York* n'était pas le film sur lequel Jem aurait spontanément jeté son dévolu, mais le repas chinois compensait amplement ce choix. Lorsque le film arriva à sa fin, Rupert proposa :

— Ça te dit de regarder *The Office*, maintenant ?

Détendue, agréablement pompette, Jem le regarda avec un large sourire.

— Pourquoi pas ? Tu sais quoi ? Je suis vraiment très contente d'être restée ici.

— C'est ce que font les gens bien. Contrairement à ces blaireaux, dit Rupert, faisant allusion à un groupe de fêtards bruyants qui passait dans la rue. Écoute-les un peu, ces connards.

Haussant la voix, il répéta :

— Connards !

Jem rigola.

— Ça m'étonnerait qu'ils t'aient entendu.

Rupert bondit du canapé, alla ouvrir la fenêtre et hurla :

— Connards !

Plusieurs voix le huèrent. Des sifflets et quelques insultes fusèrent, et une canette de bière heurta un mur avec un bruit mat.

— Ferme la fenêtre ! protesta Jem comme l'air froid s'engouffrait dans la pièce.

— Tu plaisantes ? Ils ont essayé de me balancer une canette de bière.

Promenant un regard circulaire dans le salon, Rupert chercha quelque chose à leur lancer à son tour.

— Pas les bouteilles, dit Jem en attrapant précipitamment les bouteilles de vin vides. Non ! hurla-t-elle lorsque Rupert s'empara de ses bottes pour en jeter une par la fenêtre. T'es fou ! Pas mes bottes !

7

— Espèces de branleurs ! hurla Rupert en jetant la seconde botte avant que Jem ait pu atteindre la fenêtre, qu'elle ferma brusquement.

— Non, mais tu es complètement barge ! Va les chercher ! C'est *mes* bottes !

— Mais elles sont moches à faire peur ! Allons, allons, dit Rupert en lui prenant les poignets alors qu'elle tentait de regarder dehors. Et puis, c'est trop tard, maintenant. Ils sont partis avec.

— Mais tu es con ou quoi ? Comment tu peux oser ?

— Hé ! Arrête, elles ont accompli leur mission. Et je t'en achèterai une autre paire.

— C'était la dernière !

Jem se débattit pour se libérer.

— La dernière paire pas chère et moche. Tu mérites mieux que ça. Je t'en achèterai une paire plus classe, dit Rupert en riant, cette fois. Tu ne peux pas dire non. Je m'excuse, d'accord ? Je n'aurais pas dû les prendre comme ça, mais je t'ai rendu un grand service. Demain, on ira en ville et on t'en trouvera des fabuleuses. Promis, juré.

Jem regarda par-dessus l'épaule de Rupert, à court d'arguments. Ses magnifiques santiags roses à bouts pointus, l'affaire qu'elle était si fière d'avoir faite, paf, envolées, comme ça.

Étaient-elles réellement moches et de mauvaise qualité ? Davy les avait trouvées sympa.

Mais Davy n'était pas réputé pour son bon goût infaillible.

— Allez, dit Rupert en lui prenant le menton pour qu'elle le regarde. C'est une bonne chose, non ?

Son regard s'adoucit tandis qu'il lui caressait la joue.

— Qu'est-ce que tu es mignonne, toi, murmura-t-il.

Jem comprit qu'il allait l'embrasser. Elle n'avait jamais envisagé une chose pareille, mais maintenant que c'était sur le point de se produire, cela lui semblait tout à fait dans l'ordre des choses. Les lèvres de Rupert effleurèrent les siennes, et elle sentit une vague de chaleur la parcourir des pieds à la tête. Il glissa une main dans ses cheveux, l'attira vers lui et l'embrassa vraiment.

C'était très agréable. Lorsqu'il s'écarta, il prit son visage dans le creux de ses mains, ses yeux noisette plongés dans ceux de Jem.

— Quoi ? murmura Jem.

— Excuse-moi, je n'aurais pas dû, dit-il avec un bref sourire. Mais je n'ai pas pu m'en empêcher.

Jem hésita. Était-ce osé de lui proposer de recommencer s'il en avait envie ?

Mais Rupert secouait la tête, maintenant, visiblement pris de remords.

— Je crois que ce n'était pas une bonne idée.

C'était son appartement, elle était sa locataire. Peut-être avait-il raison. Jem, qui n'avait qu'une expérience limitée dans ce domaine, fut soulagée de voir qu'il ne lui sautait pas dessus dans la foulée, qu'il ne recourait pas à tous ses talents de séducteur afin de l'attirer dans son lit pour une nuit de passion torride.

Pourtant, elle ne pouvait s'empêcher de se demander pourquoi il réagissait ainsi et était, pour tout dire, un peu vexée. Elle n'était pas assez séduisante, peut-être ?

— Allez, viens, on va regarder *The Office*, conclut Rupert en lui ébouriffant les cheveux d'un geste affectueux, avant de se tourner vers la pile de DVD.

Ils regardèrent donc *The Office*. Pendant l'heure qui suivit, Jem, assise à côté de lui, fixa l'écran sans voir la moindre scène, incapable de se concentrer sur l'histoire, l'esprit sens dessus dessous. Elle ne pensait qu'à une chose, leur baiser, et à la façon dont Rupert l'avait regardée. Pourquoi s'était-il arrêté là ? Éprouvait-il encore quelque chose, maintenant, ou plus rien ? Elle-même sentait son corps tendu comme un arc, l'adrénaline courait encore dans ses veines, mais lui se comportait comme s'il ne s'était rien passé.

Ce baiser l'avait-il dégoûté ? Peut-être s'y était-elle mal prise. Rupert regrettait-il son geste, ou ce baiser n'avait-il vraiment eu aucun sens pour lui ?

Une chose était certaine, elle ne poserait pas la question.

Le cœur de Jem s'emballa lorsqu'il se pencha pour prendre la télécommande et éteindre la télé et le lecteur de DVD, avant de bâiller et d'annoncer :

— Allez, au lit, maintenant.

C'était quoi, ça ? Une espèce de code ? Le souffle court, elle le regarda se lever, bâiller une nouvelle fois, s'étirer, puis se tourner brièvement pour lui dire : « Bonne nuit » avant de se diriger vers la porte.

Ah, bon. Donc, ce n'était pas un code.

— Bonne nuit, répondit Jem, interloquée et déçue.

Elle partageait l'appartement de Rupert depuis plusieurs mois, et jamais encore elle n'avait considéré son colocataire sous un angle romantique. En fait, ils appartenaient à des milieux si différents qu'elle s'était convaincue qu'il ne se produirait jamais rien entre eux. Rupert menait une vie dorée et glamour dans les sphères de la haute société. Caro et lui évoluaient dans des cercles huppés, passant leurs week-ends à Londres, séjournant dans des manoirs à la campagne aux beaux jours, prenant l'avion pour Paris lorsqu'ils en avaient envie.

Leur monde était différent du sien.

Il l'avait embrassée.

Et il était parti se coucher.

Autant regarder les choses en face, il ne se passerait rien. Penser le contraire était bien une preuve de sa grande naïveté.

Jem était couchée depuis dix minutes lorsqu'elle entendit frapper à sa porte. Avant même qu'elle ait pu répondre, la poignée tourna et la porte s'ouvrit.

Rupert apparut, en boxer et torse nu.

— Je n'arrête pas de penser à toi.

— Quoi ? demanda-t-elle d'une petite voix tremblante.

Son cœur tentait le record du monde du plus grand nombre de pulsations à la minute.

— Je pense que tu as entendu.

Il faisait sombre, mais il lui sembla que Rupert souriait.

— Je n'arrive pas à dormir, tu es là-dedans, dit-il en se tapant la tête. J'ai essayé de te faire sortir, mais tu ne veux pas.

Mmm, cette voix, cet accent raffiné de la haute société...

— Et je me demandais si ça te faisait pareil, continua-t-il en s'approchant dans l'obscurité.

Les mots étaient coincés dans la gorge de Jem. Elle ne pouvait pas dire oui, elle ne pouvait pas dire non, elle ne pouvait rien dire du tout.

— Tu as de la place pour deux, là-dessous ? demanda Rupert en penchant la tête sur le côté.

Ou est-ce que tu préfères être seule ? Si je suis en train de faire une horrible bourde, il vaudrait peut-être mieux me le dire, que je retourne dans ma chambre.

D'une main tremblante, Jem attrapa son nounours Barney, la peluche mal en point qui lui tenait compagnie dans son lit depuis ses cinq ans. Subrepticement, elle le fit glisser entre le lit et la commode, puis souleva la couette et s'écarta pour faire de la place à Rupert.

— Tu es sûre ? dit-il en se glissant à côté d'elle, avant de la prendre dans ses bras.

— Oui, lui murmura-t-elle à l'oreille.

À 4 heures du matin, Rupert se leva et récupéra son boxer. Jem se redressa sur un coude.

— Qu'est-ce que tu fais ?

— Je la joue discret. C'est mieux que Lucy ne sache rien de tout ça. Elle pourrait se dire qu'elle est de trop, qu'elle tient la chandelle, tu vois ? Je pense qu'il est préférable de ne rien lui dire.

Il n'avait pas tort. C'était l'appartement de Rupert, Lucy et elle étaient ses locataires. La situation pouvait devenir compliquée si un couple se formait officiellement.

Oui, mais... cela signifiait-il que ce qu'ils venaient de faire n'était qu'un petit coup comme ça, en passant ? Rien de plus qu'une partie de jambes en l'air sans conséquence ?

— Hé, ne me regarde pas comme ça, dit Rupert, qui avait remis son boxer. Tu vas voir, ça va être marrant. Un peu comme une liaison secrète. C'est plus excitant quand personne n'est au courant.

Il se pencha vers elle et l'embrassa. Soulagée, Jem referma ses bras autour de son cou.

— Tu as raison. C'est plus simple si on ne dit rien à Lucy. Mais ça va me faire bizarre. On se raconte tout, d'habitude.

— Eh bien, ce coup-ci, tu devras te contrôler un peu, dit Rupert en se redressant avec le sourire. Il ne faut pas tout gâcher. Crois-moi, mieux vaut garder certains secrets.

8

L'annonce était parue aujourd'hui, dans le *Western Morning News* et le *Cornish Guardian*. Ginny avait mis des heures à la rédiger, pour finalement s'arrêter sur « Divorcée dynamique, trente-huit ans, propose jolie chambre à louer dans maison spacieuse à Portsilver. Idéal pour femme même situation. Soixante livres par semaine, charges comprises ».

C'était pas mal, non ? Direct, clair, et plutôt tentant. Si elle avait cherché un toit, elle aurait été tentée, en tout cas. En relisant fièrement son annonce dans les journaux – toute neuve, pleine de promesses –, Ginny fut parcourue d'un frisson d'excitation. Elles allaient tellement s'amuser, toutes les deux, elle et sa locataire, à faire du shopping ensemble, à…

Oh, le téléphone !

— Allô ? dit-elle de sa voix la plus amène.

— Salut, ma belle. T'as l'air d'en vouloir. Ça te dit qu'on baise ?

— Certainement pas ! s'écria Ginny, outrée, avant de raccrocher.

Ses mains tremblaient. Quelle horreur ! Elle n'avait pas du tout pensé à cela. Était-ce ce qui l'attendait ? Des pervers qui allaient la harceler ?

Le téléphone sonna de nouveau, une heure plus tard. Cette fois, Ginny se prépara et répondit avec circonspection.

— C'est moi. Comment ça va ?

Ouf. C'était Gavin.

— Ça va. Je n'ai pas encore de réponse. Juste un appel d'un pervers dégoûtant.

— Qu'est-ce que tu lui as dit ?

— D'aller se faire voir.

— Écoute, j'aimerais que tu me préviennes quand tu auras des visites, pour la chambre. Je préfère être là. Ça peut être dangereux, de recevoir des inconnus chez toi quand tu es seule.

Ginny céda. Gavin le lui avait déjà proposé, et elle avait répondu que c'était inutile, puisqu'elle n'aurait que des femmes comme candidates. Mais maintenant, elle se rendait compte qu'il avait raison. Il était idiot de prendre un tel risque. Gavin était une catastrophe dans bien des domaines, mais il lui arrivait d'avoir de bons arguments.

— D'accord, dit-elle à contrecœur. Merci.

— Je t'en prie. Je suis libre ce soir. Au fait, tu ne m'as pas dit ça.

— Dit quoi ?

— D'aller me faire voir.

Ginny se força à garder son calme.

— C'était toi ? Je te remercie.

— Je sais, ce n'était pas très fin, mais je voulais que tu prennes conscience du danger.

Gavin était déjà très agaçant lorsqu'il avait tort. Mais quand il avait raison, il était insupportable.

— Très bien. Mais tu resteras en haut, je ne veux pas qu'on te voie, dit Ginny.

— Oh, mais ce n'est pas drôle ! protesta Gavin. Tu sais bien que je recherche toutes les occasions de faire de nouvelles rencontres. Imagine que ta locataire soit une fille super canon et qu'on sorte ensemble, ce serait rigolo, non ? Tu serais jalouse, toi ?

— Non, je serais juste étonnée qu'elle ait aussi mauvais goût en matière d'hommes. Et je ne trouverais pas ça rigolo du tout, ajouta Ginny calmement. De toute façon, je peux t'assurer tout de suite que ma locataire ne sera pas une fille super canon.

On sonna à 19 heures pile. C'était l'heure qu'elle avait donnée au premier des trois candidats qui avaient appelé dans l'après-midi. Plus nerveuse qu'elle ne voulait le montrer, Ginny envoya Gavin à l'étage et inspira longuement avant d'ouvrir la porte.

— Bonsoir, je suis Monica. Je viens de jeter un œil à vos rebords de fenêtres. Un petit coup de Cif leur ferait beaucoup de bien, vous savez. C'est bien, le Cif, ça fait briller. Oh, et ces plinthes, là, elles auraient bien besoin d'un coup de chiffon.

Le problème, quand on a rendez-vous avec un inconnu, c'est qu'il est difficile de l'envoyer promener tout de suite, même si on voit bien que ça ne va pas marcher.

Or, c'était exactement le cas. Face à cette version féminine de Monsieur Propre, Ginny comprit aussitôt que ça ne marcherait pas. Pourtant, elle resta agréable et bavarda poliment, parce que les règles de la bienséance l'exigeaient, et même si cette pimbêche s'était permis de critiquer ses rebords de fenêtres. Pour tout dire, elle aurait préféré perdre une jambe plutôt que de la prendre comme locataire.

Monica était petite, trapue, avait les cheveux gris permanentés et des lunettes sur le bout du nez. On aurait dit une tortue myope. Pour couronner le tout, elle devait bien avoir soixante-cinq ans. Et elle n'arrêtait pas de parler.

— ... c'est ce que je fais, moi. C'est mon petit secret. Une vieille brosse à dents dans le vinaigre, et ça fait briller ! Vos robinets seraient étincelants ! Tenez, prenez mon manteau. Vous n'avez pas de cintre ? Bien, et si on se faisait une bonne tasse de thé en discutant un peu, avant que je monte voir ma chambre ? Ensuite, on fera connaissance. Oh, vous prenez du Gold Blend ? Un peu surfait, non ? Le liquide vaisselle de chez Marks et Spencer, moi, je suis contre. Pas trop fort, le thé. On n'a qu'à partager le sachet, qu'est-ce que vous en dites ? Pas de sucre pour moi, merci.

« À l'aide, à l'aide ! » pensa Ginny, avant de demander :

— Vous disiez que vous aviez quel âge, exactement ?

— Quarante-deux ans, ma chère. Je me suis dit qu'on allait avoir plein de choses en commun, vu qu'on a le même âge.

— Bien sûr.

Ginny envisagea brièvement de monter chercher Gavin pour voir s'il avait envie de flirter avec cette folle. Mais Monica avait déjà repris la parole.

— Je vais vous parler un peu de moi, d'accord ? Bien, mon petit mari et moi allons divorcer, donc nous vendons notre maison, et c'est pour cette raison que je cherche à louer quelque chose. Et puis la colocation, c'est sympathique, n'est-ce pas ? C'est confortable, d'une certaine manière. Entre vous et moi, ça ne me fait pas grand-chose de divorcer. Mon mari est ennuyeux à mourir. Il est d'une discrétion maladive, faire la conversation lui est impossible. Quand il n'était pas à son travail, il passait son temps dans sa cabane de jardin adorée, alors ça m'étonnerait qu'il me manque. Attention, hein, j'ai failli tomber à la renverse lorsqu'il m'a dit qu'il voulait divorcer. Ça, je ne l'ai pas vu venir, je le reconnais. Les hommes sont de drôles de créatures, n'est-ce pas ? Je ne comprendrai jamais comment ils fonctionnent. Le pauvre bichon ! Et il s'imagine qu'il va s'en sortir sans moi, maintenant... Vous savez qu'un oiseau a fait ses petits besoins sur une de vos vitres, à l'extérieur ? Il faudra nettoyer, ce n'est pas très joli. Je peux m'en occuper, si vous voulez.

— Elle est parfaite. Quand est-ce qu'elle emménage ? demanda Gavin dès que la porte se fut refermée derrière Monica.

— Chut. Du silence. J'ai besoin de silence, là. Mes oreilles n'en peuvent plus.

— Tu veux que je leur fasse un petit nettoyage au Cif ? Ça leur fera du bien, tu verras.

— Quel cauchemar ! grommela Ginny. Je lui ai dit que j'avais plein de gens intéressés et que je lui donnerais ma réponse demain.

— Tu n'as que deux autres personnes intéressées. Et si elles sont pires ?

Ginny posa les tasses dans l'évier en songeant avec envie à la bouteille de vin blanc, dans le réfrigérateur.

— Il ne peut pas y avoir pire que Monica.

— Bonjour, entrez. Je suis Ginny.

— Moi, c'est Zeee.

Ginny hésita, se demandant si son interlocutrice avait une abeille coincée dans la gorge.

— Pardon ?

— Zeee. C'est mon prénom. Avec trois e, expliqua la femme d'un ton un peu agressif, comme si elle la mettait au défi de remettre en question la pertinence de ce choix. Zeee Porter. Vous ne devriez pas mettre de table ici, dans l'entrée, vous savez. C'est mauvais pour le feng shui.

— Ah.

« Dans ce cas, faillit rétorquer Ginny, vous ne devriez pas porter vos cheveux blond sale en dreadlocks, ni mettre des boucles d'oreilles plus grandes que des castagnettes qui font ressortir votre cou de poulet. Et vous ne devriez surtout pas porter de salopette violette avec des sandales de pèlerin sur des grosses chaussettes à doigts. C'est très mauvais pour le feng shui aussi. »

Zeee Porter, apprit-elle, avait trente-six ans et, si étonnant que cela pût paraître, était célibataire. Pour l'instant, le seul homme dans sa vie était son guide spirituel, Cerf Au Galop – trop fort. Pendant l'été, Zeee faisait du surf – trop top –, travaillait comme tatoueuse au henné – trop zen – et, je veux dire, en général, restait cool. Le reste de l'année, ben… en général, je veux dire, elle restait cool en attendant l'été. Oui, elle avait déjà eu un emploi digne de ce nom, dans un restau végétarien d'Aldershot, mais devoir se lever le matin et recevoir des ordres, ça lui avait pris le chou.

— C'était un super mauvais plan, dit-elle en secouant ses dreadlocks. J'ai pas besoin de ce genre de prise de tête, merci bien.

De toute évidence, elle n'avait pas besoin non plus de shampoing, ni de déodorant. Ginny se demanda si Cerf Au Galop portait une pince à linge sur le nez ou si les guides spirituels étaient au-dessus de ce genre de contingences bassement terre à terre.

Dieu sait ce que Monica aurait fait de Zeee ! Elle aurait sans doute commencé par un nettoyage au jet dans le jardin, avant d'empoigner son décapant et sa brosse.

Ginny lui fit malgré tout visiter la chambre dans laquelle elle n'habiterait pas, puis annonça d'un ton enjoué :

— J'ai encore beaucoup de gens intéressés. Je vous appellerai demain pour vous faire part de ma décision.

— J'ai pas de téléphone, dit Zeee. Le téléphone, je veux dire, ça détruit la planète.

— Ah.

Sauf quand vous avez besoin de prendre rendez-vous pour visiter une chambre, apparemment.

— Mais franchement, je crois pas que ça va le faire. Le prenez pas mal, mais de toute façon, je ne veux pas vivre dans un environnement pareil. Ça ne le fait pas, c'est tout. Vous comprenez ?

— Ah, lâcha Ginny, stupéfaite.

— Et puis, Cerf Au Galop m'a dit que c'était pas mon karma, d'emménager ici. Que je ne m'y sentirais pas bien.

Profondément soulagée, Ginny adressa une petite prière silencieuse à tous les guides spirituels, en particulier à Cerf Au Galop.

D'un geste, Zeee rejeta en arrière ses dreadlocks bouffées par les mites et ajouta :

— Il a dit aussi que vous aviez une aura boueuse.

— Seigneur, ça pue ! Ouvre la fenêtre, vite, fit Gavin. C'est qui, ensuite ?

Ginny avait le moral dans les chaussettes. La troisième et dernière personne était un homme.

— Il s'appelle Martin. Je lui ai dit que je cherchais plutôt une femme, mais il m'a répondu que c'était de la discrimination sexuelle et que je pouvais être poursuivie en justice si je refusais de rencontrer des candidats hommes.

Gavin eut un sourire narquois.

— À tous les coups, c'est un dingue. Heureusement que je suis là.

— À vrai dire, au téléphone, il n'avait pas l'air dingue du tout. Il était même plutôt sympathique. Il est en train de divorcer et a besoin d'un logement assez rapidement.

— Sans doute parce qu'il a assassiné sa femme et qu'il a la police aux fesses.

Ginny était pratiquement certaine que Martin n'était pas un assassin.

— Il s'est excusé d'être un homme et a ajouté qu'il n'était vraiment pas difficile à vivre, qu'il ne mettait jamais la musique fort et qu'il était presque sûr de n'avoir aucune habitude agaçante. Qu'est-ce que je pouvais faire d'autre, sinon lui dire de venir visiter la chambre ? On ne sait jamais. Si ça se trouve, il est très bien.

— Tu es trop bonne. Je vais prendre une hache avec moi, là-haut, annonça gaiement Gavin. Au cas où.

9

Martin Mason n'avait rien d'un assassin. Il se présenta poliment, sembla trouver la chambre à son goût et fit des compliments à Ginny pour sa maison décorée avec goût. Dans la cuisine, il accepta une tasse de thé et dit :

— Bon, je suppose que vous avez beaucoup d'autres candidats, mais je vous le dis quand même, votre chambre m'intéresse vraiment. Même si, ajouta-t-il un peu sèchement, je pense que vous finirez par choisir une femme.

— Je ne sais pas encore. Je prendrai ma décision lorsque j'aurai rencontré tout le monde.

Son nez s'allongeait-il visiblement ? Martin était d'un abord tout à fait agréable et paierait sans doute rubis sur l'ongle, mais Ginny savait qu'elle ne proposerait pas sa chambre à cet homme. Partager sa maison avec un quinquagénaire grisonnant portant des costumes trois pièces et travaillant dans une banque n'était pas du tout ce qu'elle avait envisagé.

— Si vous pouviez vous décider assez rapidement, cela m'arrangerait. J'occupe la chambre d'amis d'un collègue, en ce moment, et je ne voudrais pas abuser de son hospitalité.

Ginny hocha la tête. Elle avait oublié qu'il était en plein divorce. Le pauvre, ça ne devait pas être facile pour lui.

— Que s'est-il passé ? Votre femme occupe encore votre maison ?

Était-elle d'une indiscrétion rare en posant cette question ? Oh, et puis zut, elle était curieuse, voilà tout. Martin ferma les yeux un instant derrière ses lunettes rondes.

— Pour le moment, oui.

— Et elle vous a mis dehors comme ça ?

Ginny était indignée. C'était tellement injuste !

— Oh, non, c'est moi qui suis parti, répondit-il d'un ton léger. De mon propre chef. Je ne pouvais pas supporter de vivre avec ma femme une minute de plus.

Mince alors, elle ne s'attendait pas à cela.

— Pourquoi ? demanda-t-elle, amusée. Qu'est-ce qui n'allait pas chez elle ?

Martin sourit. Ses yeux se mirent à pétiller.

— Si vous connaissiez Monica, vous ne poseriez même pas la question.

— Le mari de Monica. Pauvre homme, dit Ginny, sincèrement désolée pour lui. Pas étonnant qu'il ait été ravi de ficher le camp.

— Tu lui as dit qu'elle était venue visiter la chambre, elle aussi ?

— Oui, répondit Ginny en versant du vin dans deux verres, avant d'en tendre un à Gavin. Il m'a dit : « Quoi que vous fassiez, ne la laissez pas s'installer chez vous. Elle vous rendrait folle. »

— Mais tu ne vas pas lui proposer la chambre à lui non plus. Donc, tu l'as dans le baba. Tu as vu les trois candidats, aucun ne convient. Qu'est-ce que tu vas faire ?

— Remettre une annonce, sans doute. Essayer une nouvelle fois, en priant pour avoir plus de chance.

Ginny but une longue gorgée de vin. Elle était plus déçue qu'elle ne voulait l'admettre par la tournure qu'avaient prise les événements. Elle s'était attendue à rencontrer quelqu'un de gentil, d'intéressant, avec qui elle se serait tout de suite bien entendue. Elle réalisait maintenant à quel point elle avait été naïve. Et si, malgré les annonces, elle ne trouvait personne de convenable ?

À 20 heures, ils avaient fini la bouteille. Gavin s'apprêtait à partir lorsque le téléphone sonna.

— Bonsoir, dit une voix masculine. J'appelle à propos de la chambre à louer. Elle est toujours libre, ou vous avez trouvé quelqu'un ?

C'était plus qu'une voix chaude, c'était une voix superbe, dont Ginny imagina aussitôt que le propriétaire devait lui aussi être superbe.

— Non, elle est encore libre, répondit-elle en reprenant espoir.

Tout n'était peut-être pas perdu, finalement.

— Génial. L'annonce dit que vous préférez une femme…

— Il n'y a rien de définitif, en réalité. En fait, peu m'importe.

— Du moment que c'est une personne avec qui vous vous entendez bien. C'est ça, le plus important, n'est-ce pas ? Au fait, je m'appelle Perry Kennedy. Votre maison a l'air géniale, c'est exactement ce que je recherche. Est-ce que je pourrais visiter assez vite ?

Il donnait l'impression de sourire en parlant. L'espoir renaissant s'ajoutant aux trois verres de vin bus un peu rapidement, Ginny sentit la tête lui tourner.

— Euh… où êtes-vous ? Parce que si vous voulez, vous pouvez passer maintenant.

Lorsqu'elle ouvrit la porte, elle constata avec soulagement qu'elle n'avait pas affaire à un troll. Perry Kennedy faisait un bon mètre quatre-vingts, avait des cheveux blond-roux ondulés, des yeux verts pétillants, un sourire éclatant et un physique d'athlète. Il portait une veste sombre sur un jean et une chemise blanche.

— Ravi de faire votre connaissance, dit-il en serrant la main de Ginny. Je sens que cet endroit va me plaire. Super, la déco de l'entrée.

Vingt minutes plus tard, ils étaient assis dans la cuisine et bavardaient comme s'ils se connaissaient depuis toujours. L'appartement de Perry était trop petit, il n'en pouvait plus. Célibataire, il avait trente-cinq ans et beaucoup d'amis à Portsilver, avec qui il adorait sortir. Un an plus tôt, il avait quitté Londres pour les Cornouailles, vendant son appartement de Putney pour tout réinvestir dans une affaire d'impression sur tissu. Il aimait le scooter des mers et la plongée sous-marine, avait un net penchant pour la cuisine thaïlandaise, conduisait une vieille MG et pleurait chaque fois qu'il voyait son film préféré : *La Couleur pourpre*.

— Mais en général, ça, je ne l'avoue pas, ajouta Perry. Je ne sais pas pourquoi je vous le dis à vous. Avec une info pareille, vous pourriez ruiner ma réputation, en ville.

— Je ne sais même plus combien de fois j'ai sangloté non-stop en regardant *La Couleur pourpre*, dit Ginny.

— Oui, mais vous, vous avez le droit. Moi, non. Je suis un mec.

Son expression fit rire Ginny. Il était parfait.

— Mais j'abuse de votre temps, là. La chambre est géniale. Et vous aussi, d'ailleurs. Qu'est-ce que je fais ? Je vous laisse mon numéro et je m'en vais sans savoir si j'aurai de vos nouvelles un jour ?

Pouvait-elle espérer mieux ? Ginny essaya de repenser à tout ce qu'il venait de lui raconter, y chercha des défauts, des failles et n'en trouva pas. Perry était charmant, d'une compagnie très agréable. D'accord, ce n'était pas une femme, et ils ne passeraient sans doute pas beaucoup de temps à discuter vernis à ongles et mascara, mais en dehors de ça, elle ne voyait aucun inconvénient à sa présence dans la maison.

— À moins que nous n'arrivions à faire affaire dès ce soir, ajouta Perry en souriant.

Les trois verres de vin ne prirent pas la décision à la place de Ginny, mais jouèrent certainement un rôle dans son choix. Ne voyant aucune raison de remettre cela à plus tard, elle oublia toute circonspection et trancha.

— C'est d'accord, dit-elle avec un sourire radieux.

Il sembla réellement ravi.

— Vous n'avez pas idée de ce que cela signifie pour moi. Ma vie va changer. À partir de quand la chambre est-elle disponible ?

— À partir de quand vous voulez.

Ginny le regarda prendre son portefeuille et en sortir une liasse de billets de vingt livres.

— Samedi, ça vous convient ?

— Samedi ? Sans problème.

— Tenez, voilà un mois de caution, et le premier mois de loyer, dit-il en posant les billets dans la main de Ginny. Je vous les donne avant que vous ne changiez d'avis ! Merci, merci, vraiment. Je suis très content de vous avoir rencontrée ce soir.

Il la fixa longuement, avec un regard qui la rendit toute chose à l'intérieur.

— Moi aussi, finit-elle par répondre d'une toute petite voix.

Il se leva, sortit ses clés de voiture.

— Je ferais mieux d'y aller. Samedi vers 11 heures, ça vous va, ou bien est-ce que c'est trop tôt ?

Ginny secoua la tête. C'était le début de sa nouvelle vie et, en ce qui la concernait, samedi n'arriverait jamais assez vite.

— Pas du tout. 11 heures, c'est parfait.

Le problème avec les ex-maris, c'est qu'ils ont le don de remarquer les choses qu'on préférerait qu'ils ignorent.

Et bien sûr, ils prennent un malin plaisir à vous le faire savoir.

— Ah ! s'exclama Gavin, l'index en l'air, en entrant dans la cuisine.

Ginny opta pour le bluff.

— Quoi ?

— Il te plaît.

— Bien sûr que non.

— Bien sûr que si. Il te plaît à mort. Et tu rougis.

— Uniquement parce que tu oses imaginer un truc pareil, protesta Ginny, pas parce que c'est vrai.

— Je ne l'imagine pas, j'en suis certain. Je t'ai entendue.

Avec un sourire en coin, il se lança dans une imitation de Ginny terriblement fidèle à la réalité, répétant des phrases entendues au hasard, ponctuées de gloussements et de rires un peu trop bruyants.

Pourquoi son ex ne vivait-il pas à cinq mille kilomètres de là ? En Australie, par exemple. C'était bien, l'Australie.

— Tu as écouté aux portes, lâcha Ginny avec une moue de dégoût, pour qu'il sache bien ce qu'elle pensait d'un tel comportement.

— Je voulais m'assurer que tout allait bien, que tu étais en sécurité. C'était mon boulot, d'écouter ce qui se passait. À quoi cela aurait-il servi que j'attende là-haut avec mon baladeur sur les oreilles ? Tu aurais pu hurler que je n'aurais rien entendu, et je serais descendu dans la cuisine juste à temps pour voir ce type bourrer les derniers morceaux de mon ex-femme dans le broyeur à ordures. Ça aurait été embêtant, quand même.

— Quoi qu'il en soit, il emménage samedi, et il ne me plaît pas, d'accord ? Il a juste l'air très sympa et le courant est bien passé entre nous, c'est tout.

— Mmm... fit Gavin, un sourcil en accent circonflexe. Très bien, permets-moi tout de même de m'en tenir à ce que j'ai entendu. Il est beau gosse ?

— Dans la moyenne. Plus que les trois qui sont passés ici ce soir, en tout cas. Que les quatre, même, en te comptant.

La pique fit sourire Gavin un peu plus.

— J'ai l'impression que ça va être intéressant, tout ça.

Ginny sentit un frisson d'excitation la parcourir. *Intéressant.*

Elle l'espérait bien.

10

Lorsque 11 heures sonnèrent le samedi matin, la maison était prête et, comme s'il entendait fêter cela, le soleil avait fait son apparition. Perry Kennedy n'allait pas tarder. Ginny, qui ne voulait pas qu'on croie qu'elle était sous le charme, s'était entraînée à rire tout en nettoyant la cuisine. Ni trop fort ni trop haut. Bien sûr, une fois Perry installé, ils s'habitueraient à la présence l'un de l'autre, les choses se calmeraient, et elle ne se sentirait plus si…

Seigneur, cette fois, c'était lui ! Jetant l'éponge dans l'évier, Ginny s'essuya les mains sur son jean et fit bouffer un peu ses cheveux. Dehors, les pétarades d'un moteur puissant se turent. Elle alla ouvrir la porte.

— Bonjour ! lança Perry, déjà descendu de voiture.

Aujourd'hui, il était en pull bleu marine, jean beige et Timberland aux pieds.

— Coucou !

Ginny vit alors la portière s'ouvrir côté passager, révélant une jeune femme élancée à la crinière blond-roux et à la peau laiteuse constellée de taches de rousseur. Elle était d'une beauté renversante, dans son long manteau noir ouvert sur un ensemble gris perle.

— Je vous présente Laurel, dit Perry en poussant la jeune femme devant lui. Ma sœur.

Oh. Bien sûr. Avec cette masse de cheveux blond-roux, elle aurait dû s'en douter.

— Bonjour, Laurel, ravie de vous rencontrer, dit Ginny en lui serrant la main avec enthousiasme.

— Bonjour, répondit Laurel d'un ton plat.

— Allez, on va monter tout ça, dit Perry, déjà occupé à vider le minuscule coffre de la MG. Laurel, prends ceux-là, je monterai le reste.

— Attendez, je vais vous aider, intervint Ginny en tendant les bras. Allez, je prends ces deux-là.

Perry regarda Laurel.

— Tu vois ? Je te l'avais dit, elle est géniale.

Ginny rougit. Elle avait fait le bon choix.

— Je vois, fit simplement Laurel.

Quand tous les sacs et valises furent dans la chambre, Ginny laissa le frère et la sœur en tête à tête. Dans la cuisine, elle mit de l'eau à chauffer et prépara du thé. Au bout de quelques minutes, Perry la rejoignit.

— Oh, ne vous donnez pas ce mal.

— Vous préférez du café ?

Il secoua la tête et brandit la bouteille qu'il cachait dans son dos.

— Waouh, du champagne ! Un samedi matin !

Et du Veuve Clicquot, en plus, pas du mousseux de troisième catégorie.

— C'est le meilleur moment pour en boire. Vite, des verres ! ajouta Perry comme le bouchon sautait et allait heurter le plafond.

— Bien, alors à votre santé, dit Ginny en faisant tinter son verre contre celui de Perry. Laurel n'en prendra pas ? demanda-t-elle en voyant qu'il n'avait rempli que deux des trois verres qu'elle avait sortis.

— Laurel ne boit pas. À votre santé. À vous.

Si Gavin avait été là, il lui aurait dit que répondre : « À nous » aurait été de la drague éhontée. Ginny se tut donc et se contenta de sourire avant de boire une petite gorgée de champagne. En entendant un bruit de meubles que l'on déplaçait, dans la chambre au-dessus, elle demanda :

— Que fait Laurel ? Elle ne veut pas se joindre à nous ?

— Ne vous inquiétez pas. Il faut qu'elle s'habitue à la chambre. Elle doit changer les meubles de place, déballer ses affaires… Enfin, vous voyez.

Ginny crut qu'elle avait mal entendu.

— Pardon ?

— Quoi ?

C'était un lapsus. Oui, bien sûr. Un lapsus.

— Vous venez de dire qu'elle déballait *ses* affaires, répondit Ginny avec un sourire.

— Oui.

Bon. Une seconde, là. Avait-elle glissé dans un univers parallèle ? Le cœur battant de façon assez déplaisante, Ginny demanda :

— Mais… pourquoi déballe-t-elle ses affaires ? Ce n'est pas elle qui s'installe. Je vous ai loué la chambre à vous.

Perry la regarda.

— Mon Dieu ! Je suis désolé, c'est ce que vous avez cru ? Non, non, la chambre n'est pas pour moi. Elle est pour Laurel.

Ce n'était pas possible. Elle rêvait.

— Mais c'est vous qui êtes venu la visiter ! Vous avez dit que c'était exactement ce que vous recherchiez ! Vous avez dit qu'elle était parfaite !

Ginny avait haussé le ton malgré elle.

Perry cligna des yeux, interloqué.

— Elle est parfaite, oui. Pour Laurel.

— Non, attendez un peu. Vous avez dit que votre appartement était trop petit…

— Parce que c'est le cas ! Il est parfait pour moi tout seul, mais à deux, c'est invivable. Laurel s'est installée il y a six semaines et, pour ne rien vous cacher, j'étais en train de devenir dingue.

Et moi ? Je deviens quoi ? En état de choc, Ginny répéta :

— Mais c'est à vous que j'ai loué la chambre !

— C'est exact. J'ai payé la caution et c'est moi qui paierai le loyer, vous n'avez aucune inquiétude à avoir de ce côté-là. Je vais faire établir un virement permanent par ma banque. Ne craignez rien, tout va bien se passer.

Comment voulait-il que tout se passe bien ? Dans l'esprit de Ginny, c'était la confusion la plus totale.

— Vous m'avez laissé croire que c'était vous, le locataire. Pas une seule fois vous n'avez mentionné votre sœur. Vous saviez que je pensais que la chambre était pour vous.

— Je vous assure que non, vraiment, dit Perry en écartant les bras.

— Mais le seul intérêt qu'il y a à discuter avec les gens lorsqu'ils viennent visiter la chambre que vous louez, c'est de pouvoir décider en connaissance de cause si, oui ou non, vous avez envie de partager votre maison avec eux !

— Ah, bon ? fit Perry, apparemment étonné. Mais vous savez, vous n'aurez aucun problème avec Laurel. Dès que je vous ai rencontrée, j'ai su que vous vous entendriez très bien, toutes les deux. Vous êtes exactement le genre de personne dont Laurel a besoin.

Quoi ?

Ginny aurait voulu pouvoir crier qu'il ne s'agissait pas des besoins de quelqu'un d'autre, mais de ses besoins à elle.

— Ah, et je vous ai apporté des lettres de références, ajouta Perry en sortant des enveloppes de sa poche. Vous n'aurez aucun souci avec Laurel. Elle est soigneuse, honnête, respectueuse des autres… La locataire rêvée.

Ginny n'arrivait plus à réfléchir. La situation virait à la catastrophe, au point qu'elle regrettait que Gavin ne soit pas à ses côtés pour la soutenir, parce que là, elle était la seule à penser que quelque chose n'allait pas. Sauf que Gavin, s'il avait été là, aurait été trop occupé à rire du pétrin dans lequel elle s'était fourrée. Eh oui, voilà ce qui arrivait quand on osait imaginer qu'un homme vous trouvait séduisante.

— Et puis, l'annonce disait que vous préfériez partager votre maison avec une femme, non ?

— Alors, pourquoi n'est-ce pas Laurel qui a appelé l'autre soir ? Pourquoi n'est-ce pas elle qui est venue visiter la chambre ?

Perry soupira et reprit du champagne, avant d'en proposer à Ginny, qui refusa d'un signe de tête.

— Laurel se serait tout à fait contentée de mon canapé pendant encore un moment. Pour elle, trouver un logement n'était pas une priorité. Pour ne rien vous cacher, elle est un peu déprimée, ces temps-ci. Elle a rompu avec son petit ami l'été dernier, et depuis, elle n'est pas très bien. Elle a perdu son boulot à Londres ; son ex a rencontré quelqu'un d'autre et s'est fiancé, ce qui n'a pas aidé. Laurel n'en pouvait plus. Je lui ai suggéré de quitter Londres, et boum, elle a débarqué chez moi. Bon, pour quelques jours, ça ne posait pas de problème. D'ailleurs, j'étais content de la retrouver. Mais elle a décidé de s'installer à Portsilver, et mon appartement n'est vraiment pas assez grand pour nous deux.

— Alors, prenez un appartement plus grand.

— Écoutez, Ginny, je suis sincèrement désolé. Mon intention n'était pas de vous imposer cela. Mais j'ai l'habitude de vivre seul, j'aime avoir mon intimité. Et quand je vous ai rencontrée, je vous ai trouvée géniale, pétulante, et je me suis dit que vous seriez parfaite pour Laurel. Partager une maison avec vous, c'est exactement ce qu'il lui faut pour remonter la pente.

Ginny secoua la tête. Non, les choses ne devaient pas se passer comme cela. Ce n'était pas ce qu'elle voulait. Et elle allait devoir le lui dire.

— Le problème, c'est que…

— Vous verrez, vous allez très bien vous entendre.

Perry la fixa un instant et ajouta :

— Dieu sait pourtant que j'aurais aimé être votre locataire, mais c'est impossible.

— Pourquoi ça ?

Il sourit.

— Allons, vous savez certainement pourquoi. Vous êtes superbe. Comment pourrais-je vivre dans cette maison alors que la propriétaire me fait craquer ? Ce ne serait pas raisonnable.

Ginny ne s'attendait pas à cela. Elle n'avait rien vu venir. Finalement, il la trouvait *vraiment* séduisante.

— Je vous demande pardon, j'y suis allé trop vite, reprit Perry avec un sourire mélancolique. Je vous ai fait peur.

— Non, non…

— En général, je suis plus subtil, mais bon… c'était une façon de répondre à votre question. Pour tout vous dire, depuis que je suis ici, je me demande si vous accepteriez de dîner avec moi un soir de la semaine prochaine, et si je vais avoir le courage de vous poser la question. Ce n'est pas facile d'être un homme, vous savez, ajouta-t-il avec une grimace. On court sans arrêt le risque d'inviter quelqu'un et de se faire rembarrer. Vous, les femmes, vous ne réalisez pas à quel point notre ego est fragile.

Ginny était sans voix. Tandis qu'elle cherchait désespérément une réponse, des pas retentirent dans l'escalier. L'instant d'après, la porte de la cuisine s'ouvrit, et Laurel apparut.

— Ça y est, j'ai déballé mes affaires.

— Super, dit Perry en lui souriant. Tu as fait vite, dis donc. C'est bien.

Ginny but une nouvelle gorgée de champagne et réalisa qu'elle était incapable de regarder Laurel dans les yeux. Pourtant, si elle voulait lui dire quelque chose, il fallait qu'elle le fasse là, maintenant. Mais comment allait-elle formuler ça ? Comment dire à Laurel que finalement, non, elle n'emménageait pas ici, qu'elle pouvait remonter et refaire ses valises ?

— Il y a un problème ? demanda Laurel.

« Oui, songea Ginny, c'est une terrible méprise. Vous ne pouvez pas vous installer ici parce que... enfin, parce que... euh... »

— Perry, il y a un problème ?

Perry regarda sa sœur et haussa les épaules.

— Écoutez, Laurel, je suis désolée, balbutia Ginny, mais je n'avais pas compris que c'était vous qui emménagiez. Il y a eu un malentendu quand je me suis entretenue avec Perry. J'ai cru que c'était votre frère qui voulait la chambre.

Laurel fronça les sourcils.

— Ben non, Perry a déjà un appartement.

— Oui, je le sais, ça, maintenant. Mais il ne me l'avait pas dit, au départ.

Laurel la regarda.

— À quoi voulez-vous en venir, exactement ?

Oui, à quoi voulait-elle en venir, exactement ? Complètement désarçonnée, Ginny se sentit rougir. Elle était anglaise, après tout, blesser délibérément quelqu'un n'était pas dans sa nature. Si elle ne gardait pas Laurel, il lui faudrait tout recommencer à zéro, remettre une annonce, recevoir des candidats, sans savoir bien sûr si elle trouverait quelqu'un de mieux. Et puis, Perry la draguait et allait l'inviter à dîner, ce qui était plutôt un point positif, presque mieux que...

— Vous ne voulez pas de moi ? Il faut que je m'en aille ?

Laurel avait les yeux brillants de larmes.

Comment Ginny aurait-elle pu répondre oui et continuer à se regarder dans la glace ? Cette fois, sa décision était prise.

— Non, non, bien sûr que non, dit-elle en secouant la tête. Tout va bien, ne vous inquiétez pas. En fait, je me disais que si on se tutoyait tout de suite, ce serait plus pratique, non ?

Laurel ravala ses larmes d'un clignement d'yeux et, avec un sourire un peu tremblant, lâcha :

— Euh… oui, bien sûr. Super.

Le soulagement éclaira le visage de Perry, qui s'exclama :

— Parfait !

Ginny se sentit aussitôt mieux. Voilà, c'était fait. Et elle avait un rendez-vous avec Perry, donc tout allait bien se passer. Oubliant ce qu'il lui avait dit quelques instants plus tôt, elle saisit la bouteille et lança gaiement à Laurel :

— Il faut fêter ça !

— Je n'ai pas le droit de boire, dit Laurel. C'est à cause de mon traitement.

Un traitement. « Tout va bien se passer », se répéta Ginny.

— Des antibiotiques ? demanda-t-elle, prête à compatir.

— Des antidépresseurs, répondit Laurel en fermant les yeux.

Ah.

— Bien, il faut que je retourne à la boutique, dit Perry en se levant. Je vous laisse faire connaissance. À plus !

— Je vous raccompagne ! s'empressa de répondre Ginny en le suivant dans l'entrée.

— C'est une fille adorable, dit-il à voix basse. Vous ne le regretterez pas. Et puis… je vous rappellerai. Si je trouve le cran de vous inviter à dîner, vous pensez que ce serait possible ?

Son sourire était espiègle. Ginny répondit sur le ton du flirt :

— Peut-être, oui.

— Super. Alors, je vous appelle. Mais rendez-moi service, n'en parlez pas à Laurel.

— Pourquoi ?

— Comment dire ? Ces derniers temps, elle en a pas mal bavé, avec les hommes, et du coup, elle est anti-couple, d'une certaine manière. Je lui ai dit que vous étiez divorcée, et l'idée de partager une maison avec une femme dans la même situation qu'elle lui a plu. Si elle sait que nous nous voyons, elle pourrait se sentir un peu exclue.

Ginny se demanda si elle n'était pas en train de faire une grosse bêtise. Sans qu'elle sache comment, en l'espace d'une matinée, tous ses projets avaient été bouleversés. Dans quelle galère était-elle en train de se fourrer ?

— Chut, ne vous inquiétez pas…

De toute évidence capable de lire dans ses pensées – ou du moins de comprendre la panique dans son regard –, Perry avait porté son index à ses lèvres, avant de le poser sur celles de Ginny.

— Vous allez beaucoup vous amuser, toutes les deux. Vous êtes exactement celle qu'il fallait à Laurel pour l'aider à sortir de son impasse.

Son geste avait provoqué en Ginny un délicieux frisson, tout en lui coupant les jambes. S'il arrivait à embrasser par procuration de cette manière, elle avait hâte de goûter à un vrai baiser.

Il avait raison, Laurel et elle allaient très bien s'entendre. Dans la vie, il y avait des hauts et des bas, elle savait ce que c'était. Ensemble, elles allaient construire une vraie amitié.

— Il faut vraiment que j'y aille, dit Perry en regardant sa montre.

Ginny ouvrit la porte et murmura :

— Au revoir, alors.

Ses lèvres brûlaient encore du contact de son index. Oui, tout irait très bien.

— Je crois que Perry a fini par ne plus supporter de m'entendre en parler, dit Laurel d'un ton monocorde. Les hommes, ça ne les branche pas, ce genre de chose. Les frères, en particulier. Chaque fois que je parlais de Kevin, il changeait de sujet. Mais moi, il *faut* que je parle de Kevin. C'est compulsif, je l'ai tellement aimé. Tellement. Je ne peux pas l'effacer comme ça de ma vie, il en fait encore partie. Il est toujours là, dit-elle en posant son poing sur sa poitrine. Je pense à lui tout le temps. Comme peut-on oublier quelqu'un qui vous a brisé le cœur, qui l'a déchiré en mille morceaux ?

— Eh bien… euh… fit Ginny d'un ton hésitant.

— Même s'il m'a probablement oubliée, hoqueta Laurel en s'essuyant les yeux avec un mouchoir. Parce que je ne suis plus rien pour lui. Kevin est passé à autre chose. Il en a rencontré une autre en un rien de temps et il l'a aimée suffisamment pour la demander en mariage. Pendant un moment, je passais tout le temps devant chez lui, en voiture, et un soir, je les ai vus s'embrasser sur le perron. J'ai été tellement malheureuse, j'ai cru en mourir. Et tu sais quoi ? Elle avait les chevilles épaisses ! Épaisses, parfaitement ! Vraiment… potelées !

Ginny fit de son mieux pour paraître choquée et compatissante, mais un terrible bâillement remontait dans sa cage thoracique, menaçant de prendre sa liberté à la seconde où elle desserrerait la mâchoire. Elle écoutait l'histoire de Kevin depuis déjà une heure et demie. La longueur d'un film. Elle aurait regardé *Anna Karenine* à la place qu'elle aurait été moins déprimée.

— Je t'ennuie, hein, lâcha platement Laurel.

— Non, non, fit Ginny en secouant vigoureusement la tête.

— C'est juste que… je pensais qu'on allait se marier et qu'on aurait des enfants et être heureux jusqu'à la fin de notre vie, et puis il a changé d'avis, et il ne me reste plus rien. Il va probablement avoir des enfants avec elle, maintenant. Je ne supporte pas cette idée. Pourquoi la vie est-elle si injuste ?

Seigneur, encore une question sans réponse. Proche du désespoir, à présent, Ginny répondit :

— Je ne sais pas, mais tu pourrais peut-être essayer de… euh… d'arrêter de penser à lui tout le temps ?

Laurel lui jeta un regard apitoyé, comme si Ginny venait de lui suggérer de faire tourner la Terre dans l'autre sens.

— Je l'ai tellement aimé. Il était tout pour moi. Il l'est encore.

Pitié !

11

Perry Kennedy avait promis d'appeler mais ne l'avait pas fait, et Ginny avait grand besoin qu'on lui remonte le moral. Carla, qui n'en avait encore rien dit mais n'était pas sûre de faire confiance à ce beau parleur, prit une décision de femme de tête.

— Bon, je t'emmène déjeuner.

— Quand ? demanda Ginny, surprise.

— Aujourd'hui. Maintenant. À moins que cela ne te dise rien.

— Tu rigoles ? Évidemment que ça me dit !

— Tu es sûre ?

— Certaine !

— Parce que si tu préfères rester chez toi et bavarder avec ta nouvelle meilleure amie Laurel, je comprendrai, tu sais.

— Non !

— C'est vrai, quoi. Déjeuner avec moi alors que tu pourrais être assise dans ta cuisine et parler de Kevin, de Kevin, et de Kevin… Je comprends que la décision soit difficile à prendre.

— Pas du tout !

— Vous pourriez aussi parler de Kevin, ah, et puis aussi, un tout petit peu de Kevin.

— Tais-toi et emmène-moi déjeuner.

Carla adorait son boulot et le faisait bien. Lorsque des clients se renseignaient sur Vérandas et Jardins d'Hiver, elle prenait rendez-vous avec eux pour visiter leur maison et utilisait sa technique spéciale de vente en douceur pour les persuader que s'ils cherchaient la véranda idéale, ils avaient frappé à la bonne porte.

Dans presque tous les cas, elle parvenait à ses fins. Elle n'avait pas sa pareille pour enchanter les clients et leur faire imaginer la joie qu'un jardin d'hiver ensoleillé allait apporter dans leur vie. Elle parcourait tout le sud-est de l'Angleterre et travaillait souvent le soir et les week-ends, mais cela avait ses avantages, car, en contrepartie, elle pouvait prendre des jours de congé quand bon lui semblait.

C'était le cas aujourd'hui, et elle comptait en faire profiter son amie Ginny, pour qui la vie n'avait pas été très facile, ces derniers temps, et qui avait bien besoin de se détendre un peu. Personnellement, Carla voyait dans le béguin de son amie pour ce Perry la simple illustration du fait que bien peu d'hommes séduisants s'étaient intéressés à elle depuis longtemps. D'après ce qu'elle avait compris, Perry Kennedy lui avait joué la grande scène du deux, et Ginny avait été flattée. Restait à espérer qu'elle n'y laisserait pas trop de plumes.

Ginny s'amusait déjà. Elles filaient à vive allure dans la Golf noire de Carla, il faisait beau, et il était hors de question qu'elle se sente coupable d'avoir laissé Laurel seule, occupée à laver le sol de la cuisine – une initiative de cette dernière, qui avait déclaré se sentir utile lorsqu'elle faisait le ménage.

— Je lavais par terre tous les jours, quand j'étais avec Kevin, avait-elle précisé, avant d'ajouter au moment où Ginny partait : Je me plais, ici. On est bien, toutes les deux, non ?

Ginny n'avait su que répondre. Elle se voyait mal rétorquer que pour elle, c'était à peu près aussi génial que de partager une maison avec Droopy.

Mais bon, elle avait devant elle trois heures sans Kevin, c'était le principal. D'ailleurs, elle était peut-être là, la solution : sortir déjeuner tous les jours.

Mais pour cela, il faudrait d'abord qu'elle gagne au loto.

— Je me demande ce qu'il est en train de faire en ce moment, dit Carla.

— Qui ? demanda Ginny, qui avait aussitôt pensé à Perry.

— Kevin.

— Arrête. Ce n'est pas sympa de se moquer d'elle.

— Je ne me moque pas, je me pose réellement la question. J'aimerais beaucoup le rencontrer, ajouta Carla avec malice. Voir ce qu'il donne, au lit, pour savoir s'il mérite toutes ces lamentations.

— Heureusement pour lui, il habite Londres. Jamie ne te suffit plus ?

Les histoires de Carla ne duraient pas quatre mois, en général, mais Jamie en avait passé trois en Australie.

— Si, si. Il est super. Mais tu me connais, j'aime bien avoir plusieurs cartes en main. On ne sait jamais, on peut toujours trouver mieux que ce qu'on a déjà. Ah, on y est.

Elle mit son clignotant à droite et ralentit avant de s'engager dans une allée.

— *Chez Penhaligon*, lut Ginny sur l'enseigne bleu et or. J'ai entendu dire que c'était très bon, ici. On a essayé de réserver une table à Noël, mais c'était complet.

— C'est un de mes clients qui me l'a recommandé. Il en a eu pour deux cents livres au déjeuner, mais il dit que ça les vaut.

— Deux cents livres ? Je te promets que je ne prendrai que du pain rassis et de l'eau du robinet.

Le restaurant était installé dans une longère du XVIe siècle blanchie à la chaux et couverte de vigne vierge, avec un toit d'ardoise et une porte d'entrée rouge. S'y ajoutaient une série de corps de ferme magnifiquement rénovés qui formaient un grand rectangle autour de la cour centrale. Comme Carla se garait entre une vieille Astra bleue poussiéreuse et une Porsche rouge rutilante, un chat noir jaillit d'un des bâtiments, suivi d'un homme d'une quarantaine d'années qui portait une vitrine ancienne en bois. Tandis qu'il la chargeait à l'arrière d'une camionnette, le chat le fixa en remuant la queue, comme s'il s'apprêtait à fondre sur son mollet.

— C'est à la fois un restaurant et un magasin d'antiquités, expliqua Carla. Plutôt une bonne idée, non ? Mon client est venu ici pour fêter son anniversaire de mariage, et après le repas, sa femme et lui, un peu pompettes, sont allés faire un tour au magasin et ont craqué pour un lustre XVIIIe à mille huit cents livres.

Ginny descendit de voiture et observa les bâtiments. Le soleil se reflétait dans les vitres ; les vrilles brillantes, vert tendre, de la vigne vierge étaient doucement ballottées par la brise. Le parfum d'une cuisine goûteuse et relevée se mêlait à l'odeur d'un feu de cheminée. Du restaurant leur parvenait le brouhaha de conversations animées, du magasin d'antiquités la voix de Robbie Williams chantant *Angels*.

Le chat noir donna un coup de patte à l'homme qui refermait la porte de la camionnette.

— Arrête un peu, dit celui-ci en esquivant. Elle est à moi, maintenant.

Le chat répondit d'un miaulement mécontent, puis fit demi-tour et s'éloigna.

— Sale bête ! lança l'homme avant de monter dans la camionnette et de démarrer.

— Tu es bien silencieuse, tout à coup, dit Carla en tapotant l'épaule de Ginny. Tu as donné ta langue au chat ?

Ginny se contenta de hocher la tête. Cet endroit la laissait sans voix. Les bruits, les odeurs, le charme de l'ensemble la captivaient. Elle avait l'impression de vivre un coup de foudre.

— Encore un verre, insista Ginny en brandissant la bouteille en direction de Carla. Allez, quoi, un dernier.

— Je ne peux pas, je conduis.

— Laisse ta voiture ici, on reviendra la chercher demain matin. J'adore cet endroit ! Pourquoi les restaurants ne sont-ils pas tous comme ça ?

Pour un mardi midi, le restaurant était étonnamment plein. Les murs étaient couverts de gravures et de tableaux anciens, et le mobilier, ancien lui aussi, était quelque peu hétéroclite. Il régnait une atmosphère chaleureuse, détendue, et la nourriture était divine.

— D'accord, d'accord, tu me forces la main, dit Carla. Mais tu ne me laisseras rien acheter à côté, d'accord ?

Une deuxième bouteille ne tarda pas à remplacer la première. Elles bavardèrent à bâtons rompus tout en suivant, dans la cour, les allées et venues du chat noir qui tentait d'intimider tous les clients. De la musique leur parvenait du magasin d'antiquités, un pot-pourri assez varié allant de Frank Sinatra à Black Sabbath, et de temps à autre, elles entendaient le personnel en cuisine reprendre un refrain en chœur.

— Un café et un cognac, s'il vous plaît, demanda Carla à la serveuse. Gin ?

Ginny acquiesça d'un hochement de tête.

— Parfait.

— Un café et un gin ? s'étonna la serveuse. Vous êtes sûre ?

Carla se mit à rire.

— Deux cafés et deux cognacs. Mon amie s'appelle Gin.

— Ah, bon ! Je me disais, aussi… Heureusement que j'ai posé la question. Je suis désolée, mais ma pauvre tête a du mal à suivre, avec le boulot qu'il y a.

— Hé, Martha ! appela un homme assis à la table voisine. Tu es toute seule, aujourd'hui ? Où est Simmie ?

— Simmie est partie pour la Thaïlande avec son copain. Trois heures de préavis, c'est largement suffisant, non ? Il faut qu'on trouve une autre serveuse très vite, sinon je ne réponds plus de rien. Si ça te dit, Ted, n'hésite surtout pas.

— Je ferais un piètre serveur, ma pauvre. Mes jambes ne suivraient jamais, répondit Ted, qui devait avoir une soixantaine d'années. La six demande l'addition, au fait.

— Merci, Ted. Deux cafés et deux cognacs, donc. Je vous les apporte dès que possible.

Martha s'éloigna d'un pas rapide, et Carla versa dans les verres ce qui restait de la deuxième bouteille. Elle regarda Ginny, qui soutint son regard.

— À quoi penses-tu ? finit-elle par demander.

— Tu sais très bien à quoi je pense, répondit Ginny, qui sentait déjà monter en elle un frémissement d'excitation. Je pourrais travailler ici. J'adorerais travailler ici.

— Tu es sûre ? On est en février.

— Je m'en fiche.

Avec les emplois saisonniers, elle ne travaillait d'ordinaire que d'avril à octobre, mais peu lui importait. Cet endroit était fait pour elle. L'année précédente, elle avait travaillé dans un salon de thé du bord de mer assez fréquenté. Mais les petits pains aux raisins et les sandwiches au concombre, ça finissait par être lassant, et la majeure partie de la clientèle, attirée par les rideaux en dentelle crème et l'enseigne « Olde Tea Shoppe », avait plus de quatre-vingts ans.

— Ça ne peut pas être pire que le salon de thé, dit-elle.

Carla hocha la tête.

— Ou que *L'Enfer de l'Enfant*.

Elle faisait référence à ce qui s'appelait en réalité *Le Paradis de l'Enfant*, le centre de loisirs de la ville, où Ginny avait exercé ses talents de peintre sur visage deux étés plus tôt. Il s'agissait de transformer en tigre ou en papillon des enfants surexcités qui ne tenaient pas en place et, la plupart du temps, étaient barbouillés de glace, avaient une sucette dans la bouche, ou un de ces rhumes qui font dégouliner le nez et baver la peinture.

— J'adorerais travailler ici, répéta Ginny. Je sens bien cet endroit. Et puis, ce n'est pas très loin de la maison, et il n'y a pas le problème du parking. Jusque-là, je ne voulais pas servir dans un restaurant parce qu'il faut travailler le soir et que j'avais Jem, mais maintenant, rien ne m'en empêche !

— Et ça te débarrasserait un peu de Laurel, ajouta Carla sèchement.

— C'est vache de dire ça.

— Mais c'est vrai. Tu as réussi à trouver la locataire la plus ennuyeuse de la terre, et la logique voudrait que tu la mettes à la porte. Mais tu es trop bonne pour faire un truc pareil, alors tu vas prendre un boulot pour ne pas avoir à rester chez toi, parce que tu es prête à tout plutôt qu'à écouter cette folle de Laurel se lamenter sur son Kevin.

Elle avait raison, au moins en partie. Ginny était trop gentille, elle le savait, mais il y avait aussi le paramètre Perry à prendre en compte. Renvoyer Laurel risquait de ternir son image auprès de son frère.

D'un geste théâtral, elle porta son verre à ses lèvres et avala sa dernière gorgée de vin.

— Laurel ou pas, c'est du pareil au même. Je trouve cet endroit génial et j'ai envie d'y travailler.

— C'est vrai ?

Ginny n'avait pas vu que Martha se tenait juste derrière elle avec leurs cafés et leurs cognacs, attendant patiemment qu'elle veuille bien arrêter de gesticuler pour pouvoir servir en toute tranquillité.

— Parfaitement, confirma-t-elle avec conviction. Ça me plairait beaucoup.

Le visage de Martha s'éclaira.

— C'est super. Je vais en parler à Evie, d'accord ? C'est la gérante. Elle va être aux anges.

— Ils sont aux abois, ils vont te faire signer n'importe quoi avant que tu aies pu penser horaires déments et esclavage, murmura Carla tandis que Martha s'éloignait. Si ça se trouve, c'est le bagne, ici. Tu ne devrais pas te précipiter ainsi.

— Mais j'ai envie de me précipiter ! Oh, écoute, ils passent Queen ! Un endroit qui passe Queen ne peut pas être un bagne !

Ginny se mit à taper des mains sur le rythme de *We will rock you*.

— Arrête de parler de bagne, et ne chante pas, surtout, tu nous feras ton imitation de Freddie Mercury plus tard, chuchota Carla. Voilà la patronne.

Une femme d'une cinquantaine d'années, grande, élégante, à la coiffure et au maquillage parfaits, s'approchait de leur table. Elle leur tendit la main avec un large sourire.

— Bonjour, je suis Evie Sutton. Ravie de vous rencontrer. Je vous propose de me rejoindre dans mon bureau pour discuter, lorsque vous aurez terminé de déjeuner, ou…

— On en est au café, dit Ginny en montrant la chaise libre à leur table. Si vous voulez, on peut en parler tout de suite.

Vingt minutes plus tard, elle était embauchée pour le service de midi trois fois par semaine, et pour celui du soir, quatre fois. À partir de quand elle voulait.

— Dès demain, si ça vous dit, conclut Evie en lui tendant les papiers à remplir. Il vous suffit de compléter ces formulaires et de les rapporter, on vous trouvera une tenue.

Ginny bouillait déjà d'impatience.

— Parfait ! Et merci, surtout. Je sens que je vais adorer cet endroit.

— Je n'en doute pas. Les clients seront très vite sous votre charme. Et vous me tirez une sacrée épine du pied. Il n'y a rien de plus déprimant que de faire passer des entretiens à des gens sans intérêt.

— À qui le dites-vous ! répondit Ginny, qui trouvait sa nouvelle patronne de plus en plus sympathique.

12

— J'ai bien envie d'aller faire un tour du côté des antiquités, moi !

Au comble de l'excitation, agréablement éméchée, Ginny traversa la cour ensoleillée en sautillant.

À l'intérieur des bâtiments de ferme réhabilités, les murs de pierre étaient peints en vert émeraude, et c'est dans une sorte de caverne d'Ali Baba bourrée de tableaux, de miroirs, de meubles cirés et d'objets d'art divers qu'elles pénétrèrent. En plein milieu de la salle principale trônait un magnifique juke-box, qui passait *Superstition*, de Stevie Wonder. Un peu plus loin, sur la droite, dans une salle plus petite, elles aperçurent quelqu'un qui montrait un bureau en noyer à deux clients visiblement intéressés. Sur le comptoir près de la fenêtre étaient posés un café, la moitié d'un Kit-Kat et un exemplaire ouvert du *Guide Miller des antiquités*, d'où dépassait le dernier numéro de *Heat*, le magazine people le plus vendu du moment.

— Regarde ! fit Ginny en laissant glisser sa main sur une méridienne tapissée de velours bronze.

Un coup d'œil à l'étiquette la fit blêmir, et elle cessa aussitôt de l'imaginer dans son salon.

— Et ça, regarde ! J'adore !

À quelques mètres de là, Carla avait empoigné une paire de candélabres en argent. Elle fit mine de les glisser dans son sac.

— Arrête, dit Ginny. Repose-les où tu les as trouvés.

— Mince, mon sac n'est pas assez grand. Je ne prévois jamais, c'est mon problème. Oh, mais c'est plus petit, ça…

Saisissant une petite boîte émaillée, Carla la fit sauter dans sa main.

— Un trophée ! s'écria Ginny en se précipitant pour regarder des bois de cerf de plus près. J'ai toujours rêvé d'avoir un vrai trophée !

— Ça n'irait pas avec ta déco. Et puis, ça ne tiendrait pas dans ton sac.

Le regard de Carla s'arrêta un peu au-delà de Ginny.

— Et je préférerais que vous n'essayiez pas de l'y faire tenir.

Ginny reconnut cette voix à la seconde où elle l'entendit. Sa peau et son estomac la reconnurent également, l'une se couvrant de chair de poule tandis que l'autre se nouait.

— Vous pouvez poser ça aussi, ajouta la voix, cette fois à l'intention de Carla.

Surprise par ce ton sévère, Carla obtempéra et lâcha d'une petite voix haut perchée :

— Je n'allais pas la voler, vous savez. On s'amusait, c'est tout. C'était pour rire.

— Alors, heureusement que vous n'êtes pas une comique professionnelle parce que les spectateurs demanderaient à être remboursés.

— Vous êtes un charmeur, vous, hein ? Vous traitez tous vos clients de la même façon ? demanda Carla avec un regard qui lançait des éclairs.

— Pas du tout, répliqua-t-il d'un ton froid. Seulement, il ne me semble pas que vous soyez des clientes, si ? Vous allez dire que je suis vieux jeu, mais pour moi, un client, c'est quelqu'un qui paie ce qu'il prend dans un magasin.

Ginny ferma les yeux. C'était un cauchemar. Et Carla qui montait sur ses grands chevaux, les joues en feu, et hurlait en se dirigeant à grands pas vers la sortie :

— Comment osez-vous ? Vous imaginez peut-être qu'une personne saine d'esprit aurait envie d'acheter quelque chose dans ce capharnaüm ? Viens, Gin, on s'en va. Et ne vous inquiétez pas, je ne risque pas de remettre les pieds ici !

« Mais moi, si », pensa Ginny, en proie à la panique.

— Voilà qui me convient parfaitement, répondit l'homme en s'écartant pour laisser passer Carla.

— Arrêtez, voyons ! intervint Ginny. Carla, reviens, qu'on s'explique.

— S'expliquer ? Je vais l'assommer avec son trophée, ça va tout expliquer !

En désespoir de cause, Ginny se tourna vers l'homme.

— Nous sommes venues ici pour déjeuner. C'était délicieux.

— Vous avez payé l'addition ?

— Bien sûr que oui !

— Avec votre carte de crédit ou celle de quelqu'un d'autre ?

— Mais vous allez arrêter un peu de m'accuser tout le temps ? Nous n'avons...

— Ah, vous êtes encore là, c'est parfait !

Evie venait d'apparaître dans la boutique, tout sourire.

— Je venais justement parler de vous à Finn, reprit-elle. Mais je vois que vous avez déjà fait connaissance. Finn, est-ce que Ginny t'a annoncé la bonne nouvelle ?

— Non, non, je n'ai rien dit, intervint prestement Ginny. En fait, nous avons...

— Ce n'est plus la peine de mettre une annonce pour recruter une serveuse, dit Evie à Finn. Je te présente Ginny Holland, qui va travailler pour nous.

— Ça, ça m'étonnerait, lâcha Finn.

— C'est pour *vous* que je vais travailler, dit Ginny à Evie.

— C'est peut-être ce que vous pensiez, intervint Finn, mais Evie ne fait que gérer le restaurant. Je m'appelle Finn Penhaligon, et j'en suis le propriétaire, ce qui signifie que vous n'y travaillerez pas, parce que c'est moi qui décide.

— Finn ? Je peux te parler deux minutes dans la cour ? demanda Evie, qui ne souriait plus.

Cette dernière précision sembla amuser Finn.

— La cour, ce n'est pas une très bonne idée. Je préfère qu'elles sortent et qu'on reste ici.

L'injustice dont elle était l'objet mettait Ginny hors d'elle. Elle avait tellement envie de travailler ici, et voilà qu'elle allait perdre son boulot avant même d'avoir commencé !

Carla, de son côté, avait compris. L'air écœuré, elle demanda :

— C'est lui, n'est-ce pas ? C'est le type de la boutique qui t'a fait pleurer ?

— Pourrait-on me dire ce qui se passe ? demanda Evie, interloquée.

— Je suis sûre qu'il va vous expliquer, répondit Ginny. Je suis navrée, pour le boulot. J'aurais vraiment aimé travailler pour vous.

Elle suivit Carla en direction de la sortie, en ouvrant grand son sac pour que Finn Penhaligon puisse voir qu'il ne contenait rien qui lui appartînt. Puis, parce qu'elle tenait à conserver une certaine dignité, elle le regarda droit dans les yeux et déclara :

— Je sais que vous pensez avoir raison, mais vous avez tort.

— Et moi, je sais ce que j'ai vu, répliqua Finn, imperturbable. Vous savez ce qui vous a trahie ? La façon dont vous m'avez regardé quand je vous ai arrêtée devant cette boutique.

La façon dont elle l'avait regardé. En d'autres circonstances, Ginny aurait éclaté de rire. Il ne le saurait jamais, mais ce n'était pas la culpabilité qu'il avait vue briller dans son regard ce jour-là.

C'était la concupiscence.

Il était minuit, les nuages filaient devant la lune, et Ginny et Carla profitaient de l'obscurité pour tenter de récupérer discrètement la voiture de Carla dans le parking du restaurant.

— Quel enfoiré, quand même ! Il a vraiment un problème, ce mec !

Carla était encore hors d'elle. Ginny, elle, se concentrait sur le chemin qui restait à parcourir.

— Je sais. Bon, je crois qu'on y est presque…

— Tu ne m'avais pas dit qu'il était canon.

Elle ne lui avait pas dit non plus qu'elle avait fantasmé sur lui.

— C'est par là, non ? Et s'il est là ? On aurait dû mettre des cagoules.

— Ça ne me va pas, la cagoule. Et puis, il aurait pu sortir son fusil, et j'aurais été obligée de le tuer à mains nues. C'est bon, on y est.

Carla se plia en deux tandis que Ginny pénétrait dans la cour. Garée contre le mur du fond, la Golf était le seul véhicule visible.

— Tu me déposes à côté, je monte, et on se tire. Ça ne devrait pas prendre plus de… Mais qu'est-ce qu'il y a sur le pare-brise ? Si ce fumier m'a fait coller une prune…

Elle bondit hors de la voiture de Ginny et alla arracher l'enveloppe glissée sous l'essuie-glace. Au même moment, une ombre noire apparut en miaulant. Pendant quelques secondes, le chat fut pris dans le faisceau des phares, puis il se jeta en avant. « Génial ! pensa Ginny. Maintenant, il est sous la voiture, et si je redémarre, je risque de l'écraser. »

Elle baissa sa vitre.

— Où est le chat ? souffla-t-elle.

— Aucune idée. Mais ça, c'est pour toi, répondit Carla en lui tendant l'enveloppe. Sans doute un arrêté t'interdisant de l'approcher à moins de cinq kilomètres.

— Sans problème, marmonna Ginny en prenant l'enveloppe. Tu veux bien regarder sous la voiture, voir s'il y a le chat ?

Elle alluma la lumière pour lire le petit mot que contenait l'enveloppe. Il était d'Evie.

Chère Ginny,

Nous avons besoin de vous ! Je suis désolée de ce qui s'est passé aujourd'hui, Finn a un côté ours mal léché, mais la plupart du temps, il est adorable. Je lui ai parlé, tout est réglé. J'espère réellement que vous viendrez travailler au restaurant. Appelez-moi quand vous voulez.

— C'est quoi ? Qu'est-ce qui est écrit ?

Carla avait passé la tête par la vitre baissée et montrait le petit mot. Lorsque, dans la cour, une porte claqua, elle sursauta et heurta violemment le haut de la portière.

— Aïe !

— Merde, c'est lui.

Ginny aurait bien enfoncé l'accélérateur pour effectuer un demi-tour à la Steve McQueen au milieu de la cour, avant de partir dans un nuage de poussière, mais il y avait le chat, qui risquait de faire plus de bruit que les pneus s'il était réellement sous la voiture. Coincée sur place, elle regarda Finn Penhaligon traverser la cour dans leur direction.

— Bonne nouvelle, il n'est pas armé, dit Carla.

— Il a peut-être un pistolet dans la poche.

— Qu'est-ce qu'il est bien foutu, quand même.

Carla n'avait pas parlé fort, mais dans la cour vide, le son voyageait plutôt bien.

— Je vous remercie, lui dit Finn avec le plus grand sérieux, avant de se tourner vers Ginny. Vous avez lu le mot d'Evie ?

— Oui.

— Et ?

— Elle a raison. Vous êtes un ours mal léché, lança-t-elle dans un accès de bravoure.

Au regard de Finn, elle comprit qu'il n'avait pas lu le mot d'Evie et ignorait que c'était ce dont elle le traitait. Pourtant, l'instant suivant, il eut un bref sourire.

— Ce n'est peut-être pas faux. Mais je ne considère pas forcément cela comme un défaut. Que dit-elle d'autre ?

— Qu'elle vous a parlé et que tout est réglé. Et qu'elle aimerait toujours que je travaille au restaurant. Enfin, officiellement, je serais serveuse, mais officieusement, je trafiquerais les additions, je piquerais tous les pourboires et je ferais des copies des cartes de crédit des clients.

— Je reconnais que j'y suis peut-être allé un peu fort, dit Finn. Mais dans ce métier, croyez-moi, les voleurs à l'étalage sont une véritable plaie.

— Mais elle n'est pas… s'indigna Carla.

— D'accord, d'accord, la discussion est close, on ne va pas recommencer. En tout cas, si vous voulez le boulot, il est à vous.

Ginny sentait le sang battre à ses tempes. L'envoyer se faire voir, lui et sa proposition magnanime, aurait été jouissif. Mais malgré tout, elle voulait toujours ce boulot.

— Qu'a dit Evie pour vous faire changer d'avis ? demanda-t-elle.

Les yeux de Finn brillèrent.

— Vous voulez vraiment le savoir ?

— Oui.

— Je lui ai raconté notre première rencontre, dans ce magasin de Portsilver. Et Evie m'a raconté qu'une fois, elle était sortie d'un grand magasin avec un tube de mascara Christian Dior. Elle ne s'en est rendu compte qu'arrivée à sa voiture, alors elle l'a rapporté, et la vendeuse lui a dit que ce n'était pas grave, qu'un jour, elle était sortie d'une boutique avec deux tapis de bain et une brosse pour les toilettes.

— Ah. Votre chat est sous ma voiture ?

— Non, il s'est rué à l'intérieur quand j'ai ouvert ma porte. Alors, pour le boulot, qu'est-ce que je dis à Evie ?

Ginny fit ronfler son moteur et lança gaiement :

— Dites-lui que je vais réfléchir. Salut !

Et parce qu'elle se sentait particulièrement sûre d'elle et que c'était rare, elle adressa à Finn un sourire éclatant.

13

Le cœur de Ginny fit un bond lorsqu'elle entendit la voix de Jem. Avoir des nouvelles de sa fille lui remontait toujours le moral.

— Bonjour, maman. Ça va ? Alors, avec Laurel, vous vous éclatez ?

Si seulement ! C'était quoi, le contraire de s'éclater ? Se racornir doucement ? Attendre Perry et voir arriver Laurel, c'était prévoir des vacances à Saint-Barth et être dérouté sur la Sibérie. Mais Ginny ne se sentait pas prête à admettre son erreur.

— Ça va. Laurel s'installe doucement, elle trouve ses marques. Et toi ? Tout va bien ?

— Mieux que bien. Super bien !

Jem semblait en effet en pleine forme.

— Comme je suis contente d'entendre ça ! Écoute, tu n'es pas revenue depuis Noël. Pourquoi est-ce que vous ne viendriez pas passer le week-end avec moi, Lucy et toi ? Ça vous ferait du bien, un petit break. Et ton père serait ravi de…

— Je ne peux pas, maman, tu sais bien. Je bosse au pub le samedi soir et le dimanche midi.

Fichu pub !

— Tu n'es pas trop fatiguée, au moins ? Je peux t'envoyer un peu plus d'argent. Comme ça, tu n'aurais pas à travailler tant.

— Non, à vrai dire, ça me plaît plutôt, de travailler au pub. Ne t'inquiète pas pour moi. Et puis, Pâques sera bientôt là. Je passerai à ce moment-là.

Passer ? Ce mot ne disait rien de bon à Ginny. L'espace d'un instant, elle perdit son assurance.

— Passer ? Mais je croyais que tu rentrais pour toutes les vacances.

— C'est ce que je pensais faire, mais le patron du pub m'a déjà demandé de travailler le week-end de Pâques. Si je lui dis que je pars deux semaines, je risque de ne pas retrouver mon boulot au retour. Hou la, déjà 9 h 30 ! Il faut que j'y aille, j'ai un cours à 10 heures. Je te rappelle la semaine prochaine. Prends soin de toi, et embrasse papa de ma part ! Salut !

D'ordinaire, Ginny chantait sous la douche, mais ce jour-là, elle n'était pas d'humeur. Jem lui manquait tant que c'en était douloureux. Et Bellamy lui manquait beaucoup, aussi. Au lieu d'une locataire-amie qui aurait redonné un peu de peps à sa vie, elle avait Laurel ; au lieu d'une vie amoureuse, elle n'avait qu'un grand vide. Perry Kennedy ne l'avait pas appelée pour l'inviter à dîner, et du coup, elle se sentait à la fois repoussante et idiote d'avoir été aussi naïve.

Mais tout cela devait changer. Il s'agissait de sa vie, et elle devait se prendre en main. Elle arrêta le robinet, s'enveloppa dans une serviette, effaça la buée sur le miroir de la salle de bains et se regarda. Elle n'avait rien d'un paillasson ni d'un laideron, et le moment était venu de le prouver.

Le matin même, en regardant des écureuils gambader sur la pelouse par la fenêtre de la cuisine, elle avait dit :

— Ils doivent être drôlement contents d'avoir le jardin pour eux tout seuls, maintenant. Bellamy leur faisait la chasse sans arrêt.

Laurel, occupée à enduire un toast d'une très, très fine couche de beurre allégé, avait répondu :

— Tu ne vas pas reprendre de chien, j'espère. Je n'aime pas les chiens, moi.

— Pourquoi ?

— C'est sale et ça sent mauvais.

Aussi vexée que si elle avait dit « Tu es sale et tu sens mauvais », Ginny avait secoué la tête avec véhémence.

— Certains chiens, peut-être. Mais pas Bellamy.

— En tout cas, je ne les aime pas, avait répété Laurel avant de quitter la pièce avec son toast.

Ginny repensa à cette conversation en se séchant vigoureusement les cheveux avec une serviette. Il était trop tôt pour remplacer Bellamy – elle aurait eu le sentiment de trahir sa mémoire –, mais si elle annonçait à Laurel qu'elle avait l'intention de reprendre un chien, celle-ci déciderait-elle de s'en aller ? Tenait-elle là la réponse à ses prières ? Bon, elle mentirait, mais ce serait tellement plus facile que d'annoncer à Laurel qu'elle ne supportait plus de vivre avec une neurasthénique obsédée par un certain Kevin.

Ginny sourit. Mais oui, c'était une excellente idée. Un chien fictif.

Et qui puait.

Laurel faisait du pain dans la cuisine, avec la radio en fond sonore, lorsque Ginny descendit, habillée, prête à partir.

— Quelle élégance ! J'aime beaucoup ta robe.

— Merci.

Laurel avait la déconcertante habitude de se montrer charmante au moment où l'on s'y attendait le moins.

— Je suis désolée, pour tout à l'heure. Je ne voulais pas sous-entendre que ton chien n'était pas propre. Et je suis certaine qu'il était adorable.

— Oui, il l'était.

Terrifiée à l'idée que Laurel puisse annoncer tout à coup qu'elle aimait beaucoup les chiens, Ginny ajouta précipitamment :

— Mais il n'était pas toujours très propre, je le reconnais. Un chien reste un chien ! Bellamy adorait patauger dans la boue ou se rouler dans la crotte de renard.

— En tout cas, je te prie de m'excuser. Et dès que j'en aurai fini avec ce pain, je ferai un gâteau à l'amande et à la cerise. Celui que tu préfères.

— Oh. C'est gentil. Merci. Mais tu n'es pas obligée, tu sais, fit Ginny, gênée.

— J'en ai envie. Et tu le mérites. Au fait, Perry a téléphoné pendant que tu prenais ta douche. Je lui ai dit à quel point je me sentais bien, ici.

Perry avait téléphoné ! Rien que d'entendre son nom, Ginny se sentit rougir.

— Il voudrait que tu l'appelles quand tu auras un moment, continua Laurel en pétrissant le pain sur la table. Pour régler les détails du virement automatique, je crois.

— Ah, bon, fit Ginny avec détachement. Merci. Bon, je vais y aller. À plus tard.

— À plus tard.

Mais les yeux verts de Laurel s'emplirent tout à coup de larmes, et son menton se mit à trembler.

Oh, non... C'était quoi, le problème, cette fois ? Surprise, Ginny s'arrêta.

— Tu... Ça va ?

— Oui, oui, répondit Laurel en s'essuyant les yeux du revers de la main, avant d'indiquer la radio d'un mouvement de tête. C'est cette chanson des Osmonds, *Crazy Horses*. Elle me rappelle tellement Kevin !

En montant dans sa voiture, Ginny décida qu'elle appellerait Perry... quand elle aurait le temps. Il était inutile de passer pour une fille en manque. Et puis, elle avait beaucoup à faire, aujourd'hui. À commencer par son rendez-vous au restaurant *Chez Penhaligon* avec Evie, pour discuter de...

Oh, et puis flûte.

Dès qu'elle quitta sa rue et qu'elle fut certaine que Laurel ne pouvait plus la voir, Ginny se gara et sortit son portable. Perry sembla ravi de l'entendre.

— Bonjour ! Comment ça va ? Ça se passe bien, avec Laurel ?

— Eh bien… Oui, ça va.

Intérieurement, Ginny se maudit d'être incapable de dire la vérité. Tout ça, c'était la faute de ses parents, qui lui avaient seriné toute son enfance d'être polie.

— Vous voyez ! Je vous l'avais dit. Et Laurel est tellement plus heureuse. Vous avez fait des merveilles, vraiment.

— Euh… Laurel m'a dit que vous vouliez me parler du virement automatique ?

Là, si tout était allé normalement, Perry aurait éclaté de rire et dit : « C'était juste une excuse pour vous parler de notre dîner. »

Au lieu de quoi, il déclara :

— En fait, c'était juste une excuse pour vous parler du traitement de Laurel. Elle serait furieuse si elle savait que je la surveille, mais il est très important qu'elle le prenne régulièrement. Je me disais que vous pourriez peut-être discrètement lui rappeler la semaine prochaine qu'elle doit aller faire renouveler son ordonnance. Sinon, elle sera à court.

Et encore plus déprimée. Cette perspective était insupportable.

— Bien, fit Ginny en se mordant la lèvre.

— Génial.

— C'est tout ?

— Je crois, oui. Bon, je vais vous laisser…

Le goujat ! Cette fois, c'en était trop. Elle n'en pouvait plus d'être polie et de se laisser marcher sur les pieds.

— Pour tout vous dire, je ne crois pas que ça va pouvoir continuer comme ça. Vous devriez commencer à chercher un autre logement pour Laurel. Je crois vous avoir dit que si ça ne marchait pas, je vous donnerais quatre semaines de pr…

— Hou la ! Mais qu'est-ce que vous me racontez, là ?

Ginny avait elle-même du mal à réaliser ce qu'elle venait de dire. Les mots étaient sortis comme des boulets.

— Ginny, vous êtes où, là ? Il faut qu'on parle de tout ça. Je sais que vous ne voulez pas dîner avec moi, mais on pourrait au moins prendre un verre, non ? Vous avez du temps, aujourd'hui ?

— Euh… je… Oui, c'est possible, bredouilla Ginny, stupéfaite.

— Vous connaissez le *Smugglers'Rest* ? On pourrait s'y retrouver vers 13 heures, qu'en dites-vous ?

Vers 13 heures. Dans deux heures, donc. Réprimant son enthousiasme autant qu'elle le pouvait, Ginny répondit :

— 13 heures au *Smugglers'Rest*, c'est d'accord.

Perry était au bar lorsqu'elle arriva. Il l'accueillit d'un sourire un peu hésitant.

— Je suis ravi de vous revoir. Vous êtes… Non, je ne dois pas dire ça. Qu'est-ce que vous buvez ?

Ginny attendit qu'ils soient installés l'un en face de l'autre à une table près de la fenêtre avant de poser la question qui l'obsédait depuis deux heures.

— Tout à l'heure, au téléphone, pourquoi avez-vous dit que vous saviez que je ne voulais pas dîner avec vous ?

Perry haussa les épaules, visiblement gêné, et regarda par la fenêtre.

— Parce que je l'ai bien vu. Vous m'avez plu tout de suite, et je me suis laissé emporter, en me ridiculisant, probablement. Ce n'est pas la première fois. Comme je disais, c'est dur de devoir faire le premier pas, car on risque de se tromper. Et là, j'ai compris que c'était le cas, que je m'étais trompé et que je ne vous intéressais pas.

Il but une gorgée, puis toussota, avant d'ajouter :

— Mais c'est très gênant, ce que vous êtes en train de me faire dire. On peut changer de sujet ?

— Non, répondit Ginny, bien trop curieuse pour en rester là. J'ignore ce que j'ai fait pour que vous pensiez une chose pareille. Je croyais que tout se passait normalement. Vous m'avez demandé si je voulais dîner avec vous, et j'ai dit oui.

Perry secoua la tête.

— Vous avez dit « peut-être ».

— Je voulais dire oui.

Une lueur d'espoir s'alluma dans le regard de Perry.

— J'ai cru que vous vous contentiez d'être polie, pour ne pas me blesser.

— Eh bien, ce n'était pas le cas. J'attends votre coup de fil, depuis. Et je me demandais pourquoi vous n'appeliez pas.

Perry la regarda, incrédule.

— Vraiment ?

— Vraiment.

— Je me suis trompé ?

Sa vulnérabilité plaisait décidément beaucoup à Ginny.

— Sur toute la ligne.

Perry se prit la tête entre les mains.

— Quel nul je fais ! C'est cette éternelle peur d'être rejeté. Si je ne suis pas sûr et certain que l'autre personne est intéressée, je renonce.

— Vous ne devriez pas.

— C'est plus facile à dire qu'à faire. Les traumatismes de l'adolescence sont difficiles à surmonter. Quand j'avais quinze ans, j'ai trouvé le courage d'inviter une fille à aller à une boum avec moi. Elle a accepté, et j'étais aux anges. Mais lorsque je suis passé la chercher chez elle, son père m'a dit qu'elle était déjà sortie.

— Aïe.

— Alors, je suis allé à la boum tout seul, et là, je l'ai vue, avec ses copines, et tout le monde était au courant. En fait, elle ne m'avait dit oui que pour gagner un pari. J'ai été la risée de tout le collège après ça.

— Les enfants sont cruels, dit Ginny, compatissante.

— C'est vrai, mais depuis le temps, j'aurais dû surmonter ça. Je dois être trop lâche, en fait.

Perry se tut un instant, puis inspira un grand coup et demanda :

— Donc, si je vous invitais à dîner, vous accepteriez, vraiment ?

— Vraiment.

— Vraiment, vraiment ? C'est certain ?

Qui aurait cru qu'un homme aussi séduisant, et aussi sûr de lui en apparence, puisse manquer à ce point de confiance en lui ?

— Évidemment que c'est certain. Certain à deux cents pour cent, même.

Un large sourire éclaira le visage de Perry.

— Bon, alors avant que je perde une nouvelle fois mes moyens, demain soir, c'est possible ?

— Avec grand plaisir, répondit Ginny en opinant du chef pour bien confirmer son accord.

— Génial. On ira *Chez Penhaligon*.

— Je préférerais un autre restaurant. J'ai rendez-vous là-bas cet après-midi pour un boulot de serveuse.

— Waouh ! La cuisine y est excellente, vous savez. Bon, alors au *Green Room*, sur Tate Hill ? Vers 20 heures ?

— Parfait.

Ginny opinait toujours, radieuse.

— Vous promettez de ne pas me poser un lapin ?

— Promis. Du moment que vous ne m'en posez pas un.

Perry sourit et lui prit la main.

— Ça ne risque pas. Vous êtes incroyable. Pas étonnant que Laurel soit si heureuse de vivre avec vous. Elle serait complètement perdue si elle devait partir.

Ginny sentit sa mauvaise conscience refaire surface et but une gorgée.

— Alors, demanda Perry, qu'est-ce qu'elle fait pour vous déplaire ? Elle laisse traîner ses affaires partout ?

— Non.

— Elle ne participe pas aux tâches de la maison ?

— Non, non, ça n'a rien à voir avec ça.

— Elle fait trop de bruit ?

Ginny était au supplice. Si l'on pouvait reprocher quelque chose à Laurel, c'était de ne pas en faire assez, de bruit. Elle était discrète, attentionnée, réfléchie. Techniquement, c'était une locataire modèle, sans habitudes dérangeantes.

— Elle casse beaucoup de vaisselle ? Elle vide le ballon d'eau chaude ? Monopolise la télécommande ?

Laurel ne faisait rien de tout cela. Elle parlait sans arrêt de Kevin, voilà tout.

— C'est bon, concéda Ginny. Elle peut rester.

Le soulagement se peignit sur le visage de Perry.

— Merci. Du fond du cœur. Si je m'écoutais, je vous embrasserais.

Il regarda autour d'eux. La salle se remplissait.

— Enfin, peut-être pas ici.

— Poule mouillée, fit Ginny en riant.

— C'est un défi ?

Perry se leva et l'attira vers lui. Et là, en plein milieu du pub, il l'embrassa. Un vrai baiser de cinéma.

Waouh ! Pas si poule mouillée que ça, finalement.

— Si c'est pas dégoûtant de voir ça, grommela un vieux pêcheur accoudé au bar.

— Beurk, t'as vu, en plus, c'est des vieux, gloussa une adolescente filiforme en bustier rose moulant.

Au même moment, une serveuse, émergeant de la cuisine avec deux assiettes, annonça haut et fort :

— Une poule au riz et un saucisson brioché.

Des ricanements fusèrent un peu partout.

Ginny se dégagea.

— On devrait peut-être y aller, non ?

— C'est votre faute, dit Perry, amusé. Vous m'avez défié.

— Je ne pensais vraiment pas que vous iriez jusque-là.

14

Lorsque Ginny arriva au restaurant, Evie l'accueillit comme une sœur restée absente trop longtemps. Il était 15 heures, le service de midi était terminé. Elles s'installèrent à une table dans la salle vide avec un café et discutèrent de la nature du travail, des horaires et du salaire. Puis Ginny remplit divers papiers.

— Il est possible de changer de service en cas de besoin, n'est-ce pas ? demanda Ginny. Ma fille vient de partir faire ses études, et je ne la vois plus beaucoup. Alors, si elle décide de me rendre visite un week-end, ça m'embêterait de devoir travailler pendant qu'elle est là.

Jem ne manifestait pas vraiment l'envie de venir la voir pour l'instant, mais l'espoir faisait vivre, non ?

— Aucun problème, dit Evie. Je sais ce que c'est. Mes trois enfants sont tous partis, maintenant. Ils ont fait leur vie un peu partout dans le pays. Alors, quand l'occasion de les voir se présente…

— Exactement ! Jem me manque tellement que c'en est gênant. D'ailleurs, dit Ginny, j'ai toujours quelques photos d'elle sur moi.

— Moi aussi ! s'exclama Evie.

Avec un plaisir évident, elle prit son sac et en sortit des photos de ses enfants. Tandis que chacune admirait la progéniture de l'autre, Ginny se demanda pourquoi elle n'avait pas attiré une locataire comme Evie, avec son annonce.

Le téléphone sonna dans le bureau, interrompant une anecdote d'Evie à propos de son plus jeune fils. Elle se leva et alla répondre. Quelques instants plus tard, la porte du restaurant s'ouvrit, et Finn Penhaligon apparut. En découvrant Ginny, il haussa les sourcils.

— Tiens ? Bonjour.

— Bonjour, répondit Ginny, la bouche sèche.

Elle avait encore du mal à le regarder sans repenser au lit à baldaquin et aux voilages de soie crème gonflés par la brise. Il allait vraiment falloir qu'elle chasse ce fantasme de son esprit, en particulier dans la mesure où, moins de deux heures plus tôt, elle s'était laissé embrasser à pleine bouche dans un pub bondé.

— Où est Evie ?

— Dans le bureau. Je commence à travailler jeudi, au fait. Trois jours à midi et quatre jours le soir, dit Ginny en indiquant les formulaires qu'elle venait de remplir.

Finn les prit, les parcourut du regard, hocha la tête. Puis, d'un mouvement du menton, il montra les photos qui étaient restées sur la table.

— Qui est-ce ?

— Ma fille, Jem.

Avec Evie, elle s'était sentie en droit d'être fière et d'énumérer les nombreuses qualités de sa fille. Mais avec Finn, elle se borna à l'essentiel. Les hommes ne réagissaient pas de la même façon, dans ce domaine.

Finn regarda les photos en silence.

— Qu'est-ce qu'il lui est arrivé ? demanda-t-il enfin.

— Comment ça ? Oh, les cheveux, vous voulez dire ? Elle est blonde, mais elle s'est fait teindre les pointes en rose.

— Non, je veux dire… Ce n'est pas celle qui est décédée ?

Quoi ?

— Je ne vois pas ce que vous voulez dire, fit Ginny avec un sourire perplexe. Jem est ma seule fille. Et elle n'est pas morte !

Il secoua la tête.

— C'est pourtant ce que vous avez dit, dans la boutique, l'autre fois. Et c'est pour cela que la vendeuse n'a pas eu le cœur d'appeler la police.

— Mais je n'ai jamais dit ça ! Pourquoi l'aurais-je fait ?

— Qui sait ? Pour nous attendrir et éviter une condamnation pour vol à l'étalage ?

— Arrêtez ! C'est terrible de raconter des choses pareilles ! s'exclama Ginny.

— Vous étiez désespérée, il fallait que vous vous sortiez du pétrin. Vous nous avez dit que vous aviez enterré votre chien le matin même. D'ailleurs, ça non plus, si ça se trouve, ce n'était pas vrai.

— C'était la vérité ! J'adorais mon chien !

— Ensuite, la vendeuse vous a demandé si vous vouliez appeler quelqu'un, et vous avez répondu que vous n'aviez personne, insista Finn. Vous avez dit que votre fille n'était plus là, qu'elle était partie.

La méprise venait donc de là. Horrifiée, Ginny comprit qu'elle les avait trompés malgré elle.

— C'était vrai. Jem est partie, mais je ne voulais pas dire par là qu'elle était morte. Elle est vivante, elle va très bien et fait ses études à Bristol.

Finn la regarda fixement.

— Et nous qui étions si désolés pour vous !

— Ben voyons. Excusez-moi de ne pas m'en être aperçue.

— Enfin, vous n'avez pas été arrêtée, donc ça a marché.

Cette fois, Ginny vit rouge.

— Laissez-moi deviner : vous n'avez pas d'enfant, n'est-ce pas ?

Une nouvelle fois, il la fixa longuement, avant de répondre par la négative.

— J'en étais sûre. Parce que si vous en aviez, vous sauriez qu'aucun parent digne de ce nom ne raconterait un mensonge aussi terrible, même pour se sortir de la situation la plus désespérée. Moi, je serais prête à mourir pour ma fille !

— D'accord, d'accord. Vous avez certainement raison. Écoutez, si on oubliait toute cette histoire ? On est partis du mauvais pied, tous les deux. Mais maintenant, vous allez travailler pour moi, alors tout serait bien plus facile si on essayait de s'entendre. Vous ne croyez pas ?

Encore furieuse mais consciente qu'il avait raison, Ginny serra la main qu'il lui tendait.

— Si, je crois.

— Parfait. Maintenant, si vous voulez bien m'excuser, il faut que je parle à Evie.

Il disparut en direction du bureau. Ginny but son café tiède et regarda autour d'elle en faisant tourner une mèche de cheveux entre ses doigts. Elle allait travailler dans cette salle ensoleillée, décorée avec goût, avec poutres apparentes et parquet en chêne. Sur chaque table était posé un vase ou un pot différent, contenant plantes ou fleurs printanières.

Alors qu'elle parcourait la salle du regard, elle remarqua un billet froissé, par terre, quasiment à ses pieds, près de la table numéro six. Elle se pencha pour le ramasser et envisagea un court instant de le déchirer en mille morceaux – ce serait bien fait pour lui.

Mais vingt livres restaient vingt livres, et elle ne put se résoudre à le faire. Alors, elle prit son portefeuille, y rangea le billet et en sortit deux de dix livres tout neufs – elle était passée au distributeur juste avant de venir –, qu'elle plaça soigneusement à côté de la table six.

Quelques minutes plus tard, Evie reparut, suivie de Finn.

— Je suis désolée de vous avoir abandonnée ! Finn n'a pas son pareil pour vous faire bavarder.

« Je n'en doute pas », pensa Ginny, qui suivit le regard de Finn lorsqu'il se détourna une fraction de seconde en direction de la table six. Quand il vit les deux billets de dix livres par terre, il sourit presque.

— Raté, dit Ginny au moment où leurs regards se croisaient.

— Comment ? demanda Evie, qui n'était visiblement pas au courant de ce petit test impromptu.

Finn secoua la tête.

— Rien. Bien, je vous laisse, je crois que mon antiquaire de New York est arrivé.

Une limousine noire venait de s'arrêter devant l'entrée du magasin. Ginny et Evie regardèrent Finn traverser la cour pour aller accueillir son visiteur.

— Aïe ! C'est une femme. La pauvre, c'est perdu d'avance, pour elle. Il a encore essayé de vous mettre mal à l'aise ?

— Il a essayé, oui. Mais je commence à avoir l'habitude, répondit Ginny. Il a fait un commentaire sur Jem, et je lui ai dit que ça se voyait comme le nez au milieu de la figure qu'il n'avait pas d'enfant.

— Oh. Et qu'a-t-il répondu ?

— Rien. Enfin, il a reconnu qu'il n'avait pas d'enfant.

Evie se rassit en face de Ginny.

— Bien. Puisque vous allez travailler ici, je pense qu'il vaut mieux que je vous explique quelque chose. Finn devait se marier, à Noël. Tamsin et lui ont eu un bébé, l'été dernier.

Ginny porta une main à sa bouche, horrifiée.

— Mon Dieu ! Ne me dites pas que le bébé est mort !

— Non, personne n'est mort. Mae est née en juillet, et c'était le plus beau bébé qu'on puisse rêver. Bon, avec des parents comme ça, elle ne risquait pas d'être trop moche. Finn était complètement sous le charme. Je sais que c'est difficile à imaginer, mais c'est vrai. Il était… comment dire… lumineux, quand il avait sa fille dans les bras. On était tous ébahis de le voir si changé. Il venait de racheter cet endroit, et on bossait jour et nuit pour que les travaux soient finis à temps et que le restaurant puisse ouvrir, mais il ne supportait pas d'être éloigné de Mae. Alors, il l'emmenait partout. Je n'ai jamais vu d'homme plus heureux. En fait, c'était un père-né.

Alors là, pour une surprise…

— Et qu'est-il arrivé ? demanda Ginny.

— Un truc terrible. Finn était à une vente aux enchères dans le Wiltshire, et je discutais avec les décorateurs dans le restaurant, quand un taxi est arrivé. Un homme de type italien en est descendu. Je suis allée voir ce qu'il voulait. Il m'a dit qu'il venait chercher Tamsin et Mae. Deux secondes plus tard, Tamsin est descendue en courant de l'appartement qui se trouve au-dessus du magasin, avec plein de sacs de voyage. Et elle m'a dit qu'elle partait. Elle a entassé tous ses sacs dans le coffre du taxi, a mis Mae sur le siège arrière et m'a tendu une lettre en me demandant de la donner à Finn. J'étais complètement sous le choc, j'en tremblais. Je lui ai dit qu'elle ne pouvait pas prendre Mae à Finn, que c'était son père et, à ce moment-là, l'homme de type italien – qui était effectivement italien – a rigolé et m'a lancé que non, c'était lui, son père. Puis il a regardé sa montre et a dit à Tamsin de se dépêcher, que l'hélicoptère attendait et qu'il devait être à Londres à 15 heures.

— Et c'était vrai, cette histoire de père ?

— Oui. Le soir, Finn m'a lu la lettre de Tamsin. En gros, elle a rencontré cet Italien, Angelo Balboa, en boîte, un soir où Finn était en voyage d'affaires. Ils ont eu une liaison pendant quelques semaines, puis Angelo est parti en Australie pour son travail, et ils ont rompu. Quand Tamsin a réalisé qu'elle était enceinte, il y avait une chance sur deux pour que Finn soit le père. Et puis, Finn et Angelo étant tous les deux bruns aux yeux sombres, elle s'est dit que l'enfant qu'elle attendait pourrait très bien passer pour celui de Finn.

— Et pourquoi ça n'a pas marché ?

— Pendant les premiers mois, Tamsin a fait comme si de rien n'était. Mais peut-être que le mot hélicoptère vous a mise sur la voie ? demanda Evie assez sèchement, en faisant un petit geste circulaire de l'index. Angelo Balboa est très, très riche. Sa famille a gagné des milliards dans l'huile d'olive. Et Tamsin a toujours eu un penchant pour les bonnes choses de la vie en général, pour les milliardaires en particulier. Finn a une situation plus qu'enviable, mais il ne boxe pas dans la même catégorie qu'Angelo. Je suppose que cela a pas mal influé sur la décision de Tamsin. Dans sa lettre à Finn, elle expliquait qu'elle avait fait faire un test ADN à Mae et qu'elle n'était pas de lui. Du coup, elle s'est sentie obligée d'en parler à Angelo, pour qu'il sache qu'il avait une fille. Et bingo, il a rappliqué aussi sec, avec ses milliards ! Comme c'est un grand romantique d'aujourd'hui, il a exigé d'autres tests pour prouver la filiation. Mais dès que les résultats ont confirmé que Mae était bien sa fille, il a décrété que désormais, Mae et Tamsin étaient à lui.

— Quelle horreur ! Pauvre Finn, soupira Ginny, un peu étonnée tout de même car jamais elle n'aurait pensé éprouver de la compassion pour lui. Et qu'a-t-il fait ?

— Que vouliez-vous qu'il fasse ? Rien du tout. Enfin, il s'est mis à boire comme un trou. Il a annulé le mariage. Et il a essayé de se convaincre qu'il n'était pas papa, finalement.

— Il ne les a pas revues, depuis ?

— Non. Elles sont à Londres, avec Angelo.

— Quand cela est-il arrivé ?

— En octobre.

Octobre. Et Mae était née en juillet. Ce qui signifiait que Finn avait eu trois longs mois pour nouer des liens forts avec ce bébé, qu'il croyait être sa fille.

Trois longs mois à l'aimer plus que tout, avant qu'elle disparaisse sans qu'il ait pu la tenir dans ses bras une dernière fois et lui dire adieu.

Ginny en avait la gorge serrée. Comment aurait-elle réagi si on lui avait pris Jem quand elle était bébé ?

— Je n'aurais peut-être pas dû vous raconter tout ça, dit Evie, inquiète.

— Si, si, vous avez bien fait. J'ai déjà gaffé une fois, c'est plus que suffisant. Et ce n'est que quelques semaines après le drame qu'il m'a vue dans cette boutique... Pas étonnant qu'il ait été d'une humeur de chien.

— Maintenant, vous savez pourquoi Finn attache particulièrement d'importance à l'honnêteté et à la confiance, dit Evie en jouant avec une branche du bouquet de freesias qui décorait la table. C'est difficile de lui en vouloir, quand on est au courant. Jusqu'à ce que Tamsin s'en aille, il se targuait d'être bon juge en matière de personnalité. Ça doit faire mal de réaliser qu'on s'est complètement trompé sur la femme qu'on s'apprêtait à épouser.

En effet. Il arrivait souvent qu'on réalise trop tard qu'on avait fait le mauvais choix... *Gavin ? Tu as les oreilles qui sifflent ? C'est normal.*

Mais ce que Tamsin avait fait dépassait l'entendement.

15

En arrivant chez elle, vers 17 heures, Ginny vit la Porsche de Gavin, plus boueuse que jamais, garée devant sa maison et ne put retenir une moue. Elle aurait préféré faire les présentations elle-même.

La moue devint une vraie grimace lorsque, en entrant, elle entendit Gavin qui disait :

— C'est vrai, quoi, regardez vos chaussures. Elles sont immondes. Jamais personne ne vous sifflera dans la rue, avec des godasses pareilles.

Ce bon vieux Gavin. Tout en délicatesse et en subtilité, comme d'habitude. Ginny se précipita dans le salon et découvrit Laurel, droite comme un « I » sur sa chaise, avec un regard de lapin pris au piège.

— Gavin, laisse-la tranquille.

— Moi ? Mais je ne fais rien de mal. On bavarde, c'est tout, dit Gavin en écartant les mains pour manifester son étonnement. Je passais te voir, mais tu n'étais pas là, alors on a fait connaissance. Comme ça, j'en sais un peu plus sur ta locataire.

Ça, Ginny n'en doutait pas. Poser des questions indiscrètes était une des spécialités de Gavin.

— Il me trouve ennuyeuse, dit Laurel, les mains agrippées à ses genoux.

Donner son avis, qu'on le lui demande ou non, était une autre de ses spécialités.

Ginny fusilla son ex-mari du regard.

— Ça ne va pas bien de dire des choses pareilles ?

— Ben quoi ? C'est vrai ! Vous êtes ennuyeuse, rétorqua-t-il en se tournant vers Laurel. Pas la peine d'être bien malin pour s'en apercevoir. Pour oublier Kevin, il faut que vous rencontriez quelqu'un d'autre, mais vous ne rencontrerez jamais personne si vous n'arrêtez pas de parler de Kevin.

— Tu es ici depuis longtemps ? demanda Ginny, qui hésitait à lui donner une bonne tape derrière les oreilles.

— Une heure, mais crois-moi, ça m'a fait l'effet d'une semaine. Je n'ai pas arrêté de lui répéter qu'elle devait tourner la page et aller de l'avant ; que Kevin, c'était du passé. Il faut qu'elle sorte, qu'elle voie d'autres gens. Seulement, si elle sort avec des chaussures pareilles, les mecs vont prendre leurs jambes à leur cou.

Laurel semblait au bord de l'apoplexie.

— Vous êtes toujours aussi horrible ?

— Oui, répondit Ginny avec un sourire navré.

— Moi, je préfère dire honnête. Si vous portiez de belles chaussures, je serais le premier à vous le dire et à vous en féliciter. Et puis, continua Gavin avec des airs de maquignon, vous n'êtes pas trop moche. Joli visage, cheveux brillants, plutôt mince. Personnellement, les rousses, ce n'est pas mon truc, mais…

— Eh bien, heureusement, parce que les doubles mentons et les tempes dégarnies, ce n'est pas le mien.

Il en fallait plus pour vexer Gavin.

— Vous n'avez pas tort. Chacun ses goûts. Mais je ne plaisante pas, quand je dis que vous devez absolument oublier votre ex. D'ailleurs, je connais quelqu'un avec qui vous vous entendriez sûrement.

— Non, merci ! lâcha précipitamment Laurel.

— Vous voyez ? Ne soyez pas si négative ! Je vous répète que vous iriez très bien ensemble.

— Ça ne m'intéresse pas.

— Qui ? ne put s'empêcher de demander Ginny.

— Un ami, qui s'appelle Hamish. Il est adorable. Un peu timide, mais avec un cœur d'or. Très sensible. Il écrit des poèmes, lit des livres… Tu vois le genre.

Ginny le regarda, interloquée.

— Tu connais des gens qui écrivent de la poésie ? Toi ?

— Il fait partie du club. Un club de célibataires, expliqua Gavin à l'intention de Laurel. C'est génial. On se voit deux fois par semaine. Ce que je peux faire, c'est en toucher deux mots à Hamish, et ensuite, je vous présenterai. Et hop, en deux temps trois mouvements, vous roucoulerez.

Les yeux de Laurel s'écarquillèrent d'horreur.

— C'est hors de question !

— Allez, lâchez-vous un peu. Vous savez, plus j'y pense, plus je me dis que vous iriez vraiment très bien ensemble. Il est grand et maigre, comme vous. Et très discret. La plupart du temps, il reste assis dans son coin, à tel point qu'on ne remarque même pas qu'il est…

Laurel secoua la tête avec véhémence.

— C'est non ! Jamais je n'irai dans un club de célibataires !

— Donc, vous préférez rester seule.

— Je n'irai pas dans un club de célibataires, répéta Laurel.

— Laisse-la tranquille, protesta Ginny.

Pourtant, intérieurement, une petite voix lui soufflait que Gavin n'avait pas complètement tort. Tout irait beaucoup mieux si Laurel rencontrait quelqu'un.

— Vous ne voulez pas y aller toute seule ? Très bien. Gin, vous pourriez venir toutes les deux, non ?

Gavin, le commercial qui ne renonce jamais, haussa un sourcil interrogateur en direction de Ginny, persuadé de lui faire une offre impossible à refuser.

Après tout... cela valait peut-être le coup.

— Euh...

— Demain soir ?

Elle dînait avec Perry, le lendemain soir.

— Je ne peux pas. J'ai déjà quelque chose de prévu.

— Qu'est-ce que tu fais ?

— Je suis invitée à dîner !

— Bon, alors le week-end prochain ?

— Excusez-moi, je suis invisible ou quoi ?

Laurel se leva, visiblement en colère, cette fois.

— Je vous ai dit que cela ne m'intéressait pas, alors arrêtez d'insister et d'essayer de me forcer à sortir alors que je n'en ai pas envie.

— Si vous rencontriez Hamish, vous changeriez d'avis.

— C'est vous qui le dites.

Ginny retrouva Perry le lendemain soir au *Green Room*, un restaurant situé en haut de la falaise, à la sortie de Portsilver. Cette fois, il ne l'embrassa pas devant tout le monde, mais la cuisine était excellente, la conversation fut animée, et elle éprouva de nouveau ce frisson d'excitation chaque fois qu'elle le regardait.

Il lui prit la main lorsqu'elle eut terminé de raconter le face-à-face entre Laurel et Gavin.

— Ça m'a l'air d'être un sacré coco, ton ex-mari, dis donc. Vous êtes divorcés depuis combien de temps ?

— Neuf ans.

Ginny avait du mal à se concentrer, avec les doigts de Perry sur sa main.

— C'est long, neuf ans. Tu n'es pas restée seule tout ce temps, j'imagine ?

Essayait-il de savoir s'il avait affaire à une fille facile ?

— À vrai dire, non. Mais je n'ai pas eu tant de relations que cela. Quelques-unes, quoi.

Perry haussa un sourcil interrogateur.

— Bon, d'accord. Trois.

Il sourit.

— Pas trop, juste ce qu'il faut. Je savais que tu étais une fille bien.

C'était un compliment, mais Ginny n'était pas certaine de le mériter. Si elle avait eu moins de responsabilités, elle aurait certainement été moins sage. Avec Jem, elle avait toujours relégué sa vie sentimentale et sexuelle au second plan. Être mère passait avant tout. Les hommes, c'était du superflu.

— Je trouve que c'est important, de prendre le temps de bien se connaître, poursuivit Perry. C'est plus romantique, aussi. Il y a tellement de gens qui passent d'une conquête à l'autre ! Pour moi, ça dévalorise tout. Alors, je suis vraiment très heureux que tu ne sois pas comme ça, conclut-il en la regardant dans les yeux.

« Dommage, pensa Ginny. Parce que là, j'aurais bien sauté quelques étapes… »

Après le dîner, fidèle à sa parole, Perry l'embrassa sur le parking du restaurant, puis, se conduisant en parfait gentleman, la ramena à sa voiture et l'aida à s'installer au volant avant qu'elle ait pu lui arracher sa chemise et l'allonger sur le capot.

D'une certaine manière, c'était assez flatteur. Perry estimait qu'elle méritait d'être respectée.

— Tu es si belle, murmura-t-il.

Il se pencha, prit son visage entre ses mains et l'embrassa de nouveau, longtemps, avant de s'écarter.

Il avait raison, c'était mille fois plus romantique que de se faire peloter par un homme de Cro-Magnon qui cherche à vous mettre une main dans le soutien-gorge.

— Je t'appelle, souffla-t-il. Prends soin de toi.

« Cette fois, je crois que je lui plais vraiment », pensa Ginny en quittant le parking.

16

Pour Ginny, sortir se promener sans un chien était une expérience étrange – cela lui donnait l'impression d'être un enfant se réveillant le matin de Noël et découvrant qu'il n'y a rien dans ses souliers. Le temps avait passé depuis la mort de Bellamy, mais il lui arrivait encore souvent de jeter un regard sur le côté pour s'assurer que son chien trottait tranquillement, ou au loin pour le regarder bondir dans tous les sens à la recherche d'un mulot. Parfois même, elle ramassait un bâton pour le lancer au loin, avant de réaliser que Bellamy n'était plus là pour courir le chercher. Ce genre d'attitude lui avait valu de drôles de regards, ces derniers temps.

La plage avait toujours été leur lieu de promenade favori, à Bellamy et à elle. Aujourd'hui, c'était seule qu'elle marchait le long du rivage, les mains enfoncées dans ses poches. Mais elle repérait n'importe quel morceau de bois délavé par la mer dans un tas d'algues brillantes, n'importe quel petit crabe qui aurait mis Bellamy en transe avant de le faire se cabrer et reculer, telle une vieille fille confrontée à un strip-teaseur, lorsque le crabe en question se défendait à coups de pinces.

Bellamy lui manquait tant ! La plage, ce n'était plus la même chose, sans lui. Sans Jem non plus, d'ailleurs. Pendant des années, tous les trois, ils avaient fait les fous dans les vagues, couru à perdre haleine, ramassé des coquillages pour la collection de Jem.

« Et aujourd'hui, il n'y a plus que moi », pensa Ginny en regardant vers le large.

Son téléphone sonna.

— Maman ?

Entendre la voix de Jem, à l'instant exact où elle en avait besoin, redonna sa joie de vivre à Ginny.

— Bonjour, ma chérie ! Comment vas-tu ?

— Oh, ça va. La routine. Un tas de boulot, des devoirs à rendre, des profs jamais contents… Tu as reçu mon mail, hier ?

La veille, Jem lui avait envoyé par mail une photo de Lucy et elle sur le point de sortir faire la fête.

— Oui ! J'ai vu que tu ne portais pas tes nouvelles bottes. Comment ça se fait ?

Quand Jem s'achetait quelque chose, en général, elle le portait pendant plusieurs mois d'affilée.

— Si, je les avais, répondit Jem en riant.

— Je parlais des roses. Ne me dis pas que tu t'en es acheté une autre paire, espèce de gredine !

— Moi, non. Rupert, oui. Il n'aimait pas mes bottes roses, alors il les a jetées par la fenêtre, sur une bande de poivrots, expliqua Jem en riant. Et le lendemain, il m'a donné de quoi en acheter une autre paire. Tu te rends compte, il m'a donné cent livres !

Ginny était hors d'elle.

— Il les a jetées par la fenêtre, comme ça ? Mais qu'est-ce qui ne va pas chez lui ? Tu adorais ces bottes, en plus !

— Et maintenant, j'adore celles-ci ! Maman, c'était super drôle, tu aurais dû voir ça. Et puis, elles avaient un petit côté vulgaire, les miennes. Celles-ci sont bien mieux. Rupert les trouve géniales. Il dit que les autres me donnaient mauvais genre.

Et Rupert était un petit con arrogant, qui aurait mérité qu'on le jette par la fenêtre lui aussi. Entendre Jem, d'ordinaire si sensée, prendre sa défense, inquiéta un peu Ginny.

— Et son amie… Comment s'appelle-t-elle, déjà ?

— Caro ? Ils ont rompu.

L'inquiétude de Ginny s'accentua.

— Enfin, bon, reprit Jem. Je voulais savoir comment ça se passait pour toi, au boulot. Ça te plaît ?

« C'est ça, change de sujet », songea Ginny, pas dupe. Mais elle raconta sa première journée au restaurant dans les moindres détails. Finn n'était pas là, et elle avait vraiment passé une excellente journée. Travailler avec Evie et Martha était un réel plaisir, le personnel de cuisine était très sympa, et elle avait déjà fait connaissance avec quelques habitués de l'établissement.

— C'est vraiment super ! s'exclama Jem. Et si je venais rencontrer tout ce monde ce week-end ?

— Mais tu travailles aussi, non ?

Ginny fit un bond sur le côté pour éviter une vague qui venait lui lécher les pieds.

— Non, justement. C'est pour ça que je te téléphone. Le patron du pub m'a appelée ce matin pour me dire qu'une canalisation avait cédé et que le pub était inondé. C'est fermé jusqu'à la semaine prochaine. Alors, je me disais que je pourrais en profiter pour venir te faire une petite visite, si tu es d'accord.

Ginny était tellement contente que, cette fois, elle ne vit pas la vague et se retrouva les pieds dans l'eau. De toute manière, un requin serait sorti de la mer avec une sirène sur le dos qu'elle ne l'aurait pas remarqué.

— Mais bien sûr que je suis d'accord ! Oh, ma chérie, c'est fantastique ! Vivement ce week-end !

— Tu ne peux pas faire ça, dit Rupert en sortant de la cuisine au moment où Jem raccrochait. Rentrer chez toi pour le week-end, c'est une perte de temps totale.

— Comment ça, une perte de temps ? Je vais voir ma mère.

— Une perte de temps pour *nous*, je voulais dire.

Il l'enlaça.

— Moi, je vais être là, tout seul, et qu'est-ce que je vais faire, si tu n'es pas là ?

— Tu ne seras pas tout seul, il y aura Lucy.

— Non, elle vient de me dire qu'elle allait à Manchester, au mariage d'une cousine.

— Merde, jura Jem en regardant en direction de la salle de bains, où Lucy prenait une douche. Je pensais qu'elle serait là, et que du coup, on ne pourrait pas… enfin, tu vois… être ensemble.

— Eh non, elle ne sera pas là. Ce qui nous laisse tout le temps qu'on veut pour… enfin, tu vois… être ensemble, répondit Rupert en la singeant.

Se plaquant contre elle avec un sourire qui en disait long, il ajouta :

— Tu imagines combien de fois on pourrait… être ensemble, ce week-end ?

Jem était partagée. C'était une occasion qui ne se présentait pas très souvent. Si seulement elle avait su une demi-heure plus tôt que Lucy s'absentait !

— Mmm… murmura Rupert en bougeant les hanches. Être ensemble, être ensemble…

— J'ai dit à maman que je venais. Elle m'attend, maintenant.

— On dirait Davy Stokes. Hé, tu lui as annoncé ça il y a à peine cinq minutes. Rappelle-la et dis-lui que, finalement, ce n'est pas possible. Qu'un truc de dernière minute s'est présenté. Ce qui n'est pas tout à fait faux, dit Rupert, visiblement amusé.

— Ça avait l'air de lui faire tellement plaisir que je vienne. Elle risque d'être déçue…

— C'est comme ça, les mères. Tout a l'air de leur faire plaisir, venant de leurs enfants. Ça fait partie du job. Tu n'aimerais pas qu'elle te dise : « Oh, vraiment, tu es obligée de venir ? »

Avait-il raison ? Peut-être, après tout. Sa mère avait un nouveau boulot et une nouvelle locataire.

En débarquant, Jem serait peut-être dans ses pattes. Ginny avait une vie épanouie et très occupée, désormais. Sans doute n'avait-elle pas besoin que sa fille vienne lui prendre le peu de temps qu'il lui restait.

— Si tu me laisses tout seul, dit Rupert avec un air de chien battu, il se peut que je sois obligé de sortir et de me taper une poule moche et grosse. Franchement, ça m'embêterait.

Jem sourit. Sa décision était prise.

— Tu sais quoi ? Ça m'embêterait beaucoup, moi aussi.

Lorsque le téléphone de Ginny sonna de nouveau, elle faisait la queue à la caisse d'une épicerie fine, un panier plein au bras.

— Maman ? C'est encore moi. Finalement, je ne vais pas pouvoir venir. Je viens juste de me rendre compte du retard que j'ai dans mon boulot pour la fac. Si je ne passe pas le week-end à me rattraper un peu, je vais vraiment être – hééééé ! – dans de sales draps. Alors, tant pis, hein ? De toute façon, je suppose que tu es débordée, toi aussi.

Ginny avait la gorge sèche et l'esprit taraudé par l'angoisse. Le débit, le ton, la voix de Jem, tout lui laissait penser que son excuse était bidon. Et elle ne venait plus. Sa déception était immense. Et puis, c'était quoi, ce « hééééé ! » ?

— Qu'est-ce qui t'est arrivé ?

— Quand ?

— Là, tout de suite, tu as crié « hééééé ! ». Tu disais que tu serais dans de sales draps, et en plein milieu, tu as crié « hééééé ! ».

Jem pouffa.

— Oh, ça ? C'est juste Rupert qui fait l'idiot. Donc, ce n'est pas grave, hein ? Je ne te dérangerai pas, comme ça.

Au bras de Ginny, le panier se mit à peser des tonnes. Elle sortit doucement de la queue.

— Non, ce n'est pas grave, ma chérie. J'aurais adoré te voir, mais c'est toi qui décides. Si tu as du travail à rattraper... eh bien, il faut le rattraper.

— Je savais que tu comprendrais. Bon, il faut que j'y aille. Bisous !

Ginny rangea son téléphone dans son sac et refit le parcours qu'elle venait d'effectuer dans la boutique, reposant toutes les bonnes choses qu'elle avait mises dans son panier. Les amuse-gueule préférés de Jem – olives fourrées, paquets de noix de cajou et de macadamia, tranches de *prosciutto*, artichauts marinés –, tout retourna dans les rayons.

— Un oubli de porte-monnaie ? demanda une vieille dame avec un regard compatissant.

Ginny secoua la tête.

— Ma fille devait me rendre visite ce week-end, mais elle vient d'appeler pour me dire qu'elle ne pourrait pas, finalement. Trop de travail.

— Tss, tss, je l'ai déjà entendue, celle-là. Les enfants sont égoïstes, vous ne trouvez pas ? La mienne me faisait tout le temps la même chose, aussi. On s'est beaucoup disputées à cause de ça.

Ginny n'avait pas envie de se disputer avec Jem, mais sa déception était telle qu'elle était prête à tout.

— Et ça a aidé, de vous disputer ?

La vieille dame soupira et prit un pot de pesto.

— Ce n'est pas une solution que je recommanderais, dit-elle tristement. Elle a épousé un homme qui ne me plaisait pas, ce qui nous a valu de nouvelles disputes. Puis, il y a quatorze ans, ils ont pris leurs cliques et leurs claques et sont partis s'installer en Australie.

17

On était samedi soir et le restaurant était plein. Finn était là, accueillant les clients, allant de table en table, très pro. Il attirait tous les regards féminins. Ginny voyait ceux-ci s'éclairer et briller lorsqu'il se penchait pour échanger quelques mots aimables avec leurs propriétaires, avant de s'adresser aux époux de celles qui étaient accompagnées, afin de leur faire comprendre qu'ils n'avaient rien à craindre de sa part.

Les célibataires aimaient beaucoup cela aussi. Toutes tentaient leur chance. Lorsqu'un homme aussi séduisant que Finn Penhaligon était dans les parages, l'espoir renaissait.

— Tu le regardes à l'œuvre ? demanda Evie, amusée.

En route pour la table six, elle s'était arrêtée, deux assiettes de moules dans les mains.

— Tu sens un peu la tension sexuelle qu'il y a dans cette salle ? Ce vieux Finn n'a pas perdu la main, ajouta-t-elle avec un clin d'œil.

— Je vois ça, dit Ginny alors que Finn allait répondre au téléphone, suivi du regard par toute la gent féminine.

— Tu devrais faire attention. Si ça se trouve, c'est toi la prochaine.

Ginny faillit éclater de rire tant cette suggestion était ridicule.

— Ça m'étonnerait. Il aurait trop peur que je lui chipe son portefeuille.

Quelques minutes plus tard, Finn lui fit signe de le rejoindre à la caisse.

— C'est quelqu'un de votre famille ?

— Pardon ?

Ginny regarda le planning, où il venait de noter une réservation au nom de Holland pour 21 h 30.

— Une table pour deux. Je viens de prendre la réservation. Elle n'a rien dit, mais j'ai pensé que c'était peut-être votre fille.

Le cœur battant, Ginny se demanda s'il pouvait s'agir de Jem. Avait-elle décidé de venir, finalement, et de lui faire la surprise ? Mais si elle avait réservé une table pour deux, cela signifiait qu'elle était accompagnée…

Peut-être s'agissait-il de Rupert. Ginny se jura sur-le-champ d'être le plus agréable possible avec lui.

Environ une heure plus tard, tous ses espoirs s'envolèrent lorsque la porte du restaurant s'ouvrit et qu'elle vit entrer Gavin, en compagnie d'une blonde dont on aurait pu croire que l'ambition dans la vie était de poser pour un calendrier de fabricant de pneus, tenue d'Ève et moue suggestive à la clé.

Cherchant visiblement à concilier cette apparition en talons aiguilles pailletés de douze centimètres avec la photo qu'il avait vue de Jem, Finn demanda, dubitatif :

— C'est votre fille ?

— Si c'était le cas, je lui dirais d'aller se faire teindre les racines et de porter un soutien-gorge, lâcha Ginny, furieuse d'avoir pu espérer que ce serait Jem. Non, c'est mon ex-mari en compagnie d'une de ces charmantes petites choses qu'il affectionne tant. Sans vouloir m'avancer, je crois pouvoir dire que ce n'est pas son cerveau qui l'intéresse.

Finn retint un sourire.

— Allons, il ne faut jamais juger quelqu'un sur une première impression. Vous êtes pourtant bien placée pour le savoir.

Malgré elle, Ginny repensa instantanément à une autre personne qui lui avait déplu au premier regard. Peut-être s'était-elle trompée sur Rupert, peut-être n'était-il pas si insupportable que cela.

— Je voulais te faire la surprise, dit Gavin d'un ton enjoué lorsqu'elle s'approcha pour leur tendre leurs menus. Je te présente Cléo. Cléo, je te présente Gin.

— Salut !

Cléo avait un joli sourire, mais qui retenait sans doute assez peu les regards masculins. Face à son caraco transparent au décolleté profond qui ne cachait rien d'une anatomie généreuse, il ne faisait pas le poids.

— Pour une surprise, c'est une surprise. Quand Finn m'a dit que c'était une femme qui avait réservé, j'ai cru qu'il s'agissait de Jem.

Cléo pouffa.

— C'était moi. Gavin m'a demandé d'appeler pendant qu'il était sous la douche. C'est la première fois que je viens dans un restaurant comme celui-là. Je suis plutôt *McDo*, en général. Oh, il y a même des serviettes en tissu !

Après le plat de résistance, Cléo se leva et se déhancha jusqu'aux toilettes, et Gavin fit signe à Ginny.

— Alors ? Comment tu la trouves ?

Ginny haussa les épaules. À quoi s'attendait-il exactement ?

— Plutôt sympa. Jolie. Jeune. Ne l'épouse pas, c'est tout.

Gavin eut un sourire radieux. Il ne se vexait jamais.

— Elle est super. On se marre vraiment, tous les deux. Au fait, à propos de se marrer, comment va ta locataire ? Toujours aussi fun ?

— Ça va, ça va.

Puisqu'elle se permettait de faire des plaisanteries sur la petite amie de Gavin, Ginny se devait d'encaisser une pique en retour à propos de Laurel.

— Au fait, tu l'amènes à notre réunion de célibataires mercredi ?

— Ne recommence pas avec ça. Elle ne viendra pas.

— C'est à toi de la persuader. Et tu sais que c'est une bonne chose. Écoute, j'ai eu une idée.

— Du même style que lorsque tu as arrosé le barbecue d'essence pour avoir de plus belles flammes ? L'idée qui t'a laissé sans sourcils pendant trois mois ?

Il ignora le sarcasme.

— Il faut tu dises à Laurel que tu as envie d'y aller, à cette soirée de célibataires, mais que tu n'oses pas t'y rendre seule. Tu dois la supplier de t'accompagner pour te soutenir moralement. Super idée, non ?

Cousue de fil blanc, en tout cas.

— Et toi, tu y seras ? demanda Ginny.

— Évidemment ! s'exclama Gavin d'un ton outré, comme si elle venait de proférer une insanité.

— Mais… Cléo ?

— On n'est pas siamois, hein. Et puis, le mercredi soir, elle a son cours de yoga.

Gavin ne changerait jamais. À quatre-vingts ans, il écumerait les maisons de retraite. Aucune veuve encore alerte ne serait à l'abri.

— Tout va bien ?

Finn s'était approché de la table.

— Tout est parfait, merci. Et très bon, dit Gavin en se tapotant l'estomac. J'étais en train d'essayer de convaincre Ginny de s'inscrire à mon club de célibataires.

Ginny fut prise d'une furieuse envie d'empoigner le dossier de la chaise de Gavin et de tirer un bon coup pour le faire tomber les quatre fers en l'air. Un coccyx en compote suffirait-il à le faire taire ?

De son côté, Finn avait du mal à garder son sérieux.

— Ton club de célibataires ne m'intéresse pas ! riposta-t-elle en rougissant.

— Pardon. Excuse-moi. Bien sûr, dit Gavin avec un clin d'œil, avant de poser son index sur ses lèvres, comme s'il s'agissait de leur petit secret. Mercredi à 20 heures, alors ? Tu vas adorer. Oh, revoilà Cléo. Chut.

— Enchantée, dit cette dernière lorsque Gavin lui présenta Finn. C'est vraiment bien, ici. Mais il faut que vous sachiez, murmura-t-elle en se penchant vers Finn, une main sur son bras, que quelqu'un a fauché la serviette dans les toilettes des dames. J'ai dû prendre du papier toilette pour m'essuyer les mains. Dans un endroit aussi sélect, je ne pensais pas que les clients fauchaient.

— Je vais vérifier ! lâcha précipitamment Ginny, sans laisser à Finn ou Gavin le temps de faire un commentaire.

Vingt secondes plus tard, elle était de retour.

— Non, elles sont toutes là.

Devant le regard étonné de Cléo, elle ajouta :

— Des serviettes-éponges vert foncé, en deux piles, sur l'étagère au-dessus du panier à linge ?

— Ah ! Celles-là ! Mais elles sont minuscules, j'ai cru que c'était pour se laver la figure !

Gavin éclata de rire et posa sur son épaule une main paternelle.

— Ma petite ingénue ! Ce sont des serviettes, chérie. Tu en prends une, tu te sèches les mains avec, et tu la jettes dans le panier à linge.

L'espace d'un instant, Cléo sembla confuse.

— Oh. C'est très… excentrique !

Pauvre Cléo. Ginny, dans un élan de compassion, déclara :

— Moi aussi, je trouve cela très excentrique.

Mercredi soir. Elles étaient venues.

Ginny avait encore du mal à y croire. La veille, c'était l'anniversaire de la rencontre de Laurel avec

Kevin, et celle-ci avait erré toute la journée dans la maison, inconsolable, une photo racornie de Kevin à la main, en se demandant à voix haute à quoi bon continuer, puisqu'elle n'avait plus rien à espérer de la vie.

Le soir venu, Ginny était à cent pour cent d'accord avec elle : à quoi bon ? Si Laurel avait voulu s'électrocuter dans la baignoire, elle aurait fourni avec plaisir le sèche-cheveux et la rallonge.

— Excuse-moi, je sais à quel point ce doit être exaspérant, avait hoqueté Laurel en tirant le dernier mouchoir en papier de la boîte pour s'essuyer les yeux. Mais Kevin me manque tellement ! J'en perds le goût de vivre. Pour toi, c'est plus facile. Tu t'es complètement remise de ta rupture avec Gavin, tu n'as pas envie qu'il revienne. Moi, je veux récupérer Kevin. J'y tiens plus qu'à n'importe quoi d'autre.

— Je ne veux plus de Gavin, mais je... j'aimerais bien avoir un homme dans ma vie, avait bredouillé Ginny. À vrai dire, j'essaierais bien ce club de célibataires dont parlait Gavin. Sauf que je ne peux pas y aller toute seule.

Laurel avait reniflé bruyamment.

— Si, tu peux. Gavin y sera, non ?

— C'est bien pour ça ! Je ne connaîtrais personne, sauf mon ex-mari. Mais si tu venais avec moi, juste une fois, avait plaidé Ginny, au bord du désespoir, tu me rendrais vraiment un fier service. C'est demain soir. Tu veux bien ? S'il te plaît ?

Pas un instant elle n'avait pensé que Laurel puisse dire oui.

— Bon, d'accord.

Quoi ?

Ginny l'avait regardée fixement.

— Vraiment ?

— Si tu as besoin de moi, je viendrai, avait répondu Laurel avec un air de chien battu. Je sais que je vais détester, mais je te dois bien ça. C'est une façon de me faire pardonner d'être parfois un peu sinistre.

Parfois ?

— Euh... merci, alors, avait lâché Ginny, stupéfaite.

— Mais ne me demande pas de parler à un homme. Et surtout pas à ce Hamish dont parlait Gavin.

— Promis, avait dit Ginny en croisant les doigts dans son dos.

— Et je ne le ferai qu'une seule fois, on est bien d'accord ?

— Absolument.

Voilà pourquoi elles se retrouvaient à présent sur le seuil du *White Hart*, le pub dans l'arrière-salle duquel se réunissait le club de célibataires.

— Tu es certaine de vouloir y aller ? demanda Laurel.

— Bien sûr ! répondit Ginny avec un grand sourire. C'est génial ! Tu imagines ? Je suis peut-être sur le point de rencontrer l'homme qui va changer ma vie !

Laurel ramena une longue mèche rousse derrière son oreille.

— Ce doit être tellement agréable d'avoir de l'espoir. Je te souhaite que cet homme soit là ce soir.

« Pourvu qu'il soit là, en effet, pensa Ginny. Et surtout, pourvu qu'il s'appelle Hamish. »

18

Il y avait pas mal de monde, ce qui fut un soulagement pour Ginny. Ni la musique ni les conversations ne cessèrent à leur arrivée, mais des têtes se tournèrent, signe qu'elles avaient été remarquées. Consciente des regards qui se posaient sur elle, Ginny comprit qu'on la soumettait à l'examen que tous les nouveaux venus subissaient. Les autres femmes jaugeaient son niveau dans la compétition, leur regard collectif notant ses cheveux, son visage, sa tenue. Gavin lui avait assuré que tout le monde était d'une grande gentillesse, mais personne n'avait l'air si ravi que ça de la voir ce soir.

Un rapide regard sur la salle lui permit de constater que les femmes étaient plus nombreuses que les hommes, deux fois plus environ, ce qui expliquait peut-être le manque d'enthousiasme de l'assemblée. Ginny mourait d'envie de leur dire qu'elles n'avaient rien à craindre, qu'elle n'était pas là pour leur piquer leurs hommes. Mais avec Laurel à ses côtés, elle ne pouvait pas se le permettre.

— Alors, tu vois quelqu'un qui te plaît ? demanda cette dernière d'un ton sinistre.

La pauvre ! Elle n'avait qu'une envie, quitter cet endroit. Si cela n'avait tenu qu'à elle, Ginny aurait choisi un homme, l'aurait attrapé au lasso et l'aurait mis à terre. Plus vite elle l'aurait capturé, plus vite elles seraient rentrées.

— J'ai peur que cela prenne un peu plus de vingt secondes, tu sais.

Ginny passa rapidement en revue les hommes présents, se demandant si elle en trouverait un à son goût. Le choix était vaste – il y en avait des gros, des grands, des chauves, des chevelus, des élégants, des mal fagotés. Certains avaient un physique avantageux, tandis que d'autres... On leur souhaitait une personnalité attachante.

Mais aucun ne fit battre son cœur. Aucun ne ressemblait à Perry.

Voyant Gavin s'approcher, Laurel plissa les yeux et marmonna :

— Il a intérêt à être poli, cette fois.

On voyait bien qu'elle ne le connaissait pas.

— Ah, les filles ! Vous êtes venues, c'est super ! lança Gavin en donnant à Laurel une claque dans le dos qui faillit la faire tomber. Vous allez voir, vous allez vous amuser.

— Moi, non. Si je suis ici, c'est uniquement parce que Ginny m'a suppliée de lui tenir compagnie. Et ne dites pas « les filles », c'est sexiste, répliqua Laurel d'un ton irrité.

— Vous voulez que je dise quoi ? « Les vieilles filles » ?

— Si on allait boire quelque chose ? intervint vivement Ginny avant que Laurel ne claque la porte. Sois sympa, articula-t-elle à l'intention de son ex-mari.

— Mais je *suis* sympa ! C'est elle qui a commencé. Je ne vois pas ce qu'il y a de si terrible à l'appeler « fille ». Enfin, bon, on ne va pas se disputer pour ça. On est là pour s'amuser, n'est-ce pas ? Laurel, laissez-moi vous présenter quelques-uns de mes amis...

Sans plus attendre, il l'entraîna à travers la salle. Ginny se dirigea vers le bar et commanda un jus d'orange pour Laurel, une vodka-tonic pour elle. Dans le miroir au-dessus du bar, elle vit Gavin présenter Laurel à un groupe de personnes. En tendant le cou, elle chercha à deviner lequel, parmi les hommes présents, était Hamish. Celui-ci, avec la veste orange, ou celui-là, qui ressemblait à un culbuto ? Cet autre, là ? Non, quand même. Il avait au moins soixante ans.

— Tu es l'ex-femme de Gavin ?

Ginny se tourna et découvrit une petite brune au regard pétillant, en tailleur-pantalon blanc crème, qui devait avoir son âge.

— En effet. Je suis Ginny, répondit-elle en serrant la main qu'on lui tendait. Comment m'as-tu identifiée ?

— Gavin nous a dit que tu venais ce soir. Il a aussi dit que tu étais très jolie, un peu Goldie Hawn en jeune, ce qui n'a pas beaucoup plu à la section féminine du club, j'aime autant te prévenir. Moi, c'est Bev, annonça-t-elle avec un grand sourire.

— J'aurais peut-être dû me noircir une ou deux dents et me mettre une grosse verrue sur le nez. Gavin m'a dit que tout le monde était très sympa, mais…

— C'est parce que tout le monde aime Gavin. C'est notre star. Toutes les femmes le veulent, et tous les hommes ont envie de lui ressembler. Mais ce n'est pas si simple. Et je sais ce que tu ressens, crois-moi. Les femmes du club ne sont pas tendres avec moi non plus.

— Pourquoi ? Elles veulent garder tous les hommes pour elles ?

— Pas ces hommes-là, non. Simplement, elles se disent qu'un soir, George Clooney pourrait entrer et qu'une autre pourrait attirer son regard avant elles. Et ça, elles ne le supportent pas.

Ginny commençait à trouver cela amusant.

— Et toi, tu attends George Clooney, aussi ?

— Eh bien, je ne dirais pas non, mais en fait, j'ai un petit faible pour un des hommes présents ce soir.

— Ah, bon ?

Fascinée, Ginny parcourut une nouvelle fois la salle du regard. Pas celui-ci, non. Celui-là non plus, impossible. Celui-là ? Quelle horreur…

— Gavin, dit Bev.

— Doux Jésus !

— Je sais, soupira Bev. Je n'ai aucune chance, j'ai quarante ans ! Avec dix ans de moins, j'aurais pu l'intéresser, mais ce n'est pas le cas, alors c'est fichu.

— Il est possible qu'un jour, il retrouve sa santé mentale et réalise qu'il est temps pour lui de construire quelque chose avec une femme de son âge. Personnellement, j'aimerais beaucoup.

— Mais tu penses que ce n'est pas demain la veille.

— En toute franchise, oui. Il y a plus de chances que George Clooney vous rende une petite visite.

— Alors, il va falloir qu'on s'en contente. Ce pauvre George, condamné à jouer les seconds couteaux. En plus, sur ce coup-là, tu risques d'être sur les rangs, ajouta Bev en riant. Je serai obligée de me battre avec toi.

Si Ginny pouvait l'éviter, elle ne remettrait jamais les pieds dans cet endroit. Mais elle ne pouvait pas dire à Bev qu'elle n'était venue que pour Laurel.

— En parlant de George Clooney, dit Bev en baissant la voix, voilà quelqu'un… qui ne lui ressemble absolument pas.

Pendant les dix minutes qui suivirent, Ginny bavarda avec Bev et un divorcé à lunettes très sérieux prénommé Harold, comptable de son état. Il avait quarante-neuf ans et consacrait l'essentiel de son temps libre à son potager bio. Il lui expliqua étape par étape comment faire pousser des légumes. Puis ils furent rejoints par Timothy, trente-quatre ans, boucher le jour, sosie d'Elvis la nuit.

Elvis avec un cheveu sur la langue.

— Vous ne trouvez peut-être pas la refemblanfe flagrante, comme fa, mais attendez de me voir avec la perruque et le maquillave ! déclara-t-il avec enthousiasme.

Et, parti sur sa lancée, il leur fit une démonstration de danse. Dans la mesure où il avait les cheveux fins et blonds et un visage poupin, Ginny trouva son numéro aussi surréaliste que si la princesse Anne avait essayé d'imiter Freddy Mercury. Pour finir, Timothy expliqua fièrement que sur son pantalon moulant en Lycra, « fait fur mevure », il avait lui-même « couvu les paillettes une à une ».

Ensuite, ce fut Jim, un prof de maths veuf depuis trois ans. Il aimait l'escalade et le badminton.

— Mais pas les deux en même temps, ça pourrait être dangereux ! commenta-t-il dans un grand éclat de rire.

Après Jim le comique arriva David, éleveur de bétail, la séduction un peu brute de décoffrage, tout à fait charmant en apparence, mais affublé d'un terrible problème de postillons dès qu'il prononçait un mot.

— Oh, excusez-moi, c'est vraiment terrible, dit-il en tirant de sa poche un immense mouchoir à carreaux dont il tamponna la joue de Ginny. C'est parce que je suis nerveux. Ici, ça m'arrive tout le temps, mais à la ferme avec les vaches, je ne postillonne jamais.

Elle fut soulagée lorsque Gavin arriva à la rescousse et l'entraîna à l'écart. Il avait ses défauts, mais au moins ne lui avait-il jamais postillonné en pleine figure.

— Comment s'en sort Laurel ?

— Très bien. Enfin, avec les hommes, je crois que c'est foutu. Je lui ai dit de ne pas parler de Kevin, mais elle n'a pas pu s'en empêcher. Elle annonce d'entrée qu'elle ne boit pas d'alcool parce qu'elle est sous antidépresseurs depuis que son petit ami l'a plaquée et qu'elle sait qu'elle ne s'en remettra jamais parce que c'est le seul homme qu'elle ait aimé de toute sa vie. Pour engager la conversation, on a fait mieux. Inutile de te dire qu'après une entrée en matière pareille, les mecs prennent leurs jambes à leur cou. Heureusement, j'ai eu la bonne idée de la brancher avec les trois sorcières. Plaquées par leur mari, elles aussi. Elles en veulent au monde entier et passent leur temps à répéter que tous les hommes devraient être noyés à la naissance.

— Mais pourquoi viennent-elles ici, alors ?

— Va savoir ! En tout cas, elles sont sympa avec Laurel. Regarde.

Dans un coin de la salle, à une table, Laurel pleurait et les trois sorcières secouaient la tête avec véhémence, de toute évidence d'accord sur le fait que ce Kevin était un enfoiré de première.

— Donc, ça n'a pas marché avec Hamish. C'est lequel, d'ailleurs ? demanda Ginny en parcourant la salle du regard.

— Il n'est pas venu, apparemment.

C'était bien sa chance, ça. Elle s'était mise en quatre pour attirer Laurel à cette réunion, dans l'espoir qu'elle et Hamish puissent se plaire, et lui n'avait même pas jugé bon de se déplacer ce soir. Mais elle aurait dû s'en douter. C'était une idée ridicule. Une idée de Gavin. Depuis quand avait-il des talents de marieur ?

D'ailleurs…

— Bev est très sympa, je trouve.

— Bev ? Elle est géniale.

Devant le regard interrogateur de Ginny, il haussa les épaules et ajouta :

— Ne va pas te faire des idées. C'est pas mon genre.

Gavin était-il l'homme le plus exaspérant des Cornouailles ?

— Parce qu'elle ne porte pas de jupe ras les fesses ?

Il sourit.

— Peut-être bien.

Ginny regarda sa montre.

— Est-ce que tu penses que Hamish viendra quand même ? Peut-être qu'il est juste en retard.

— D'habitude, il est toujours là à 20 h 30 au plus tard.

— Génial. Une soirée de foutue.

— Allez, ne fais pas la tête. Il sera là la semaine prochaine.

— Mais pas nous. Je refuse de me prêter une nouvelle fois à ce petit jeu.

Une soirée de plus ici, avec ces gens, c'était au-dessus de ses forces. Dire qu'elle aurait pu être avec Perry et passer un agréable moment…

Mais non, elle se racontait des histoires. Elle n'aurait pas pu être avec Perry, parce qu'il ne l'avait pas appelée de la semaine. Et même si elle manquait d'expérience dans le domaine des relations hommes-femmes, elle savait qu'appeler un homme pour lui demander pourquoi il ne donnait pas de nouvelles, ce n'était pas très bien vu.

— Tu n'auras peut-être pas à revenir, dit Gavin. Regarde Laurel.

Ginny tourna la tête. Laurel ne pleurait plus. Elle et les trois sorcières riaient à gorge déployée en se donnant des coups de coude. On aurait dit des gamines.

— Je ne savais pas qu'elle pouvait rire, s'émerveilla Ginny.

— Elle a trouvé ses marques. Je te parie qu'elle sera là toutes les semaines, à partir de maintenant. Quand même, qu'est-ce que je suis bon…

Vraiment ? Était-il possible qu'il ait finalement fait quelque chose de bien ? Ginny préféra se dire que oui et l'embrassa sur la joue pour la peine, s'attirant aussitôt les foudres de toutes les autres femmes présentes dans la salle. Elle recula prestement et écrasa un pied.

— Aïe ! Dévolé, dit le faux Elvis en grimaçant. Ve me demandais fi vous vouliez bien danfer avec moi.

— Mais bien sûr ! répondit Gavin avant que Ginny ait eu le temps d'ouvrir la bouche.

Et sous l'œil quelque peu méfiant de l'assemblée tout entière, elle se laissa entraîner sur la piste de danse. Dans leur coin, les sorcières riaient sous cape.

À quelques millimètres de son oreille gauche, la bouche de Timothy zozota gaiement les paroles de la chanson qui passait.

Heureusement que Jem ne pouvait pas la voir !

Elles rentrèrent vers 23 heures. Repensant à la façon dont les trois sorcières avaient pris Laurel sous leur aile, Ginny demanda d'un ton enjoué :

— Alors, c'était moins terrible que ce que tu avais imaginé, non ?

Laurel eut l'air choquée.

— Qu'est-ce qui te fait dire ça ? C'était pire !

— Mais tu t'es fait des amies, non ? Tu avais l'air de t'entendre très bien avec les trois sorc… les trois femmes, là.

— Celles-là ? Insupportables, lâcha platement Laurel.

— Je t'ai vue rire, protesta Ginny.

— Ça s'appelle être poli. Parler avec elles était horrible, mais un peu moins horrible que de parler aux hommes. C'est uniquement pour cela que je suis restée à leur table.

— Tu n'as pas passé une bonne soirée, alors ?

— Bien sûr que non ! Et toi ?

— Oh, j'ai trouvé ça… pas mal, répondit Ginny sans beaucoup de conviction. C'est toujours un peu angoissant d'aller quelque part pour la première fois, mais peut-être que si tu y retournes la semaine prochaine, tu pourras…

— Non, déclara Laurel en secouant la tête avec tellement de détermination que ses cheveux volèrent jusqu'au visage de Ginny. Je te préviens, je n'y retournerai pas.

— Mais…

— Je l'ai fait une fois, et c'est terminé. Honnêtement, je ne pensais pas que tu étais à ce point en manque de relations amoureuses. Je suis désolée, mais si tu tiens absolument à retourner dans cet endroit, il faudra que tu y ailles toute seule.

Ginny eut le sentiment qu'elle lui parlait comme à une adolescente dépravée, dont l'attitude l'avait déçue, par-dessus le marché.

19

— Il n'a toujours pas rappelé, dit Ginny.

Carla faisait des abdominaux sur le sol de son salon, son ventre plat luisait de transpiration, mais tenir une conversation en même temps ne lui posait aucun problème.

— Tu l'as appelé, toi ?

— Je ne peux pas.

— Donc, tu vas attendre ?

— Est-ce que j'ai le choix ?

Carla haussa les épaules en plein mouvement.

— Appelle-le, tu seras fixée.

— Non ! Le problème, c'est que je ne comprends pas pourquoi il fait ça. Quand on se voit, il est adorable. J'ai vraiment l'impression que je lui plais. Il m'a dit qu'il m'appellerait, et il semblait vraiment sincère. Alors, je l'ai cru.

— Peut-être qu'il voit quelqu'un d'autre.

Cette possibilité avait déjà traversé l'esprit de Ginny.

— Si c'était le cas, il aurait pu me le dire, non ?

Carla avait fini sa série de deux cents. Elle se redressa et prit le téléphone posé sur la table basse.

— C'est quoi, son numéro ?

— Pourquoi ?

— Parce que tu es ma meilleure amie et qu'il te traite comme une bouse.

— Non, ce n'est pas vrai, protesta Ginny. Quand on est ensemble, il me traite comme une princesse.

— Tu travailles vendredi soir ?

— Non. Pourquoi ?

— Donne-moi son numéro.

Ginny hésita entre se boucher les oreilles et écouter Carla remonter les bretelles à Perry.

— Perry ? Bonjour, je m'appelle Carla James, je suis une amie de Ginny, commença-t-elle sur le ton direct et un peu sec de celle qui n'a pas de temps à perdre. Vous voyez de qui je veux parler ? Ginny, celle que vous n'avez pas appelée depuis plus d'une semaine.

Elle allait et venait d'un pas vif dans son salon. Ginny préféra ne rien entendre et mit ses index dans ses oreilles. Malheureusement, cela ne suffit pas.

— Bien. En fait, je me demandais si vous aviez une autre aventure sur le feu, ou une épouse, peut-être, qui vous prendrait tout votre temps libre…

Silence.

— Vous êtes sûr ? D'accord. Dans ce cas, avez-vous décidé de ne pas revoir Ginny ?

Silence.

— Parfait. Très bien, je suis ravie de l'entendre, même si, pour autant que je peux en juger, vous ne la méritez pas. Si vous étiez mon petit ami, je vous aurais largué, depuis le temps.

Silence.

— Oh, non, pas cette excuse bidon, je vous en prie. On est tous très occupés. Si vous voulez voir quelqu'un, vous trouvez le temps de le faire, c'est tout. Bon, alors, demain soir, est-ce que vous êtes libre ?

Ginny n'en pouvait plus. Elle battit en retraite dans la cuisine. Elle finissait de vider le lave-vaisselle lorsque Carla apparut, visiblement satisfaite.

— Tout est réglé.

— Mais tu l'as forcé à accepter ! gémit Ginny. Comment veux-tu que je me sente désirée et désirable, maintenant ?

— Hé, c'est toi qui m'as donné son numéro, hein. Tu voulais le revoir, et tu vas le revoir. Et surtout, je vais pouvoir le rencontrer.

— Pourquoi ?

— Pour pouvoir me faire une opinion et te donner mon verdict. Si j'ai l'impression qu'il te fait marcher, s'il ne me plaît pas ou si je pense qu'il n'est pas digne de confiance, je te le dirai. Parce que tu mérites mieux que d'être menée en bateau par un enfoiré, même mignon, et que je refuse de rester là à te regarder souffrir.

C'était du Carla tout craché. *Je contrôle la situation, je vais droit au but*. Jamais dans sa vie elle n'avait eu de moments de doute.

— Il te plaira. Je ne vois pas comment il pourrait en être autrement.

— N'en sois pas si sûre. Jusqu'ici, il ne m'a pas particulièrement fait bonne impression, dit Carla en ouvrant une bouteille d'Évian dont elle but presque la moitié d'un coup. Enfin bon, vous venez avec moi au *Carson*, demain soir.

Le *Carson* était le plus grand hôtel de Portsilver. Après huit mois de rénovations fort coûteuses, il rouvrait le lendemain, en grande pompe. Pour Carla, ces rénovations avaient été un grand coup commercial. Elle avait vendu au *Carson* le plus grand jardin d'hiver de sa carrière, et de l'histoire de son entreprise. Ginny savait que rien n'avait été fait à l'économie pour la soirée de réouverture et qu'il y aurait des centaines d'invités. Alors, même si Carla avait forcé la main à Perry, elle était assez tentée par cette soirée, qui promettait d'être spectaculaire.

C'était la première fois que Ginny entrait dans la boutique de Perry. Les murs étaient recouverts de tee-shirts imprimés. Derrière le comptoir était assise une jeune fille qui mâchait du chewing-gum. Elle avait des cheveux blonds de surfeuse, un piercing à la lèvre et un tee-shirt qui disait : « Je suis plus intelligente que je n'en ai l'air. » Pour le prouver, un exemplaire de *Guerre et Paix* était posé, ouvert, à côté de la caisse.

— Bonjour, est-ce que Perry est là ?

— Oui, il est dans la réserve.

Ginny attendit quelques secondes, puis, comme rien ne venait, elle demanda :

— Je peux le voir ?

— Ben oui, je crois. Vous vous appelez comment ?

— Ginny Holland.

De toute évidence, cela ne lui disait rien. Perry n'avait pas parlé d'elle à son assistante. Tant pis.

— Vous avez qu'à y aller, dit la jeune fille en inclinant la tête en direction de la porte, avant de bâiller à s'en décrocher la mâchoire.

Peut-être que *Guerre et Paix* était à quelqu'un d'autre, finalement.

Perry était dans la réserve et déballait des tee-shirts de toutes les couleurs. Il sursauta en voyant Ginny.

Elle savait ce qu'elle voulait dire, se l'était répété, et se lança dans sa tirade sans attendre.

— Je suis désolée, je sais que tu as du boulot. Je voulais juste m'excuser pour Carla. Il lui arrive souvent d'aller trop loin. Et pour demain soir, laisse tomber, inutile de te compliquer la vie. Bon, je dois aller travailler, et…

— Hou la, on se calme, dit Perry en la retenant par le bras tandis qu'elle faisait demi-tour. Qu'est-ce qui se passe ?

C'était bien une question d'homme, ça.

— Il ne se passe rien. Simplement, je n'ai pas besoin qu'on prenne mes rendez-vous pour moi. Et toi non plus. Alors, restons-en là, d'accord ? Je suis désolée que Carla t'ait appelé.

— Arrête de t'excuser, tu me piques mes répliques.

Pendant un court instant, Perry la fixa.

— J'ai vraiment eu pas mal de boulot, ces derniers temps. Il faut que je prépare tout pour la saison qui commence. Mais j'aurais dû t'appeler. Ton amie Carla a eu raison de me remonter les bretelles. Et j'aimerais beaucoup qu'on aille ensemble au *Carson*, demain. Vraiment beaucoup.

Voilà qui ne simplifiait pas les choses. Lorsqu'il la regardait comme ça et semblait si sincèrement éprouver du remords, Ginny ne savait plus que penser. Elle se sentait faiblir, parce que au fond, elle mourait d'envie de le croire.

— S'il te plaît, insista Perry avec son sourire irrésistible, en l'attirant vers lui. Laisse-moi au moins essayer de me racheter. On va passer une soirée formidable, je te le promets. Et je ferai de mon mieux pour prouver à Carla que je ne suis pas l'enfoiré égoïste qu'elle s'imagine. Est-elle aussi terrifiante en réalité qu'elle l'est au téléphone, au fait ?

— En réalité, elle est pire, dit Ginny. Bon, pour demain, c'est d'accord. On se retrouve là-bas.

Elle s'en voulait de céder si vite et d'être incapable de dissimuler le soulagement qu'elle éprouvait. Mais comment faire autrement ? Il avait dit tout ce qu'elle espérait l'entendre dire !

Il l'embrassa. Mmm, ses lèvres sur les siennes, c'était un tel délice…

— Et tu as intérêt à te mettre Carla dans la poche.

— C'est toi qui comptes. C'est dans ta poche que j'ai envie d'être. Et puis, que veux-tu qu'elle me fasse, ta Carla ?

— Pour simplifier, disons juste que si tu as un gilet pare-balles, il est plus prudent de le mettre.

Lorsque Ginny sortit de la cuisine, elle mit quelques instants à reconnaître les trois femmes qui venaient d'arriver pour déjeuner. Puis le déclic se fit. La réunion de célibataires. Les sorcières.

C'était le jour de congé d'Evie, aussi fut-ce Finn qui les accueillit et prit leurs manteaux.

— C'est pour moi, le canard. Le crabe, c'est pour lui.

— Oh, je vous prie de m'excuser, dit Ginny en intervertissant les assiettes qu'elle venait de servir.

Derrière elle, elle sentit les trois paires d'yeux se river à son dos.

— Ginny, vous voulez bien venir ?

Finn lui fit signe de le rejoindre au bar, où les trois sorcières s'étaient installées pour prendre un verre.

— Ces dames disent vous connaître.

— C'est l'ex-femme de Gavin, n'est-ce pas ?

De près, la meneuse du groupe affichait une impressionnante épaisseur de fond de teint et d'ombre à paupières verte. Elle avait aussi un regard mauvais.

— Vous étiez à notre club, hier soir, et vous nous avez balancé votre amie entre les pattes. Du coup, nous n'avons même pas pu bavarder. C'est dommage.

Elle se tourna vers Finn pour ajouter :

— C'est un club de célibataires, un petit groupe très sympathique. Mais certaines personnes n'aiment pas perdre leur temps à discuter avec des membres du même sexe. Ginny s'intéressait beaucoup plus à ces messieurs qu'à nous. D'ailleurs, je crois bien qu'elle a passé toute la soirée à bavarder avec eux. N'est-ce pas, Ginny ?

Ginny retint une grimace. De l'autre côté du bar, Finn était au bord du fou rire. Évidemment. Quelques jours auparavant, elle avait, sous ses yeux, failli sauter à la gorge de Gavin qui lui suggérait de venir à son club.

— Vous ne m'aviez pas dit que vous y étiez allée, finalement, intervint Finn. Qu'est-ce qui vous a fait changer d'avis ?

Ginny n'avait pas besoin de se regarder dans la glace pour savoir qu'elle était rouge comme une tomate.

— Je... je voulais que Laurel rencontre quelqu'un. J'y suis allée pour lui tenir compagnie.

La sorcière numéro deux eut un sourire railleur.

— Mais vous l'avez laissée tomber presque tout de suite, non ? D'ailleurs, elle nous a dit que vous vouliez à tout prix rencontrer quelqu'un et que c'était uniquement pour cela qu'elle avait accepté de vous accompagner.

Elle se tut un instant pour allumer une cigarette et souffla un long nuage de fumée.

— En tout cas, vous en avez rencontré, des gens, on dirait. Timothy avait l'air très intéressé quand vous dansiez collé-serré, tous les deux.

Finn haussa les sourcils.

— On dirait que vous avez passé une bonne soirée.

— Il m'a demandé de danser avec lui. Refuser aurait été impoli. Et je n'ai pas rencontré que des hommes. J'ai parlé avec Bev, aussi.

La sorcière numéro trois rejeta d'un geste ample ses cheveux luisants de laque sur ses épaules.

— Oh, elle. Elle se croit supérieure. Et c'est une croqueuse d'hommes, aussi. Une traînée. Tout le monde la déteste, au club.

— Pas moi, dit Ginny en prenant trois menus. Mais de toute façon, je ne retournerai pas à ce club.

— Dommage, fit Finn. Ça a l'air passionnant.

— Il est célibataire, mesdames, dit Ginny avec un petit mouvement de tête en direction de Finn. S'il trouve ça passionnant, pourquoi ne pas essayer de le convaincre de vous accompagner ?

Bingo. Les regards brillaient déjà, sous les paupières outrageusement fardées. La chef des sorcières prit Finn par le bras et s'exclama :

— Mais c'est une excellente idée !

— Et vous n'avez pas à redouter de rester seul, conclut Ginny. Je suis sûre que ces dames s'occuperaient de vous.

— Merci bien, pour tout à l'heure. Je vous revaudrai ça.

Finn avait attendu que le restaurant soit vide. Les trois sorcières avaient été les dernières à partir.

Ginny, occupée à nettoyer les tables, goûtait sa revanche avec délectation. Elle lui lança un regard rieur.

— Je vous en prie, ça m'a fait plaisir. Vous verrez, vous allez passer une soirée formidable.

— Plutôt me jeter de la falaise. Notez, je n'ai rien contre les clubs de célibataires. En tout cas, ceux qui ne comptent pas ces trois bonnes femmes parmi leurs membres. En dehors de ça, il n'y a pas de honte à être seul et à vouloir que cela change.

Ginny faillit lui expliquer une nouvelle fois les tenants et les aboutissants de cette histoire, puis renonça. Plus elle protesterait, plus elle apparaîtrait comme une pauvre fille cherchant désespérément l'âme sœur.

— C'est vrai, se contenta-t-elle de répondre.

— Écoutez, ce n'est pas un rendez-vous galant que j'ai à vous proposer, c'est juste une invitation, annonça Finn lorsqu'elle revint de la cuisine pour ramasser les nappes. Je suis convié à l'inauguration du *Carson*, vous savez, l'hôtel qui a été rénové. C'est demain soir, et je peux venir avec quelqu'un. Si vous voulez m'accompagner, vous êtes la bienvenue.

Alors là, c'était un sacré retournement de situation. Les bras chargés de nappes, Ginny demanda :

— Vous voulez que j'aille avec vous dans un hôtel ? Vous n'avez pas peur que je vole les serviettes-éponges et les peignoirs ?

Finn sourit.

— À moi de vous faire confiance. Vous vous tiendrez correctement, n'est-ce pas ?

— Je ne suis pas sûre de pouvoir. Il y aura beaucoup de célibataires ?

— C'est bien possible. C'est la raison pour laquelle je me suis dit que vous aimeriez venir. Et tout en discutant avec eux, vous pourrez toujours faire de la publicité pour le restaurant.

Ginny fit mine de réfléchir.

— Donc… j'aurais le droit de vanter les mérites de votre établissement et de draguer en même temps ?

— Absolument. Autant d'hommes que vous voudrez.

Peut-être cela partait-il d'un bon sentiment, chez Finn, mais elle ne put s'empêcher de trouver son attitude un peu supérieure.

— C'est gentil, dit-elle avec un grand sourire. Mais non, merci.

Finn sembla réellement surpris, un peu comme une âme charitable qui invite un retraité esseulé à passer avec lui le soir de Noël et se voit opposer un refus.

— En fait, j'y suis déjà invitée, à cette inauguration. Avec mon petit ami. Donc, nous nous y verrons.

— Ah. Parfait. Très bien, dit-il d'un ton amusé. J'avais juste pensé que ça vous ferait plaisir…

— Je vous remercie, mais je n'ai pas encore besoin qu'on me fasse la charité, de ce côté-là.

— Loin de moi cette idée. Et c'est très bien, vous pourrez quand même faire de la pub au restaurant.

— Je n'y manquerai pas.

En passant devant lui, les bras chargés de nappes, elle lui décocha un sourire désinvolte et lança :

— Si je ne suis pas trop occupée à m'amuser comme une folle.

20

— Tu es ravissante, dit Laurel.

Aussitôt, Ginny eut des remords. Assise sur le canapé dans sa robe de chambre de grand-mère, Laurel partageait son temps entre un documentaire télé sur l'alopécie et un roman à la couverture déprimante, dont le titre était *Comment vivre sans toi ?* Ginny ne pouvait s'empêcher de penser qu'un bon roman féminin contemporain, bien tonique, aurait été meilleur pour son moral.

— Merci, répondit-elle en lissant sur ses hanches sa robe de soie vert amande, avant de montrer ses chaussures lilas assorties à son sac. À vrai dire, les talons sont un peu hauts pour moi. Avec la chance que j'ai, je vais tomber et me casser une cheville. C'est dommage que tu ne puisses pas venir aussi, mais…

— Je sais. Carla n'avait qu'une invitation, coupa Laurel, apparemment pas trop déçue de devoir rester seule. Ne t'inquiète pas, ça ne me fait rien.

— Et puis tu as préparé un curry, alors tu vas pouvoir te faire un bon petit dîner ! conclut Ginny avec trop d'enthousiasme.

Elle se faisait l'effet d'un visiteur au chevet d'un malade à l'hôpital.

— Exactement. D'ailleurs, je pensais appeler Perry pour l'inviter à dîner. Il aime bien le curry.

Elle dut remarquer l'inquiétude dans le regard de Ginny, car elle ajouta :

— Je peux, n'est-ce pas ?

Et voilà, elle allait encore devoir lui mentir.

— Bien sûr ! Bon, je crois que je vais…

Dans son sac, son téléphone sonna. Ginny le chercha à tâtons, en priant pour qu'il ne s'agisse pas de Perry.

Heureusement, c'était Jem. Tout en décrochant, elle adressa un petit geste de la main à Laurel et se dirigea vers la porte d'entrée.

— Ma chérie ! Comment vas-tu ?

— Ça va bien, maman. J'appelais juste pour te dire qu'on fait une fête, ce soir, et qu'il va sans doute y avoir pas mal de gens qui vont coucher ici. On risque de ne pas être très joignables avant midi.

Ginny sourit en imaginant l'état de l'appartement, le lendemain matin.

— Très bien, mon cœur, je respecterai votre grasse matinée. Et n'oubliez pas de vous faire aider par vos invités, pour le nettoyage. Ne les laissez pas partir en vous laissant tout le boulot sur les bras.

Jem rigola.

— Pas besoin ! Rupert a déjà commandé une équipe de nettoyage pour venir tout briquer demain après-midi. C'est un des avantages d'être riche : pas besoin de se fatiguer !

— Dans ce cas, c'est parfait. Vous vous entendez toujours bien, alors ?

Dans la mesure où Jem n'avait jamais ouvertement parlé de sa relation avec Rupert, Ginny n'avait pas abordé le sujet. Jem l'aurait trouvée indiscrète, et Ginny savait qu'elle n'aurait pas réussi à bondir d'enthousiasme. Or, ce qu'elle redoutait le plus était de se fâcher avec sa fille.

— Très bien, oui, répondit Jem d'une voix décidément très gaie. On est en train de tout préparer, avec Lucy. On a prévu des saucisses et des beignets à l'oignon.

— Et Rupert ?

Et voilà, elle n'avait pas pu s'en empêcher.

— Oh, c'est un gros paresseux. Il prend un bain !

Quelle surprise ! Mais Jem riait, trop heureuse pour réaliser que Rupert était méprisant, égoïste et fainéant.

— Et Davy, vous l'avez invité ?

— Maman ! Je vais finir par croire qu'il t'a tapé dans l'œil. Tu n'arrêtes pas de parler de lui !

« Parce que c'est un gentil garçon, pensa Ginny. Contrairement à certains, que je ne nommerai pas. »

— Je suis désolée, dit-elle.

— À vrai dire, Rupert et Davy ne s'aiment pas beaucoup, alors c'était plus simple de ne pas l'inviter. Mais je ne t'ai pas demandé comment tu allais, toi, dit Jem pour changer de sujet. Qu'est-ce que tu fais, ce week-end ? Tu as des projets ?

Ginny sortit et referma la porte derrière elle pour pouvoir parler plus librement.

— En fait, moi aussi, je vais faire la fête, ce soir. À l'hôtel *Carson*. Il rouvre enfin et donne une soirée un peu grandiose pour célébrer l'événement. Carla m'a invitée avec un ami, et j'espère que le buffet sera un peu plus raffiné que des saucisses brûlées et des beignets à l'oignon.

— Super ! Et c'est qui, cet ami ? Un des jouets de Carla ?

— En fait, c'est quelqu'un avec qui je suis déjà sortie une ou deux fois. On s'entend bien, lâcha Ginny, comme si elle était déjà sortie avec des kyrielles d'hommes.

— Maman ! s'exclama Jem, qui savait pertinemment que ce n'était pas le cas. Mais c'est qui ?

— Quelqu'un de très sympathique, c'est tout. Ne va pas te faire des idées.

Ginny mourait d'envie de lui parler de Perry depuis déjà plusieurs jours, mais elle n'osait pas prononcer son nom. La discrétion et Jem, cela faisait deux. Une fois, à Noël, dans un bus, elle avait déclaré haut et fort que le Père Noël n'existait pas, jetant la consternation parmi les jeunes passagers et provoquant des crises de larmes. Elle n'avait que dix ans à l'époque, mais quand même.

— Mais au contraire, je m'en fais, des idées ! Il est beau ? Carla le connaît déjà ? C'est trop génial !

Ginny traversa la route au moment où Carla sortait de chez elle.

— Oui, il est beau. Et Carla le rencontre ce soir pour la première fois. D'ailleurs, on va y aller, là, alors je te dis à plus tard, d'accord ? Amuse-toi bien, ma chérie. Et sois sage.

— Toi aussi, répondit Jem d'une voix excitée.

Ginny aurait pu jurer qu'elle souriait.

— Ah, le voilà.

Ginny éprouva une réelle fierté en découvrant Perry à l'autre bout de la pièce, élégant et plus beau que jamais. Ses cheveux blond-roux brillaient sous la lumière des lustres, le distinguant des autres hommes. Il portait un costume bleu marine et une chemise blanche à rayures, et lorsqu'il aperçut Ginny, le sourire qui illumina son visage la fit frissonner des pieds à la tête.

Il les rejoignit, et elle fit les présentations.

— Ravi de te rencontrer enfin, dit-il en serrant la main de Carla. On se tutoie, n'est-ce pas ?

— Si tu y tiens, répondit sèchement Carla. Il est possible que tu changes d'avis assez vite, pour ce qui est d'être ravi.

Perry se tourna vers Ginny.

— Tu m'avais dit qu'elle était effrayante. Tu avais raison.

— Ginny est mon amie, je la protège, fit Carla d'un ton sec.

— Eh bien, devine quoi ? C'est inutile.

Les yeux de Carla lancèrent des éclairs.

— Quand je commence une relation avec un homme, il m'appelle jour et nuit. Il ne supporte pas qu'on soit séparés. On se voit tout le temps.

— Dès qu'il a fini ses devoirs et que sa maman l'a autorisé à sortir, rétorqua Perry.

— Holà ! On se calme, intervint Ginny. On arrête le tir d'artillerie, je veux que vous soyez aimables l'un avec l'autre.

Perry haussa les épaules.

— C'est elle qui a commencé.

— Non, mais je rêve ! Tu l'entends ? Quelle lavette !

— Arrêtez ! gémit Ginny.

— Parfait. Je suis désolée, Gin. Je suis sûre qu'il est merveilleux, déclara Carla d'un ton cassant. Maintenant, si vous voulez bien m'excuser, j'ai des clients à voir.

Et elle les planta là.

— Elle n'est jamais comme ça, d'habitude, s'inquiéta Ginny.

— Ne t'en fais pas, je connais ce genre de femme. Très forte pour critiquer, mais qui ne supporte pas qu'on la critique, elle. Il n'y a qu'à voir sa coiffure, sa tenue, la façon dont elle est maquillée. Tout dans la dureté, pour s'affirmer. C'est pour ça qu'elle sort avec des hommes plus jeunes qu'elle, parce qu'elle peut les mener par le bout du nez, avoir les rênes en main. Mais au fond, elle manque complètement d'assurance.

Il avait dit cela d'un ton si méprisant, si définitif, que Ginny protesta :

— Mais Carla ne manque pas du tout d'assurance. Elle…

— Bon, allez, assez parlé de Carla. Tu es là, et c'est tout ce qui compte, dit-il en la regardant droit dans les yeux. On va passer une soirée formidable.

Même si l'incident l'avait un peu déstabilisée, Ginny était heureuse de le voir. Perry prit deux flûtes de champagne sur le plateau d'une serveuse qui passait près d'eux, et ils trinquèrent.

— À toi. Tu es plus belle que jamais, dit-il en laissant glisser son regard sur la robe de Ginny. Alors, dis-moi, qu'as-tu fait de beau, cette semaine ?

Elle lui parla de son travail au restaurant, lui raconta la soirée avec les célibataires en compagnie de Laurel.

— Je m'en veux de l'avoir laissée seule ce soir. En plus, elle comptait t'inviter à dîner. J'ai vraiment des remords.

— Il ne faut pas. Tu es super, avec elle.

— Mais elle déprime toujours à cause de Kevin.

— Ce serait pire si elle ne t'avait pas, je t'assure.

Regardant par-dessus l'épaule de Ginny, Perry ajouta :

— On nous observe. Ce ne serait pas un de tes ex, par hasard ?

Ginny se retourna et aperçut Finn, à quelques mètres de là. Il était en grande conversation avec une ravissante brune tout en courbes, mais son regard glissait dans leur direction.

— C'est mon patron.

Finn se concentra de nouveau sur la belle brune, mais Ginny, ravie qu'il les ait remarqués, réalisa soudain qu'elle parlait de manière plus animée et se tenait plus près de Perry, lui touchant le bras pour ponctuer leur conversation. Si Finn avait pensé la voir au bras d'un homme ordinaire, il s'était mis le doigt dans l'œil ! Elle l'espérait surpris. Un peu plus tard dans la soirée, elle lui présenterait Perry. En attendant, elle allait boire une nouvelle flûte de champagne.

Carla avait passé une heure à aller de petit groupe en petit groupe, saluant les gens qu'elle connaissait, se présentant à ceux qu'elle ne connaissait pas. Tout le monde était impressionné par le jardin d'hiver de style victorien du *Carson*. Impeccablement réalisé, il offrait une vue panoramique sur l'océan. Déjà, trois invités lui avaient demandé un devis pour l'installation de vérandas.

La soirée était donc réussie. À un détail près, mais un détail qu'elle pensait pouvoir rectifier.

Elle se rendait aux toilettes quand, justement, elle tomba nez à nez avec lui. Sans même marquer un instant de surprise, aussi souplement qu'un magicien exécutant un tour de passe-passe, Perry poussa une porte et l'entraîna dans une pièce vide.

— Non, mais ça va pas bien ? rugit Carla.

— Est-ce que ça t'est déjà arrivé ?

Elle plissa les yeux.

— De me faire kidnapper ?

— Tu sais très bien de quoi je veux parler.

Il la tenait par les épaules, plaquée contre le mur. Carla se rendit compte qu'elle tremblait.

— Lâche-moi, dit-elle, la gorge serrée.

— Tu n'as pas répondu à ma question.

— Rien ne m'y oblige.

— Mais tu devrais.

— Si tu essaies de me faire peur…

Perry sourit.

— Ça, non, tu y arrives très bien toute seule. Alors, tu es prête à le reconnaître, maintenant ?

— Prête à reconnaître quoi ?

En guise de réponse, il lâcha une de ses épaules et posa sa main à plat sur son sternum, juste au-dessus du décolleté de son chemisier, à la base de la gorge. Aussitôt, Carla sentit son cœur battre à tout rompre, comme si elle venait de courir le marathon. Elle avait la bouche sèche, les mots ne sortaient plus.

— Je ne suis pas médecin, dit Perry sur le ton de la confidence. Mais je dirais cent vingt battements minute.

Elle était en train de perdre, et il le savait.

— Ça arrive, quand on se retrouve pris au piège dans une pièce avec quelqu'un, protesta-t-elle pourtant, en s'écrasant contre le mur. En particulier avec quelqu'un en qui on n'a pas confiance.

— Sauf que ce soir, ce n'est pas la première fois que ça t'arrive, je me trompe ? Quand Ginny nous a présentés, j'ai vu ta réaction.

Perry sourit de nouveau, en effleurant d'un doigt la veine qui battait si fort dans son cou.

C'était un vrai cauchemar. Jamais, jamais Carla ne laissait paraître ses sentiments, quelles que soient les circonstances. C'était un don, et elle en était fière. Mais avait-elle déjà éprouvé quelque chose d'aussi fort, d'aussi bouleversant que ce soir ? Elle n'en était pas sûre. À la seconde où ses yeux s'étaient posés sur Perry Kennedy, son corps avait commencé à réagir indépendamment de son esprit. Elle ne croyait pas au coup de foudre, mais si elle y avait cru… cela aurait été de cet ordre.

Seulement, cet homme était à Ginny. Et Ginny était sa meilleure amie. Elle ne pouvait pas s'autoriser à céder.

— Je ressens la même chose, murmura Perry. Exactement la même chose. C'est toi. Tu es tout ce que j'ai jamais voulu. Je sais que ça fait bête de dire un truc pareil, mais c'est vrai.

Carla essaya de le repousser. La tête lui tournait, elle avait du mal à respirer.

— Lâche-moi. Il n'y aura rien entre nous deux. Je ne veux plus te voir.

— Si, il y aura quelque chose. Écoute, je ne veux pas faire souffrir Ginny, moi non plus. Et je sais qu'il ne se passera rien ce soir, mais j'ai besoin de te revoir. Donne-moi ton numéro, et je t'appellerai, c'est tout. On peut se voir demain ?

— Non !

Cette fois, Carla parvint à se dégager. À bout de souffle, elle répéta « non » et quitta la pièce en titubant.

Heureusement, les toilettes étaient vides. Elle s'enferma dans une des cabines en marbre et s'assit, la tête entre les mains. Elle avait les joues brûlantes et ne souhaitait qu'une chose : effacer de sa mémoire ces dix dernières minutes. Effacer. Rembobiner. Penser à Ginny, penser à Ginny. Ne pas penser à...

Son téléphone vibra, et elle faillit tomber. Elle prit l'appareil d'une main tremblante et vit un numéro inconnu s'afficher. *Laisse, le répondeur va s'enclencher. Laisse...*

Elle en était incapable.

— Allô ?

— C'est moi.

Elle savait que ce serait lui.

— Je t'avais dit de ne pas m'appeler.

— Non, tu ne l'as pas dit. Tu as juste dit que tu ne me donnerais pas ton numéro, répondit Perry d'un ton amusé, presque nonchalant.

— Comment as-tu

— Heureusement, dans le jardin d'hiver, il y a sur une table des brochures sur les vérandas proposées par ton entreprise. Ainsi qu'une pile de cartes de visite à ton nom.

— Je n'ai pas envie de te parler. Je vais raccrocher.

J'habite dans l'appartement qui se trouve au-dessus de mon magasin. 25B, Harbour Street. 20 heures, demain, ça te va ?

Carla ferma les yeux, serra les genoux.

— Tu es complètement fou. Ginny est mon amie !

— 20 heures, alors.

— Je vais lui raconter ce qui vient de se passer. Je vais le lui dire maintenant. Qu'elle sache à quoi tu joues dans son dos.

— 20 heures, répéta Perry.

Clic.

Carla regarda son téléphone. Il avait raccroché.

21

— Le voilà.

Ginny se tenait à côté de Finn. Elle lui présenta fièrement Perry.

— Bonsoir. Ravi de vous rencontrer, dit Perry en serrant la main de Finn. Désolé d'avoir disparu si longtemps. J'ai croisé une connaissance et on s'est mis à bavarder.

— Il n'y a pas de mal ! répondit gaiement Ginny. Moi, je n'arrête pas d'entamer la conversation avec des gens que je ne connais pas, pour leur conseiller d'aller manger *Chez Penhaligon* ! Un couple m'a même dit qu'il allait réserver une table la semaine prochaine. Ils cherchent un endroit pour la réception de mariage de leur fille !

— Brrr, fit Perry. Réception de mariage, ces mots me donnent la chair de poule. Désolé, mais c'est ce que je peux imaginer de pire, comme événement. Des mômes qui courent partout, des bébés qui hurlent... Vous avez des enfants ?

La mâchoire serrée, Finn répondit par la négative.

— Enfin un homme sensé. Restez sur vos positions, surtout. Personnellement, je ne vois pas ce qui peut pousser à en avoir. Tout le monde dit qu'un enfant, ça change la vie, mais moi, je n'ai aucune envie que ma vie change, merci. Elle me plaît telle qu'elle est. Pourquoi est-ce que je me la compliquerais avec un gosse, franchement ?

— Ce n'était sans doute pas la chose à dire, souffla Ginny après que Finn se fut excusé pour rejoindre la brune sexy. Sa copine a eu un bébé l'an dernier. Finn pensait qu'il était de lui, mais non. Elle a fini par le quitter pour vivre avec le père de l'enfant.

— Eh bien, c'est ce que j'appelle un gros coup de bol… Quoi ? Pourquoi tu me regardes comme ça ? fit Perry en l'enlaçant, le sourire aux lèvres. Les mômes, ce n'est pas mon truc, voilà tout. Et une femme qui ne pense qu'à ça, c'est pire que tout. Regarde Laurel : si elle supporte si mal sa rupture avec Kevin, c'est parce qu'elle est persuadée qu'elle ne retrouvera personne assez vite pour faire des bébés. C'est la panique du côté de ses hormones, qui partent dans tous les sens, comme des poulets décapités. Et c'est ce qui me plaît, chez toi.

— Quoi ? Que mes hormones tournent dans tous les sens comme des poulets décapités ?

— Non, qu'elles ne le fassent pas, justement. Laurel et toi, vous avez le même âge, mais toi, tu es déjà passée par la case couver et pouponner. C'est fait, on n'en parle plus. Attention, ne te méprends pas. Je trouve super que tu aies une fille. Mais les enfants, ce n'est pas pour moi.

— On croirait entendre Carla.

— Non ! Ne me dis pas qu'on a un point commun ! Je ne suis pas sûr d'apprécier.

— Arrête, Carla est sympa. Attends de la connaître un peu mieux.

Ginny avait tellement envie qu'ils s'entendent, tous les deux ! Mais Perry fit la grimace.

— Euh… sans façon, franchement.

— Ne sois pas méchant. C'est ma meilleure amie.

— C'est une vipère. Et j'en ai assez de perdre du temps à parler d'elle. En plus, je crois bien que je ne t'ai pas encore embrassée.

Devant tout ce monde ? Inquiète, Ginny s'exclama :

— Mais il y a trop de gens ! Tu ne peux pas faire ça ici !

— Je sais. Je ne suis pas complètement dingue non plus.

Sans lâcher sa taille, Perry l'entraîna à travers la salle bondée. D'un mouvement de menton amical, il salua discrètement Carla lorsqu'ils passèrent près d'elle et de la personne avec qui elle discutait. Elle ne répondit pas.

— Tu sais quoi ? Je pense qu'il faut absolument aller visiter le jardin, dit-il.

— Il fait nuit, dehors. Je risque de me prendre les pieds dans je ne sais quoi et de me retrouver les quatre fers en l'air.

— Mais non. C'est la pleine lune, et le jardin est éclairé. Tiens-toi à moi, je ne te laisserai pas tomber, ajouta Perry en ouvrant les portes qui donnaient sur le jardin.

Il avait dit ça à la manière de James Bond. Ginny adorait. Cela lui donnait le sentiment d'être protégée.

Ce fut plus fort qu'elle. Lorsque Carla vit Finn Penhaligon au bar, elle alla se planter à côté de lui. Il haussa les sourcils.

— Je peux vous poser une question ? demanda-t-elle. Qu'est-ce que vous pensez de l'ami de Ginny ?

Elle avait l'estomac complètement noué, le cœur battant. Seigneur, mais que lui arrivait-il ?

— Je ne lui ai parlé que quelques instants, et je n'aime pas juger les gens sans les connaître.

Finn hésita, avant d'ajouter :

— Mais dans son cas, je crois que je vais faire une exception.

— Et ?

— Ce type est un connard, lâcha Finn avec mépris.

C'était ce que Carla voulait entendre. Elle prit une pique à cocktail sur le bar et la cassa en deux.

— Et ? l'imita Finn.

C'était étrange qu'un homme aussi séduisant n'ait aucun effet sur elle, alors que… *Non, non, arrête, n'y pense pas, surtout, ne pense pas à Perry Kennedy.*

Carla hocha la tête, prit une autre pique à cocktail et la brisa.

— Je suis de votre avis.

La musique faisait trembler les murs et le plancher. Dans le salon, on jouait à garder une canette de bière ouverte sur la tête le plus longtemps possible. La moquette était complètement imbibée et il y avait des canettes vides partout sur le sol. Jem ne pouvait s'empêcher de penser au boulot qu'aurait l'équipe de nettoyage, le lendemain.

Une main se posa sur ses fesses, la faisant sursauter.

— À quoi tu penses ? murmura Rupert en effleurant son oreille du bout des lèvres.

— S'ils dorment ici ce soir, ils risquent de se noyer.

— C'est leur problème, pas le mien. Tu as mis une culotte ?

— Mais oui !

Elle se tortilla tandis que la main de Rupert se promenait sur son jean.

— Dommage. Tu sais, personne ne s'en apercevrait, si on s'éclipsait un petit moment. Ça te dit, un petit coup vite fait ?

Jem se retourna avec un sourire en coin.

— On ne peut pas faire ça. C'est impoli, de laisser ses invités livrés à eux-mêmes.

— Je me fous des invités. C'est ma fête, et si j'ai envie de baiser, je…

— Rupert, tu veux bien t'occuper de Tilly et Marcus ?

De nouveau, Jem sursauta. Lucy était derrière eux, et elle ne l'avait pas entendue arriver.

— Ils se sont enfermés dans la salle de bains, et il y a des gens qui ont absolument besoin d'utiliser les toilettes.

— Tu vois, on ne serait pas les premiers, murmura Rupert à l'oreille de Jem, avant de se tourner vers Lucy. OK, je vais voir. Ça va casser l'ambiance, mais bon.

Tandis qu'il s'éloignait, Lucy demanda à Jem, avec une drôle de voix :

— De quoi vous parliez, là ? Qu'est-ce qu'il disait ?

Avait-elle entendu leur conversation ? Mal à l'aise, Jem chercha une réponse plausible.

— Rien. On parlait juste de la moquette. Elle est trempée, avec toute la bière qu'ils renversent. Regarde.

Justement, une nouvelle canette venait de faire un vol plané et répandait sa mousse.

— Ce n'est pas l'impression que j'ai eue, répondit Lucy d'un ton un peu sec. Vous vous chuchotiez des trucs à l'oreille.

Jem avait la bouche sèche. Au moins Lucy n'avait-elle pas vu Rupert lui caresser les fesses. Il pouvait être discret, malgré tout.

— Et puis il avait sa main sur tes fesses, non ?

Au temps pour la discrétion.

— Non… enfin, il faisait l'imbécile, comme d'habitude. Tu le connais.

Lucy fronça les sourcils.

— Il y a quelque chose entre vous deux ?

De toute évidence, cette éventualité lui déplaisait. Comment, dans ces conditions, lui révéler la vérité ? Il fallait donc continuer à la lui cacher.

Jem prit un air stupéfait.

— Non, mais ça va pas ? Tu rigoles ? Comment peux-tu imaginer une chose pareille ?

Était-elle suffisamment convaincante ? Feignant d'être horrifiée par cette idée, elle tint bon, en priant pour que Lucy ne sorte pas un détecteur de mensonges de son sac.

— Bon, fit cette dernière. Mais tu me le dirais, s'il y avait quelque chose entre vous, hein ? C'est important, pour moi, de savoir.

Impossible de le lui dire. Si elle l'apprenait, c'en serait fini de la bonne ambiance qui régnait dans l'appartement. Lucy se sentirait de trop, et dès qu'elle le pourrait, elle irait s'installer ailleurs.

Or, Jem ne voulait pas que cela arrive. Lucy était son amie la plus proche à Bristol, et une colocataire en or.

— S'il y avait quelque chose, je te le dirais. Mais il n'y a rien, je te le promets. Je ne suis pas assez snob pour Rupert, voyons !

Un léger sourire apparut au coin des lèvres de Lucy.

— Il pourrait avoir envie de s'encanailler un peu avec une fille du peuple comme toi.

— Hé ! Je t'en prie ! Parle pour toi !

Soulagée que le sujet soit clos, Jem fit mine de tirer sur une des grosses boucles d'oreilles voyantes de Lucy. Celle-ci sourit franchement, cette fois, soulagée elle aussi.

— Tu ne sens pas une odeur de saucisse brûlée ?

Jem la sentait très bien. C'était même un miracle que le détecteur de fumée ne se soit pas déclenché.

— Tu as passé tout ton temps à la cuisine, je te remplace, dit-elle, heureuse que la crise ait été évitée et désireuse de manifester sa bonne volonté.

— Il faudrait aussi refaire des beignets.

— Parfait, je m'en occupe.

Lucy pencha la tête sur le côté.

— On a mauvaise conscience ? demanda-t-elle d'un ton léger.

— Arrête un peu ! répondit Jem en essayant d'attraper la deuxième boucle d'oreille. Allez, je vais chercher les saucisses avant qu'elles soient totalement carbonisées.

— Je les ai sorties du four, dit Davy lorsqu'elle entra en trombe dans la cuisine.

Le plat de saucisses fumait sur la cuisinière tandis qu'il épluchait et éminçait une montagne d'oignons, ses manches de chemise remontées jusqu'aux coudes.

— Mon héros ! Je ne t'ai même pas vu arriver !

Jem l'embrassa, ravie qu'il ait pu venir. Le coup de fil qu'elle avait passé à sa mère un peu plus tôt l'avait poussée à envoyer un texto à Davy pour l'inviter à la fête. Après ce qui venait de se passer, elle était d'autant plus contente de l'avoir fait.

— Et en plus, tu as sauvé nos saucisses !

— Pas toutes. Il y en a quelques-unes, on dirait du charbon de bois.

— Crois-moi, personne ne s'en apercevra. Vu l'état dans lequel ils sont, à côté, tu pourrais leur servir des morceaux de charbon dans des petits pains avec un peu de ketchup qu'ils les mangeraient. Tiens, goûtes-en une qui n'a pas brûlé.

Elle prit la plus belle, la coupa en deux et en glissa une moitié dans la bouche de Davy, l'autre dans la sienne.

Mince, elle était brûlante !

— Aaaaah !'est'aud !

Davy, les mains occupées par un oignon et un couteau, tenait sa saucisse entre ses dents comme un cigare. On aurait dit Groucho Marx.

— 'aud,'aud,'aud ! répéta Jem en agitant les mains et en sautillant d'un pied sur l'autre.

— Ça m'étonnerait que tu décolles, tu sais, railla Rupert dans son dos.

Elle se retourna.

— Mmm ?

— Qu'est-ce qu'il fait là ? demanda-t-il en indiquant Davy du menton.

Jem mâcha un peu et s'éventa la bouche avant de répondre.

— Je l'ai invité. Et il nous aide à faire à manger.

— Il mange, aussi, à ce que je vois.

— Je te ferai un chèque, dit Davy d'un ton neutre.

— Laisse tomber. À tous les coups, il sera en bois. Et puis, j'aime bien donner un peu pour nourrir les pauvres.

— Rupert ! s'écria Jem. Qu'est-ce que tu peux être désagréable, des fois ! Il ne pense pas ce qu'il dit, tu sais, ajouta-t-elle à l'intention de Davy.

— Bien sûr que non, fit ce dernier d'un ton sec. Ne t'en fais pas. Je vous laisse.

— Tu ne vas pas t'en aller, j'espère !

Davy alla se rincer les mains.

— Non, dit-il en souriant. Je ne m'en vais pas.

Il quitta la cuisine, et Jem se tourna vers Rupert.

— Je te déteste, quand tu es comme ça.

Rupert s'approcha avec un sourire en coin.

— Mais c'est drôle, pourtant.

— Non, ça ne l'est pas. Et je n'aime pas quand tu fais ça, non plus, ajouta-t-elle comme il la prenait par les poignets pour l'attirer vers lui. Lucy nous a vus, tout à l'heure. Elle a des soupçons.

— Qu'est-ce que tu lui as dit ?

— Qu'il n'y avait rien entre nous, évidemment. Je lui ai dit que tu n'étais pas mon genre. Ce qui est le cas, quand tu te conduis comme ça avec Davy. Si tu es incapable de dire quelque chose de sympa à quelqu'un, alors tais-toi.

— Mince ! Où t'as mis la colle ? Autant me sceller la bouche tout de suite. Mais comment est-ce que je vais boire, après ?

Rupert s'en alla à son tour, laissant Jem s'attaquer au reste des oignons. Lorsqu'elle rejoignit les autres avec un plateau de hot dogs, une vingtaine de minutes plus tard, ce fut la ruée. Au prix de quelques tapes sur les mains – toutes n'étant pas attirées par les hot dogs –, Jem parvint à en sauver trois et traversa la pièce en direction de l'endroit où Davy discutait avec une jolie brune un peu potelée.

Suzy était la sœur de Patty Carson. Cette dernière étant très occupée avec un des joueurs de l'équipe de rugby, Suzy, infirmière venue de Birmingham pour le week-end, semblait apprécier la compagnie de Davy. Jem, heureuse que celui-ci ait trouvé quelqu'un avec qui parler, leur proposa un hot dog.

— On sonne ! hurla quelqu'un dans la pièce.

Réalisant que personne n'allait prendre la peine d'aller ouvrir, Jem s'excusa auprès de Davy et Suzy et se dévoua pour aller ouvrir. Elle refermait la porte lorsqu'un bruit de verre cassé lui parvint de la cuisine.

Patty se précipita vers elle, rouge comme une tomate.

— Oh, Jem, je suis désolée, vraiment. On était contre la table, Ben s'est un peu emballé et on a fait tomber le grand saladier en verre...

Jem les expédia à la salle de bains en espérant qu'elle s'était libérée. Avec tout ce que Patty et Ben avaient bu, ils étaient incapables de l'aider à tout nettoyer, et ils s'étaient déjà coupés plusieurs fois en ramassant des éclats de verre.

— N'entrez pas ! hurla-t-elle quand la poignée de la porte de la cuisine tourna.

— Ce n'est que moi, dit Davy en entrant malgré tout. Tu as besoin d'un coup de main ?

Un coup de main qui promettait d'être efficace, car sobre. Un luxe. Jem fit oui de la tête.

— Et Suzy ?

— Elle est en train de parler à sa sœur. Tu as de la salade dans les cheveux.

— Il y en a de partout. Avec beaucoup d'huile. Fais gaffe à ne pas glisser. On aurait dit que Patty et Ben prenaient leur première leçon de patin à glace. J'ai dû les faire sortir avant qu'ils ne s'ouvrent une veine.

Ils nettoyèrent tous les deux. Lorsqu'ils rejoignirent les autres dans le salon, Rupert était en grande discussion avec Suzy.

— Bon, je crois que j'ai raté ma chance, là, dit Davy.

— Mais non, ça ne veut rien dire. Ils discutent, c'est tout.

— Mmm… très intime, la discussion, quand même, non ?

Jem regarda de nouveau en direction de Suzy et Rupert et constata avec horreur qu'ils s'embrassaient. Suzy, la tête en arrière, avait refermé ses bras autour du cou de Rupert.

Elle détourna le regard le plus vite possible et avala une grande gorgée de vin. L'instant d'après, Lucy se glissait entre Davy et elle pour leur prendre la main.

— Allez, venez, on danse ! lança-t-elle, hurlant pour couvrir la musique à plein volume.

La soirée se termina vers 4 heures. Les fauteuils et les canapés étaient occupés ; ceux qui n'avaient pas été assez rapides étaient allongés par terre.

— Bon, moi, je vais me coucher, annonça Lucy en bâillant et en éteignant la chaîne. Bonsoir, Jem, bonsoir, Davy. Bonsoir tout le monde.

Rupert avait passé presque toute la soirée à flirter avec Suzy Carson et à l'embrasser à pleine bouche. Vers 2 heures, Patty et son copain rugbyman étaient partis, et peu après, Rupert et Suzy avaient disparu dans la chambre de celui-ci. Il y avait fort à parier qu'elle ne lui enseignait pas les bases du secourisme. Jem avait fait de son mieux pour donner une image de célibataire qui s'éclate, mais elle était complètement retournée, et très malheureuse.

— Tu veux que je t'appelle un taxi ? demanda-t-elle à Davy.

Il parut hésiter.

— Ben… tu m'avais dit que je pouvais dormir ici si besoin. Et il est assez tard…

Mais oui, bien sûr. Elle avait tellement de mal à se concentrer, obsédée qu'elle était par l'envie de courir au fond du couloir et de tambouriner à la porte de Rupert en hurlant : « Arrêtez ! Arrêtez ! »

Elle hocha la tête.

— Oui, oui, bien sûr. Excuse-moi. Comme tu rentres toujours, d'habitude…

— Ce soir, j'ai dit à ma mère que je ne rentrerais pas. Elle l'a plutôt bien pris. Un petit pas pour l'homme, un grand pas pour moi, conclut-il avec dérision.

— C'est super, Davy. Super. Bravo.

Elle aurait voulu manifester plus d'enthousiasme, parce que c'était vraiment un progrès, pour Davy. Mais elle n'y parvint pas.

— Je vais trouver un coin par là, dit-il en montrant un espace encore libre sur la moquette, devant le canapé. Ça ira.

On pataugeait littéralement sur la moquette, et Tommy Beresford-Smith ronflait comme un éléphant de mer, affalé sur le canapé. S'il se retournait dans son sommeil, il risquait de tomber et d'écraser Davy comme une crêpe.

— Non, tu ne peux pas dormir ici, dit Jem en frottant ses yeux irrités par la fumée et le manque de sommeil. Viens dans ma chambre, plutôt. La moquette est sèche et je ne ronfle pas.

22

Lorsqu'elle ouvrit les yeux, Jem avait l'impression de ne s'être assoupie que quelques minutes, mais un coup d'œil à son réveil lui apprit qu'il était 11 h 30. Le lit improvisé de Davy, par terre, était vide, et des voix masculines lui parvenaient de la cuisine.

Au ralenti, Jem se redressa, la bouche sèche et la tête embrumée, juste au moment où Davy entrait, une tasse de thé dans chaque main.

— Bonjour. J'ai fait du thé.

— Merci, dit-elle en prenant la tasse fumante qu'il lui tendait. Qui d'autre est levé ?

— Rupert, c'est tout.

— J'ai besoin d'un verre d'eau. Je reviens.

Dans la cuisine, Rupert avait l'air en pleine forme, pas du tout affecté par la quantité d'alcool ingurgitée la veille. Torse nu, en jean, il sucrait abondamment deux tasses de café. Il l'accueillit avec un sourire narquois.

— Salut, ma belle. Bien dormi ?

Malade de jalousie, Jem referma la porte de la cuisine derrière elle pour qu'on ne les entende pas.

— Tu as couché avec elle ?

— Avec qui ?

— Scarlet Johansson, tiens ! Je te parle de cette fille, là.

— Suzy ? Bien sûr que non, répondit Rupert en riant.

— Je ne te crois pas.

— Ben ça, c'est ton problème. Mais c'est la vérité. On a juste dormi.

— Tu n'arrêtais pas de l'embrasser.

Elle détestait l'image de mégère névrosée et horripilante qu'elle donnait d'elle-même, mais que pouvait-elle faire d'autre ? Il l'avait embrassée !

— Je pensais que ça te ferait plaisir.

— Quoi ?

— Lucy avait des soupçons. En partant avec Suzy, j'y ai mis un terme. C'est du génie, non ?

— C'est vraiment pour ça que tu l'as fait ?

— Oui. Enfin, c'était une des raisons. L'autre, c'était de la sortir des pattes de ton pote Davy, lâcha Rupert avec un sourire méchant.

— Pourquoi ?

— À ton avis ? Pour l'emmerder, tiens.

— Je persiste à croire que tu as couché avec elle.

— Pense ce que tu veux, ce n'est pas vrai. Et puis tu peux parler, toi. Qu'est-ce qui s'est passé entre Davy et toi ?

— Rien !

— Si tu le dis. Mais regarde les choses en face : il a passé la nuit dans ta chambre, et ça doit bien être la première fois qu'il découche. Ça se fête, non ? Je comprendrais que vous n'ayez pas résisté. Mais que va devenir sa pauvre maman ? Déjà qu'elle a dû passer une partie de la nuit à appeler police secours... À mon avis, il doit y avoir des hélicos partout et des hommes-grenouilles qui ratissent le fleuve.

— Il lui a dit qu'il passait la nuit ici. Et il a couché par terre. Tu sais très bien qu'on n'a rien fait. Je ne suis pas comme ça, *moi*.

— Tu veux dire que la seule solution, pour moi, c'est de te faire confiance ? Alors, adjugé. Mais si

Lucy nous lâche la grappe, tu te souviendras que c'est grâce à moi.

Sur quoi, il déposa un léger baiser sur l'épaule nue de Jem et quitta la cuisine avec ses cafés.

Jem se sentit faiblir. C'était le pouvoir qu'avait sur elle un tout petit baiser sur l'épaule. En le regardant partir, elle eut terriblement envie de lui. C'était certain, sortir avec quelqu'un d'encore plus sexy que Johnny Depp faisait de vous une vraie carpette.

De retour dans sa chambre, elle but son thé tiède, en écoutant d'une oreille distraite la conversation téléphonique de Davy avec sa mère.

— Oui, maman, je suis encore vivant. Non, je n'ai pas pris de drogue. Non, personne n'a appelé la police. Maman, tout va bien. À plus tard, d'accord ? Oui, moi aussi.

Jem s'assit sur son lit. Quelle horreur, une mère aussi angoissée et incapable de couper le cordon ! Davy raccrocha et composa un nouveau numéro.

— Bonjour, c'est Davy. J'appelle pour savoir où on va aujourd'hui, et à quelle heure on démarre.

Il écouta la réponse, prit un feutre sur la commode de Jem et entreprit de noter une adresse. Il s'arrêta en chemin.

— Très bien. Je vous retrouve là-bas, dit-il avant de raccrocher.

— Tu vas où ? demanda Jem.

Il lui tendit le morceau de papier sur lequel il avait commencé à noter l'adresse. Jem fronça les sourcils.

— Mais… c'est ici.

— Tu parles d'un bol…

— Je ne comprends pas. Qui est-ce que tu dois retrouver ?

Davy poussa un long soupir, se passa une main sur la nuque et lâcha enfin :

— Le reste de l'équipe de Comme un sou neuf.

Comme un sou neuf. L'entreprise de nettoyage que Rupert avait embauchée pour venir redonner un coup de propre à l'appartement après la fête. Un peu plus qu'un coup de propre, d'ailleurs, à en juger par les tarifs pratiqués.

— Je ne savais pas que tu travaillais pour cette boîte.

— Ça fait seulement deux semaines. Quelques heures le samedi et le dimanche. C'est pas mal payé, et je trouvais que c'était un bon plan. C'est Rupert qui va être content…

Jem eut toutes les peines du monde à réveiller les plus gros dormeurs et à leur faire quitter l'appartement. À midi pile, une camionnette orange et turquoise aux armes de Comme un sou neuf se gara devant la maison. Cinq employés en sortirent, en combinaison orange et turquoise.

— Ah, les voilà, dit Davy en s'écartant de la fenêtre. Il vaut mieux que je te prévienne. Rhonda, la chef, est plutôt… énergique. C'est celle avec le foulard sur la tête.

Lorsque Rupert ouvrit la porte, il fut pratiquement renversé par une mini tornade coiffée d'un foulard orange fluo.

— Bonjour, m'sieurs-dames. Comme un sou neuf à votre service. Hou la ! On dirait qu'il y a eu de l'ambiance, dites donc ! Va en falloir, de l'huile de coude, pour remettre tout ça en état ! s'exclama-t-elle en évaluant la situation d'un œil expert. Mais vous en faites pas, ajouta-t-elle à l'intention de Rupert. On est là pour ça. La saleté, c'est notre affaire ! Dites donc, vous êtes beau gosse, vous ! Bon, ce qui nous aiderait vraiment, c'est que vous débarrassiez le plancher jusqu'à 15 heures environ. Je vous garantis qu'à votre retour, vous ne reconnaîtrez pas l'endroit.

— On va aller déjeuner, alors, dit Rupert en comptant les intervenants. Je croyais que vous deviez être six.

— C'est bien ça. Le sixième ne devrait pas tarder. Tiens, quand on parle du loup… Davy, mon grand, tu es arrivé avant nous, finalement ! Janice, passe-lui une combinaison, qu'on puisse s'y mettre.

Rupert eut du mal à ne pas éclater de rire lorsque Janice lança une combinaison orange à Davy, qui se tenait sur le seuil du salon.

— Tu travailles pour cette boîte ? demanda-t-il tandis que Davy enfilait sa tenue de travail.

— Oui.

— Donc, tu vas nettoyer mon appartement.

— On dirait bien, oui.

— Génial. N'oublie pas de récurer les toilettes, hein ?

— Ce sera fait.

— Mais j'aimerais vraiment que ce soit toi qui t'en charges. Ça me ferait plaisir.

De la cuisine, Rhonda s'exclama :

— Nom d'une pipe ! Quelle porcherie ! Davy, mon grand, viens m'aider, on va commencer par la cuisine, tous les deux.

— Allez, mon grand, railla Rupert. Bouge-toi.

Encore sur un petit nuage après la soirée de la veille, Ginny avait hâte de savoir comment s'était passée celle de Jem. Vers 13 heures, convaincue que ce n'était pas trop tôt et que tout le monde serait réveillé, elle appela.

À la quatrième sonnerie, on décrocha.

— Allô ? fit une voix masculine.

Ce n'était pas celle de Rupert. Super.

— Bonjour, est-ce que Jem est ici ?

— Non, désolé, tout le monde est sorti.

Cette voix lui disait quelque chose.

— Ah, bon. Tout le monde sauf vous.

— Oui.

Il y eut un instant d'hésitation, puis la voix demanda :

— Vous êtes la mère de Jem ?

— Euh... oui. Et vous, vous êtes qui ?

— Davy Stokes. Vous ne vous souvenez sans doute pas de moi, mais vous m'avez raccompagné chez moi, à...

— Davy ! Mais bien sûr ! Je suis ravie de vous parler de nouveau. Comment allez-vous ?

— Bien, merci.

— Donc vous êtes venu à leur soirée, puisque vous êtes encore là. J'appelais juste pour savoir comme ça s'était passé. Mais j'y pense... Jem n'est pas là, et vous, si. Est-ce que ça veut dire que Lucy et vous...

Davy eut un petit rire.

— Hélas, non. Désolé de vous décevoir, mais je crois que j'aurais plus de chances avec Claudia Schiffer.

— Alors, qu'est-ce que vous...

—... faites là ? Rupert a embauché une équipe de nettoyage, et j'en fais partie. Ce qui lui a beaucoup plu, cela va sans dire.

— J'imagine, en effet.

Il y eut un silence. Ginny et Davy avaient tous deux une piètre opinion de Rupert, c'était leur petit secret.

— Je... je peux vous poser une question ? demanda-t-elle alors.

— Allez-y. C'est à propos de Jem ?

— Et de Rupert. Est-ce que vous pensez... qu'il y a quelque chose entre eux ?

Davy parut surpris.

— Vous voulez dire, est-ce qu'ils sont ensemble ? Je ne crois pas, non. Elle ne m'a rien dit, en tout cas.

— Ah, bon ? Mais elle vous en parlerait, vous croyez ? demanda Ginny, pas très rassurée.

— Écoutez, je suis pratiquement sûr qu'il n'y a rien entre eux. J'ai dormi par terre dans la chambre de Jem cette nuit, et Rupert était avec quelqu'un.

— Ah.

Voilà qui était plus... concret.

— Vous avez posé la question à Jem ? demanda Davy.

— Je n'ai pas osé, j'avais peur qu'elle me dise oui. Mais vous devez avoir raison, si Rupert est avec une autre fille. Bon, je vous embête avec mes histoires, je ferais mieux de vous laisser travailler. Dites à Jem que je la rappellerai plus tard. Et bonne chance avec Claudia Schiffer !

Ce Davy était tellement sympathique, pensa Ginny en composant le numéro de Carla pour lui proposer de déjeuner avec elle. Mais son amie avait éteint son portable. Probablement était-elle en train de travailler, occupée à faire aboutir les contacts pris la veille.

Bon, tant pis. Elle irait en ville se chercher une nouvelle robe, à la place. À moins qu'elle ne reste à la maison… et qu'elle n'écoute Laurel lui raconter les derniers épisodes de la saga Kevin.

Elle prit son sac. Une nouvelle robe, c'était bien mieux.

23

Rupert les avait invités au *Pink*, le dernier restaurant à la mode sur Whiteladies Road. Il faisait beau, le soleil brillait, aussi s'étaient-ils installés en terrasse. Ils étaient dix et le champagne coulait à flots, atténuant les effets de la cuite de la veille. Jem était plus détendue, même si l'attitude de Suzy, qui couvait littéralement Rupert du regard, l'agaçait profondément. De toute évidence, Suzy ne s'avouait pas vaincue. Elle semblait persuadée qu'en restant dans les parages, elle gardait toutes ses chances. Quand allait-elle reconnaître sa défaite et retourner chez sa sœur ?

Mais l'essentiel était que Rupert ne manifestait aucun intérêt à son égard. La conversation allait bon train entre lui et ses amis de Londres. Lucy et Jem faisaient partie de la bande, pas Suzy.

— Attention, voilà le patron, dit soudain Rupert. Un peu de tenue, s'il vous plaît !

Suzy gloussa et rapprocha sa chaise de celle de Rupert. Jem leva les yeux au ciel. Elle mourait d'envie de la pousser pour la faire tomber.

Mais le patron n'était pas venu pour leur demander d'être un peu plus calmes. Il expliqua à Rupert qu'un photographe envoyé par un magazine assez haut de gamme était là pour illustrer un article sur les restaurants les plus en vue du Sud-Ouest.

— Votre table, c'est exactement la clientèle que nous visons. Vous seriez d'accord pour qu'il vous prenne en photo ?

— Waouh ! s'exclama Suzy en se recoiffant aussitôt. Super !

— Pour moi, c'est OK, dit Rupert avant de faire le tour de la table. Tout le monde est d'accord ?

Le photographe les rejoignit. Suzy était au comble de l'excitation.

— Quand mes amis vont voir ça ! C'est la première fois que j'aurai ma photo dans un magazine ! Oh, il vaudrait mieux que j'aille me refaire une beauté !

Affligeant. Jem ne supportait pas la façon dont elle s'accrochait au bras de Rupert, de sorte que tout le monde devait supposer qu'ils sortaient ensemble. Les autres étaient sans doute excités eux aussi à l'idée d'être pris en photo pour un magazine, mais Suzy était la seule à réagir comme une midinette.

Le photographe tourna autour de leur table, étudiant les différents angles de prise de vue, écartant quelques chaises du champ, puis il prit place.

— Je vais vous demander de changer un peu la disposition, si vous voulez bien. Vous, dit-il à Rupert, vous restez au centre, mais il faudrait une fille de chaque côté…

— J'y suis ! minauda Suzy.

— Vous et vous, est-ce que vous pouvez vous rapprocher l'un de l'autre ?

Il indiquait Lucy et un des amis londoniens de Rupert, un m'as-tu-vu séduisant. Son regard passa ensuite de Jem à Suzy, et il demanda :

— Vous pouvez échanger vos places, les filles ?

Oui ! Oui, mille fois oui ! Jem faillit lui sauter au cou pour le remercier. Le sourire de Suzy disparut instantanément. Jem se glissa à côté de Rupert, qui passa nonchalamment un bras autour de ses épaules et lui murmura :

— Bienvenue chez les élus.

— On peut retirer les cendriers ? demanda le photographe, qui se mettait en position. Et il faudrait cacher les taches de vin sur la nappe, aussi.

— Davy ? fit Rupert en claquant des doigts. Il n'est jamais là quand on a besoin de lui, celui-là. Mais ce n'est pas plus mal, à la réflexion. Il nous volerait la vedette, avec sa combinaison orange fluo.

— Arrête un peu, lâcha Jem.

— Oh, ce n'est pas méchant. Je regarde les choses en face, c'est tout. Ce type est un loser, dit Rupert en sortant une bouteille du seau à glace pour remplir leurs verres. C'est vrai, quoi. La vie est faite pour être vécue. Qu'est-ce que tu préfères, toi ? Boire du champagne au soleil et être prise en photo pour un magazine branché, ou porter une combinaison orange et nettoyer les toilettes de quelqu'un d'autre ?

— Rupert, tu n'es qu'un insupportable gamin gâté pourri.

Il lui fit un clin d'œil.

— Je sais, mais un gamin gâté pourri super craquant. Et qui prend la vie du bon côté.

Le photographe avait commencé. Il les mitraillait sous tous les angles, tournait autour de leur table, sous les regards des autres clients du restaurant. Cette attention plut à Jem, qui se sentit soudain très glamour. Elle rejeta ses cheveux sur ses épaules et but une gorgée de champagne frappé.

Rupert avait raison. Mieux valait être à sa place qu'à celle de Davy.

Chez Penhaligon avait été entièrement réservé par une entreprise pour une soirée d'anniversaire – on fêtait les quarante ans du patron. Finn et Ginny finissaient la décoration de la salle, tâche qui consistait, entre autres, à nouer un ballon argenté gonflé à l'hélium au dossier de chaque chaise.

Le dernier ballon enfin en place, Ginny recula un peu pour avoir une vue d'ensemble.

— On dirait un goûter d'anniversaire.

— C'est l'effet recherché, apparemment. Ils ont payé pour. Je crois qu'il s'agit d'une tradition, dans l'entreprise. À la fin du dîner, ils détachent tous leurs ballons, aspirent de l'hélium et chantent *Joyeux anniversaire* avec la voix de Mickey.

— Bizarre, quand même, non ?

— Surtout lorsqu'on sait qu'il s'agit d'un gros cabinet d'experts-comptables ! Ils ont sûrement trouvé un moyen pour faire passer les ballons dans les frais généraux.

De l'endroit où elle se tenait, Ginny pouvait voir ce qui se passait dans la cour. Une camionnette venait d'entrer. Le chauffeur en descendit avec un énorme bouquet enveloppé de Cellophane.

— Ils font livrer des fleurs aussi, les comptables ?

Finn jeta un coup d'œil par la fenêtre.

— Non. C'est peut-être pour vous, de la part de ce charmant jeune homme.

Il avait dit cela d'un ton très légèrement ironique. Piquée au vif, Ginny répliqua :

— Il s'appelle Perry. Et s'il m'envoyait des fleurs, il les ferait livrer chez moi.

Le ton employé pouvait – à dessein – sous-entendre que c'était assez fréquent. Oh, mais maintenant qu'elle y pensait, peut-être que ces fleurs venaient vraiment de lui. Pour ne pas prendre le risque que Laurel lise la petite carte un peu coquine, il les avait envoyées ici…

Elle alla ouvrir la porte.

— M'dame, dit le livreur en entrant. Désolé, on n'a pas arrêté de la journée, mais mieux vaut tard que jamais, pas vrai ? Vous pouvez signer ça pour moi ?

Ginny s'exécuta et prit le bouquet, une composition assez originale dans les bleus et les orangés.

Elle retourna la petite enveloppe qui était glissée dans les fleurs et lut le nom qui était écrit. Dommage.

— Elles sont pour vous, dit-elle en tendant les fleurs à Finn, qui haussa les sourcils.

— Ah ? C'est gentil, mais vous n'auriez pas dû. C'est pour me remercier d'être un aussi bon patron ?

— Tout à fait. Le meilleur que j'aie jamais eu. Mais elles m'ont coûté une fortune, alors une augmentation serait la bienvenue.

Ginny le regarda ouvrir l'enveloppe.

— Alors, elles sont de qui ? ne put-elle s'empêcher de demander.

— Catherine.

— Zeta-Jones ? Là, vous m'impressionnez.

Finn eut un petit sourire.

— Alors ? Catherine qui ?

— Je vous trouve bien curieuse.

— Intéressée, c'est tout. Vous ne pouvez pas me dire son prénom puis ne pas m'expliquer de qui il s'agit.

— Vous l'avez vue. Elle était au *Carson*, hier soir. Je l'ai raccompagnée chez elle, c'est tout.

La brune sexy tout en courbes.

— Cheveux bruns, robe blanche ?

— Exactement.

— Et elle vous envoie des fleurs ? Elle a vraiment dû apprécier.

— Satisfaire, telle est ma devise.

Ginny savait qu'elle se comportait comme une gamine. Mais le ton un peu péjoratif avec lequel il avait évoqué Perry l'avait agacée.

— On dirait que vous avez réussi. Vous allez la revoir ?

— Peut-être. Peut-être pas. Je n'y ai pas vraiment réfléchi. À vrai dire, probablement pas.

Il fit une grimace, avant d'ajouter :

— Ça fait bizarre, de recevoir des fleurs d'une femme. C'est la première fois que ça m'arrive. Vous pouvez les prendre, si vous voulez.

Il lui tendit le bouquet, qui avait dû coûter au moins cinquante livres.

— Non, merci. Je ne veux pas de vos restes. Pauvre Catherine ! Vous devez vraiment lui plaire. Il faudra vous fendre d'un coup de fil pour la remercier.

— Curieuse *et* autoritaire.

— Je ne plaisante pas. Les hommes peuvent être tellement rustres, parfois.

— Vous ne parlez pas d'expérience, j'espère.

Il se fichait d'elle, c'était évident.

— Pas du tout. Et je suis très heureuse avec Perry. Nous avons passé une excellente soirée, hier.

— Ravi de l'entendre. Bien, il semblerait que nos comptables arrivent, ajouta-t-il en regardant la cour, où entrait un convoi de taxis.

Du deuxième descendit une blonde pleine d'énergie en robe rouge vif, avec des oreilles de Mickey en plastique et un énorme 40 qui clignotait autour du cou.

— Appelez ça de l'intuition féminine si vous voulez, mais je dirais que c'est elle, l'héroïne du jour.

— Quand on pense que c'est la patronne, soupira Finn.

— Tss, tss, vous jugez sur les apparences, encore une fois. Vous pensez qu'un comptable, ça ne sait pas s'amuser. C'est psychorigide, comme attitude, vous savez.

— Vous avez raison. Je vais aller me faire pardonner.

Il alla au-devant de la comptable en chef, l'embrassa sur les deux joues et lui offrit le bouquet.

Ravie, la blonde plongea le nez dans les fleurs et en ressortit tartinée de pollen jaune.

— Oh, c'est tellement gentil à vous ! Elles sont magnifiques ! Et vous ne devinerez jamais : ma sœur m'a appelée ce matin et m'a dit qu'elle vous avait rencontré hier soir ! Vous l'avez ramenée du *Carson*. C'est fou, cette coïncidence, non ? Elle m'a avoué que vous étiez l'un des hommes les plus charmants qu'elle avait jamais rencontrés.

24

Samedi soir, 20 h 10. Ginny était au restaurant, et Carla, dans sa cuisine, faisait de son mieux pour ne pas regarder son téléphone éteint.

Si elle avait eu des menottes, elle se serait attachée à la cuisinière et aurait avalé la clé.

Bon Dieu, c'était insupportable. Elle se sentait faiblir. Cette nuit-là, elle avait à peine dormi, passant et repassant dans son esprit sa brève et déterminante rencontre avec Perry Kennedy. Il en avait été de même pratiquement toute la journée. Pas une seconde elle n'avait été capable de penser à autre chose.

20 h 12. Pour l'instant, elle tenait bon. Elle ne devait pas revoir Perry. Il n'était pas célibataire, il était pris. Surtout, il était pris par Ginny. Et Ginny était folle de lui, donc il était hors de question de…

Comment ne plus y penser ?

La bouche sèche, Carla regarda une nouvelle fois sa montre. Il était là-bas, il l'attendait… *Allez, courage, plus qu'une vingtaine de minutes à tenir. Si tu n'es pas chez lui à 20 h 30, il comprendra que tu ne viendras pas et il sortira.*

Trente minutes passèrent, puis quarante, et cinquante. Elle avait tenu bon. Elle n'était pas allée chez Perry Kennedy. Alors, pourquoi était-elle toujours aussi tendue ?

À 21 h 15, on sonna à sa porte. Elle frémit des pieds à la tête. Voilà pourquoi elle était toujours aussi tendue.

Elle entrouvrit, sans retirer la chaîne de sécurité.

— Va-t'en, souffla-t-elle. Je ne peux pas faire ça.

— Laisse-moi entrer, au moins, supplia Perry d'une voix étranglée par l'angoisse. Laurel est juste en face. Si elle me voit, c'est la catastrophe.

Mon Dieu. Pas ça.

— Je ne peux pas te laisser entrer. Je ne peux pas.

— Carla, je te préviens, je ne m'en irai pas. C'est trop important. Il faut qu'on parle, tu le sais très bien.

Carla tremblait. Il fallait qu'ils parlent, oui. Mais pas ici, pas chez elle. Pas en face de chez Ginny.

— Rentre chez toi. Je t'y rejoins dans un quart d'heure.

— Tu promets ?

— Oui.

Était-ce un mensonge ? Elle l'ignorait elle-même.

— Un quart d'heure ?

— Oui !

— OK. Je t'attendrai, alors.

— D'accord. Salut.

Carla referma la porte et vit l'ombre de Perry s'éloigner.

Ne pas y aller. Il ne faut pas y aller.

Il était 21 h 40 lorsqu'elle gara sa voiture n'importe comment, trop nerveuse et furieuse contre elle-même pour se regarder dans le rétroviseur. Elle ne voulait pas lire la culpabilité dans son propre regard.

Le parking était à deux cents mètres environ de l'appartement de Perry. Perry, dont elle ne savait pratiquement rien. L'attirance qu'elle ressentait pour lui dépassait l'entendement, mais ne lui révélait rien de ce qu'il était vraiment, qualités et défauts confondus.

Il lui restait l'espoir que son appartement soit dans un état immonde et la dégoûte d'emblée. Odeur de renfermé répugnante, écuelle du chat sale dans l'évier avec le reste de la vaisselle, ce serait parfait. Ou alors une passion secrète pour le train électrique, et un circuit parcourant tout l'appartement. Ou bien, partout sur les murs, des posters de filles nues appuyées à de grosses cylindrées. Voilà qui pourrait la faire déguerpir en moins de temps qu'il n'en fallait pour dire « beurk ».

Malade d'appréhension, de honte, d'excitation, elle sonna, espérant l'impossible.

Rien.

Elle sonna une nouvelle fois.

Toujours rien.

Le cœur battant, elle sentit la panique la gagner. Comment pouvait-il être absent ? À moins qu'il ne soit là et n'ait changé d'avis ? Ou peut-être avait-il glissé dans sa douche, perdu conscience, et se vidait-il de son sang sur le carrelage de la salle de bains…

Non. Il était sorti. Pour éviter la tentation.

Carla tourna les talons. Voilà. C'était fini avant d'avoir commencé. Autant se réjouir qu'au moins l'un d'eux se soit ressaisi et…

— Carla.

Elle fit volte-face et laissa échapper un petit cri de soulagement. Il était sur le pas de la porte. L'instant d'après, il la prenait dans ses bras et l'embrassait avec frénésie, déposant des baisers partout sur son visage.

— J'ai cru que tu avais changé d'avis, hoqueta Carla, à bout de souffle.

— Jamais.

— Mais tu n'as pas ouvert la porte !

— J'étais là-haut, dit-il en montrant la fenêtre du premier étage. Je voulais voir combien de temps tu resterais.

— Espèce de sadique !

— J'avais besoin de savoir si c'était aussi important pour toi que ça l'est pour moi.

— Enfoiré ! Tu sais très bien que c'est le cas ! Je ne serais pas là, sinon. Ginny est ma meilleure amie. Je me dégoûte de faire un truc pareil !

— Chut. Allez, entre.

Il l'entraîna dans l'escalier. Carla savait déjà que rien dans son appartement n'allait la rebuter ni la faire changer d'avis. Elle fut néanmoins soulagée de constater que de toute façon, il n'y avait rien de vraiment rebutant.

— Qu'est-ce que tu fais ? demanda Perry en la voyant scruter attentivement son antre.

— Je regarde. Laisse-moi tranquille. Le papier peint est hideux.

— Je sais. Je m'en moque, j'ai loué l'appart comme ça.

— Et les taies d'oreiller et la housse de couette ne sont pas coordonnées.

— Je déteste la coordination.

Carla quitta la seule chambre et se dirigea vers le salon.

— Charmant, la planche de surf contre le mur.

— Ravi que ça te plaise.

— Et la peau de banane dans la corbeille à papier. Une peau de banane, ça se met dans la poubelle de la cuisine. Je déteste l'odeur de la banane.

— Ginny m'avait effectivement dit que tu étais une maniaque du rangement.

— Elle avait raison, répondit-elle en entrant dans la salle de bains. Et j'en suis fière. La lame de ton rasoir a besoin d'être changée.

— J'y penserai au moment de m'ouvrir les veines. Le shampoing te convient ?

— Ça va, sans plus. Je ne suis pas fan des cheveux parfumés à la noix de coco.

— Très bien. Je me raserai le crâne.

— Et le papier toilette bleu, c'est franchement bas de gamme.

— Tu vas tout critiquer comme ça ?

— Il le faut bien.

— Pourquoi ?

— Tu m'as fait attendre. Je suis restée plantée devant ta porte comme une idiote. Alors, je me venge.

Perry esquissa un sourire.

— Ah, oui, Ginny m'avait dit ça aussi : tu aimes malmener les hommes que tu croises.

— Tu veux bien arrêter de parler de Ginny ? Je me sens suffisamment mal comme ça.

— D'accord. D'ailleurs, j'ai une meilleure idée. On va arrêter de parler tout court.

L'adrénaline courut dans les veines de Carla tandis qu'elle s'approchait de Perry. Jamais elle n'avait ressenti un truc pareil. Et elle ne pouvait plus attendre. Elle attendait depuis trop longtemps.

Elle prit le visage de Perry entre ses mains, fixa sa bouche d'un regard affamé et murmura :

— Excellente idée.

Ils firent l'amour avec une frénésie décuplée par la culpabilité. Carla n'avait jamais rien éprouvé de tel, et pourtant, elle avait de l'expérience dans ce domaine. Mais au-delà d'une jouissance purement physique, elle avait ressenti une communion émotionnelle. Pour la première fois, réalisait-elle. Entre elle et Perry, le lien qui venait de se tisser était si tangible, si bouleversant, si inévitable, qu'elle eut envie de pleurer.

Cette sensation-là, elle l'attendait depuis toujours sans le savoir.

Peu importait que les taies ne soient pas assorties à la housse de couette. Où étaient les oreillers, d'abord ? Elle se redressa sur un coude. Ils étaient là, par terre, au milieu de la pièce, parmi les vêtements qu'ils s'étaient mutuellement arrachés. Elle ferma les yeux.

— Qu'est-ce qu'on va faire ?

Perry embrassait son épaule en lui caressant la cuisse.

— Mmm ? Je vais te donner un indice. Il va peut-être me falloir quelques minutes avant de pouvoir recommencer, mais…

— Je parlais de Ginny.

La main s'immobilisa sur sa cuisse.

— Je ne sais pas.

— Il faut qu'on le lui dise.

— On ne peut pas.

— Si, on peut. On *doit* le lui dire. Je suis quelqu'un d'honnête, moi, je ne mens pas à mes amis.

— Tu lui as dit qu'on se voyait ce soir ?

— Non, parce que je ne lui ai pas parlé de la journée. J'ai laissé mon téléphone éteint exprès. Mais je refuse de lui mentir. Si tu veux qu'on soit ensemble, tu dois rompre avec elle.

— C'est très dur, soupira Perry. Moi aussi, je veux être avec toi, mais je…

Pourquoi hésitait-il ? Pourquoi ce « mais » ?

— Écoute, c'est simple, dit Carla. De nous deux, laquelle préfères-tu ?

— Toi.

— Tu sais pourquoi ? Parce qu'on se ressemble, tous les deux. Je te connais à peine, mais je sais qu'il faut qu'on soit ensemble… Seigneur ! Quand je m'entends dire des choses pareilles, j'ai du mal à y croire. C'est la première fois que ça m'arrive…

À sa propre surprise, Carla sentit les larmes lui monter aux yeux. À en croire l'expression de Perry, il était lui aussi en proie à un profond désarroi.

— Je ressens la même chose. Bon sang, c'est tellement difficile. Ginny risque de te détester.

— Je sais. Je me déteste moi-même, alors… C'est une double trahison, pour elle.

— Elle m'aime vraiment, tu crois ?

— Oui.

— Beaucoup ?

Carla leva les yeux au ciel.

— Beaucoup. Et elle pense que tu ressens la même chose.

— C'est le cas. Elle est belle, drôle, agréable. Je l'aime bien. Mais pas comme ça…

— Pourquoi ?

— Mais je n'en sais rien ! Pourquoi est-ce qu'on craque pour quelqu'un et pas quelqu'un d'autre ? Ginny est une fille adorable. Peut-être qu'elle est trop gentille pour un type comme moi. Elle est plus gentille que toi, en tout cas, ajouta Perry avec un petit sourire. Mais ça n'entre pas en ligne de compte. Tu es la femme qu'il me faut. C'est toi que je veux. Pas elle.

Ils tournaient en rond. Carla en convenait tout à fait, Ginny était bien plus gentille qu'elle. Elle, elle était la vendeuse hors pair concentrée sur ses objectifs, avec une tête bien faite, le physique qui allait avec, et une garde-robe chic. Sa vie était exactement comme elle l'avait voulue, sous tous ses aspects. Ginny, en revanche, était un être chaleureux, impulsif, désorganisé et tête en l'air. Sa garde-robe laissait nettement à désirer. Perry l'avait dit, elle était belle et drôle, comme peut l'être une blonde écervelée, mais elle avait aussi un côté maternel surdéveloppé et possédait un don inné pour le pardon dont Carla se savait définitivement dépourvue.

Malgré tout, Ginny risquait d'avoir du mal à pardonner cette trahison.

— Il faut qu'on le lui dise, insista Carla.

— On ne peut pas.

— Mais tu viens de dire qu'elle n'était pas ton style ! Je ne comprends même pas pourquoi tu as commencé à…

— Écoute, coupa Perry, il y a aussi Laurel à prendre en compte. Je ne suis pas très fier de moi, mais j'étais à court de solutions. J'ai fait du charme à Ginny pour la convaincre de prendre ma sœur comme locataire… et j'ai continué pour la persuader de garder Laurel. D'accord, c'est du chantage émotionnel. Mais ça a marché. Si je romps avec Ginny, elle mettra Laurel dehors, c'est aussi simple que cela.

— Et alors ? Laurel n'a pas cinq ans, que je sache.

Perry soupira.

— Elle est fragile. C'est ma sœur aînée, mais elle a toujours eu besoin qu'on s'occupe d'elle. Et depuis que Kevin est parti, c'est pire. Elle est déprimée, s'accroche à moi. Je ne devrais pas me sentir responsable d'elle, mais c'est comme ça, je n'y peux rien. Cette chambre chez Ginny, c'est l'idéal. Si Laurel doit s'en aller, je ne sais pas ce que je ferai. Elle voudra revenir ici, et Dieu sait que je n'en ai pas envie. Mais elle me suppliera et je finirai par ne pas avoir d'autre choix que de dire oui. Le fait est qu'elle n'a personne d'autre, et nulle part où aller.

À peine commencée, leur histoire promettait d'être un cauchemar. Carla ne pouvait s'empêcher de penser à tous les problèmes que sa relation avec Perry allait causer. La vie aurait été tellement plus simple s'ils ne s'étaient jamais rencontrés !

Mais voilà, cela s'était produit. Et en cet instant, elle n'avait qu'une envie, refaire l'amour avec lui. Parce qu'une seule chose était sûre, dans cette histoire : Perry Kennedy venait de faire basculer son existence et, quoi qu'il arrive, renoncer à cet homme lui était désormais impossible.

25

— Je vais avoir de gros ennuis, moi, dit Finn en servant trois verres de vin. Et ce sera votre faute.

Il était minuit, et la joyeuse bande de comptables en goguette avait enfin embarqué d'un pas hésitant dans la file de taxis qui les attendaient. Ginny, Evie et Finn s'étaient assis à une table et buvaient un verre pour fêter une soirée réussie.

— Comment ça, ma faute ? protesta Ginny.

— Parfaitement. Vous auriez dû accepter les fleurs quand je vous les ai offertes.

— Quel toupet ! Vous n'auriez jamais dû me les offrir, oui ! Si vous invitiez quelqu'un au restaurant, ça vous ferait quoi de le voir porter son assiette à un passant ?

— Ça n'a rien à voir. Catherine ne m'a pas demandé si je voulais qu'elle m'envoie des fleurs. Mais de toute façon, si ça se trouve, elle ne saura pas ce que j'en ai fait.

Le regard de Ginny croisa celui d'Evie. Il n'y avait qu'un homme pour croire une chose pareille.

— Ne rêvez pas, fit Ginny.

— Et elle sera furieuse, ajouta Evie. Vexée à mort. En fait, à partir de maintenant, si j'étais toi, je regarderais sous la voiture avant de démarrer. On n'est jamais à l'abri d'une petite bombe.

Finn but une gorgée.

— Tu m'aides beaucoup, là.

— J'aurais pu, répondit Evie, l'œil rieur. Je ne suis pas aussi difficile que certaines, moi. J'accepte les fleurs même si elles ne me sont pas destinées au départ. Si tu me les avais offertes, je les aurais prises et tu n'aurais pas pu les offrir à la sœur d'Alex.

Finn fronça les sourcils.

— Alex ? C'est qui, Alex ?

— Oh, excuse-moi. C'est le nom de la fille dans *Liaison fatale*. Celle qui est jouée par Glenn Close, tu te rappelles ? Quand Michael Douglas l'éconduit, elle devient complètement folle. Elle le suit partout, l'agresse. C'est drôle que ce nom me soit venu comme ça. Ma langue a fourché. Je voulais dire Catherine, bien sûr.

— Très drôle. Et si tu avais été dans les parages quand les fleurs sont arrivées, je te les aurais offertes. Mais tu n'étais pas là, je me trompe ? Encore en retard.

Evie ne se démonta pas.

— Ah, oui, mais j'ai une excellente excuse ! Ma fille m'a appelée juste au moment où je partais. Elle vient d'emménager dans un nouvel appartement à Salisbury, et elle pend la crémaillère demain. Donc, j'y vais !

Ginny tenta de réprimer un élan de jalousie. Quelle veinarde, cette Evie ! Elle aurait donné n'importe quoi pour que Jem l'appelle et lui dise : « Salut, maman ! On fait une fête, tu veux venir ? » Elle débarquerait en un clin d'œil ! Et avec un tas de bonnes choses à manger, en plus. Sans compter qu'ils pourraient compter sur elle pour tout nettoyer, après.

Mais il y avait assez peu de chances que cela arrive. Les super week-ends qu'elle avait pensé passer en compagnie de Jem à Bristol ne s'étaient encore jamais concrétisés, et ceux que Jem était venue passer à Portsilver avaient été rares.

— Il est comment, son appartement ? demanda Finn.

— Spacieux, d'après ce que j'ai compris. Avec deux chambres. Au premier étage d'une vieille maison rénovée. J'ai hâte de voir ça. Au fait, tu n'aurais pas un atlas routier ? Ma voisine m'a emprunté le mien et l'a perdu.

— Il y en a un quelque part, mais où, je n'en ai pas la moindre idée, répondit Finn. Pour Salisbury, il faut prendre l'A36, non ? Je peux regarder sur Internet, si tu veux.

— Je sais ! dit Ginny en bondissant.

— Comment aller à Salisbury ?

— Non, où est votre atlas. Je l'ai vu l'autre jour.

Elle alla derrière le bar. L'atlas était dans le deuxième tiroir, sous une pile d'annuaires. Assez fière d'elle, Ginny le leur tendit d'un geste théâtral, puis fit la révérence.

— Merci, merci, je vous en prie.

— Génial ! s'exclama Evie. Il faudra que tu viennes faire un tour chez moi, un jour. J'ai une sandale bleue portée disparue depuis plusieurs années.

Quelque chose glissa d'entre les pages et tomba par terre.

— Qu'est-ce que c'est ? demanda Finn comme Ginny se baissait pour le ramasser.

— Une photo ? devina Evie.

Elle avait raison. Ginny ne la regarda qu'un court instant, mais l'image s'imprima aussitôt dans son esprit. Sans un mot, elle tendit le cliché à Finn.

— Alors ? demanda Evie, curieuse. C'est quoi ? Finn, ne me dis pas que c'est une photo de toi avec une fille en petite tenue !

Ginny se mordit la lèvre et regarda ailleurs, car, d'une certaine manière, Evie avait deviné juste. Sur la photo, Finn était assis sur un muret, en jean et tee-shirt. Le soleil brillait, et le vent avait ramené une mèche de cheveux sur son front. Il tenait dans les bras un bébé brun aux yeux marron qui ne portait qu'une petite robe d'été rose et blanc. Il souriait à Finn, qui lui souriait en retour, avec tellement d'amour, de bonheur et de dévotion qu'on ne pouvait que sourire aussi en les regardant, quand on ne connaissait pas le fin mot de l'histoire.

— Qu'est-ce que c'est ? Fais voir ! insista Evie en tendant la main pour prendre la photo.

Elle la regarda, et son expression changea brusquement.

— Oh.

Il y eut un silence gêné, puis Finn reprit la photo et la posa sur la table.

— Vous devez vous demander de quoi il s'agit, dit-il à Ginny. Le bébé est la fille de mon ex-fiancée.

Ginny hésita une demi-seconde, puis réalisa qu'elle ne pouvait pas lui dire qu'elle était déjà au courant. De son côté, Evie ne disait rien non plus. Elle lui avait raconté cette histoire sur le mode de la confidence, et il était probable que Finn ne serait pas ravi d'apprendre que sa vie privée avait fait l'objet d'une conférence au sommet.

— Ah, fit-elle en tentant de rester impassible.

Ce genre de mensonge était le plus difficile qui soit, à ses yeux. Il s'agissait de trouver le juste milieu entre la surprise totale – les sourcils en accent circonflexe – et l'apathie complète, genre idiot de village.

— Donc, reprit-elle, vous étiez fiancé.

Quel brio ! Du doigté, de la délicatesse. Tout dans la finesse. Elle se faisait honte.

— Oui. Et je croyais que Mae était ma fille, aussi. Mais j'ai découvert que ce n'était pas le cas.

Ginny porta une main à sa bouche. *Sois naturelle, bon sang !*

— Ô mon Dieu ! Cela a dû être... euh... terrible.

— En effet. Tamsin est repartie avec le père de Mae. Ils vivent à Londres, maintenant. Il est très riche.

— Ah, bon ?

— Mais vous le saviez déjà, n'est-ce pas ?

Elle se sentit défaillir. Luttant pour faire celle qui ne comprenait pas, elle bredouilla :

— C... comment l'aurais-je su ?

— Laissez-moi deviner... Alors, au hasard, ajouta-t-il en se tournant vers Evie, je dirais que quelqu'un vous l'a raconté. Parce qu'il faut que vous le sachiez, vous mentez extrêmement mal.

— C'est moi qui n'ai pas tenu ma langue, avoua Evie.

— Merci bien.

— C'était juste pour m'expliquer la situation, reprit Ginny, quand j'ai mis les pieds dans le plat en disant que ça se voyait que vous n'aviez pas d'enfant. Je suis réellement désolée.

— Bon, bon, ça va, dit Finn en prenant la photo. Et qu'est-ce que je fais de ça, moi, maintenant ? Allez, poubelle.

— Non ! Vous ne pouvez pas jeter une photo pareille, dit Ginny en la lui arrachant des mains avant qu'il ne la froisse.

Une expression étrange se dessina sur le visage de Finn.

— Mais elle repose sur un mensonge.

— Quand même. Vous ne pouvez pas la jeter. D'abord, vous avez l'air humain, sur cette photo, dit-elle pour détendre l'atmosphère.

— Je vous remercie, répondit Finn sèchement.

— Mais c'est vrai. Promettez-moi de ne pas la jeter.

Il leva les yeux au ciel, mais glissa la photo dans la poche de sa chemise.

— Bon, moi, j'y vais, dit Evie.

Elle but le reste de son vin et prit l'atlas routier.

— Je te le rapporte lundi, d'accord ?

— Amuse-toi bien, demain ! dit Ginny avec envie.

— J'y compte ! J'ai tellement hâte de voir mon bébé ! Euh... excuse-moi, Finn, je ne l'ai pas fait exprès.

Je voulais dire Philippa. Je sais qu'elle est adulte, mais elle reste mon bébé.

Après son départ, Ginny finit son verre à son tour et réunit ses affaires.

— Je suis vraiment désolée, pour la photo.

— Ce n'est pas votre faute. Pour une fois, ajouta-t-il avec un sourire en coin.

— Et je suis désolée aussi pour ce qui s'est passé avec Tamsin et Mae. Vous avez dû vivre un enfer.

Finn ne répondit pas tout de suite. Puis il hocha la tête, le visage de profil, énigmatique.

— Vous avez assez bien résumé le problème. Mae était le centre de ma vie, la chose la plus importante qui me soit jamais arrivée. J'aurais donné ma vie pour elle. Puis, tout à coup, elle est partie, et j'ai appris que je n'étais même pas son père. Elle est vivante, mais je serais étonné de la revoir un jour. Vous me direz, je n'ai aucune raison d'en avoir envie... mais c'est toujours la même enfant. Simplement, ce n'est plus *mon* enfant.

Ginny avait la gorge serrée. Une histoire pareille, c'était au-delà du supportable, pour elle. Si Finn avait été quelqu'un d'autre, elle l'aurait serré dans ses bras. Ses clés de voiture à la main, elle lâcha maladroitement :

— Vous rencontrerez quelqu'un d'autre. La femme de votre vie. Et vous fonderez une famille. Votre famille.

— Je croyais en avoir fondé une. Et regardez comme ça a tourné.

Ses yeux noirs fixèrent ceux de Ginny, puis il détourna le regard et se concentra sur la poignée de la porte. D'un ton indiquant que la conversation était terminée, il ajouta :

— Je ne suis pas sûr d'avoir envie de reprendre ce risque.

Carla roula sur le côté et attrapa son portable qui sonnait. Elle regarda l'écran. Si c'était Ginny, elle ne répondrait pas.

— Fais-le taire, grommela Perry en enfouissant sa tête sous l'oreiller.

Carla ne reconnaissait pas le numéro. Songeant que c'était peut-être un nouveau client, elle décrocha.

— Carla James, j'écoute, dit-elle de son ton le plus professionnel.

— Hou ! Une voix pareille, ça me donne envie d'acheter une immense véranda ! Salut, Carla. C'est Jem.

Jem. Cela faisait des mois qu'elle n'avait pas eu de ses nouvelles en direct. Instinctivement, elle se détourna de Perry.

— En voilà une surprise ! Comment vas-tu, ma chérie ?

— Très bien. Je suis simplement morte de curiosité à propos du nouvel ami de maman, et elle ne me raconte presque rien. Je sais qu'il est sympa et qu'il lui plaît vraiment beaucoup, mais c'est tout. Elle répète que c'est le tout début, et patati et patata. Mais moi, je veux en savoir plus. Comme je sais que tu l'as rencontré vendredi soir, je me suis dit que j'allais t'appeler pour que tu me dises comment il est vraiment.

Le cœur de Carla battait à tout rompre. Elle était dans le lit de Perry. Comment avait-elle pu tomber si bas ? Que dirait Jem si elle lui avouait tout ? Comment réagirait Ginny si…

— Arrête, chuchota-t-elle par-dessus son épaule, en couvrant le combiné d'une main et en essayant de s'éloigner de Perry, dont la main courait sur ses hanches. Tu sais, dit-elle à Jem, je ne l'ai rencontré qu'une fois. Comme dit ta mère, ça ne fait pas assez longtemps pour que ce soit vraiment sérieux. Je crois qu'ils se voient de temps en temps, sans plus.

Elle était rouge de honte.

— Oh, non ! gémit Jem. Même toi, tu joues les carpes ! C'est pas juste ! Ce mec va peut-être devenir mon beau-père, quand même ! Dis-moi au moins s'il est canon !

Perry avait entendu. Il tapota sur l'épaule de Carla et opina du chef avec conviction.

— Il est pas mal, oui. Bon, d'accord, il est canon, reprit Carla lorsque les tapotements devinrent des coups de coude dans les côtes. Pour un rouquin, il est canon.

— C'est quelqu'un de bien, tu crois ?

— Difficile à dire. Plutôt, oui.

— Tu ne m'aides pas beaucoup, soupira Jem. Si tu le rencontrais à une soirée, tu flasherais ?

C'en était trop.

— Je préfère les jeunes, moi, tu sais bien.

Carla tenta de s'esquiver, mais Perry réussit à lui attraper le bras.

— Oui, c'est vrai. D'ailleurs, je voulais te dire, ce n'est pas la peine de te donner tout ce mal. Je suis une grande fille, maintenant.

— Pardon ?

— J'ai tout de suite pigé.

Carla en eut le souffle coupé.

— Pigé quoi ?

— Je ne suis pas complètement idiote, non plus.

— Ah, bon ?

— Je n'ai plus cinq ans, j'ai très bien compris ce qui se passait.

Non. Impossible. Elle ne pouvait pas avoir deviné.

— Et qu'est-ce qui se passe ?

— Tu fais semblant d'être seule, mais c'est faux, dit Jem en riant. Il y a quelqu'un avec toi.

Oh. Ouf.

— Comment as-tu deviné ?

— Tu veux dire, en dehors du fait que je t'ai entendue couvrir le combiné et souffler « Arrête ! » ?

— Effectivement, c'est un indice assez parlant, reconnut Carla.

— Et je suis sûre que je sais autre chose de lui, aussi.

Le soupir de soulagement de Carla fut coupé net.

— Euh… quoi ?

— Je parie qu'il a une bonne dizaine d'années de moins que le mystérieux Perry !

26

Ginny n'était plus jalouse d'Evie, car cette semaine, c'était son tour : Jem venait enfin la voir, pour les vacances de Pâques.

— J'ai permuté avec une copine, au pub, expliqua-t-elle à Ginny. Rupert est parti dans le midi de la France, et Lucy rentre chez elle à Birmingham, alors je me suis dit que je n'allais pas rester toute seule ici. Du coup, je vais venir te voir !

Était-ce le voyage de Rupert à l'étranger qui poussait Jem à venir à Portsilver ? Ce jeune homme méritait quelques félicitations, alors.

— Ma chérie, quelle bonne nouvelle ! J'ai hâte que tu sois là ! Tu vas enfin pouvoir rencontrer Laurel...

— Sans parler de Perry, ajouta Jem d'un ton malicieux. Je veux absolument le rencontrer, lui aussi.

Mmm... s'il trouvait un peu de temps, oui. Ces derniers jours, il semblait à Ginny que Perry n'était peut-être pas aussi entiché d'elle qu'il le proclamait. D'accord, il avait beaucoup de travail, mais elle commençait à se demander s'il n'y avait pas un problème.

Après tout, lui proposer de rencontrer Jem serait peut-être l'occasion d'en savoir un peu plus.

— D'accord, mais tu devras être discrète. Rappelle toi ce que je t'ai dit à propos de Laurel.

— Oui, oui, je me souviens. Mais je trouve quand même un peu ridicule que vous deviez vous cacher comme ça.

Ginny était du même avis, mais elle comprenait Perry. De toute façon, ces derniers temps, ils ne se cachaient pas beaucoup. Cela faisait une semaine qu'ils ne s'étaient pas vus, Perry déclarant chaque fois qu'il avait trop de travail.

— Je sais bien, ma chérie, mais c'est sa sœur, et il essaie de l'épargner. Elle est un peu déprimée.

— Alors, dis-lui que je suis très douée pour remonter le moral des gens. En principe, j'arrive vendredi soir. Ma petite maman chérie, tu sais que je t'aime très fort ?

Ginny sourit. Elle voyait très bien où Jem voulait en venir.

— Arrête ton chantage, tu devrais avoir honte. Bien sûr que je viendrai te chercher à la gare.

— Super. À vendredi, alors.

— À vendredi !

— Et si on en profitait pour aller dîner *Chez Penhaligon*, vendredi soir ? Je t'invite !

— Jem, tu n'as pas les moyens.

— Ah, bon ? Alors, c'est toi qui invites ! Réserve une table pour trois.

— Toi, moi et ton père ? C'est une bonne idée, pourquoi pas ?

— En fait, j'ai déjà appelé papa, on a prévu de se voir samedi. Je pensais plutôt à toi, moi et Perry. Comme ça, je rencontrerai tous tes nouveaux amis en même temps ! Futé, non ? s'exclama Jem, ravie.

Le simple fait de voir la porte bleue du 25B à la peinture un peu écaillée mettait Carla dans tous ses états. Cette porte l'attirait comme un aimant. Cela faisait déjà douze jours qu'elle venait ici, et l'attirance était plus forte que jamais. Elle sonnait, Perry ouvrait. Ensuite, il n'y avait plus qu'eux deux, dans le cocon du petit monde qu'ils se bâtissaient et auquel personne d'autre n'avait accès. Jamais elle n'avait vécu cela. C'était l'amour total, la sécurité totale, le bonheur total.

Tant que Ginny n'en saurait rien.

Carla détestait ce qu'elle faisait, mais ne pouvait s'empêcher de le faire. Elle leva la main, pressa le bouton de la sonnette, deux fois, puis attendit le bruit des pas de Perry dans l'escalier, le cœur battant.

Il lui sourit, la fit entrer, vite.

— Bonjour, toi.

Et déjà, cette sensation qui revenait, sensation de pur délice, de pur bien-être. Comment aurait-elle pu renoncer à quelque chose d'aussi parfait ?

Ils firent l'amour, puis Carla annonça sa surprise.

— Demain, on le fera dans un lit à baldaquin.

— Quoi ?

— J'ai retenu une chambre au château de Curnow.

À trois cents livres la nuit, elle espérait que ce serait la plus belle suite de l'établissement. Mais elle ne regrettait rien. Elle voulait faire une folie, pour fêter ce qu'elle vivait avec Perry.

— Tu vas adorer, dit-elle en écartant une boucle rousse du front moite de Perry.

— Non, parce que je ne pourrai pas venir. Il faut que tu annules.

— Pourquoi ?

— Je dois voir Ginny, demain soir.

Carla se redressa dans le lit.

— Quoi ? Mais je veux te voir, moi ! Tu n'as qu'à dire à Ginny que tu as un empêchement.

— Moi aussi, je veux te voir, je n'ai que ça en tête. Mais je ne peux pas. Elle veut me présenter sa fille.

— Jem ?

— Oui, c'est ça. J'avais Jenny en tête, mais je savais que c'était un autre nom.

Il lui raconta que Ginny l'avait appelé, la veille, pour l'inviter à se joindre à elle et à sa fille *Chez Penhaligon*. Il avait essayé de décliner l'invitation, mais Ginny l'avait pratiquement supplié. Jem avait hâte de le rencontrer, et… il n'avait pas eu le cœur de dire non.

— C'est très important pour elle, conclut-il. Je ne peux pas la laisser tomber comme ça.

Carla, que ce récit avait déjà passablement agacée, comprit aussitôt qu'au-delà du geste altruiste, il y avait tout autre chose.

— C'est à cause de Laurel, n'est-ce pas ? Parce que tu as besoin que toute cette mascarade continue.

Il écarta les mains.

— Exactement ! Je n'ai pas *envie* de voir Ginny, mais il le faut.

— Ça ne va pas du tout, ça. Laurel est en train de diriger ta vie et de nous empêcher de nous voir.

— Arrête ! On se voit, quand même.

— Ah, bon ? On se planque comme des évadés en cavale. Ce n'est pas tout à fait l'idée que j'ai du couple, moi ! Je t'aime. On ne peut pas continuer comme ça. C'est injuste pour toi et pour moi. Et en plus, tu ridiculises Ginny. C'est mon amie, et elle ne mérite pas ça !

Malgré elle, Carla avait haussé le ton.

— Je sais, mais on n'a pas le choix. Du moins pour le moment. On finira par trouver une solution, tu verras, dit Perry d'un ton qui se voulait apaisant. Mais pour l'instant, mieux vaut continuer comme ça.

— Vous êtes sûre que ce n'est pas trop lourd ? demanda Finn.

— Oui, oui, ça va.

Au moment où Ginny quittait le restaurant, après un service de midi assez fatigant, Finn était entré dans la cour au volant de sa camionnette. Il revenait d'une vente aux enchères à Bodmin Moor et lui avait montré fièrement la statue qu'il avait achetée, un marbre de l'époque victorienne. Son assistant, Tom, étant occupé avec un client, Ginny lui avait proposé de l'aider à décharger.

En réalité, la statue était plus lourde qu'elle ne l'aurait cru. Mais on était vendredi, Jem arrivait le soir même, et Ginny était tellement excitée qu'elle se sentait capable de soulever la statue et la camionnette d'une seule main si on le lui demandait.

Heureusement, ce ne fut pas le cas.

— C'est bon ? demanda Finn une nouvelle fois.

— Mais oui, arrêtez de paniquer ! Je suis plus forte que je n'en ai l'air, dit-elle en souriant, avant de refermer ses bras autour des pieds de la statue.

Ensemble, ils allèrent jusqu'à la porte, négocièrent l'entrée dans le magasin, mirent la statue en position debout… et soufflèrent.

— Bravo, dit Finn en regardant Ginny d'un œil approbateur. J'ai cru que vous alliez lâcher. Vous êtes effectivement plus forte qu'on ne le dirait.

— Donnez-moi un annuaire, et je vous le déchire en deux d'un seul geste, répondit Ginny avec modestie.

Elle laissa courir sa main sur l'épaule en marbre, lisse et douce, de la statue, et se dit que dans son jardin, pourquoi pas…

— Vous allez la vendre combien ?

— Trois mille livres.

Peut-être pas, alors. Avec un peu de chance, Bricorama proposait le même style de statue, mais en fibre de verre, beaucoup plus abordable.

— Heureusement que vous ne m'avez pas dit ça avant. Je l'aurais lâchée, c'est certain.

— Certaines femmes sont plus chères que d'autres, dit Finn avant de donner une petite tape de connaisseur sur le derrière de marbre. Et elle ne fait pas son âge, celle-là.

Ginny ne put s'empêcher de se demander ce qu'on ressentait, quand Finn vous tapotait le derrière. Elle écarta bien vite cette pensée de son esprit et se ressaisit.

— Et pas une once de cellulite. Elle s'est bien occupée de son corps. À moins que quelqu'un ne s'en soit chargé à sa place avec un bistouri. Elle ressemble un peu à Cher, vous ne trouvez pas ?

Comme elle finissait sa phrase, son téléphone sonna. Le prénom de Carla s'afficha sur l'écran.

— Tiens, en parlant de femmes sans cellulite... Bonjour, toi ! Mais où avais-tu disparu ?

— Oh... le boulot, c'est tout, répondit Carla, d'un ton retenu que Ginny ne lui connaissait pas. Écoute... je suis chez moi, là, et j'aimerais te voir. Tu fais quoi ?

— Je viens de terminer mon service, répondit Ginny, intriguée. C'est quoi, ce mystère ? Qu'est-ce qui t'arrive ?

— Tu peux passer maintenant ?

— J'ai une course à faire en ville, mais je peux être chez toi dans une heure. Jem arrive ce soir !

Il y eut un silence, puis Carla dit :

— Ah, bon ?

— Je vais la chercher à la gare à 18 h 30. J'ai tellement hâte d'y être ! Et devine quoi ? On dîne toutes les deux avec Perry !

— Super. Euh... tu peux passer, alors ?

Ginny regarda sa montre.

— Vers 16 heures, oui, promis. J'aimerais bien que tu me dises de quoi il s'agit, tout de même.

— Quand tu seras là.

Elle n'avait pas du tout l'air dans son assiette. Croisant le regard de Finn, Ginny demanda :

— Tu n'as pas fait de bêtise, j'espère ?

Il y eut un nouveau silence.

— Si.

— Dis-moi quoi !

— Je ne peux pas. Tout à l'heure.

En raccrochant, Ginny dit à Finn :

— Carla fait des mystères. Il faut que j'y aille.

— Oui, on dirait que ça vaut mieux. À ce soir !

— 20 heures, dit Ginny, rayonnante. J'ai hâte de vous présenter Jem.

— Elle va aussi faire la connaissance de Perry. Qu'arrivera-t-il si elle ne l'aime pas ?

À quoi rimait cette petite remarque ? Tout ça parce que Perry avait fait un commentaire sur les enfants et la paternité ! Finn aurait pu se contenter d'être heureux pour elle.

— Elle va l'adorer, affirma Ginny.

— Pas forcément.

— Si. Je connais ma fille. Et arrêtez d'être aussi pessimiste, c'est fatigant.

Sur quoi, elle s'éloigna en souriant, parce que rien n'aurait pu lui entamer le moral un jour comme celui-là.

27

— Bon, je suis là. Maintenant, dis-moi ce qui se passe.

Pendant le trajet qui la conduisait chez son amie, Ginny s'était tout à coup mis dans la tête que Carla était peut-être malade. Elle avait dit qu'elle avait fait une bêtise, ce qui pouvait très bien être une allusion à une négligence : elle aurait dû faire un bilan gynéco, n'avait pas pris de rendez-vous parce qu'elle avait trop de travail, et voilà, une tumeur s'était développée. Cette pensée l'obsédait. Lorsque Carla ouvrit la porte, elle la prit dans ses bras. Mais Carla ne réagit pas et, Ginny le constata ensuite, elle avait les larmes aux yeux.

— Oh, non. C'est pas vrai, murmura Ginny, horrifiée.

Elle prit la main de Carla, la serra. La gorge serrée par l'angoisse, elle demanda enfin :

— Est-ce que c'est… un cancer ?

Carla se détourna brusquement et se dirigea vers la cuisine.

— Non, ce n'est pas un cancer.

— Quel soulagement ! dit Ginny en lui emboîtant le pas. Donc, il ne s'agit pas d'une maladie ?

— Non.

Cette fois, Ginny était complètement rassurée.

— Ouf ! Je t'assure que je me suis fait du souci. J'ai imaginé le pire.

Dans la cuisine, Carla se retourna pour lui faire face.

— Ginny, je ne suis pas malade.

Encore cette étrange intonation, comme au téléphone.

— Quelqu'un est mort ?

Carla secoua la tête, les lèvres serrées.

— Il va falloir que tu m'aides, là, parce que je n'ai plus d'idée, reprit Ginny.

— Je sais.

— Comment ça, tu sais ? Tu veux dire quoi, exactement, par là ? Et pourquoi est-ce que tu parles sur ce drôle de ton ?

— Ginny, tu sais à quel point je tiens à toi. Tu es ma meilleure amie, et l'idée de te faire du mal m'est insupportable. Crois-moi, jamais je n'ai voulu en arriver là. Mais ça concerne Perry. Il a quelqu'un d'autre.

Carla avait tout dit d'un seul trait. Le silence qui suivit fut long, lourd. Elle ne pouvait pas tout lui avouer en même temps. Une bombe à la fois. Elle agrippait le rebord du plan de travail, derrière elle, jusqu'à en avoir mal aux doigts. Elle vivait un enfer, mais elle n'avait pas le choix, elle devait en passer par là. Ginny la regarda fixement, de toute évidence à court de mots, trop choquée pour réagir. Et comment aurait-il pu en être autrement ?

Au même instant, le téléphone de Carla sonna. Lorsqu'elle vit qui appelait, elle fut obligée de répondre.

— Salut, c'est moi. Je serai à la maison à minuit au plus tard, dit Perry. Tu n'as qu'à m'attendre chez moi.

— En fait, je suis rentrée chez moi, là. Ginny est avec moi.

— Ah, bon ? Je croyais que tu essayais de l'éviter.

— Plus maintenant. Je lui ai dit.

— Quoi ? Tu plaisantes ? Tu lui as dit pour nous ?

— Oui.

Enfin, presque. Elle était sur le point de le faire.

— Bon sang, mais tu es dingue ! hurla Perry. Je t'avais demandé de ne rien lui dire !

Et où cela les aurait-il emmenés ? Il fallait que tout soit dit.

— Peut-être, mais je le lui ai dit quand même, répliqua Carla sans s'emporter, avant de raccrocher.

Ginny la regardait fixement, les yeux écarquillés.

— Qui était-ce ?

— Je suis désolée.

— C'était Perry ? Mais qu'est-ce qui se passe ? Bon, tu l'as vu avec quelqu'un d'autre, mais tu t'es peut-être trompée, tu as mal compris.

— Je ne me suis pas trompée.

— Alors, il l'a reconnu ? Tu es sûre et certaine qu'il a quelqu'un d'autre ? Non mais quel enfoiré !

D'une main tremblante, Ginny prit un verre et le remplit d'eau au robinet de l'évier avant d'en boire la moitié d'un trait.

— Pourquoi est-ce que tout va toujours de travers, avec moi ? Je pensais vraiment qu'il y avait quelque chose de fort, entre nous. Et en fait, ce type n'est jamais qu'une ordure de plus qui saute sur tout ce qui bouge ! Oh, ma pauvre…

Cette fois, c'était au tour de Carla de ne plus rien y comprendre.

— Que… Quoi ? Pourquoi ?

— Du coup, tu te retrouves à jouer les messagers maudits ! J'imagine à quel point tu as dû redouter ce moment. C'est toujours horrible d'être porteur de mauvaises nouvelles. Mais je suis contente que tu me l'aies dit, tu sais. Ne t'inquiète pas, je ne mettrai pas le messager à mort !

Carla ne savait plus que dire. Les dernières minutes de leur amitié passaient inexorablement. Il y avait une bombe dans la cuisine, et d'un instant à l'autre, elle allait appuyer sur le détonateur.

— Tu l'as vue, alors ? demanda Ginny. Je suppose qu'elle est plus jeune que moi. À quoi ressemble-t-elle ?

Plus que quelques secondes. Carla avait la bouche si sèche qu'elle eut du mal à parler.

— Elle... euh... elle me ressemble.

— C'est l'opposé de moi, donc. J'aurais dû le deviner, déclara Ginny en observant son reflet dans la fenêtre de la cuisine. À sa façon, le destin me dit qu'il est temps d'aller chez le coiffeur. Et de faire quelques abdos, conclut-elle en se tapotant le ventre.

Carla ne pouvait pas supporter de l'entendre se dévaloriser ainsi.

— Arrête, dit-elle. Ça ne vient pas de toi. Tu es chaleureuse, drôle, belle...

— Mais pas assez pour Perry, parce qu'il préfère quelqu'un qui te ressemble.

Cette fois, Carla avait le doigt sur le détonateur. Pourtant, elle n'était pas obligée d'appuyer. Elle pouvait continuer à voir Perry en secret.

Non, impossible, ce serait trahir la confiance de Ginny.

Elle pouvait aussi rompre avec Perry.

Non, impossible. Absolument impossible.

Elle pouvait...

Elle pouvait...

Non. Il n'y avait pas d'autre solution.

Carla appuya sur le détonateur.

— C'est moi.

— C'est toi quoi ?

— C'est moi que Perry préfère. C'est moi qu'il voit. Je suis tellement désolée, Ginny ! Je me déteste, je ne sais pas comment tout cela est arrivé, mais c'est arrivé. Tu es ma meilleure amie, jamais je n'ai voulu te faire de mal, mais ce que je ressens avec Perry, jamais je ne l'ai ressenti avec un autre homme... Je l'ai rencontré, et tout a changé... C'était comme un tremblement de terre, ma vie a été bouleversée.

Si j'avais pu l'empêcher, je l'aurais fait, mais je n'y arrive pas... Je n'y arrive pas.

Le cœur au bord des lèvres, fébrile, elle se tut, les poings serrés. Enfin, elle se força à croiser le regard de Ginny et lâcha :

— Pardon.

Ginny avait le sentiment de regarder un film dont l'intrigue prenait un tour inattendu, le genre de fiction qui vous laisse le cœur battant, dans l'expectative. Carla, livide, avait les traits tirés par la douleur. Ginny n'aurait pas été surprise de la voir retirer son masque de caoutchouc pour laisser apparaître un robot, une étrangère en tout cas. Car une chose était sûre : la personne qui lui faisait face n'était plus celle qu'elle connaissait, aimait, et en qui elle avait confiance depuis quinze ans.

Elle fut étonnée d'entendre sa propre voix.

— Jamais tu n'as voulu me faire de mal ? Je suis ta meilleure amie ? C'est très intéressant, ça. Si c'est de cette façon que tu traites ta meilleure amie, je préfère ne pas savoir comment tu traites tes ennemis.

— Pardon. Jamais je n'ai voulu te blesser.

— Arrête de répéter ça ! Ça ne veut plus rien dire ! Si tu ne voulais pas me blesser, il ne fallait pas commencer à voir Perry dans mon dos. Il fallait lui dire : « Non, c'est impossible », comme n'importe quelle amie digne de ce nom, et lui tourner le dos. Ça s'appelle de la loyauté.

Ginny secoua la tête avec une grimace de dégoût.

— Je sais, c'est ce que je voulais faire, répondit Carla. Crois-moi, c'est la vérité. Mais je l'aime. Et il m'aime. Ce genre de chose arrive parfois.

Dehors, elles entendirent toutes les deux une voiture freiner dans un crissement de pneus, puis une portière claquer. Quelques instants plus tard, on sonna.

— Je suppose que c'est le Prince Charmant qui arrive à la rescousse, dit Ginny, le cœur battant.

Comme c'est gentil de sa part. Tu es décidément très forte. Je suppose que tu couches avec lui, aussi.

— Évidemment que je couche avec lui. C'est ce que font les couples normaux.

Le couteau se retourna dans la plaie. Carla avait raison, Ginny s'en apercevait maintenant. Toutes ces histoires de gentleman qui ne voulait pas brusquer les choses et préférait apprendre à la connaître avant d'aller plus loin n'avaient rien à voir avec le romantisme. Tout cela n'était que mensonge.

Et le menteur entrait justement dans la cuisine, plus aussi irrésistible que la veille au soir.

Heureusement, d'ailleurs.

— Je suis désolé, Ginny. Pardon. Tu es une femme merveilleuse, dit Perry. Et je n'ai jamais voulu te faire de mal…

Ah, non, ça n'allait pas recommencer !

— Vous vous répétez, les amoureux, là, dit Ginny.

— Mais c'est vrai, je t'assure. Ni Carla ni moi n'avons prévu ce qui est arrivé. Mais c'est arrivé. C'était le coup de foudre.

— Ben voyons.

Ginny envisagea brièvement de lui jeter à la figure le gros saladier en verre qui trônait sur la table. Après le coup de foudre, le coup de saladier, pourquoi pas ?

— C'est pourtant vrai. Nous nous aimons. Tu n'étais pas censée l'apprendre de cette manière, mais…

— D'après ce que je comprends, je n'étais pas censée l'apprendre du tout. Ça dure depuis combien de temps ? demanda-t-elle à Perry.

— Depuis la soirée au *Carson*. Ça nous est tombé dessus comme ça. On s'est regardés, et on a su qu'on était faits l'un pour l'autre.

— Comme c'est mignon ! Et tellement romantique. Tu l'as baisée dans les toilettes ou dans les buissons, dehors ?

— Je n'ai rien fait du tout, protesta Perry. J'étais avec toi.

— D'accord, alors vous avez attendu le lendemain. Carla mène ce genre d'affaires rondement, en général.

À l'expression de leurs visages, elle comprit qu'elle avait vu juste. Pour faire bonne mesure, elle ajouta :

— Pourtant, tu es drôlement plus vieux que ses conquêtes habituelles.

— Je suis désolé, répéta Perry. Je sais que c'est dur, pour toi, mais j'espère que nous pourrons rester amis.

Le ton qu'il utilisa, légèrement suppliant, qui sous-entendait « soyons raisonnables », confirma les doutes qu'avait eus Ginny. Perry Kennedy l'avait embobinée dès le départ, avait fabriqué une relation amoureuse uniquement dans le but de se débarrasser de sa sœur. Comme si Laurel avait été un sac de vieux vêtements et Ginny l'antenne locale de l'Armée du salut.

Et à en croire sa tête, il était terrifié à l'idée qu'elle lui rende son sac de vieilles nippes.

Ginny s'étonna elle-même de parvenir à faire le tri dans ses sentiments, comme on trie les couverts en les sortant du lave-vaisselle.

Il y avait l'humiliation, parce qu'elle avait cru qu'elle lui plaisait et que c'était faux.

Il y avait la colère, parce que Jem allait arriver et qu'aujourd'hui était censé être une merveilleuse journée.

L'humiliation, encore, parce qu'ils avaient prévu ce dîner *Chez Penhaligon* et qu'elle avait certifié à Finn que Jem allait adorer Perry.

La colère, encore, parce que Perry n'avait vu en elle qu'une bonne poire.

L'humiliation, enfin, parce que Finn n'allait pas se faire prier pour manifester son amusement lorsqu'il apprendrait ce qui s'était passé.

Voilà, elle avait trié les fourchettes et les cuillères. Quant aux couteaux, c'était ceux que Carla lui avait plantés dans le dos pendant tout ce temps. On était loin de la colère, pour décrire ce qu'elle ressentait envers son ex-meilleure amie. Fureur pure correspondait mieux.

Il en découlait une douleur immense, plus insupportable que tout le reste, parce que être trahie par sa meilleure amie était mille fois pire qu'être trahie par un homme.

De la part d'un homme, on s'y attendait toujours un peu.

— Bon, dit-elle calmement. Tu veux l'annoncer toi-même à Laurel, ou c'est moi qui m'en charge ?

— Lui annoncer quoi ? demanda Perry, nerveux.

— Tu le sais très bien. Tu m'as entourloupée pour que je te débarrasse de ta sœur. Eh bien, moi, je n'en veux plus, de ta sœur, tu peux la reprendre.

— Ginny, tu ne peux pas…

— Vous allez pouvoir vivre tous les trois, ça va être super, non ?

— Mais elle est heureuse, chez toi…

— Quel rapport ? Ce n'est pas mon problème. Crois-moi, *je* serai heureuse lorsqu'elle sera partie.

— Tu ne la mettrais pas dehors, quand même.

— Ah, bon ? Tu veux vraiment savoir si j'en suis capable ? Très bien.

Ginny se dirigea vers la sortie, ne s'arrêtant qu'un instant pour regarder Carla avec une moue dégoûtée.

— Et vous deux, je ne veux plus jamais vous voir.

28

De retour chez elle, Ginny pria pour que Laurel soit sortie, endormie dans sa chambre, ou occupée à écouter un CD de Leonard Cohen. Il lui restait deux heures avant l'arrivée de Jem, et elle avait besoin d'un peu de solitude pour se remettre d'aplomb.

Mais ce n'était décidément pas son jour de chance. À peine eut-elle refermé la porte d'entrée que Laurel sortit de la cuisine, une cuillère en bois à la main.

— Ah, te voilà ! Dis-moi, est-ce que Jem aime le chocolat ? Parce que j'ai fait un gâteau au citron, mais si elle préfère, je peux aussi en faire un au chocolat, ce n'est pas… Mais qu'est-ce qui t'arrive ?

— Rien. Rien du tout. Le citron, c'est très bien. Ou le chocolat. Jem aime les deux.

— On dirait que tu viens de croiser un fantôme. Que se passe-t-il ?

Fallait-il le lui dire ou pas ? Ginny n'eut pas à prendre cette décision. Laurel alla ouvrir la porte d'entrée pour voir si la cause de son état se trouvait dans la rue.

— Tiens, c'est la voiture de Perry, dit-elle en montrant l'autre côté de la rue. Mais où est-il ?

Ginny referma la porte et poussa doucement Laurel vers la cuisine.

— Est-ce que tu… serais en colère si je te disais que je… sortais avec Perry ?

Laurel ouvrit des yeux comme des soucoupes.

— Toi et Perry ? Vraiment ? C'est incroyable ! Mais pourquoi veux-tu que ça me mette en colère ?

Exactement la question que s'était posée Ginny.

Optant pour un Coca plutôt que pour un verre de vin, elle alla s'asseoir à la table.

— Parce que c'est ce que Perry m'avait dit. Mais de toute façon, c'est fini. On ne se voit plus.

— Ah, bon. Tant mieux.

Ginny leva les yeux.

— Pourquoi ?

— Parce que mon frère est un cauchemar ambulant. Franchement, pour toi, c'est mieux que vous ayez rompu. Attention, ne te méprends pas. C'est mon frère, je l'adore, mais ses relations amoureuses, c'est toujours un désastre. Avec les femmes, il a une capacité d'attention d'environ une demi-seconde. Il les voit, il en est fou, et c'est fini. Oh, mais quelle gourde, dit-elle en plaquant une main sur sa bouche. C'est ce qu'il vient de te faire ?

Ginny n'eut pas le cœur de lui expliquer les vraies raisons de l'attention que lui avait portée Perry.

— Non… pas vraiment. Enfin, peut-être un peu, si. En tout cas, il a déjà quelqu'un d'autre.

— Et c'est reparti pour un tour ! Mais honnêtement, pour toi, c'est une bonne chose.

Laurel se pencha vers Ginny, le front plissé, visiblement inquiète.

— Tu souffres beaucoup ?

Souffrir. Ginny chercha en elle, mais ne parvint pas à trouver de la souffrance. De la colère et de l'humiliation, oui, elle en avait à revendre. Mais de la souffrance d'avoir perdu Perry, non. Perdre sa meilleure amie était pire que perdre Perry Kennedy, cela ne faisait aucun doute.

Elle secoua la tête.

— En fait, non. On n'est sortis ensemble que deux ou trois fois. Ce n'était pas vraiment sérieux.

De toute évidence, ce n'était pas la réponse que Laurel attendait. Ou alors, elle ne la crut pas.

— Tout de même, tu dois être contrariée. Il t'a laissée tomber. Ce genre de chose, ça fait forcément mal. Mais je suis là, ajouta-t-elle d'un ton sincère, et je sais écouter. Tu peux m'en parler autant que tu veux. Peu importe que ce soit mon frère. Laisse-toi aller, dis ce que tu as sur le cœur, parce qu'il n'y a rien de pire que de se sentir malheureuse et de ne pouvoir en parler à personne...

Ginny eut alors un trait de génie.

— À vrai dire, moi, je ne fonctionne pas comme ça. Je trouve que ressasser une histoire d'amour qui a mal tourné ne fait qu'empirer les choses. Je suis plutôt du style loin des yeux loin du cœur, tu comprends ? D'ailleurs, si tu veux vraiment m'aider, tu peux. En faisant en sorte que je ne parle plus jamais de Perry.

— Mais bien sûr que je le ferai ! Ne t'inquiète pas. Je te reprendrai à la minute où tu prononceras son nom.

— Et... peut-être que ça m'aiderait si, de ton côté, tu essayais de ne plus prononcer le nom de Kevin non plus. Parce que si tu le fais, cela risque de me rappeler ma propre histoire, et pour être honnête, moins je penserai à Perry, plus vite je l'effacerai de ma mémoire.

Elle était très contente de son idée. Au moins Perry allait-il lui servir à quelque chose.

— C'est vrai. D'accord, je ferai comme tu dis. Et surtout, souviens-toi que tu t'en sors bien. Cela aurait été tellement pire si vous aviez été ensemble aussi longtemps que Kev...

Laurel fit une grimace.

— Oups ! Excuse-moi, j'ai failli retomber dans le panneau.

— Mais tu ne l'as pas fait ! Et tu t'es toi-même reprise ! C'est super ! s'exclama Ginny. Tu verras, avec un peu d'entraînement, on fera des progrès toutes les deux.

— J'en suis sûre. Loin des yeux, loin du cœur ! répéta Laurel d'un air étonné, comme si ce concept ne lui était jamais venu à l'esprit jusque-là.

Du coup, elle le répéta une nouvelle fois, en redressant les épaules avec fierté.

— Loin des yeux, loin du cœur !

— Ah, juste une chose avant qu'on se lance dans notre campagne anti-ex : si la voiture de Perry est dans la rue, c'est parce qu'il sort avec Carla, maintenant.

Les yeux vert pâle de Laurel s'écarquillèrent.

— Carla ? Ta meilleure amie ?

— Oui. Enfin, ex-meilleure amie, dit Ginny en serrant les doigts autour de sa canette de Coca. Ils viennent de m'apprendre la nouvelle.

— Je n'y crois pas ! Tu veux dire qu'elle te l'a piqué ? Quelle garce !

— Merci. C'est mon avis aussi.

— Au moins, tu sais que ça ne durera pas, dit Laurel d'un ton consolateur.

— Pas sûr. Cette fois, c'est différent. Ils s'aiment. Perry a eu…

Laurel eut un petit rire amusé.

— Le coup de foudre ? C'est pas vrai. Pas encore !

Ginny but une gorgée, savourant cette révélation. Savoir que cela ne durerait pas était réellement réconfortant.

— Pourquoi est-ce que tu ne m'as jamais dit que Perry était comme ça ? demanda-t-elle, intriguée.

— Parce que tu ne me l'as jamais demandé, répondit Laurel d'un ton surpris.

Effectivement. C'était logique.

— C'est mon frère, reprit Laurel. Et avec moi, il a toujours été super. Je ne vais pas aller dire du mal de lui, quand même. Et puis, je ne savais pas qu'il y avait quelque chose entre vous. Si tu m'en avais parlé, je t'aurais prévenue.

— Mais Perry disait…

Laurel leva les deux mains, comme un agent de la circulation.

— Stop ! On arrête tout de suite. Tu te rends compte de ce que tu fais ? Tu ramènes la conversation à Perry, tu es obsédée par ce qui s'est passé ! Moi, je dois faire en sorte que cela cesse. Alors, fais le vide dans ton esprit, arrête de penser à lui. Il n'en vaut pas la peine.

Ginny eut du mal à garder son sérieux. Jamais elle n'aurait imaginé que Laurel puisse être aussi autoritaire et s'imposer de la sorte. Obéissante, elle répondit :

— D'accord.

— Fais-moi confiance, dit Laurel d'un ton docte, avant de casser quatre œufs dans un saladier et de les battre énergiquement. C'est la seule solution.

Malgré cette désillusion, la journée n'était pas complètement fichue. Dès l'instant où Jem sauta du train, Ginny ne pensa plus ni à Perry ni à Carla. Pendant une bonne demi-minute, elles restèrent dans les bras l'une de l'autre, se serrant de toutes leurs forces. Jem, son bébé, était enfin de retour, et rien d'autre ne comptait. Le visage dans la chevelure blonde à pointes roses de sa fille, Ginny sentit son nouveau parfum, sans doute très à la mode et très cher, mais en dessous, elle retrouva l'odeur subtile et familière qu'elle aimait tant, et qui lui aurait permis de reconnaître sa fille en toutes circonstances.

Enfin, le sourire jusqu'aux oreilles, elles s'écartèrent l'une de l'autre.

— Ma chérie, je suis tellement contente de te voir ! Tu es allée chez le coiffeur, on dirait.

Jem tira gentiment sur une mèche blonde de Ginny.

— Pas toi, répondit-elle en riant.

— Et où sont tes ballots de linge sale ? Je croyais que c'était la règle, que les étudiants devaient rapporter au moins vingt kilos de linge sale quand ils rentraient chez eux.

— On a un lave-linge sèche-linge super haut de gamme.

— Ah. Alors, c'est moi qui vais t'apporter mon linge... Comment va Lucy ?

— Ça va.

— Et Rupert ?

— Ça va aussi.

— Et Davy ?

Jem haussa les épaules.

— Ça va. Il travaille pour une entreprise de nettoyage et n'a pas beaucoup de temps. Bon, on y va ? J'ai tellement hâte de rencontrer tout le monde...

Elle passa son bras sous celui de Ginny et l'entraîna vers la sortie, avant d'ajouter avec un petit coup de coude complice :

— Surtout Perry.

— Je n'arrive pas à y croire. Quel enfoiré ! Comment peut-il la préférer ? Quant à Carla, je ne lui parlerai plus jamais. C'est vraiment une peau de vache.

Franz Ferdinand passait à plein volume, et Jem était obligée de parler très fort pour couvrir la musique. Il était 20 heures, elles se rendaient au restaurant, et Jem continuait à exprimer sa colère avec une véhémence qui touchait beaucoup Ginny. Dans la mesure où Laurel leur avait interdit d'aborder le sujet à la maison, Jem se rattrapait dans la voiture et échafaudait toutes sortes de plans pour venger sa mère – aller couper les cheveux n'importe comment à Carla, ou encore lui injecter de la cellulite bien gélatineuse dans les cuisses pendant son sommeil.

— Je te parie qu'elle était avec lui la fois où je l'ai appelée, dit-elle soudain. Quelle hypocrite ! Ils devaient être au lit. C'est dégueulasse. Si je la vois, je lui mets une paire de claques. À lui aussi, tiens.

— Non, dit fermement Ginny. Si on la croise, on l'ignore.

— C'est pas drôle.

— Il va falloir qu'elle vive avec sa mauvaise conscience. Et d'après Laurel, leur histoire ne durera pas. Perry la quittera. J'ai hâte de voir ça.

— Et après ? Qu'est-ce qui se passera ? Ne me dis pas que tu redeviendras son amie !

Ginny secoua la tête. De ce côté-là, sa décision était prise.

— Non, ça ne risque pas.

— Ah bon, je préfère, dit Jem, rassurée.

Ginny se pencha pour baisser un peu le volume, et changea de sujet.

— Alors, qu'est-ce que tu penses de Laurel ?

— Je la trouve sympa. Tu m'avais dit qu'elle était déprimée, mais elle avait l'air plutôt en forme, là.

Ginny sourit. C'était vrai. En quelques heures, Laurel avait radicalement changé. C'était difficile à croire, mais ce dont elle avait besoin pour sortir de sa déprime, c'était de la déprime de quelqu'un d'autre. Elle jouait avec bonheur son nouveau rôle de consolatrice, même si Ginny n'était pas la veuve éplorée qu'elle s'imaginait.

— Et ses gâteaux sont divins, ajouta Jem. C'est un vrai plus, ça.

— Je suis d'accord.

Ginny était soulagée. Elle avait beau avoir dit à Perry qu'elle ne voulait plus de Laurel, elle savait dès le départ qu'elle n'aurait pas le cœur de la chasser.

— Bon, résumons-nous, dit Jem sur le ton de celle qui entend prendre les choses en main. Tu pensais que Carla était une amie, et c'est une garce. Tu pensais que Perry était l'homme que tu cherchais depuis des années, et c'est un enfoiré. Tu voyais en Laurel une déprimée déprimante, et elle a l'air d'aller plutôt bien. Tu es un cas désespéré, tu te trompes sur tous les gens que tu rencontres. Tu sais quoi ? Je crois que j'ai bien fait de venir. On va rectifier le tir.

29

Finn sortait de chez lui lorsque Ginny se gara dans la cour.

— C'est ton patron ? dit Jem. Tu m'avais caché qu'il était beau gosse, dis donc. Pour un vieux.

— Chut, ne parle pas si fort !

Mais en voyant Finn se diriger vers elles pour les saluer, Ginny le soupçonna d'avoir entendu.

— Tu dois être Jem, dit-il en lui serrant la main avec un sourire. On a beaucoup entendu parler de toi ici.

— Moi pareil. Vous êtes le type qui a essayé de faire arrêter ma mère.

— C'est du passé, tout ça. Je me contrôle, maintenant.

Jem leva les yeux vers le mur recouvert de lierre qui ceignait la cour. Le chat de Finn, perché tout en haut, les regardait d'un air dédaigneux, en agitant la queue. Il ferma les yeux et cracha.

— Hou la, il y a quelqu'un qui n'est pas ravi de me voir, on dirait.

— Ça, c'est Myrtle, dit Finn. Elle n'est pas facile à amadouer. On pense qu'elle attend des petits, mais personne n'arrive à l'approcher suffisamment pour pouvoir s'en assurer.

— Si elle est sauvage, c'est étonnant qu'un chat ait réussi à lui faire des petits. Ça doit être comme certaines femmes, déclara Jem. En apparence, elles n'ont pas l'air fans de sexe, mais au fond, elles ne pensent qu'à ça.

Finn jeta un regard interrogateur à Ginny, qui se sentit rougir. S'imaginait-il que Jem parlait d'elle ?

— Si elle attend des petits, elle ne devrait pas se promener en haut du mur, c'est dangereux, dit Jem en s'approchant du mur. Mimine ! Viens, le chat, viens. Allez, on va te descendre de là, tu veux bien ?

Myrtle la regarda comme si elle était folle à lier, puis fit demi-tour et s'éloigna d'un pas nonchalant, avant de sauter, tel Superman, dans les branches du mûrier tout proche.

— Bravo, je vois que le dressage n'a aucun secret pour toi, commenta Finn avec un sourire ironique.

— En général, je sais m'y prendre avec les animaux, répliqua Jem en suivant Myrtle du regard. Et de toute façon, elle n'a pas l'air d'attendre des petits, elle n'a pas de ventre.

Ils entrèrent dans le restaurant, et Finn balaya la salle du regard.

— Perry n'est pas encore arrivé, apparemment.

— C'est aussi bien, dit Jem. S'il ne veut pas finir la tête dans la centrifugeuse.

— Il ne viendra pas, finalement, s'empressa de préciser Ginny.

Nouveau regard interrogateur de Finn.

— Il a largué maman. Et devinez qui il voyait dans son dos ? Sa meilleure amie ! dit Jem.

— Qui ? Carla ? s'étonna Finn. Mais elle m'avait dit qu'elle ne…

— … l'aimait pas ? C'était un bobard, intervint Ginny. Bon, on peut changer de sujet ? Ma fille est là, et c'est tout ce qui m'importe. Nous sommes venues pour fêter ça.

— Et nous soûler un peu, ajouta Jem à l'intention de Finn, avec un large sourire. Donc, on va commencer par deux verres de blanc. Des grands.

Finn passa derrière le bar.

— Le vin blanc, c'est un peu triste, quand on fête quelque chose.

Il sortit une bouteille de champagne du réfrigérateur et la déboucha d'une main experte.

— Tenez. C'est la maison qui régale.

— Ouais ! Je sens que je vais aimer cet endroit !

— Ne va pas prendre de mauvaises habitudes. Il n'y aura pas de deuxième fois.

Le sourire de Jem s'élargit tandis qu'il remplissait leurs verres et plongeait la bouteille dans un seau plein de glace.

— Vous êtes plus sympa que je ne m'y attendais.

Un sourire retroussa le coin des lèvres de Finn.

— Tu veux dire plus sympa *et* plus beau gosse ?

— Oui. Vous êtes célibataire ?

— Jem ! s'exclama Ginny, outrée.

— Pourquoi ? demanda Finn.

— Pour rien, répondit Jem d'un air innocent. Juste pour savoir.

Au bout d'une heure, Ginny sentit qu'elle se détendait vraiment. Elle avait présenté Jem à Evie, qui avait demandé où était Perry, et il avait fallu tout lui raconter. Indignée, Evie avait transmis l'information à Martha, qui s'était indignée à son tour, mais après cela, tout s'était bien passé, en partie grâce à la bouteille de Moët – le champagne est tellement meilleur quand on ne le paie pas… La carte proposait des asperges et des artichauts, les légumes préférés de Jem, qui se régala.

— Si je m'écoutais, je lécherais mon assiette !

— Si tu pouvais éviter, je préférerais. Finn te mettrait dehors.

— Donc, il tient le magasin d'antiquités pendant la journée et travaille au restaurant le soir. C'est beaucoup, non ?

— Les deux affaires sont à lui, alors il a tout intérêt à ce qu'elles tournent comme il faut. Et les clients aiment bien le voir dans les parages.

Jem regarda Finn qui discutait avec une tablée de huit personnes.

— Mais quand est-ce qu'il se repose ?

— Quand il en a besoin.

Ginny avait une petite idée de ce à quoi sa fille voulait en venir et changea de sujet.

— Mais toi, dis-moi comment va ta vie à Bristol. Ça fait un moment que tu ne m'as pas parlé de petit ami. Tu as quelqu'un en vue ?

— Peut-être que si je n'en ai pas parlé, c'est parce que moi aussi je travaille trop dur pour avoir du temps pour ça.

Mais les yeux de Jem brillaient trop, le ton de sa voix était trop enjoué. Le champagne faisant son effet, elle était de toute évidence encline à la confidence.

— Je ne te crois pas, dit Ginny en agitant sa dernière asperge sous le nez de sa fille.

— Ben… peut-être qu'il y a quelqu'un…

— Qui s'appelle ?

— Tu me donneras l'asperge ?

— Ça dépend. Peut-être. Qui s'appelle ?

Ginny aurait tellement aimé qu'elle dise : « Davy » !

— Rupert, dit Jem en rougissant.

Et voilà. Flûte. Mais après tout, elle s'y attendait.

— Rupert ? Ah, ça, pour une surprise… Vous deux ensemble… dit Ginny en secouant la tête.

— Il est génial, dit Jem en attrapant l'asperge pour la manger avant que sa mère ne change d'avis. Bon, tu l'as rencontré, tu sais déjà qu'il est super canon. On sort ensemble depuis quelques semaines. Le seul problème, c'est qu'on ne l'a pas encore dit à Lucy. Pour qu'il n'y ait pas de malaise, tu comprends. On partage l'appart tous les trois, et on s'entend vraiment bien. Si elle savait, elle se sentirait peut-être un peu exclue. Donc, pour l'instant, c'est notre petit secret.

Un sentiment de déjà-vu traversa l'esprit de Ginny en carillonnant comme une énorme cloche. Pouvait-il s'agir d'une tare congénitale ? Jem et elle étaient-elles destinées à ne rencontrer que des hommes qui préféraient garder leur relation secrète ?

— C'est… ton idée ou celle de Rupert ? demanda-t-elle avec hésitation.

Jem ne répondit pas tout de suite.

— En fait, c'est notre idée à tous les deux. Enfin, c'est Rupert qui y a pensé en premier, mais ça tombe sous le sens. Je n'aimerais pas que Lucy tienne la chandelle. Et à sa place, je détesterais la tenir.

Ginny ne pouvait guère la contredire sur ce point. Mais imaginer cette situation la mettait mal à l'aise. Car on pouvait aisément supposer que la relation que Jem et Rupert entretenaient se résumait à coucher ensemble quand Lucy n'était pas là. C'était d'un romantique…

— Mais tu es heureuse ?

Jem sourit et but une gorgée de champagne.

— Très. Je pensais que tu le serais aussi, d'ailleurs.

— Ma chérie… je le suis, bien sûr. Si tu es bien avec lui, c'est fantastique. C'est juste cette histoire de secret qui me chiffonne, parce que c'est ce que Perry m'avait dit. Et je ne voudrais surtout pas que tu souffres.

— Mais c'est complètement différent ! Laurel est la sœur de Perry. Et franchement, maman, son excuse était bidon dès le départ. Tu t'es montrée un peu trop naïve, sur ce coup-là. Rupert n'est pas comme Perry. Il fait ça uniquement pour que Lucy ne se sente pas exclue. C'est quelqu'un de bien. Et puis, il est super marrant. Il y a des tas de filles à la fac qui craquent pour lui, conclut Jem, non sans fierté. Il pouvait avoir n'importe laquelle. Mais c'est moi qu'il a choisie.

Ginny posa sa main sur celle de Jem et la serra.

— Ça, c'est parce qu'il a bon goût. Et beaucoup de chance, aussi. J'ai hâte de le rencontrer de nouveau, comme il faut. Vous pourriez venir passer un week-end à la maison, un de ces jours. Tout le monde apprécie un petit voyage au bord de la mer.

Jem leva les yeux au ciel, amusée.

— Maman, Rupert n'a pas huit ans. Qu'est-ce qu'on ferait ? Un pique-nique sur la plage ? Des châteaux de sable ?

Qu'y avait-il de si terrible à pique-niquer sur la plage ?

— Eh bien… non, pas forcément, mais…

— En ce moment, il est dans le sud de la France, où son père possède une villa. J'ai vu des photos, c'est un endroit incroyable ! Et Joan Collins est leur voisine !

Quelle veinarde, cette Joan.

— Rupert est là-bas avec un ancien copain d'internat dont le père est milliardaire. Tu te rends compte ?

Quel était le problème ? Jem pensait-elle que sa maison n'était pas assez chic pour Rupert ? Tout ça parce qu'elle n'avait ni piscine ni employés de maison et encore moins de vue sur le port de Saint-Tropez ?

— Je vois. Donc, il ne me reste plus qu'une chose à faire, dit Ginny, désabusée. Épouser le père de l'ami de Rupert.

Jem rigola.

— Arrête, tu es bien trop vieille pour lui. Il s'est remarié pour la cinquième fois l'an dernier, et sa nouvelle femme a vingt-deux ans.

Le plat suivant arriva, et Ginny commanda une bouteille de vin. Elles discutèrent de choses et d'autres, chaussures, vêtements, habitués du pub où travaillait Jem et riches Américains fréquentant *Chez Penhaligon*.

Un peu après 21 h 30, une famille de six personnes entra. Une des filles aperçut immédiatement Jem et se rua vers leur table.

— Jem Holland ! Tu es de retour ?

Jem se leva pour embrasser Kaz Finnegan, son ancienne copine de lycée.

— Toi aussi, on dirait !

— Bonsoir, Ginny ! On m'a dit que vous travailliez ici ?

— En effet. Mais Jem vient d'arriver, alors ce soir, c'est moi qui me fais servir.

— Travailler pour le beau Finn. Quel bol… Écoute, Jem, je fête mon anniversaire, mardi prochain. Tu seras encore là ?

— Oui, je reste une semaine.

— Super, donc tu pourras venir. J'ai invité un tas de gens, et il y aura un orchestre, et un feu d'artifice !

Jem hésita.

— Maman ? Qu'est-ce que tu en penses ?

— En plus, Niall sera là, continua Kaz. Il sera carrément content de te voir.

Ginny sourit, parce que Jem et le frère aîné de Kaz étaient sortis ensemble quelque temps, jusqu'à ce que Niall parte faire ses études d'histoire à Manchester. Elle savait que Jem avait toujours un petit faible pour lui.

Ginny avait elle aussi un petit faible pour lui, essentiellement parce qu'il n'avait rien de commun avec Rupert.

— Vas-y, dit-elle à Jem. Ce sera bien, et de toute façon, je travaille, mardi soir.

— Avec Finn Penhaligon, soupira Kaz. Ma mère est raide dingue de lui. C'en est gênant, quand on vient ici. C'est sympa de travailler pour lui ?

Au même instant, Finn passa près de leur table.

— Un cauchemar, dit Ginny. Il joue les gardes-chiourmes sans arrêt.

Sans s'arrêter, il lâcha d'un ton égal :

— Certaines chiourmes ont besoin d'être gardées.

Lorsque la carte des desserts arriva, Jem répartissait le reste du vin dans les verres. Quand elle eut reposé la bouteille, elle se carra sur son siège et regarda sa mère, la tête penchée sur le côté.

— Quoi ? protesta Ginny. Pourquoi me regardes-tu comme ça ? Si tu essaies de m'hypnotiser pour me faire dire que je ne veux pas de dessert, c'est raté.

— Jamais je ne ferais une chose pareille. Je pourrais à la rigueur essayer de t'hypnotiser pour que tu me donnes ton dessert, mais ce n'est pas ce à quoi je pensais.

— Ah, bon.

Pour la faire mariner, Ginny se replongea dans la lecture de la carte.

— J'hésite entre la crème brûlée et la tarte aux deux chocolats… Oh, il y a aussi le *cheesecake* mangue-citron vert…

— Tu es censée me demander à quoi je pensais.

— Vas-y, je t'écoute.

Ginny se sentait réellement bien, maintenant. La journée avait été pour le moins difficile, mais elle passait une soirée formidable avec sa fille, et c'était ce qui comptait le plus.

— Alors… comment dire… il est beau mec, et… la mère de Kaz craque pour lui, commença Jem en désignant du regard celui dont elle voulait parler, pour le cas où Ginny aurait cru qu'il s'agissait du gros type assis à la douze. Donc, ce que je me demande, c'est si tu y as réfléchi.

Ginny revint un peu sur ses considérations précédentes. Elle passait une soirée merveilleuse avec sa fille, qui commençait à l'agacer sérieusement.

— Non, non, dit-elle, chassant précipitamment les images du lit à baldaquin et des voilages soulevés par la brise tandis qu'un homme à demi nu… Non, jamais. Surtout pas. Non.

— Ça fait beaucoup de non, dis donc.

Jem avait raison. Cela en faisait même trop. Et en plus, elle insistait bien en secouant la tête.

— C'est juste que je ne le vois pas autrement que comme mon patron.

— Ça, c'est une excuse à deux balles ! Il y a plein de gens qui craquent pour leur patron.

— Eh bien, pas moi.

Ginny avait très chaud, tout à coup. Elle but une gorgée de vin.

— Pourquoi ?

Pourquoi ? Ginny avait des centaines de raisons en tête. Pour commencer, ce qu'elle venait de vivre avait nettement ébranlé son assurance. Elle s'était ridiculisée en gobant toutes les histoires de Perry et n'avait pas couché avec lui parce qu'il avait tout fait pour ne pas la mettre dans son lit, au point d'avoir recours à la plus pathétique des excuses.

Avec un traitement pareil, n'importe quel ego risquait la chute libre.

Par ailleurs, si Perry ne la trouvait pas séduisante, comment aurait-elle pu plaire à quelqu'un comme Finn ? Après tout, il pouvait avoir n'importe qui. Même la mère de Kaz.

Le regard scrutateur, Jem attendait toujours sa réponse.

— Écoute, improvisa Ginny, on s'entend bien, et c'est déjà un petit miracle, vu la façon dont les choses ont démarré entre nous. Mais cela fait à peine quelques heures que je sais à quoi jouaient ma meilleure amie et mon petit ami dans mon dos, alors je ne pense vraiment pas être d'attaque pour me relancer sur le circuit. Franchement, je préférerais éviter ce genre de préoccupation pour quelque temps.

Jem sembla déçue.

— Mais Finn a l'air très sympa. Et je voudrais que tu sois heureuse.

— Ma chérie, comment pourrais-je ne pas l'être ? Tu es là, avec moi !

— Mais ça ne durera qu'une semaine. Que va-t-il se passer quand je repartirai ? Tu te retrouveras toute seule.

Il y eut un silence, puis Jem s'écria :

— Je sais ! Je vais aller parler à Finn pour essayer de lui tirer les vers du nez et voir si tu lui plais !

Ginny, qui avait pris la main de sa fille, la serra fort, puis un peu plus fort, et un peu plus encore, jusqu'à ce que Jem grimace.

— Ma chérie, c'est très gentil de ta part, mais tu ne peux pas faire ça.

— Mais si ! Je te promets d'être subtile. Il n'y verra que du feu, et… Aïe ! Maman, tu me fais mal !

— Parce que si tu fais une chose pareille, reprit Ginny avec un sourire angélique, je te casse les deux jambes.

30

— Le fait est que quand je vous regarde, j'ai envie de bâiller.

— Papa ! s'exclama Jem. C'est méchant, ce que tu dis ! Je suis étonnée que tu ne prennes pas plus de claques, avec un comportement pareil !

— De toute façon, je suis non-violente, déclara Laurel d'un ton placide. Mais je reconnais qu'il y a des baffes qui se perdent.

— Je suis désolée, vraiment, s'excusa Jem. Mon père est toujours comme ça. Il me fait honte, tu ne peux pas savoir.

C'était le samedi après-midi, et Gavin venait d'arriver, égal à lui-même, timide et en retrait.

— Vous ne m'avez pas laissé terminer, dit-il en prenant la dernière tranche de gâteau au citron. Je parlais de sa façon de s'habiller et de l'impression qu'elle donne lorsqu'on la rencontre. Tout est mou, flasque, chez elle. Bon, d'accord, peut-être pas les nichons, mais tout le reste. La jupe est molle, le haut est mou, les cheveux sont mous. Moi, j'émets une critique constructive. Je ne vois pas où est le mal. La première impression compte beaucoup. Il faut que les gens te regardent et disent : « Waouh ! »

— C'est ce qu'ils disent quand ils vous voient ?

Gavin, qui portait une chemise à rayures multicolores, un pantalon noir et un gilet rouge, répondit fièrement :

— En tout cas, personne ne me regarde et ne me trouve rasoir.

— Mais moi, personne ne me regarde et ne me trouve grosse.

Il y eut un silence stupéfait, puis Gavin éclata de rire.

— Très drôle !

Laurel eut l'air amusée.

— Non, ça ne l'est pas. La surcharge pondérale est un vrai problème de santé publique.

— Vous avez dit quelque chose de drôle. J'adore !

— Vous devriez perdre des kilos, insista Laurel. Regardez votre ventre.

— Alors, arrêtez de me proposer du gâteau.

— Je ne vous ai rien proposé, vous vous êtes servi.

Sans cesser de sourire, Gavin regarda Laurel d'un nouvel œil, plus respectueux.

— Vous savez quoi ? Vous faites des progrès. Achetez-vous une tenue un peu fun, et on ne vous reconnaîtra plus.

— Je ne veux pas de tenue un peu fun. Mes vêtements me plaisent tels qu'ils sont.

Ginny, qui venait de les rejoindre dans le salon, jeta un regard suspicieux à Gavin.

— Tu n'es pas encore en train de malmener Laurel, j'espère ?

— Au contraire. Je la félicite pour son humour. Elle fait des progrès. En plus, je suis là depuis dix minutes, et elle n'a pas prononcé une seule fois le nom de Kevin, ce qui est un expl…

— Chut, coupa Laurel d'un ton sévère. Nous avons un nouveau règlement. Nous ne prononçons plus ce prénom ici.

— Excellent ! Comment se fait-il que personne n'y ait pensé plus tôt ? Vous êtes sur la bonne voie, maintenant. Tiens, à propos, qu'est-ce que vous faites mercredi soir ?

Laurel ouvrit des yeux comme des soucoupes.

— Je vous en prie, ne m'invitez pas à dîner.

— Ma belle, j'ai dit que vous étiez sur la bonne voie, pas que vous aviez décroché le gros lot. J'allais juste vous proposer de donner une nouvelle chance à mon club de célibataires. Je ferai en sorte que Hamish soit là, cette fois. Et puis, on ne sait jamais. Le fait que vous soyez un peu plus… enjouée pourrait changer le cours des chos…

— C'est absolument hors de question, dit Laurel.

— Mais je suis certain qu'avec Hamish, ça collerait. Et puis, c'est une soirée « Testez vos connaissances ». S'il y a des questions sur la mode serpillière, vous êtes sûre de faire un score d'enfer.

— C'est encore une plaisanterie ?

Il sourit.

— Ouais ! Bravo, vous les reconnaissez, maintenant.

— Merci, répondit Laurel, mais pour votre soirée, c'est toujours non. Et pour les kilos à perdre, c'est toujours oui.

— Quelle cruauté ! dit Gavin en se frappant la poitrine. Un couteau en plein cœur.

— Dans le ventre, ce serait mieux. La baudruche se dégonflerait un peu.

Pour la première fois, l'esquisse d'un sourire se lisait au coin des lèvres de Laurel.

Gavin tapota sa bedaine.

— Je ne sais pas comment elle est arrivée, celle-là. Elle a dû profiter de ce que je regardais ailleurs pour s'installer. Autrefois, j'avais la taille fine, pas vrai, Gin ?

— Oh, oui, répondit Ginny. Malheureusement, en général, elle appartenait à une écervelée en minijupe.

— La voilà ! s'exclama alors Jem, qui regardait par la fenêtre pendant que les adultes se chamaillaient. La garce est de retour ! Vous avez vu ? Elle rentre chez elle comme une voleuse. J'ai bien envie d'aller lui dire ce que je pense d'elle, tiens.

— Il n'en est pas question, intervint Ginny. On n'est pas dans un reality-show. On va l'ignorer, point barre.

— Mais ça veut dire qu'elle reste impunie, protesta Jem d'un ton indigné. Ce n'est pas juste !

— Attendez, intervint Gavin, interloqué. C'est de Carla que vous parlez ? Impunie de quoi ?

Tout le monde était à la fenêtre, à présent, et regardait Carla. Elle entra précipitamment chez elle et claqua la lourde porte noire.

— Impunie de quoi ? insista Gavin.

— Je n'ai pas encore eu le temps de te raconter, dit Ginny.

La gorge serrée, elle lui narra les dernières péripéties de sa vie sentimentale et termina par la question qui la taraudait depuis un moment.

— Est-ce que cela t'est arrivé ?

Gavin eut l'air dégoûté.

— Tu veux dire, est-ce que Carla m'a fait du rentre-dedans ?

— Ou l'inverse.

— Merde, Gin, je ne peux pas croire que tu penses un truc pareil !

— Moi non plus, mais jusqu'à hier, je pensais pouvoir faire confiance à ma meilleure amie. Et regarde où cela m'a menée.

— Non, il ne s'est jamais rien passé de tel, tu peux me croire. Carla n'a jamais rien tenté avec moi, et il faudrait me payer pour coucher avec elle. Plutôt coucher avec Laurel, ajouta-t-il, le plus sérieusement du monde.

L'intéressée haussa les sourcils.

— Arrêtez de rêver.

De toute évidence, Carla repassait chez elle en coup de vent pour prendre quelques affaires, car, dix minutes plus tard, elle réapparut avec une petite valise et gagna sa voiture d'un pas rapide, sans le moindre regard en direction de la maison de Ginny.

— Je vais aller lui dire ma façon de penser, moi, dit Gavin.

— Non, tu restes là, ordonna Ginny.

Cette manifestation de loyauté la touchait, mais elle se planta tout de même devant la porte du salon pour l'empêcher de sortir.

Ce fut inutile, dans la mesure où Gavin se rua vers la fenêtre, l'ouvrit en grand et lança d'une voix de stentor :

— Hé, Carla ! Il t'a dit qu'il avait de l'herpès, au moins ?

Carla ne lui accorda pas un regard, mais un jeune facteur qui passait au même moment sur son vélo la regarda, inquiet, et faillit tomber dans le décor.

— Le pauvre ! soupira Gavin. On dirait qu'il est passé à la casserole, lui aussi.

Pour une fois, le service s'était terminé relativement tôt. À 22 h 30, le restaurant était vide, et Ginny finissait de préparer la salle pour le lendemain en compagnie de Finn.

— Vous n'allez pas rentrer tard, remarqua Finn. C'est bien.

— Jem est à une fête, ce soir. C'est l'anniversaire de Kaz Finnegan. Je vais pouvoir regarder cette émission culinaire que j'ai enregistrée. Vous savez, c'est ce reportage qui est passé sur la deux, à propos du chef français qui a racheté un château en ruine dans le pays de Galles et l'a transformé en restaurant.

— Flûte ! Je l'ai raté. Pourtant, tout le monde m'en avait parlé.

— Ce n'est pas grave. Je vous prêterai le DVD.

Finn secoua la tête.

— Ce n'est pas la peine, ne vous bilez pas.

— Mais ça doit être très intéressant. Je suis sûre que ça vous plairait !

— Non, vraiment, laissez tomber.

Finn, qui était en train de faire la caisse, se concentra sur une liasse de billets de vingt livres. Quelque chose dans la façon dont il avait décliné son offre attisa la curiosité de Ginny.

— Vous n'avez pas de lecteur DVD ?

— Mais si, bien sûr que j'en ai un, répondit Finn, peut-être un tout petit peu trop rapidement.

— Alors, pourquoi refusez-vous que je vous prête mon DVD ?

Il s'arrêta de compter et la regarda.

— Parce que le lecteur est encore dans sa boîte.

Étonnée, Ginny fronça les sourcils.

— Ah. Je sais que c'est un peu radical, comme mesure, mais… vous avez envisagé de l'en sortir et de le brancher à la télé ?

Il y eut un long silence, puis Finn déposa les armes, soupirant lentement.

Oui. J'ai essayé, et je ne suis pas arrivé à le faire marcher.

Ginny eut du mal à garder son sérieux.

— Vous… avez suivi les instructions du manuel d'installation ?

— Oui, mais ça n'a fait qu'aggraver les choses. Toutes leurs histoires de prise Péritel, sortie HF et compagnie, c'est du chinois, on n'y comprend rien. Et si vous osez rigoler… dit il en lui lançant un regard sévère.

Au prix d'un effort héroïque, Ginny parvint à s'en empêcher.

— Je ne ris pas. Bon, je souris peut-être un peu, mais…

— Ce n'est pas drôle, reprit Finn. C'est très gênant. Je suis un homme, après tout.

— Ce n'est tout de même pas aussi gênant que d'être impuissant, répondit Ginny sans réfléchir, avant d'ajouter prestement : Je ne sous-entends pas que vous l'êtes, bien sûr.

— Je ne le suis pas.

— Mais reconnaissez tout de même que c'est assez drôle.

— Nous ne parlons plus d'impuissance, là, n'est-ce pas ? fit Finn.

Ginny secoua la tête.

— Ah, non, parce que l'impuissance, ce n'est jamais drôle.

Seigneur, était-elle réellement en train d'avoir cette conversation avec son patron ?

— Je ne sais pas installer les lecteurs DVD, avoua Finn. Les magnétoscopes et les télévisions non plus, d'ailleurs. C'est une phobie reconnue par la faculté. Celle des fils électriques, des câbles de branchement et des manuels abscons qui s'entendent entre eux pour vous pourrir la vie.

Ginny buvait du petit lait et avait de plus en plus de mal à se retenir d'éclater de rire.

— Et… euh… vous faites comment, alors ?

Il baissa les yeux.

— J'appelle un homme de l'art.

Mue par un réel sentiment de pouvoir, Ginny demanda :

— Une femme, ça vous irait ?

Cette fois, elle nota une étincelle amusée dans le regard de Finn.

— Pour faire quoi ?

— Ça vous dit que je vous installe votre lecteur DVD ?

Il haussa les épaules.

— Si vous voulez.

— Désolée, mais ça ne va pas suffire. Vous manquez trop d'enthousiasme.

Finn referma le tiroir-caisse avec un grand sourire.

— Bon, vous avez gagné. Oui, s'il vous plaît. J'aimerais beaucoup.

31

Ils traversèrent la cour sans être attaqués par Myrtle, pour une fois. Chez lui, Finn sortit le lecteur DVD, remballé n'importe comment dans son carton d'origine, comme si quelqu'un – *hum hum* – avait essayé de l'installer et avait fini par piquer une crise. L'expression de Finn lorsqu'il le lui tendit fit de nouveau sourire Ginny.

Il lui fallut moins d'un quart d'heure pour démêler tous les fils, faire les branchements et régler la télé.

— Je ne sais pas comment vous faites, commenta Finn en la regardant enregistrer toutes les instructions via la télécommande, à genoux devant la télé.

— C'est facile. Tenez, regardez comment il faut procéder pour programmer un enregistrement.

— Non, non, ce n'est même pas la peine d'essayer. J'appuierai sur Enregistrer au moment où ça commencera, mes compétences techniques ne vont pas plus loin. Mais merci, ajouta-t-il en lui tendant la main pour l'aider à se relever. Vous… êtes pressée, ou est-ce que je peux vous demander un autre service ?

Elle sentit le parfum de son eau de toilette et fut parcourue d'un léger frisson au contact de sa main chaude.

— Vous voulez que je répare votre bouilloire ?

— Ma bouilloire va très bien, je vous en ferai la démonstration. Non, ce que je voudrais, c'est que vous me disiez ce que vous pensez de cette pièce. Franchement.

Ginny regarda autour d'elle.

— Je me demandais justement quand vous vous décideriez à me poser la question.

Elle savait que c'était Tamsin qui avait fait venir un décorateur très en vogue de Londres pour qu'il transforme l'appartement en l'absence de Finn, parti plusieurs jours pour reconstituer le stock du magasin. À son retour, il avait été mis devant le fait accompli, à savoir papier peint aubergine à rayures dorées, plafond pistache et moquette aubergine-pistache façon pop art. Les luminaires étaient modernes, voire futuristes ; les canapés, en tweed vert pâle pailleté d'argent, étaient tout en raideur et ne donnaient absolument pas envie de s'y asseoir. Austin Powers aurait adoré.

— Et je préfère ne pas vous dire combien ça a coûté, soupira Finn.

— Vous lui avez dit que vous détestiez cette déco ?

— Impossible. C'était mon cadeau d'anniversaire. Et Tamsin était tellement contente ! Je ne voulais pas la vexer.

Il devait l'aimer beaucoup, Tamsin. Chaque fois que Gavin lui avait offert une horreur pour son anniversaire, Ginny lui avait demandé le ticket de caisse. Mais c'était l'avantage, avec les dessous coordonnés de chez Marks & Spencer. On pouvait changer. Rapporter toute une pièce au magasin, c'était une autre paire de manches.

— Et qu'allez-vous faire ?

— Tout changer. C'est prévu de longue date, seulement ma priorité jusque-là, c'était le restaurant, alors j'ai fait de mon mieux pour ne plus voir ces couleurs. Mais l'autre jour, j'ai pris un nuancier au rayon peinture de Bricorama, et cette fois, pas question d'avoir recours à un décorateur de mes deux.

Il fit du café avec sa bouilloire qui fonctionnait. Ginny s'assit sur le canapé – pas confortable du tout, comme prévu – et examina le nuancier posé sur la table basse en aluminium brossé. Pendant l'heure qui suivit, ils discutèrent couleurs des murs, voilages, meubles et luminaires. Fini le postmoderne douloureusement branché, et bienvenue au traditionnel discret et sans fioritures.

Ginny fit une esquisse de la pièce, avec des rideaux crème gonflés par la brise.

— Pas bleus, les rideaux ? demanda Finn.

— Non, ce serait trop sombre. Crème, c'est vraiment le mieux.

Il n'était pas question qu'elle transige là-dessus. Il ne s'agissait peut-être pas de la chambre, mais elle tenait absolument à ce que les rideaux soient blanc crème. Et gonflés par le vent, si, si. Dût-elle casser les vitres elle-même, ils seraient gonflés par le vent.

— Comment vous vous sentez, depuis l'incident Perry ?

Quelle bonne idée de m'en parler, j'avais presque oublié.

— Comme une idiote.

— Vous ne devriez pas. C'est lui, l'idiot.

Très consciente de la proximité de Finn – leurs épaules se touchaient presque –, Ginny répondit :

— Mon problème, c'est que je manque d'entraînement, dans ce domaine. J'aurais dû voir tout de suite à quoi il jouait. Peut-être que si j'étais sortie avec plus d'hommes, j'aurais été moins naïve.

— Arrêtez de vous en vouloir. Mieux vaut être seul que mal accompagné, non ? C'est valable pour Carla aussi, mais maintenant, c'est elle, la poire. Et pourtant, elle en a, de l'entraînement.

— Je devrais m'inquiéter pour elle, vous croyez ? demanda Ginny avec un demi-sourire. Parce que franchement, je vois mal comment je vais y arriver.

— Je n'irais pas jusque-là. Ce qu'il faut, c'est que vous ne pensiez plus à tout ça, que vous passiez à autre chose.

— C'est ce que vous avez fait quand Tamsin est partie ? osa demander Ginny.

Finn haussa les épaules, effleurant la sienne.

— C'est la seule chose à faire.

— Mais c'est plus facile pour certains que pour d'autres. Pour vous, par exemple. Prenez cette Catherine, la fille qui vous a envoyé des fleurs. Pourquoi l'a-t-elle fait ?

Il retint un sourire.

— Parce que je l'ai raccompagnée chez elle ?

Ben voyons.

— Vous avez couché avec elle ? demanda Ginny tout de go.

Il y eut un silence, puis Finn hocha la tête.

— D'accord. Oui.

— Vous voyez ! dit Ginny en secouant vigoureusement la tête. J'aimerais pouvoir faire ça, moi aussi.

Cette fois, Finn souriait vraiment.

— Vous aimeriez pouvoir coucher avec Catherine ? Ou avec moi ?

Mmm… rien que d'y penser…

Ginny se sentit rougir.

— Ni l'un ni l'autre ! Je voulais dire que j'aimerais être le genre de femme qui… qui va jusqu'au bout chaque fois qu'elle rencontre quelqu'un qui lui plaît. Mais je ne peux pas. Je n'ai pas ça en moi. Ce n'est pas mon genre, et ça ne l'a jamais été.

— Jamais ?

— Jamais. Et c'est très ennuyeux. Les hommes font ça tout le temps. Et pas mal de femmes le font aussi, je le sais. Mais moi, je n'y arrive pas. Si je vous disais le nombre d'hommes avec qui… enfin, bon, vous voyez ce que je veux dire, vous en tomberiez du canapé tellement c'est ridicule. Vraiment, je suis un cas désespéré.

— Donc, si je vous suis bien, vous aimeriez être comme Carla ?

— Oh, non, surtout pas ! C'est juste que de temps en temps, j'aimerais pouvoir me dire : « Oh, et puis après tout, pourquoi pas ? »

— Vous voulez dire, rencontrer quelqu'un qui vous plaise et vous lâcher, même si vous ne le connaissez pas vraiment ?

— Oui, c'est ça.

Ginny avait les joues en feu. Avoir cette conversation avec Finn Penhaligon, c'était quasiment surréaliste. Mais elle contrôlait à peine les mots qui sortaient de sa bouche, comme si le flot avait été trop longtemps retenu et venait de faire sauter le barrage.

— Et... le « de temps en temps », ça pourrait être un soir comme aujourd'hui ?

Son cœur s'arrêta de battre. Inconsciemment ou pas, c'était exactement ce qu'elle avait souhaité entendre. C'était peut-être ridicule, mais après avoir été humiliée par Perry, elle trouvait très flatteur que Finn Penhaligon soit prêt à coucher avec elle.

Sauf que maintenant, il semblait attendre une réponse et la regardait d'un œil interrogateur.

Devinant son hésitation, il se pencha vers elle.

— Alors, qu'est-ce que vous en pensez ? murmura-t-il à son oreille.

Ginny sentit monter l'adrénaline d'un cran. Cet homme était-il un séducteur-né ou aimait-il juste mettre les femmes mal à l'aise ?

— Eh bien... euh... j'en pense que... c'est une possibilité. Peut-être.

— Vraiment ? dit-il, amusé.

Mince, ce n'était pas la bonne réponse.

— C'est très possible ? C'est tout à fait envisageable ? proposa-t-elle.

— Mmm... dit-il, songeur. Vous savez quoi ? Je crois que vous avez raison.

— Maaaaaaaaouuuuuu !

Ginny sursauta.

— Qu'est-ce que c'est que ce bruit ?

— On dirait Myrtle. Elle doit être dehors, quelque part.

— Maaaaaouuuuuu !

— Ça n'a pas l'air d'aller. Elle a peut-être été coincée par un renard.

— Pauvre renard, dit Finn. Je ne donne pas cher de sa truffe.

Un nouveau miaulement à glacer le sang s'éleva.

— Elle a un problème, c'est sûr, dit Ginny en se levant. Je vais aller voir.

Elle descendit l'escalier et ouvrit la porte d'entrée.

— Myrtle ? Viens, ma belle. Allez, rentre, tout va bien.

Il y eut encore un miaulement, plus faible, mais de chatte, point. Or, en général, lorsque l'on ouvrait la porte, elle filait d'un trait à l'intérieur, queue en l'air et regard outré.

Ginny referma la porte et remonta. Si Finn avait une lampe torche, peut-être pourraient-ils aller à sa recherche.

Mais lorsqu'elle atteignit le palier, elle vit Finn, la main sur la poignée d'une porte entrouverte qui, si elle avait bien compris, était celle de sa chambre. Leurs regards se croisèrent, puis, lentement, Finn leva l'autre main et lui fit signe d'approcher.

— Venez, dit-il d'une voix grave un peu rauque, très sexy.

Entre chercher un chat et se laisser attirer dans la chambre de Finn Penhaligon, Ginny n'hésita pas longtemps. Après tout, Myrtle n'avait jamais rien fait pour elle, et le moment était venu d'être un peu égoïste. Et puis, si Finn avait décidé que le « de temps en temps » était ce soir, il n'y avait pas à discuter.

Dans un état second, elle se dirigea vers lui, s'imaginant déboutonner sa chemise, retirer sa ceinture, ouvrir sa braguette avec sensualité… Pourvu qu'elle ne commette pas d'impair, elle manquait tellement de pratique ! Les chaussettes, allait-il les ôter avant le pantalon, ou après ? Ce n'était tout de même pas à elle de les lui enlever, si ? Mince, elle ne se souvenait plus de rien… Elle courait à la catastrophe !

— Regardez un peu ça, dit Finn en poussant la porte et en l'entraînant dans la chambre.

Le cœur battant, elle découvrit ce qu'il voulait lui montrer, et la première chose qui lui traversa l'esprit fut qu'elle n'aurait finalement pas à affronter ce problème de chaussettes.

Elle réalisa ensuite que pour ce qui était de son fantasme, c'était râpé aussi, dans la mesure où il n'y avait ni lit à baldaquin ni voilages crème gonflés par la brise, mais un grand lit très moderne, avec tête de lit en cuir et couvre-lit immense en daim bleu foncé. L'ensemble avait l'air hors de prix. Mais la large flaque de matière visqueuse ensanglantée qui décorait désormais le centre du lit faisait probablement chuter sa valeur.

— Maaaaaaaouuuuuuu, gémit Myrtle au moment où une contraction expulsait un troisième chaton, dont elle coupa le cordon ombilical d'un coup de dent.

Les deux premiers, les yeux encore clos, titubèrent autour d'elle jusqu'à ce qu'elle les attrape pour les poser sur son ventre, où ils trouvèrent instinctivement ses mamelles. Elle leva ensuite vers Finn et Ginny un regard topaze hiératique et, pour une fois, ne cracha pas dans leur direction.

— Maintenant qu'elle est maman, elle sera peut-être plus gentille, souffla Finn. Mais je n'ai pas trop d'espoir.

— Votre couvre-lit en a pris un coup, remarqua Ginny, l'esprit pratique. J'espère que ça partira au nettoyage à sec.

Dans la mesure où l'heure n'était plus à la bagatelle – mais l'avait-elle réellement été ? –, ils laissèrent Myrtle se concentrer sur ce qu'elle avait à faire et regagnèrent le salon. Finn prépara de nouveau du café et se mit à faire les cent pas tandis que Ginny pianotait sur son ordinateur portable.

— Arrêtez de bouger, vous me donnez le tournis.

— C'est nerveux. J'ai l'impression d'être un futur papa dans la salle d'attente.

— Mais vous ne l'êtes pas.

Elle s'en voulut aussitôt et, pour changer de sujet, tapa « chats-mise bas » dans Google. Le résultat l'inquiéta. Cela n'avait pas l'air aussi simple qu'elle le pensait.

— Qu'est-ce qu'il y a ? demanda Finn devant sa mine dépitée.

— Je vous passe les détails un peu glauques, mais il y a toute une liste de matériel nécessaire pour la mise bas. Un lit spécial, pour commencer.

— Elle a ce qu'il faut, je crois. Quoi d'autre ? Une assistance respiratoire ?

— Une couverture chauffante, des torchons propres, une balance.

— J'ai celle de la salle de bains…

— Des ciseaux, du désinfectant, une petite seringue et du fil dentaire.

— Je ne suis pas sûr de vouloir savoir pourquoi.

— Si la mère ne coupe pas elle-même le cordon ombilical, vous devez vous en occuper. Il faut nouer du fil dentaire autour, puis couper.

— Pourquoi moi ? Je propose qu'on tire à pile ou face.

— Ah, désolée, moi, je ne fais qu'installatrice de lecteurs DVD.

— Qu'est-ce qu'il faut d'autre ?

— De la vaseline. Si l'expulsion est difficile, il faut en mettre à la mère pour faciliter la sortie des chatons.

— Parfait. À appliquer sur les oreilles, donc.

— Et il faut aussi trois balles de tennis et une laitue.

— Quoi ?

— Je rigole !

À 3 heures du matin, Myrtle avait mis au monde quatre petits, Dieu merci sans avoir besoin de l'aide de deux sages-femmes novices, et ses chatons dormaient paisiblement contre son ventre.

Finn, qui était allé se préparer un lit dans la chambre d'amis, vit Ginny bâiller et prendre son sac et ses clés de voiture.

— Vous rentrez ? Soyez prudente.

Ce n'était pas le plus romantique des adieux, mais étant donné les circonstances, c'était compréhensible. Le fait qu'il puisse malgré tout l'embrasser traversa l'esprit de Ginny, mais elle n'arrêtait pas de bâiller comme un hippopotame – pas vraiment glamour.

— Oui... Excusez-moi, dit-elle en bâillant une nouvelle fois. À demain.

Qui sait comment aurait tourné cette soirée si Myrtle n'avait pas décidé de mettre bas sur le lit de Finn ? Enfin, au moins savait-elle désormais comment la mise bas s'effectuait chez la gent féline.

— À demain, dit Finn.

Avait-elle entendu un soupçon de regret dans son ton, ou ses oreilles lui jouaient-elles des tours ?

« En tout cas, c'est la première fois que je pratique le *cattus interruptus* », pensa Ginny.

32

La semaine s'achevait, et Jem devait rentrer à Bristol. Ginny en était presque malade. Elle dut faire un effort surhumain pour ne pas éclater en sanglots sur le quai de la gare.

Pour couronner le tout, le train était à l'heure, et au moment où il entra en gare, le tonnerre gronda et les premières gouttes de pluie se mirent à tomber.

— Oh, zut ! s'exclama Jem, qui avait passé une éternité à se lisser les cheveux. Maman, rentre vite, tu vas te faire tremper !

Elle se jeta au cou de Ginny et l'embrassa.

— Je m'en fiche, dit cette dernière. Tu m'envoies un texto quand tu arrives, d'accord ? Pour que je sache que tu es rentrée à bon port.

— Oui, maman, et je te promets de manger régulièrement des fruits et des légumes, et de mettre un maillot de corps.

— Arrête de te moquer de moi. C'est mon boulot, de me faire du souci pour toi.

— Oui, mais ce n'est plus la peine, parce que je suis une grande fille, maintenant.

Jem hissa son énorme sac à dos sur ses épaules et se dirigea vers le train.

— Et toi, ajouta-t-elle avec un sourire, ne profite pas de mon absence pour faire des bêtises, OK ?

Malgré elle, Ginny pensa aussitôt à Finn. Depuis la naissance des chatons, leurs relations avaient repris leur cours habituel. Pas de phrases pleines de sous-entendus, pas de regards appuyés, au point qu'elle se demandait si elle n'avait pas imaginé ce qui s'était passé chez lui ce soir-là.

Les portières s'ouvrirent, et Jem grimpa dans le train.

— Salut, maman ! À bientôt !

— Au revoir, ma chérie.

Ginny envoya un baiser en direction du train qui, déjà, quittait le quai. Heureusement, la pluie qui lui trempait le visage noya les larmes qu'elle n'était pas parvenue à retenir jusqu'au bout, et elle réussit à garder le sourire.

Très vite, Jem fut loin, repartie pour Bristol et Pembroke Road, où l'attendait Rupert, dont Ginny savait que ce n'était pas un garçon pour elle.

Mais qu'y pouvait-elle ? Jem avait l'âge de prendre ses décisions toute seule, de faire ses propres erreurs et, elle l'espérait, d'en tirer les leçons nécessaires.

« Elle est comme nous, maintenant », se dit Ginny en pensant à Carla et à Perry, et au champ de bataille qu'était sa vie sentimentale depuis quelque temps.

Jem envoya un texto à Rupert pendant le voyage. Il était rentré le matin même. En entrant dans l'appartement, elle lança d'un ton joyeux :

— Salut, beau gosse ! Me revoilà !

Il apparut dans l'encadrement de la porte, une bière à la main, bronzé.

— Hé ! Tu me fais le coup du tee-shirt mouillé, ou je rêve ?

Jem baissa les yeux. La pluie l'avait accompagnée depuis les Cornouailles, et elle avait dû marcher entre l'arrêt de bus sur Whiteladies Road et la maison. Son tee-shirt blanc, trempé, était transparent.

— Ne change rien, surtout, j'aime beaucoup, dit Rupert.

Son baiser était frais, parfumé à la bière. Sa main s'attarda sur les rondeurs de Jem.

— Lucy est là ? demanda-t-elle.

— Pas encore rentrée. Ce qui me réjouit, je l'avoue. Alors, ta semaine ?

D'un mouvement d'épaules, Jem se débarrassa des bretelles de son sac à dos, qu'elle laissa tomber par terre.

— Génial. J'ai retrouvé tout un tas de vieux copains, à une soirée.

— Vieux copains. Tiens, tiens. Nous parlons d'anciennes copines ou d'ex ?

— Des deux. Il y avait mon petit ami du lycée, dit Jem, ravie à l'idée que Rupert puisse être jaloux.

Ce dernier haussa un sourcil amusé.

— Je dois m'inquiéter ?

— Non. Il ne me plaît plus du tout.

C'était la vérité. Revoir Niall ne lui avait absolument rien fait. Comparé à Rupert, il était si... ordinaire.

— Ah, je préfère.

Rupert se mit à l'embrasser un peu partout, et elle oublia complètement Niall Finnegan. Ce qu'elle ressentait était beaucoup trop... prenant.

— Et Lucy ? murmura-t-elle comme il l'entraînait dans sa chambre.

— Relax, elle ne rentrera pas avant plusieurs heures, répondit Rupert en la déshabillant d'une main habile.

— Et la Côte d'Azur, alors ? Toutes ces belles nanas en bikini... Tu as dû avoir beaucoup de succès.

— Ces belles nanas en bikini dont tu parles, moi, je les appelle des pétasses sans intérêt. Évidemment que j'ai été dragué, mais tout ce qui les intéresse, c'est de lever un mec plein aux as. Dès qu'elles voient ta Visa Gold, elles te tombent dessus comme la vérole sur le bas clergé. Ça me branche très moyennement. Tandis que toi, ajouta-t-il en allongeant délicatement Jem sur son lit, tu me branches énormément.

Ils firent l'amour, puis restèrent allongés un long moment.

— Tu es belle, dit Rupert en l'embrassant sur le bout du nez. Un peu échevelée, mais c'est sexy.

La pluie avait mis à mal le brushing du matin même.

— C'est censé être un compliment ? demanda Jem en faisant la moue.

— Il te faut de vrais compliments ? OK. Alors... jolie silhouette, pas de cellulite...

— Tu es gonflé ! Évidemment que j'en ai pas !

— Ah, on ne sait jamais. Ça pourrait te tomber dessus un jour ou l'autre. Elle en a, ta mère ?

Jem lui donna un petit coup dans les pectoraux.

— Mais ça suffit ! Bien sûr que non !

— Hé, c'est juste pour savoir, hein ! C'est peut-être héréditaire. Si je te disais ce que j'ai vu sur la Côte... C'était cuisses en gelée de mère en fille ! Heureusement que sur les plages privées, la cellulite n'est pas autorisée.

— Tu n'es qu'un sale snob. Et macho, avec ça.

— Mais tu m'aimes.

Il la fit rouler sur le dos, très content de lui, et glissa un genou entre ses jambes. Jem sentit son ventre se contracter sous l'effet du désir. Jamais elle ne l'aurait admis, mais elle commençait à penser qu'elle l'aimait, effectivement. Après tout, il était beau comme un dieu, et ils s'entendaient à merv...

— Merde ! souffla Rupert en entendant claquer la porte d'entrée.

Jem se figea. Le claquement des talons hauts traversa le salon puis s'arrêta, et Lucy lança :

— Tu es où ?

— Merde, merde, merde, murmura Rupert.

Le cœur battant, Jem se tourna vers la penderie. Elle débordait de vêtements, de bouquins de cours jamais ouverts, de raquettes de tennis et de rollers. Il n'y avait même pas la place pour un hamster, alors pour une jeune femme de dix-huit ans…

Une jeune femme en tenue d'Ève.

Un rire incontrôlable monta dans sa gorge. Ce devait être le destin. De toute façon, tôt ou tard, Lucy aurait appris leur relation.

— Chut ! fit Rupert, qui ne riait pas. Mets-toi sous le lit.

Il plaisantait ?

Apparemment pas.

— Rupert ? fit Lucy en frappant à sa porte.

— Sous le lit ! insista Rupert en poussant Jem jusqu'au bord du matelas.

Sans cesser de sourire, elle décida de lui faire plaisir et se glissa sous le lit en silence. Quelques secondes plus tard, Rupert lui lança ses vêtements roulés en boule.

— Lucy ? C'est toi ? dit-il alors en faisant mine de bâiller. Quelle heure est-il ? Je dormais.

Sous le lit, ses vêtements dans les bras, Jem tomba nez à nez avec une brebis gonflable à moitié à plat (un reste d'enterrement de vie de garçon plutôt qu'une vraie perversion).

— Espèce de gros flemmard, il est 16 heures ! Où est Jem ?

— Aucune idée. Pas encore rentrée, je crois.

La porte de la chambre s'ouvrit, et Jem aperçut les talons hauts vert émeraude de Lucy.

— Si. Son sac est dans le salon. Tu ne la caches pas ici, quand même ?

Le lit grinça. Rupert s'asseyait.

— Si elle n'est pas dans sa chambre, c'est qu'elle est ressortie. Attends, je me lève. Tu nous fais un café ?

Il y eut un silence. Jem retint sa respiration. Puis Lucy dit :

— J'ai une meilleure idée. Si je t'aidais à te réveiller comme il faut ?

Jem fronça les sourcils. C'était censé vouloir dire quoi, ça ? Elle regarda les talons verts s'approcher du lit. Lucy était à sa portée, maintenant. Si elle avait voulu, elle aurait pu lui attraper une cheville. Lui flanquer une belle trouille.

— Arrête tes conneries, Luce. J'ai mal à la tête.

— Alors ça, c'est bien un truc que jamais je n'aurais pensé entendre venant de toi.

Les ressorts du lit grincèrent de nouveau, et une des chaussures de Lucy disparut. Incrédule, Jem comprit qu'elle s'était assise à côté de Rupert.

— Arrête, dit ce dernier.

— Excuse-moi, mais je ne sais pas si je vais y arriver. À m'arrêter. Allez, qu'est-ce que tu as ? Je ne t'ai pas manqué, peut-être ?

Quoi ?

— Luce, arrête…

— Parce que toi, tu m'as manqué. Beaucoup. D'ailleurs, je vais te montrer à quel point… dit Lucy d'une voix enjôleuse.

Jem s'était figée. Elle savait ce qui était en train de se passer, mais son cerveau refusait de traiter l'information. Elle n'était même pas sûre de pouvoir encore bouger.

— Bon, allez, maintenant, ça suffit, dit Rupert, agacé.

— Mais qu'est-ce que tu as, à la fin ? protesta Lucy.

— Oh, je sais pas, grogna Rupert. Si tu regardais sous le lit pour voir si tu trouves la réponse ?

Jem n'en crut pas ses oreilles. Elle ferma les yeux, se prépara au grand choc. Au-dessus d'elle, elle entendit Lucy dire en riant :

— Ne me dis pas que tu as encore joué avec cette immonde brebis gonflable !

33

Lorsque Jem rouvrit les yeux, elle était face à face avec Lucy, qui secouait la tête.

— Non. Non. Dites-moi que c'est une blague.

— Je vais m'occuper moi-même du café, je crois, déclara Rupert.

— Tu t'envoies en l'air avec elle *et* avec moi ? Espèce d'enfoiré ! s'exclama Lucy.

— Soyons justes : tu t'es quasiment jetée dans mes bras. C'était bien, dit Rupert d'un ton las, mais je crois qu'on en a fait le tour.

— Espèce de petit connard prétentieux ! Sors de là, hurla Lucy. Il faut que je parle à Jem.

— Comme tu veux.

Rupert s'éclipsa, attrapant un jean au passage.

— J'y crois pas, rugit Lucy. J'y crois pas ! Il nous a prises pour des connes toutes les deux !

Jem s'extirpa de sous le lit.

— Tu veux bien te tourner pendant que je me rhabille ?

Excédée, Lucy pivota sur elle-même en soupirant.

— Voilà donc ce qui se passait dans mon dos. Rupert a dû trouver ça à mourir de rire. Mais pourquoi est-ce que tu ne m'as rien dit ?

Jem se rhabilla en vitesse. Son tee-shirt était toujours mouillé, c'était très désagréable.

— Et toi, pourquoi ne m'as-tu rien dit ?

— Parce que tu ne m'as jamais posé la question ! Moi, je te l'ai posée, quand je l'ai vu te peloter les fesses, à la soirée, ici. Je t'ai demandé s'il y avait quelque chose entre vous, et tu m'as répondu que non.

Les yeux de Lucy lançaient des éclairs.

— Rupert ne voulait pas que tu te sentes exclue.

— C'est drôle, parce qu'il m'a dit exactement la même chose pour toi.

Jem inspira un grand coup.

— J'ai du mal à croire qu'un truc pareil nous arrive.

— Merde, Jem, comment as-tu pu me mentir ? s'exclama Lucy, furieuse, avant de lever les mains. D'accord, d'accord, j'ai fait la même chose. Mais Rupert nous a menti à toutes les deux. C'est lui qui a tout manigancé. Le salaud !

— J'ai entendu ! fit Rupert qui revenait, une bière à la main.

— Tant mieux ! répliqua Lucy. Et tu vas pouvoir te chercher deux nouvelles coloc', parce que nous, on se tire.

Jem lui lança un regard inquiet.

— Tu t'en vas ? Très bien. Parfait, même, dit Rupert avant de se tourner vers Jem. Mais toi, tu n'as pas envie de partir, n'est-ce pas ? Lucy n'a jamais vraiment compté pour moi. Avec elle, c'était juste une passade. Tandis que toi et moi… c'est différent. Ça signifie quelque chose.

Le cœur de Jem battait à tout rompre. Cela faisait des semaines qu'elle rêvait d'entendre ces mots.

— Arrête ton cinéma ! cria Lucy, rouge de colère. On s'en va toutes les deux !

Rupert haussa les sourcils.

— Ça ne te va pas très bien, tu sais, l'amertume et la colère. D'ailleurs, ça ne va à aucune femme.

— Tu me dégoûtes, tiens.

— Fais gaffe, si tu continues comme ça, tu vas attraper des rides.

— Va te faire foutre !

— Ça, c'est plutôt ta mission à toi, chérie. Tu sais pourquoi elle est dans cet état ? demanda Rupert à Jem. Parce qu'elle sait que c'est toi que je préfère.

— Enfoiré !

— Encore ? Je commence à m'ennuyer, là. Tu as des valises à faire, non ?

— Allez, viens, Jem, ordonna Lucy. On s'en va.

— Hé, Jem n'est pas ton toutou. Rien ne l'oblige à faire ce que tu lui dis de faire, dit froidement Rupert, avant d'ajouter à l'adresse de Jem : C'est toi qui décides. Je n'ai pas envie que tu t'en ailles.

— Non, mais tu l'entends, ce petit connard arrogant ?

Rupert pencha la tête sur le côté.

— Jem ?

— Jem ! insista Lucy.

— Je vais dans ma chambre, dit Jem. J'ai besoin de réfléchir.

Elle se laissa tomber sur son lit et enfouit son visage dans ses mains. Tout allait si bien, pourquoi avait-il fallu que cela arrive ? De la pièce voisine lui parvenaient des claquements de portes de placard, des bruits de tiroirs refermés violemment. Lucy faisait ses bagages.

Lorsque la porte de sa chambre s'ouvrit, elle ne leva pas les yeux.

— Ne t'en va pas, dit Rupert. Je veux que tu restes. Il n'y aura plus que nous deux, comme un vrai couple.

Jem avait la sensation d'être déchirée en deux. Jusqu'à présent, son instinct l'avait toujours poussée à prendre parti pour une amie plutôt que pour un petit ami. Cela s'était fait si naturellement qu'elle ne s'était pas posé de questions. Mais cette fois, c'était différent. L'enjeu était tellement plus important. Oui, Rupert s'était mal conduit, mais c'était fini, maintenant. Tout le monde faisait de petits écarts de temps en temps. En particulier les garçons qui avaient eu l'éducation de Rupert.

L'essentiel, c'était ce qu'ils éprouvaient l'un pour l'autre maintenant que l'abcès avait été crevé. Or, elle connaissait ses sentiments pour lui et, surtout, elle venait de découvrir les sentiments de Rupert pour elle.

Lucy, son amie, était originale, sexy, magnifique. Jem se savait jolie, mais question glamour, elle était consciente de ne pas pouvoir rivaliser avec Lucy. Pourtant, c'était elle que Rupert avait choisie. Plutôt flatteur, tout de même.

— Mon copain Olly nous invite à une soirée le week-end prochain, dit Rupert, qui venait de recevoir un texto. C'est en Écosse. Ça te dit ?

Olly. Oliver MacIntyre-Brown.

— C'est celui qui a le château ? demanda Jem.

— Celui qui a l'énorme château, oui. Il dit qu'on peut profiter de l'hélicoptère de son oncle, pour le voyage.

Hélicoptère.

Château.

Elle n'était jamais allée en Écosse.

— Excuse-moi, dit Rupert, je te brusque un peu. Si ça se trouve, tu préfères me traiter d'enfoiré et vider ton placard, toi aussi.

Jem le regarda. La vie sans Lucy serait terrible.

Mais la vie sans Rupert serait bien pire.

— Non, dit-elle.

Un large sourire éclaira le visage de Rupert.

— C'est vrai ?

— C'est vrai.

— Je suis content.

Il posa son téléphone et sa bière et s'agenouilla devant elle.

— Très, très content. Viens là.

Il l'embrassa, et elle comprit qu'elle avait pris la bonne décision. Ils formaient réellement un couple, maintenant. Et à en croire ce qu'elle éprouvait au plus profond de son être, peut-être même avait-elle trouvé le véritable amour.

On frappa un petit coup sec à sa porte. Jem s'écarta de Rupert, inspira un grand coup et alla ouvrir.

— Alors ? demanda Lucy.

— Je reste.

Un sourire apitoyé tordit la bouche de Lucy.

— Avec lui ? Pauvre idiote.

« Il m'a choisie », eut envie de répondre Jem. Mais elle se tut. Lucy le savait déjà.

— Tu penses qu'il t'aime ? C'est ça ? Parce que si c'est ce que tu crois, tu es encore plus bête que je…

— Ça y est, tu as fait tes valises ? coupa Rupert. Tu as appelé un taxi ? Tiens, je te paie la course, même. Restons bons amis, ma belle. La compétition était rude, et la meilleure a gagné.

— Connard.

— Oui, mais connard généreux, tu ne peux pas dire le contraire, dit Rupert en comptant les billets de vingt livres qu'il venait de tirer de son portefeuille. Voilà, ton mois de caution, plus vingt pour le taxi. Tu as du pot, je viens de passer au distributeur.

— Ça ne te gêne pas de dépenser l'argent de ton père ?

— C'est drôle, mais non, pas du tout. Au contraire, j'adore. Tu devrais essayer, un jour… Oh, pardon, j'avais oublié que vous n'aviez pas d'argent, dans ta famille. Quel dommage ! Tu n'as pas idée de ce que tu manques.

Jem savait qu'il ne pensait pas vraiment ce qu'il disait. Rupert faisait sans arrêt ce genre de remarque sur la richesse de sa famille ou la pauvreté de celle des autres.

— Vous me faites pitié, tous les deux, lâcha Lucy avant de tourner les talons.

— Visiblement, elle tenait plus à moi qu'elle ne voulait le laisser croire, commenta Rupert. Et en plus, elle est mauvaise perdante.

— Arrête, dit Jem. C'est mon amie.

Il passa un bras autour de sa taille.

— Plus maintenant, j'en ai peur. Désormais, tu es tout à moi, conclut-il avec un clin d'œil.

Lucy sortit ses bagages du taxi et leva les yeux vers la façade banale de la maison, avec sa porte bleue et son petit jardin tiré au cordeau.

Ce n'était pas le rêve, mais elle n'avait pas vraiment eu le choix. La plupart de ses amis étaient chez leurs parents pour les vacances. Heureusement, il restait Davy.

Et il comprenait.

— Davy, merci, vraiment. Je ne pouvais pas rester. Elle a perdu la tête, elle croit qu'il... qu'il...

— Je sais. Chut, calme-toi.

— Je suis tellement en colère, si tu savais ! Comment peut-elle être aussi bête ? Ça n'a rien à voir avec de la jalousie, c'est juste que... Elle sait ce qu'il a fait. Comment peut-elle lui pardonner ?

— Allez, entre. Maman a hâte de te rencontrer.

— Mince... Et moi qui te raconte mes malheurs ! Elle est en colère ? demanda Lucy en essuyant quelques larmes.

Davy sourit.

— Tu rigoles ? Elle est aux anges.

Rhona Stokes préparait du thé dans la petite cuisine. Elle devait avoir entre quarante-cinq et cinquante ans, et Davy lui ressemblait beaucoup. C'était d'elle qu'il tenait ses grands yeux sombres et ses cheveux bruns. Lorsqu'elle vint à sa rencontre, Lucy constata qu'elle boitait légèrement.

— Bonjour, mademoiselle. Bienvenue. Mon Dieu, Davy m'avait dit que vous étiez belle, mais il n'avait pas précisé que vous étiez top model ! dit-elle en embrassant Lucy sur les deux joues. Ça va jaser, dans le quartier. Tout le monde va penser que mon Davy s'est trouvé une petite copine canon !

L'intéressé leva les yeux au ciel et soupira.

— Maman…

— Oh, je plaisantais. Excuse-moi, mon chéri. Je sais que je le mets mal à l'aise, chuchota-t-elle à l'intention de Lucy.

— Vous êtes chez vous, vous pouvez dire ce que vous voulez. C'est tellement gentil de votre part de m'héberger. Je vous promets de ne pas vous envahir trop longtemps.

— Rien ne presse. Vous pouvez rester aussi longtemps que nécessaire. Tenez, buvez votre thé pendant qu'il est chaud, et prenez un biscuit, aussi. Ensuite, je vous montrerai votre chambre. Elle est toute petite, vous savez, et sans doute bien différente de ce à quoi vous êtes habituée.

— Je m'en fiche. Je suis bien trop contente d'avoir quitté Pembroke Road.

— Je monte tes affaires, annonça Davy.

— C'est la première fois que Davy me présente une amie de l'université, confia Rhona à Lucy lorsqu'il fut parti. Il m'a dit que vous aviez toujours été gentille avec lui.

— Je n'avais aucune raison de ne pas l'être.

— Je peux vous poser une question ? Est-ce qu'il en a beaucoup, des amis ? Vous savez comment sont les garçons, ils n'aiment pas parler de ces choses-là.

— Il en a un certain nombre, répondit Lucy, diplomate. En tout cas, il m'a toujours semblé assez content de son sort.

— En fait, je me demandais s'il ne se faisait pas un peu taquiner, vous comprenez ? Comme il habite encore à la maison, avec sa mère…

Lucy se brûla avec sa gorgée de thé. Comment répondre à une question pareille sans blesser Rhona ? Elle posa sa tasse.

— Eh bien… certaines personnes font parfois quelques remarques, mais franchement, ce sont des imbéciles. Le mieux est de les ignorer, et c'est ce qu'il fait.

Pouvait-elle répondre que Davy était la risée de la promo ?

Soulagée, Rhona prit un biscuit.

— Ah, je préfère. Davy ne m'a jamais rien dit, mais je me posais des questions.

— C'est quelqu'un de gentil.

Lucy était sincère. Davy lui prêtait sans arrêt des livres. Elle ne les lisait pas, mais c'était l'intention qui comptait. Et Davy était quelqu'un de très attentionné.

— C'est la lumière de ma vie, vous savez, dit Rhona. Parfois, je m'en veux de le garder ici, avec moi, mais je ne peux pas vraiment faire autrement.

Elle avait les yeux brillants, le regard perdu dans le lointain. Il y eut un silence, puis elle se reprit et posa une main sur le bras de Lucy.

— Mais c'est gentil de me rassurer de la sorte. Je ne sais pas ce que je deviendrais, si mon Davy quittait la maison.

34

— J'aurais dû faire ça depuis longtemps, dit Finn. Inviter les femmes à venir voir mes chatons. Ça marche beaucoup mieux que les estampes japonaises.

— Vous savez pourquoi ? Les estampes, c'est barbant. Quand on en a vu une, on les a toutes vues, dit Ginny. Tandis que les chatons, il n'y a rien de plus mignon. Le seul problème, c'est que les femmes vont craquer pour eux, pas pour vous.

Finn hocha la tête avec le plus grand sérieux.

— C'est le problème de ma vie, ça.

— N'importe quoi ! Je parie que vous passez votre temps à repousser les avances de la gent féminine.

Finn déboucha une bouteille et remplit deux verres. Il en posa un devant elle et demanda avec un petit sourire :

— Cela voudrait-il dire que vous me trouvez un tant soit peu séduisant ?

Heureusement, Ginny avait un chaton sur les genoux, qui manifesta au même moment un besoin pressant. Elle le posa par terre, et lorsqu'elle eut nettoyé et rendu son enfant à Myrtle, la question n'appelait plus vraiment de réponse. Du coup, elle se contenta de lever son verre de vin et de lancer :

— À l'acquisition de la propreté ! Santé !

— À la propreté, dit Finn. Ce n'est pas le toast le plus glamour que j'aie entendu, mais bon.

— Désolée. Je ne suis pas d'humeur très glamour, répondit Ginny, qui avait dû se forcer toute la soirée pour faire bonne figure.

— C'est à cause de Perry ?

— Oh, non.

— À cause de Jem, alors, devina Finn.

— Oui.

— Elle vous manque.

— Elle me manque, et je me fais du souci pour elle. Elle sort avec un garçon en qui je n'ai aucune confiance.

Ginny se souvenait pratiquement mot pour mot de la conversation téléphonique qu'elle avait eue l'après-midi même avec Jem. Rupert et elle formaient un vrai couple, désormais, Lucy était partie, ils avaient plus de place, et tout était fantastique. Lorsque Ginny avait posé des questions sur Lucy, Jem avait ri et lancé allègrement que son amie ne lui manquait pas, puisqu'elle avait Rupert. Et que tout était super cool.

Et son rire, Ginny n'avait pu s'empêcher de le remarquer, avait un accent nettement snob depuis quelque temps.

— Elle n'a que dix-huit ans. Ça ne durera probablement pas, dit Finn pour la rassurer.

— Oui, mais si ça dure quand même ? Ils vivent ensemble. Et ce Rupert n'est pas quelqu'un de bien. Trop d'argent, pas assez de… de cœur. Il se prend pour le centre du monde.

— Beau gosse, alors ?

— Très.

— C'est pour cela que vous ne lui faites pas confiance ?

Ginny hocha la tête.

— Pour ça, et à cause de sa façon d'être.

— Alors, Jem finira par le percer à jour. Elle n'est pas idiote, c'est une fille intelligente.

— Je ne pensais pas être idiote non plus, et regardez ce qui m'est arrivé.

— Oui, mais c'est terminé, maintenant. Prête pour la suite ?

L'espace d'un instant, elle crut qu'il parlait de la suite de ses aventures amoureuses. Mais non, il tendait la bouteille vers son verre, déjà vide. Mince, elle ne s'était même pas rendu compte qu'elle avait bu.

— C'est tellement dur de ne pas pouvoir intervenir ! Je sais que je dois la laisser faire ses propres erreurs, mais je suis sa mère. C'est comme si je devais la laisser opérer par un chirurgien dont je sais qu'il est incompétent.

Finn donna une petite tape à côté de lui sur le canapé.

— Allez, ils sont jeunes. D'ici quelques semaines, ce sera de l'histoire ancienne.

Ginny laissa les chatons et le rejoignit sur le canapé. Il portait la chemise qu'elle préférait, bleu cobalt et aussi douce qu'une peau de pêche – du moins l'imaginait-elle, parce qu'elle ne l'avait jamais touchée.

— Pourvu que vous ayez raison ! En attendant, en ce moment, elle est complètement folle de lui. Il l'emmène dans un château en Écosse, ce week-end. En hélicoptère, en plus.

— Ça me rappelle quelqu'un, lâcha Finn.

— Oh, pardon.

C'était la façon dont Tamsin avait quitté Portsilver avec Mae et son bel Italien. Ginny s'en était souvenue trop tard. Elle posa une main sur le bras de Finn.

— Je suis désolée. Je ne voulais pas vous le rappeler…

Tiens, le tissu de sa chemise était effectivement aussi doux que de la peau de pêche…

Il eut un petit sourire.

— Je n'avais pas oublié, de toute façon.

— C'est le vin qui me monte à la tête. Je n'ai pas mangé, j'étais trop tendue pour ça. Ce qui fait que je vais devoir prendre un taxi pour rentrer.

— C'est ma faute, c'est moi qui ai ouvert la bouteille.

— C'est aussi la mienne, je voulais voir vos estampes. Enfin, vos chatons.

— Et vous les avez vus. Mais puisque vous êtes là et que la bouteille est ouverte, autant la finir, non ? Surtout que sa petite sœur attend au frigo, bien fraîche. Et pour votre estomac vide, j'ai... des chips.

Pendant l'heure qui suivit, ils sirotèrent leur vin en mangeant des chips et en parlant du restaurant. Dans la soirée, Evie s'était fait courtiser par un agent immobilier qui avait tenté, sans succès, de lui arracher son numéro de téléphone.

— Elle aurait dû accepter, dit Finn. Il avait l'air plutôt bien.

— Trop bien. Limite lisse. Le genre de gars qui vous file entre les doigts quand il a eu ce qu'il voulait. Je comprends pourquoi Evie n'était pas intéressée.

— Mais il était séduisant, quand même, non ?

— Beaucoup trop. Aucune femme un peu saine d'esprit ne voudrait d'un type comme ça. Les hommes beaux et séduisants, c'est toujours ennuis et compagnie.

— D'abord, Rupert, et maintenant le client de la table six. Ils sont beaux, donc vous vous méfiez automatiquement d'eux. Ça ne serait pas de la discrimination, ça ?

— Si, tout à fait. Mais c'est aussi du bon sens. Les hommes plutôt pas mal sont OK, mais les hommes vraiment beaux sont invivables. Règle numéro un : ne les approcher sous aucun prétexte.

Finn se passa une main dans les cheveux, songeur.

— Je vois... Je peux vous poser une question ?

— Tout ce que vous voudrez.

Avec le vin, elle était d'humeur généreuse.

— Vous diriez que je suis beau, vous ?

Ah, non, pas cette question ! Un problème d'algèbre, à la rigueur, mais pas ça…

— Pardon ?

— J'aimerais savoir. Quand je me regarde dans la glace, je me vois moi, et c'est tout. J'ai toujours été comme ça : cheveux bruns plutôt raides, yeux noirs, cicatrice sur la tempe gauche – souvenir d'un coup de disque, à l'école –, nez cassé une fois au rugby, mais encore en un seul morceau, mâchoire en général pas rasée. Voilà ce que je vois. Mais on m'a dit que j'étais beau mec. Plusieurs fois, pour ne rien vous cacher. Alors, je me demandais ce que vous en pensiez, vous.

S'il avait eu le cran de poser la question, Ginny décida qu'elle devait trouver celui de répondre. Pas mécontente d'avoir un peu bu, elle répondit :

— Alors, pour commencer, vous n'auriez jamais dû laisser votre nez jouer au rugby. Ensuite, bien sûr que vous êtes beau gosse.

Finn pencha la tête sur le côté, le regard interrogateur.

— Vraiment ?

Mais comment pouvait-il en douter, enfin ?

— Vraiment, dit Ginny.

Puis, parce qu'il avait apparemment besoin d'être rassuré, elle ajouta :

— Très.

Finn fit tourner son vin dans son verre, et il lui sembla qu'il avait du mal à garder son sérieux.

— Donc, si j'ai bien compris votre raisonnement, quand bien même je serais quelqu'un de sympa, quand bien même je vous trouverais à mon goût, vous ne vous intéresseriez pas à moi parce que je suis beau.

Voilà qu'il recommençait à la charrier. Si elle avait été dans son état normal, Ginny aurait été troublée.

Profondément troublée, même, au point de perdre ses moyens.

Par chance, le vin était passé par là. Alors, elle haussa les épaules et répondit d'un ton enjoué :

— Exactement.

— C'est de la discrimination.

— Arrêtez de vous lamenter sur votre sort. Vous ne vous en sortez pas mal, quand même. Et vous savez qu'il y a plein de femmes qui ne diraient pas non. La dame aux fleurs, par exemple, précisa-t-elle avec un petit sourire.

— Mais il n'est pas question des autres femmes, en ce moment. Il s'agit de vous. Vous êtes en train de me dire que vous n'envisageriez pas une relation avec quelqu'un comme moi, uniquement à cause de mon apparence.

Cette fois, Ginny commençait à être troublée, mais il était trop tard pour faire machine arrière. Et après tout, il n'avait parlé que de « quelqu'un comme » lui. Il ne s'était pas expressément désigné.

Malgré tout, fallait-il répondre par la négative ou par l'affirmative ?

— Euh… oui, fit-elle, hésitante. Enfin, je veux dire… non. C'est ça, quoi !

— Mais ce serait injuste. Vous m'écarteriez sans me donner ma chance. Techniquement, je pourrais vous poursuivre en justice, dit Finn d'un ton léger. Pour non-respect de l'égalité des droits.

Ginny avait maintenant très chaud aux joues. Elle but une nouvelle gorgée de vin.

— Parfait. Poursuivez-moi.

Il y eut une étincelle amusée dans le regard de Finn.

— Je préférerais tenter de vous faire changer d'avis. En vous poursuivant… de mes assiduités.

— Vous êtes en train de me faire du plat, là. Prenez garde. Encore un peu, et vous finirez comme l'agent immobilier d'Evie.

— Désolé. Donc, si j'ai bien compris, vous estimez que les hommes comme moi ne valent rien en termes d'investissement sur le long terme ? Que nous ne sommes bons que pour les passades ?

— En gros, oui.

— Et si j'ai bonne mémoire, la semaine dernière, vous disiez que vous auriez aimé pouvoir vivre une passade, de temps en temps.

Cette fois, elle était au pied du mur. Impossible de se débiner. Il suggérait bien ce qu'elle pensait.

— Vraiment ? fit-elle, la bouche plus sèche que jamais.

— Vraiment. Alors, sachez que si vous êtes toujours dans cet état d'esprit, je n'y verrais aucun inconvénient.

Hou la. Terrain glissant. Très glissant.

— C'est très généreux de votre part, Finn. Mais où voulez-vous que je trouve un beau gosse pour une passade en pleine nuit ?

Finn éclata de rire, puis se pencha vers elle.

— Fermez les yeux.

Hou la ! Hou la…

— Pourquoi ?

Comme si elle ne le savait pas !

— Vous voulez bien vous taire et faire ce que je vous demande ?

Il en avait envie. Et il était beau comme un dieu. Pour ne rien arranger, elle fantasmait sur un moment comme celui-ci depuis déjà plusieurs mois.

Jetant son bonnet par-dessus les moulins, elle se tut et ferma les yeux.

Comment regretter une expérience pareille ? C'était tout bonnement impossible.

Lorsque Ginny se glissa hors du lit, il était 1 heure du matin. Faire l'amour avec Finn avait été absolument divin. Mieux que tout ce qu'elle avait pu imaginer, ou même connaître jusque-là. Restait le léger malaise de « l'après ». Il fallait qu'elle garde à l'esprit le fait qu'elle et Finn n'entamaient pas une vraie relation, mais venaient juste de satisfaire une simple envie. Voilà pourquoi, au lieu de rester au lit avec lui, à parler tout bas, à rire et à projeter de se revoir très bientôt, elle se devait d'agir en femme moderne, libérée, qui a passé un bon moment mais doit rentrer chez elle, maintenant, oublier cette histoire et poursuivre sa vie de célibataire très occupée.

Comme Carla.

Finn se redressa sur un coude.

— Tu vas à la salle de bains ?

Ginny prit son chemisier.

— Non, je rentre chez moi.

Comme le ferait Carla.

— Ah, bon ? Pourquoi ?

Une immense tristesse l'envahissait.

— Parce qu'il est temps que j'y aille.

— Tu n'es pas obligée, tu sais.

Il parlait avec la politesse du gentleman qu'il était. Il n'avait surtout pas envie qu'elle s'exclame : « Youpi ! » et se remette au lit en disant : « Bon, d'accord, je reste. » Pour les hommes tels que Finn, il n'y avait pas pire cauchemar que de tomber sur une fille en manque d'amour qui s'accrochait à eux comme une bernicle à une coque de bateau.

Ginny s'habilla à la vitesse de l'éclair et lui lança un sourire détaché.

— C'est gentil, mais je préfère rentrer. On a passé une bonne soirée, mais tout a une fin. Ne te lève pas, ajouta-t-elle comme Finn faisait mine de sortir du lit. Je connais la sortie. Et surtout, pas d'inquiétude, je ne t'enverrai pas de fleurs !

Finn la regarda, visiblement interloqué.

— Tu es en état de conduire ?

— Tout à fait.

Elle avait bu son dernier verre de vin plus de deux heures auparavant et se sentait plus en forme que jamais. Elle mit ses chaussures, se recoiffa d'une main, puis se pencha vers Finn et déposa un petit baiser léger sur sa joue.

— Merci, c'était super. À plus !

Finn ne répondit pas tout de suite. Au bout d'un long silence, il finit par lâcher :

— À plus.

Et voilà. C'était aussi facile que cela.

Si Carla avait pu la voir, elle aurait été fière d'elle.

35

La camionnette verte de Dan, le marchand de fruits et légumes qui fournissait le restaurant, arriva à midi. Ginny passa la tête par la fenêtre de la cuisine et lança au chef :

— Le voilà ! Je vais les chercher !

Dan s'était emmêlé les pinceaux dans ses commandes le matin et avait oublié les framboises commandées en même temps que le reste des fruits et légumes.

— Je suis vraiment désolé, dit-il en ouvrant sa portière. Je ne comprends pas comment c'est arrivé. J'aurais juré avoir tout coché sur la liste. C'est la première fois que je fais une erreur pareille…

— Dan, tout va bien, ne t'inquiète pas, dit Ginny, qui venait à sa rencontre. Tu es revenu, les framboises sont là, et il n'est que midi. Je t'assure que ce n'est pas grave. Bonjour, toi, dit-elle à Stiller, assis sur le siège du passager.

L'adorable toutou poilu à la queue en panache, un mélange de griffon, d'épagneul et sans doute de plein d'autres choses, accompagnait Dan dans toutes ses livraisons. Il était aussi doux que son maître, affectueux, et même s'il ne sentait pas toujours la rose, tout le monde aimait le caresser.

— Tout de même, je suis vraiment confus, répéta Dan. Je n'ai pas été à la hauteur. Tu penses que je devrais m'excuser auprès de Finn ?

— C'est inutile, il n'est même pas au courant.

— Bon. Si tu crois que ce n'est pas la peine… dit Dan en prenant le plateau de framboises pour le lui tendre. Mais s'il l'apprend, s'il te plaît, dis-lui que cela n'arrivera plus.

— Ne t'en fais pas. Tu as encore toute notre confiance.

Comme Ginny prenait le plateau, une voiture entra dans la cour.

— Tiens, on dirait que nos premiers clients arrivent. Je vais porter ça en cuisine.

— N'oublie pas de dire au chef que je suis désolé.

— Dan, arrête de t'excuser, ça n'a…

— Excusez-moi. Savez-vous où je pourrais trouver Finn ?

Ginny se retourna vers celle qui avait posé la question d'une voix mielleuse au possible. Une nouvelle conquête de Finn ou une relation d'affaires ? Très jolie, en tout cas. Très, très jolie, même. Sans doute pas encore trente ans, grande, des cheveux d'un brun éclatant qui descendaient jusqu'à la taille ou presque, et des yeux gris argent. Elle portait un tee-shirt noir et un jean blanc très moulant.

— Finn Penhaligon, précisa la jeune femme en articulant exagérément, comme si elle s'adressait à une étrangère. Il est là ?

Résistant à l'envie de répondre sur le même mode, Ginny dit :

— Je crois qu'il est au magasin.

— Merci.

La brune ouvrit la portière arrière de sa voiture, se pencha à l'intérieur et en sortit un bébé en petite robe d'été rouge, qu'elle cala sur sa hanche avant de se diriger vers l'entrée du magasin d'antiquités. Elle était sur le seuil lorsqu'elle s'arrêta net et se retourna vers Ginny.

— Pourriez-vous me rendre un service ? Je vais attendre ici, et vous allez entrer avec elle.

Ginny se figea, parce que le bébé s'était retourné pour la regarder et que la question de savoir de qui il s'agissait ne se posait plus.

— Pardon ?

— Emmenez-la à l'intérieur et dites à Finn qu'il a de la visite. Oui, c'est bien mieux comme ça.

— Mais… je ne peux pas.

— Bien sûr que si, vous pouvez. Ne vous inquiétez pas, elle ne va pas se mettre à pleurer. Vous n'avez qu'à lui donner les framboises, ajouta Tamsin en indiquant Dan du menton.

Ce dernier était tellement interloqué qu'il prit sans protester le plateau des mains de Ginny.

— Voilà ! Vous voyez, ce n'était pas très compliqué. Et maintenant, vous prenez Mae. Il est très important que Finn la voie avant de me voir, moi.

Ginny aurait aimé pouvoir crier : « Je ne peux pas faire ça, j'ai couché avec Finn hier soir ! » Mais il était trop tard, Tamsin lui avait déjà mis Mae dans les bras.

— Bon, je vais porter les framboises en cuisine, dit Dan en s'éloignant précipitamment.

Tamsin poussa doucement Ginny en direction du magasin.

— Moi, je reste là. Ne vous inquiétez pas, il va adorer. Allez !

« Mais moi, je ne vais pas adorer du tout, pensa Ginny. J'ai couché avec lui hier soir ! »

Elle secoua la tête.

— Non, je suis désolée, je ne peux pas, je dois…

Tamsin la regarda d'un œil mi-incrédule, mi-agacé.

— Allez, n'en faites pas tout un plat ! Je vous demande un tout petit service ! Ne me dites pas que ça change grand-chose pour vous !

Dans le magasin, une petite dizaine de clients flânaient. Une agréable odeur d'encaustique flottait dans l'air, et le vieux juke-box jouait un classique des années cinquante. Ginny aperçut Finn en pleine discussion avec un couple de Japonais qui venait de lui acheter une commode XVIIIe.

Elle attendit qu'il ait terminé. Dans ses bras, Mae examina cette caverne d'Ali Baba avec de grands yeux curieux, puis jeta son dévolu sur un perroquet en émail grandeur nature. Subjuguée par les couleurs vives de l'oiseau, elle pointa un petit doigt et lança :

— Cui-cui !

— Je sais, murmura Ginny, le cœur battant. C'est bien. Chut.

— Cui-cui ! dit Mae plus fort.

Finn sourit et se tourna dans leur direction pour voir qui faisait tout ce raffut. Son sourire s'élargit quand il vit Ginny et disparut aussitôt après lorsqu'il découvrit qui elle tenait dans les bras. Dans son regard se succédèrent la surprise, la peur, puis la joie.

— Cui-cui-cui-cui ! babilla gaiement Mae en montrant le plafond, avant de sourire à Finn.

Il s'excusa auprès du couple de Japonais et les rejoignit, tendu.

— Qu'est-ce que c'est que cette histoire ?

— Tamsin est dehors. C'est elle qui m'a demandé de faire ça. Je ne voulais pas, mais elle a tellement insisté… Tiens, il faut que je retourne au restaurant.

Elle lui tendit Mae, qui changea de bras sans se formaliser outre mesure et ouvrit ses petites mains, qu'elle plaqua sur les joues de Finn. Inconsciemment, sans doute le reconnut-elle, car le sourire qu'elle lui décocha fut tellement radieux que Ginny en eut la gorge serrée.

— Ba ! s'écria Mae, révélant une série de dents miniatures. Kawawaaa ! ajouta-t-elle en remuant les jambes contre la chemise blanche de Finn. Cui-cui !

Pendant plusieurs secondes, Finn resta immobile, Mae dans les bras, comme si le reste du monde s'était évanoui autour d'eux. Il avait vu naître ce bébé, l'avait aimé dès la première seconde, sa vie avait été bouleversée par son arrivée. Trois mois durant, il s'en était occupé comme un père, il avait été prêt à donner sa vie pour elle. Jusqu'à ce jour d'octobre, où Tamsin lui avait enlevé Mae parce qu'elle n'était pas sa fille.

Mais l'amour, Finn l'avait découvert à ses dépens, n'avait rien à voir avec les résultats d'un test ADN. Ce qu'il avait éprouvé pour Mae, il l'éprouvait toujours. Il n'avait pas cessé de penser à elle, de se demander ce qu'elle devenait, comment elle grandissait. Le deuil de l'enfant qui avait illuminé sa vie, il ne l'avait pas fait.

Mae dans les bras, il sortit dans la cour.

— Qu'est-ce que c'est que cette histoire ? demanda-t-il à Tamsin.

— Bonjour, Finn, dit-elle en souriant, même si sa voix était un peu tendue. Je me suis dit que ça te ferait plaisir de revoir Mae.

— Bo-bo-boooo, babilla Mae en agitant les bras.

— Et ? demanda Finn.

Des larmes perlèrent dans les yeux de Tamsin.

— Et je me demandais si ça te ferait plaisir de me revoir aussi.

Plantée derrière une des fenêtres du restaurant, Evie était hors d'elle.

— Je n'arrive pas à le croire ! Comment ose-t-elle revenir ? Elle est carrément gonflée, non ? À ton avis, qu'est-ce qu'elle fait là ? Si seulement je savais lire sur les lèvres...

— Arrête de regarder, dit Ginny, qui avait toutes les peines du monde à rester debout.

— Je ne peux pas ! Oh, tu as vu la petite Mae ? Qu'est-ce qu'elle est mignonne ! Et elle a changé, c'est fou !

— Evie, ils vont te voir.

— Tu rigoles ? On pourrait sortir toutes nues et danser la *Macarena* dans la cour qu'ils ne nous verraient même pas !

Ginny rougit. Finn l'avait vue nue, la veille.

— J'ai l'impression que Tamsin pleure ! s'exclama Evie, ravie. Tu n'aurais pas des jumelles ?

— Non, mais on a une table de huit qui doit arriver d'un moment à l'autre. Peut-être qu'on devrait…

— Mince ! Ils s'en vont !

— Tamsin et le bébé ?

Incapable de s'en empêcher, Ginny courut vers la fenêtre, impatiente de les voir remonter dans la voiture. Mais non. Par-dessus l'épaule d'Evie, elle les vit disparaître tous les trois derrière la porte de l'appartement de Finn.

— Pff… soupira Evie. Ils exagèrent. Comment veulent-ils qu'on sache ce qui se passe, maintenant ? Ils pourraient penser un peu aux autres. Je donnerais ma main droite pour savoir ce qui se dit là-haut, moi.

— C'est quoi ce cirque ?

Finn regardait la femme qu'il avait aimée, la créature magnifique avec qui il avait prévu de passer le restant de ses jours. Contrairement à la plupart des gens, Tamsin restait belle même lorsqu'elle pleurait.

— Oh, Finn, tu n'as pas idée de ce que j'ai vécu. J'ai fait la plus grosse bêtise de ma vie quand je t'ai quitté. Quelle idiote j'ai été ! Crois-moi, si je pouvais revenir en arrière, je le ferais. Si seulement je n'avais pas rencontré Angelo…

— C'est le père de ton enfant. Si tu ne l'avais pas rencontré, tu n'aurais pas Mae, aujourd'hui.

— Je le sais bien. Ce que j'essaie de te dire, c'est que j'aurais aimé que Mae soit de toi. J'ai commis une faute, une seule, dit Tamsin en levant un doigt pour appuyer son propos. Tu étais en voyage, et Angelo s'est trouvé là. Il m'a séduite, m'a flattée, j'étais aux anges. Et j'ai couché avec lui. Une seule fois. Il voulait que je te quitte pour devenir sa femme, mais je lui ai dit que je t'aimais et qu'on ne se reverrait plus. J'étais sincère, parce que c'était toi que je voulais épouser. J'ai cessé de le voir. Je me sentais coupable, bien sûr, mais c'était fini entre nous. Et je me disais que tant que tu ne saurais rien, tout irait bien pour nous deux.

— Puis tu t'es aperçue que tu étais enceinte, lâcha Finn platement.

De nouvelles larmes roulèrent sur les joues de Tamsin.

— Oui, mais je me répétais que le bébé était de toi, je ne voulais même pas envisager la possibilité qu'il soit d'Angelo. Parce que je souhaitais de tout mon être que ce soit toi le père.

Finn regarda Mae, qui s'était endormie sur le canapé. Il avait encore en mémoire chaque seconde de la nuit de sa naissance. Lorsque leurs regards s'étaient croisés pour la première fois, il avait ressenti une émotion si puissante ! En une seconde, sa vie avait été irrémédiablement changée.

— Mais ce n'était pas moi.

— Je sais, oui. Et tu l'aimais tant ! Je pensais pouvoir vivre avec cette question sans réponse, mais quand Mae est née, j'ai compris que j'en serais incapable. Je ne pouvais pas supporter l'idée de te tromper de cette façon, il fallait que je sache. C'est pour ça que j'ai fait faire le test ADN. Et lorsque les résultats sont arrivés… ç'a été le pire moment de mon existence. J'avais tellement prié pour que tu sois le père ! Mais je devais dire la vérité à Angelo. Il avait le droit de savoir. Excuse-moi, c'est tellement difficile…

— Alors, tu le lui as dit.

Lui aussi avait vécu à cette époque le pire moment de son existence. En partant, Tamsin lui avait laissé une lettre, mais c'était la première fois qu'il entendait ces explications de sa bouche.

— Oui. Et il a voulu qu'on vive ensemble, tous les trois. Il m'a convaincue que c'était la meilleure solution, et moi, j'étais dans un tel état que je n'ai pas pu dire non. Angelo est quelqu'un de très persuasif. Il a tout organisé, et j'ai suivi. Tout s'est passé si vite… C'est à peine si je m'en souviens.

— Et maintenant ? demanda Finn.

— Oh, Finn… Je me suis trompée. Tout est fini entre Angelo et moi. La seule personne qu'il aime vraiment, c'est lui. Pour lui, être père, ça se résumait à emmener sa fille partout pour la montrer, mais pas question de lui faire changer une couche. Si je lui demandais de s'en occuper une petite heure, il me regardait comme si j'exigeais qu'il se coupe une jambe. On avait une nounou de jour, et une nounou de nuit. Matériellement parlant, on avait tout. Mais j'ai vite compris que je n'aimais pas Angelo. Et je ne pense pas qu'il aime vraiment Mae.

— Donc, tu l'as quitté. Et tu es venue ici, avec Mae. Mais tu ne m'as toujours pas dit pourquoi, déclara Finn sans hausser le ton.

— Tu sais bien pourquoi, hoqueta Tamsin. Finn, tu sais pourquoi je suis revenue. J'ai commis la pire erreur qui soit, et tu n'imagines pas à quel point je m'en mords les doigts, mais pas un instant je n'ai cessé de t'aimer. Je sais que je t'ai fait souffrir, mais on était heureux ensemble, non ? Toi, moi et Mae, on formait une vraie famille. Alors, si je suis revenue… c'est pour te demander de me redonner une chance… pour Mae, avant tout. Mon souhait le plus cher, c'est que tu me pardonnes un jour, afin qu'on puisse de nouveau être heureux tous les trois.

36

Le service de midi fut une véritable épreuve pour Ginny, obligée de supporter à la fois les spéculations sans fin d'Evie et la nausée qui lui tordait l'estomac.

Finn sortit de chez lui au moment où elle s'apprêtait à monter dans sa voiture. En le voyant se diriger vers elle, la nausée faillit l'emporter. Étonnamment, l'arrivée de Tamsin la bouleversait bien plus que ce qui s'était passé avec Carla et Perry, ce qui montrait à quel point Perry avait peu compté pour elle, malgré ce qu'elle avait cru ressentir pour lui. Ce qu'elle avait vécu avec Finn, la veille, avait été différent. Et les flash-back très, très détaillés qui l'assaillaient depuis le début de la journée ne l'aidaient pas vraiment à surmonter le malaise qui était le sien aujourd'hui.

Finn avait les traits tirés, les mains enfoncées dans les poches de son jean, les épaules raides. Il la regarda, visiblement troublé, et alla droit au but.

— Ginny, excuse-moi, mais il faut qu'on parle. Comme tu le sais, Tamsin est revenue. Je ne m'y attendais pas, mais bon, elle est là. Et on a des choses à régler tous les deux. Donc… je veux dire… enfin, bon, hier soir, c'était super, vraiment, et je n'aimerais pas que tu te sentes… écartée ou ignorée, mais maintenant que Tamsin est là, ce serait un peu… compliqué…

Incapable de supporter sa gêne plus longtemps, Ginny vola à son secours.

— Tout va bien, Finn. Tu n'as rien à m'expliquer, je comprends tout à fait. Et je ne vois pas de quoi tu t'excuserais. Ce n'est pas comme si on était un couple. On est deux adultes qui avaient envie de prendre un peu de bon temps. C'était une histoire d'un soir, on était consentants tous les deux, et ça ne va pas plus loin que ça.

Finn sembla surpris par la véhémence avec laquelle elle s'était exprimée. Surpris, mais soulagé.

— Bien. Bon... d'accord. Du moment que tu es sûre que ça va...

Incrédule, aussi ? Oui, sans aucun doute.

Pensait-il malgré tout qu'elle éprouvait des sentiments profonds pour lui, en plus d'une attirance sexuelle absolument indiscutable ? Pour le convaincre qu'elle allait bien, Ginny hocha vigoureusement la tête.

— Oui, oui, je t'assure. Hier soir, c'était super, mais ça s'arrête là. Quand on a faim, on prend un truc dans le frigo et on grignote. Avec le sexe, c'est pareil, non ? On n'est pas obligé de se dire que c'est pour toute la vie. La semaine dernière, par exemple, j'ai mangé du poulet *chop suey*, c'était excellent, mais ce n'est pas pour ça que je vais tout vendre ici et partir m'installer en Chine !

Finn la regarda, sans doute un peu étonné tout de même par l'analogie poulet *chop suey* – partie de jambes en l'air. Mais Ginny eut le sentiment qu'elle l'avait convaincu. Il hocha la tête.

— Bien sûr que non... Eh bien, si c'est réglé, tant mieux. On va pouvoir continuer... normalement.

— Exactement. Comme d'habitude. Rien n'a changé, dit Ginny, certaine que c'était ce qu'il avait besoin d'entendre.

Il y eut un silence, puis, incapable de se retenir, elle lui demanda :

— Mais toi, est-ce que ça va ? Tu veux bien me dire ce qui se passe ? Que font-elles ici ?

Finn hésita, puis finit par lâcher :

— C'est difficile à expliquer. Je ne peux pas vraiment...

— Oh, les voilà ! s'écria Ginny, dont le cœur s'emballait de nouveau. Je te laisse !

Elle monta dans sa voiture et démarra, mais fut arrêtée par Tamsin, qui agitait un bras pour attirer son attention.

— Attendez ! Attendez ! dit-elle en courant dans sa direction.

Paniquée à l'idée que Tamsin avait pu découvrir ce qui s'était passé entre Finn et elle, Ginny fut tentée d'enfoncer l'accélérateur et de partir en trombe. Mais déjà, Tamsin était là et posait une main sur son capot.

— Je peux vous demander quelque chose ?

Non !

— Euh... oui, répondit prudemment Ginny.

— Tout à l'heure, j'ai vu qu'entre Mae et vous, le courant passait super bien. Et comme Finn et moi, on a vraiment besoin d'un peu de temps tous les deux, je me demandais si vous voudriez bien nous la garder ce soir.

Alors là, c'était la meilleure. Désarçonnée, Ginny resta sans voix.

— On vous paierait, bien sûr, s'empressa de préciser Tamsin. Je ne sais pas quel est le tarif horaire pour du baby-sitting, mais je vais me renseigner. Je n'ai pas l'habitude, on avait beaucoup de personnel, à Londres. Mais ne vous inquiétez pas, Finn verra ça avec vous.

Enfin, Ginny retrouva l'usage de la parole et secoua la tête.

— Désolée, je ne peux pas. J'ai quelque chose de prévu, ce soir.

— Vraiment ? s'étonna Tamsin, comme si Ginny venait de refuser un week-end aux îles Vierges avec

George Clooney. Vous êtes sûre ? Vous ne pouvez pas annuler ?

— Non, je ne peux pas.

Ginny n'avait absolument rien de prévu pour la soirée, mais elle aurait préféré vendre son âme au diable plutôt que d'accepter de garder Mae.

— Ce n'est pas grave, intervint Finn d'un ton impatient. On n'a pas besoin de faire garder Mae, de toute façon. On ne sort pas.

— Mais je… commença Tamsin.

— Réfléchis un peu. Cela fait des mois que je n'ai pas vu Mae. Je n'ai pas envie de la confier à quelqu'un d'autre !

« En particulier à moi », pensa Ginny.

37

Jem dessinait dans la marge de sa feuille pour faire croire qu'elle prenait des notes, mais elle n'avait pas écrit un seul mot depuis le début du cours. On était lundi, l'amphithéâtre était bondé, et l'air y était épais et rare. Le prof dissertait d'une voix monocorde sur *Le Paradis perdu* de Milton. Il aurait pu faire son cours en swahili, de toute façon, que cela n'aurait rien changé. Rien ne semblait pouvoir pénétrer le cerveau de Jem, ce matin.

Trois rangs plus bas, Davy et Lucy étaient assis côte à côte, attentifs, prenant des notes. Des étudiants modèles. Depuis « l'incident », Jem et Lucy s'ignoraient, se toisant parfois d'un regard dédaigneux. Et Jem avait beau se dire que tout allait bien, un sentiment de gâchis lui nouait les tripes. Tout aurait été plus facile si elle n'avait pas été si souvent seule. Mais Rupert n'était même pas venu en cours aujourd'hui, occupé qu'il était à soigner la gueule de bois rapportée de son super voyage en Écosse.

À l'évocation de l'Écosse, Jem appuya la pointe de son stylo si fort sur le papier qu'elle le troua. Le week-end promis avait tourné court, l'oncle d'Olly ayant déclaré qu'il ne pouvait pas prendre deux personnes dans son hélicoptère. Rupert y était donc allé seul, et Jem, qui avait passé la semaine précédente à annoncer l'air de rien qu'elle partait pour le week-end dans un château en Écosse, en hélico, avait été obligée d'inventer une histoire ridicule d'intoxication alimentaire la forçant à rester à Bristol. Du coup, elle avait passé le week-end enfermée, seule. En résumé, elle n'avait jamais autant regardé la télé de sa vie.

Après son cours, la journée s'écoula lentement. À 16 heures, Jem rentra à l'appartement. Sans faire de bruit, pour le cas où Rupert dormirait encore, elle ouvrit la porte de la chambre. Le lit était vide.

Le reste de l'appartement aussi. Sans savoir pourquoi, Jem se sentit mal à l'aise. Elle prit son téléphone et appela Rupert, mais tomba aussitôt sur la boîte vocale.

Où était-il ? Après une journée pareille, passée dans une solitude forcée car les autres étudiants lui battaient froid, elle avait besoin de réconfort et de câlins.

Ravalant son sentiment de malaise – Rupert détestait qu'on lui demande des comptes sur ses allées et venues –, elle vida son sac de cours et s'assit sur le canapé pour travailler un peu. Elle avait un tas de devoirs en retard à rendre au plus vite, des révisions à commencer. Les examens de fin d'année arrivaient à la vitesse de la lumière. *Sois positive, utilise ce temps libre à bon escient. Si Rupert ne rentre pas avant 18 heures, tu as deux bonnes heures pour…*

Elle allait se faire un café, d'abord. Et puis un croque-monsieur, aussi, parce que travailler le ventre vide, ce n'était pas bon.

Dans la cuisine, elle essaya une nouvelle fois d'appeler Rupert. Toujours la boîte vocale. Mais où était-il, à la fin ?

De retour dans le salon, elle feuilleta un manuel et le reposa presque aussitôt pour s'emparer de la télécommande et allumer la télé. Tiens, *La Roue de la fortune*. Après ce jeu, elle s'y mettrait, c'était promis.

Rupert reparut aux alentours de minuit, en chantant à tue-tête et en jouant d'une guitare imaginaire à la manière de Bono. Jem était couchée, mais ne dormait pas, et hésitait entre l'indignation – elle venait de passer des heures à s'inquiéter – et le soulagement de le voir enfin. Même si, en se laissant tomber de tout son poids sur le lit, il lui fit assez mal à la cheville gauche.

— Mais tu étais où ? demanda-t-elle en se redressant.

— J'étais sorti.

— Où ?

— Ah, l'Inquisition est de retour, fit Rupert en la regardant avec un sourire taquin. Ma chérie, tu n'as pas à t'inquiéter. Je me suis levé à 15 heures, et j'avais faim. Il n'y avait plus de jambon de Parme dans le frigo, alors je suis allé à l'épicerie fine pour en acheter. Et en rentrant, j'ai rencontré Maz, qui m'a entraîné contre mon gré dans un bar à vin. Je te jure qu'il ne m'a pas laissé le choix. Il m'a fait boire.

— Pendant neuf heures ?

Rupert regarda sa montre.

— Non, non, non. Pendant exactement huit heures et onze minutes, Votre Honneur. Pas une seconde de plus.

— Je ne savais pas où te trouver, et ton téléphone était éteint. Tu aurais au moins pu appeler pour me dire ce que tu faisais.

— J'aurais pu. Mais je me suis dit que j'avais dix-neuf ans et que tu n'étais pas ma nounou. J'ai le droit de sortir tout seul, je peux même traverser des grandes rues si je fais attention à bien regarder des deux côtés avant. Et puis, tu as dit que tu avais des tonnes de révisions, alors j'ai décidé de te rendre service et de débarrasser le plancher pour te laisser tranquille.

— Toi aussi, tu as des tonnes de révisions, fit remarquer Jem.

— Je sais, je sais. Mais c'est tellement rasoir... Bon, c'est fini, les reproches ? Parce que j'ai quelque chose à te dire.

Elle se sentait faiblir.

— Quelle chose ?

— Deux choses, en fait. Premièrement, pour me faire pardonner d'avoir été un vilain garçon, je t'invite à dîner au *Byzantium* demain soir. Qu'est-ce que tu en dis ?

Le *Byzantium* était le restaurant le plus tape-à-l'œil de la ville, avec magiciens et danseuses du ventre. Ravie, Jem sourit. Il était vraiment désolé. Il l'aimait, c'était certain.

— Et l'autre chose, c'est quoi ?

— U2 donne un concert à Rome ce week-end et Maz a des places.

Jem laissa échapper un cri de joie.

— Tu plaisantes ?

— C'est dingue, hein ? C'est fou, quand même, je le croise par hasard, et paf ! On prend l'avion vendredi soir.

Jem était en transe.

— C'est génial, génial, génial ! Bon, je suis censée bosser samedi, mais je vais trouver quelqu'un pour me remplacer, ça ne sera pas un prob...

— Holà, je me suis mal exprimé, coupa Rupert en levant les mains. Maz a *deux* places pour le concert. On y va tous les deux. Maz et moi.

« Déçue » n'était pas le mot. « Effondrée » correspondait plus à ce qu'elle ressentait. « Idiote » était aussi possible.

— Je suis désolé, ma belle, je ne voulais pas te donner de faux espoirs. Mais je savais que tu devais bosser au pub, de toute façon, alors je me suis dit : « Autant y aller. » Maz avait acheté une place pour sa copine, mais ils ont rompu la semaine dernière, et quand il a parlé de ça, j'ai sauté sur l'occase. Ça ne se rate pas, un truc pareil. Allez, ne sois pas triste.

Jem sentit sa lèvre inférieure qui se mettait à trembler. Elle n'allait pas voir Rupert de tout le week-end.

— Tu ne vas pas pleurer, quand même ? dit Rupert en passant un bras autour de ses épaules. Je ne pouvais pas laisser passer ça, t'es d'accord ?

Jem hocha la tête. Après tout, ce n'était qu'un concert de U2.

— Je sais. Mais tu vas me manquer.

— Hé, c'est que deux jours ! On n'est pas siamois, que je sache ! Regarde nos hanches, elles ne sont pas attachées ! Donc, on n'est pas obligés de passer tout notre temps ensemble.

— Non, c'est vrai, reconnut Jem d'une petite voix.

Mais quand on aimait quelqu'un, n'était-il pas normal d'avoir envie d'être avec lui tout le temps ? Elle ne pouvait s'empêcher de penser que Rupert était moins impliqué qu'elle dans leur relation.

— Allez, tu ne vas pas faire ta gamine. Ne pleure pas, dit-il en voyant ses yeux se remplir de larmes. On dîne au *Byzantium* demain soir, je te rappelle. À moins que ça ne te dise plus rien.

Elle ravala ses larmes.

— Si, si, j'ai envie d'y aller.

— Ah, c'est mieux. Allez, embrasse-moi.

Les lèvres de Rupert, chaudes et encore alcoolisées, se posèrent sur les siennes. Ivre ou pas, il embrassait toujours aussi bien. Après un long baiser, il la regarda avec son sourire le plus coquin, tira la couette et se mit à califourchon sur elle.

— Tu sais quoi ? Je crois que j'ai changé d'avis.

— À propos de quoi ?

Jem le connaissait désormais suffisamment pour ne pas s'imaginer qu'il s'agissait du voyage à Rome.

Déjà, Rupert déboutonnait son jean.

— En fait, j'adore quand on est attachés par les hanches.

38

La dernière fois que Carla avait vu Tess Whelan, quatre semaines plus tôt, elle l'avait plainte. Tess, alors enceinte de neuf mois, se traînait chez elle comme un éléphant au bord de l'épuisement, avait tout le temps mal au dos, se plaignait de ne plus pouvoir se vernir les ongles de pied, et avait assommé Carla avec le récit de ses séances de préparation à l'accouchement, le tout entrecoupé de passages aux toilettes tous les quarts d'heure, parce que le bébé lui appuyait sur la vessie.

Carla avait feint de compatir, mais en réalité, elle trouvait absolument révoltant qu'une jolie fille comme Tess ait pu devenir ce gros tas.

La perspective de revoir Tess aujourd'hui ne l'emballait pas plus que cela. Vu son état avant la naissance, on devinait aisément qu'elle ne devait pas être en grande forme maintenant qu'une petite créature vagissante occupait ses jours et ses nuits.

En plus, ça devait sentir la couche sale partout dans l'appartement. Carla décida qu'elle resterait dix minutes, pas une de plus.

— Salut ! Ça me fait plaisir de te voir ! Entre !

En voyant Tess, Carla resta bouche bée. Ses cheveux blonds étaient brillants, son visage radieux, et son jean était au maximum un trente-huit. Son petit haut rose en dentelle, quant à lui, était carrément sexy.

— Waouh, mais qu'est-ce qui est arrivé à ton ventre ?

Tess sourit et tapota son ventre plat.

— Je sais, c'est génial, non ? Un vrai miracle. C'est grâce à l'allaitement. Je mange comme quatre, mais j'ai retrouvé la ligne sans problème. Allez, viens, que je te présente Alfie.

Carla était stupéfaite. Tess avait un physique de top model, et l'appartement ne sentait pas la couche sale.

— Alors, comment ça se passe ? demanda-t-elle en la suivant jusqu'au salon.

— Parfaitement bien. C'est tellement plus facile que ce que j'avais imaginé ! On entend un paquet d'histoires horribles sur les nouveau-nés qui pleurent tout le temps, mais Alfie est adorable. Un vrai petit ange. Je n'ai jamais été aussi heureuse de ma vie.

Tess se tut un instant avant de reprendre :

— Tu sais, je n'étais pas quelqu'un de très maternel, avant. Les bébés, ça ne m'intéressait pas. Mais mon mari voulait vraiment des enfants, alors je me suis sentie obligée… Et maintenant qu'Alfie est là, je me demande comment je ferais sans lui. Il est tout pour moi. Je me sens enfin complètement épanouie.

« C'est ce que j'éprouve avec Perry », pensa Carla.

— Le voilà !

Le visage de Tess rayonnait tandis qu'elle présentait la prunelle de ses yeux à son amie.

Carla regarda le bébé, réveillé mais silencieux, allongé sur un gros coussin bleu et blanc. Il portait un minuscule tee-shirt blanc et une couche. Ses yeux sombres étaient attentifs, son crâne était recouvert d'un petit duvet, et ses petits doigts s'ouvraient et se fermaient tandis qu'il fixait Carla du regard.

Mon Dieu...

— Ça va ? demanda Tess, inquiète.

— Oui, oui, ça va, répondit Carla d'une voix rauque.

Et là, elle prononça les quatre mots que jamais elle n'avait prononcés, que jamais elle n'avait même envisagé de prononcer.

— Je... peux le prendre ?

C'était extraordinaire. Une révélation, qui transcendait tout ce qu'elle avait connu jusque-là. Tess se pencha, prit Alfie et l'embrassa délicatement sur le crâne avant de le lui mettre dans les bras. Et lorsqu'elle tint ce petit être contre elle, Carla comprit enfin ce qui lui manquait pour parvenir à l'accomplissement auquel elle aspirait.

Un bébé. Avec Perry.

Comment avait-elle pu affirmer qu'elle ne voulait pas d'enfant ? Ça n'avait jamais été le bon moment, ni la bonne personne, sans doute.

Mais là, c'était complètement différent. Elle aurait pu caresser cette peau si douce pendant des heures. Alfie n'était pas le plus beau des nourrissons, mais lorsqu'on le regardait, il vous persuadait du contraire. Et quand sa toute petite menotte se referma sur un doigt de Carla, elle dut se retenir pour ne pas laisser exploser sa joie.

Un bébé, voilà ce qu'elle voulait.

— Eh bien, dit Tess, admirative. On dirait que tu as fait ça toute ta vie.

— C'est la première fois que je prends un bébé dans mes bras. Jamais je n'en avais eu envie...

— Quel âge as-tu ?

— Trente-neuf.

— Tic tac, tic tac... fit Tess en souriant.

— Je ne savais même pas que j'avais une horloge biologique, dit Carla en retenant des larmes de bonheur. Je n'arrive pas à croire qu'une telle chose puisse m'arriver. C'est comme si je venais de découvrir le sens de la vie.

Dire un truc pareil était peut-être d'un ridicule achevé, mais elle s'en fichait. C'était la vérité.

— Quoi ? demanda Perry en éclatant de rire.

— Je veux un bébé.

Carla y avait pensé tout l'après-midi. Le soir, après avoir rejoint Perry chez lui, elle l'avait convaincu de venir se promener avec elle sur la plage.

Il s'arrêta pour la regarder, la tête penchée sur le côté.

— Tu plaisantes, n'est-ce pas ?

— Non.

— Mais tu détestes les enfants. C'est toi-même qui me l'as dit. Tu disais que tu n'avais jamais voulu en avoir.

— Je sais. Mais je me trompais. Mon corps me disait que je n'en voulais pas, parce que je n'avais pas rencontré l'homme idéal. Mais maintenant, c'est fait, expliqua Carla, radieuse, sûre d'elle. Et maintenant, j'en veux un plus que tout. Avec toi. C'est fou, non ? Tu verras, on sera encore plus heureux.

— Mais... et moi ? Qu'est-ce qui te dit que j'en veux, moi, des enfants ? Je ne les supporte pas. J'étais ravi quand tu m'as annoncé que tu n'en voulais pas.

— Oui, mais ça, c'était avant. Maintenant, j'en veux. Et tu changeras d'avis aussi, tu verras. Perry, c'est dans l'ordre des choses. On s'aime. Ce sera fantastique.

— Je peux t'assurer du contraire.

Il en fallait plus à Carla pour ébranler ses certitudes. Après tout, la meilleure vendeuse de sa boîte, c'était elle. Perry céderait. La plupart des hommes paniquaient à la perspective de devenir pères, mais ils finissaient bien par s'y faire.

Perry fixa un long moment le large, puis demanda brusquement :

— Quand tu as changé d'avis ?

— Cet après-midi. Je suis allée voir une amie, et...

— Donc, tu as toujours ton stérilet.

Carla sourit en hochant la tête. Elle avait pris rendez-vous pour le lendemain matin chez son gynéco, afin de le retirer. Après tout, elle avait trente-neuf ans, et plus de temps à perdre.

— Tu entends ça ? demanda Perry.

Derrière eux, dans un landau, un bébé hurlait. Sa mère, énorme et visiblement épuisée, passa près d'eux d'un pas lourd. Si Carla s'était écoutée, elle aurait pris l'enfant dans ses bras pour le calmer.

— En plus, il est affreux, murmura Perry.

— Mais le nôtre serait beau.

Il la fixa longuement, d'un regard dur. Puis il sourit.

— Qu'est-ce que tu es en train de me faire, là ?

— Rien de terrible, je te jure. J'essaie juste de te montrer à quel point je t'aime, répondit-elle en nouant les bras autour de sa taille pour le serrer contre elle. Tu verras, tu ne le regretteras pas.

Perry l'embrassa, et elle se sentit fondre de désir. Si la plage avait été déserte, elle l'aurait allongé sur le sable et lui aurait fait l'amour ici même, sans plus attendre. Mais il y avait des vacanciers un peu partout, des chiens qui gambadaient dans les vagues, des ados qui jouaient au foot et des enfants qui ramassaient des coquillages.

— Espèce de petite coquine, lui murmura Perry à l'oreille comme elle se plaquait contre lui.

— C'est plus fort que moi, répondit Carla, le souffle court.

— C'est ce que je vois, oui.

Amusé, il l'entraîna vers l'escalier qui remontait sur la promenade et ajouta :

— Si on ne veut pas finir au poste, je crois qu'il vaut mieux qu'on rentre à la maison.

39

— Finn, que se passe-t-il ? demanda Evie lorsque Finn entra dans le restaurant, vers midi.

— Comment ça, que se passe-t-il ? Je vends des vieux meubles, depuis ce matin.

— Arrête. Tu sais très bien de quoi je parle.

Finn n'impressionnait pas Evie, qui lui posait les questions que personne n'osait lui poser. Ginny, qui essuyait les verres derrière le bar, le vit pousser un soupir agacé.

— Ça ne te regarde pas.

— Tu as perdu la tête ou quoi ? Tamsin a foutu ta vie en l'air l'an dernier. Tu vas la laisser refaire la même chose ?

Il était encore tôt, le restaurant était désert. Finn, de toute évidence d'une humeur de chien, remit Evie à sa place.

— Je n'ai pas à me justifier auprès de toi. Je suis grand, je peux prendre mes décisions tout seul.

— Et là, tu vas faire une grosse connerie, rétorqua Evie.

— Écoute-moi bien, Evie. Qu'aurais-tu dit si on t'avait pris Philippa quand elle avait trois mois ? Si on t'avait annoncé que tu ne la reverrais pas ? Tu aurais laissé faire et tu l'aurais oubliée ? Tu aurais cessé de l'aimer, comme ça, parce qu'elle ne faisait plus partie de ta vie ?

Les yeux d'Evie lançaient des éclairs.

— Non. Mais Mae n'est pas ta fille.

— Je pensais qu'elle l'était. Elle aurait pu l'être. Un grand nombre d'hommes élèvent les enfants d'un autre et les aiment comme si c'étaient les leurs.

— C'est ce que tu vas faire, alors ? On oublie que Tamsin t'a trompé et t'a laissé croire que Mae était de toi. On oublie qu'elle s'est tirée avec Monsieur Millionnaire sans même te prévenir. Tu lui as tout pardonné, c'est ça ? Elle s'en sort comme une fleur. C'est drôlement pratique, dis donc !

Ginny aurait tout fait pour être ailleurs, mais elle ne pouvait même pas aller chercher refuge dans la cuisine, car Finn lui barrait le chemin. Il était franchement en colère, maintenant – elle le voyait serrer les dents et agripper le bord du bar. Et elle le trouvait franchement sexy, même si le moment était mal choisi.

— Ne me dis pas comment gérer ma vie, d'accord ?

— Pourquoi ? Il faut bien que quelqu'un essaie de faire entrer un peu de bon sens dans ta caboche ! On ne va pas rester là, les bras croisés, à te regarder faire une énorme connerie !

Elle désigna Ginny, à qui elle demanda :

— Pas vrai ?

— Euh… je préfère ne pas me mêler de ça, fit Ginny.

— Mais tu devrais t'en mêler, au contraire ! On travaille tous ensemble ! On est amis, que je sache ! Et c'est à ça que servent les amis. Si je couchais avec un gamin de dix-sept ans qui me demandait de l'épouser et de lui prêter de l'argent pour rembourser ses dettes de jeu, vous me laisseriez faire, vous deux ?

— Là, tout de suite ? Sans hésiter, répondit Finn.

— Tu vois ? Maintenant, tu es en colère contre moi. Mais tu ne devrais pas, ajouta Evie plus calmement. Si on fait tout ça, c'est parce qu'on tient à toi.

« Holà, on se calme, avec le "on", songea Ginny. Pas de généralisation. »

— Je sais que tu aimes Mae, reprit Evie. Mais je ne peux pas croire que tu aimes encore Tamsin. Votre relation est bancale, elle ne tiendra pas la route. Elle est belle et sexy, d'accord. Mais aimer le lait ne veut pas dire qu'il faut acheter la vache. Et si c'est la bagatelle que tu recherches, il suffit que tu claques des doigts, et les candidates se bousculeront au portill... Oups.

— Hou hou !

Sur le seuil du restaurant se tenait Tamsin, Mae dans les bras.

— Tiens, un grand silence quand j'arrive, dit-elle, amusée. Je devrais avoir les oreilles qui sifflent ?

Son regard s'arrêta sur Ginny, et elle ajouta :

— Mais j'ai l'impression que certains sont encore plus gênés que moi...

Les joues en feu, Ginny aurait aimé disparaître. Conscient de son embarras, Finn vint à son secours.

— On parlait boulot. Tu veux quelque chose ?

— On passait juste vous dire au revoir.

Les sourcils d'Evie grimpèrent jusqu'en haut de son front, et un espoir fou fit battre le cœur de Ginny à coups redoublés. Tamsin se tourna vers Finn et annonça d'un ton enjoué :

— On va en ville pour acheter des vêtements à Mae, et ensuite on ira jouer un peu sur la plage. On sera de retour vers 15 heures, d'accord ?

Elle tendit Mae à Finn.

— Dis au revoir, ma chérie.

Tout sourire, Mae embrassa Finn sur la joue en disant :

— Vouaaaa.

— Vouaaaa à toi aussi, dit Finn en lui caressant les cheveux. Amuse-toi bien.

— Regardez-les, fit fièrement Tamsin. Mae l'adore !

« Moi aussi », songea Ginny en ravalant sa déception.

Pour rattraper le temps passé chez son gynéco, Carla avait dû travailler tard. Il était 20 heures lorsqu'elle arriva chez Perry. Elle sonna et attendit, impatiente.

La porte s'ouvrit et Ally, l'assistante de Perry à la boutique, apparut.

— Euh… bonsoir, Perry m'attend, dit Carla, surprise.

Derrière un rideau de cheveux teints en noir corbeau, Ally cligna des yeux.

— Ah, ouais, fit-elle. Il a dit que vous passeriez. Montez.

Ce ne fut qu'en arrivant dans le salon que Carla réalisa que quelque chose ne tournait décidément pas rond. D'abord, des bâtons d'encens fumaient sur le rebord de la fenêtre, répandant une odeur âcre. Ensuite, le canapé disparaissait sous une montagne de sacs de voyage bourrés à craquer.

Enfin, Perry n'était pas là.

— Où est-il ?

— Hein ? Oh, il est parti, répondit Ally en regardant autour d'elle. Attendez, j'ai un truc pour vous, quelque part.

Le cœur de Carla fit un bond.

— Parti ? Mais où ?

— Aucune idée. Il a juste dit qu'il avait besoin de prendre un peu de recul et que je devais m'occuper de la boutique pendant son absence. C'est beaucoup de boulot, mais en échange, j'ai le droit de m'installer ici jusqu'à son retour, alors ça va. Habiter avec ma mère, ça me prend trop la tête. Ah, la voilà.

Elle se pencha sur la table basse pour y prendre une enveloppe, qu'elle tendit à Carla.

Comment Perry avait-il pu fuir de la sorte ? Le matin même, lorsqu'elle l'avait quitté, il semblait aller tout à fait bien. Carla déchira l'enveloppe et se détourna du regard curieux d'Ally pour lire le mot qu'elle contenait.

Carla,

Je t'aimais, mais tu m'as fait peur. Je ne veux pas d'enfants aujourd'hui, et je n'en voudrai jamais. Je pars quelque temps pour réfléchir à tout ça. N'essaie pas de m'appeler, je ne répondrai pas. Tu étais la femme idéale, pour moi, mais maintenant, ce n'est plus pareil. Tes affaires sont dans la chambre, emporte-les quand tu quitteras l'appartement.

Pardon, je ne suis pas très doué pour ce genre d'exercice. À l'avenir, je ferais mieux de m'en tenir aux femmes qui ont subi une hystérectomie !

Bises,

Perry

Carla froissa la lettre dans son poing et serra, serra jusqu'à en avoir mal à la main. *Bises, Perry.* La veille, il l'aimait, et aujourd'hui, c'était fini. Hop, nettoyé. Terminé.

— Ça va ? demanda Ally en vidant le contenu d'un de ses sacs sur le sol.

— Très bien. On ne peut mieux, répondit Carla en fourrant la lettre dans son sac.

Elle hésitait entre aller s'ouvrir les veines et garder le couteau pour ouvrir celles de Perry. Tant qu'elle y était, elle lui aurait bien coupé l'attribut auquel il tenait tant. Si seulement elle avait su où il avait trouvé refuge…

La fureur avait pris le dessus, mais les larmes menaçaient – ce qui la rendait plus furieuse encore. Elle alla récupérer ses affaires dans la chambre et constata qu'il avait emporté presque toutes les siennes. L'enfoiré !

— Vous y allez ? À plus, alors ! lui lança Ally lorsqu'elle reparut.

— C'est ça, à plus, répondit Carla, avec le sentiment d'être une employée de bureau que l'on vient de virer sans préavis.

À minuit, la douleur s'était bel et bien installée. La douleur au propre et au figuré. Le retrait de son stérilet provoquait de violentes crampes qu'elle avait tenté de calmer avec du paracétamol et un whisky bien raide, avant de poser une bouillotte sur son ventre. Mais ce n'était rien comparé à la douleur qui ravageait son cœur. Elle avait perdu Perry Kennedy, l'amour de sa vie, et elle ne pouvait s'en prendre qu'à elle-même. Pourtant, même si un avenir sans Perry était difficile à imaginer, un avenir sans bébé l'était cent fois plus. C'était comme une pulsion, une force naturelle qui s'imposait à elle.

Et elle l'aurait, cet enfant. Pas avec l'homme qu'elle avait choisi, mais elle l'aurait.

Bon sang, pourquoi était-ce si douloureux ?

Elle tourna brusquement la tête en direction de la fenêtre. N'était-ce pas une voiture qui venait de se garer, dans la rue ? Le cœur battant, elle se leva, jeta la bouillotte sur le fauteuil et, d'un pas mal assuré, alla regarder par la fenêtre. Peut-être était-ce Perry, qui s'était ressaisi et venait la couvrir de baisers pour lui demander pardon.

Mais on n'était pas à Hollywood. À l'abri derrière ses rideaux, Carla regarda Ginny descendre de sa voiture. Elle rentrait de son service au restaurant. La déception se mêla aux regrets, parce qu'une seule autre personne que Perry aurait pu la consoler, ce soir, et que cette personne, c'était Ginny. Sa meilleure amie. Ex-meilleure amie. Celle dont elle avait piqué l'amoureux.

Comme si elle avait senti sa présence, Ginny se retourna dans sa direction. L'espace d'un instant,

Carla fut tentée d'ouvrir la fenêtre et de l'appeler, de lui dire qu'elle était désolée et de la supplier de venir. L'ironie, c'était que personne mieux que Ginny ne pouvait comprendre ce qu'elle ressentait. Elle seule aurait su la réconforter, trouver les mots qui l'auraient apaisée.

Mais c'était impossible et, de toute façon, Ginny disparaissait déjà dans sa maison. La porte claqua, puis la lumière s'alluma dans la cuisine. Depuis son poste d'observation, Carla vit Ginny et Laurel qui bavardaient et riaient ensemble.

Qui l'eût cru ? Laurel savait donc rire...

« Tu es toute seule, ma vieille, pensa Carla en gagnant son lit, courbée en deux par la douleur. Tu es toute seule, et c'est de ta faute. Ginny a une nouvelle meilleure amie, maintenant. »

40

— Sept demis, quatre verres de blanc et cinq Bacardi Breezer.

Après avoir passé commande, Spiderman ajouta :

— Ça va, toi ?

Jem leva les yeux. Oh, oui, c'était la grande forme. La bière coulait à flots ce soir, et elle venait d'en éclabousser sa chemise blanche. Le liquide tiède dégoulinait le long de son bras, chose qu'elle détestait par-dessus tout. Mais Spiderman était le premier invité de cette soirée costumée à lui dire quelque chose d'un peu gentil, alors elle se força à sourire.

— Ça va, merci. Sec, le blanc ?

— Sec… si !

Spiderman, alias Darren, lui décocha un sourire bourré de sous-entendus, auquel elle ne prêta pas la moindre attention. Ce type avait un humour au ras des pâquerettes, mais au moins avait-il été invité à la soirée costumée de Karen et d'Alex, dont tout le monde parlait depuis une semaine. Car tout le monde avait été invité, sauf elle, et Rupert, qui de toute façon n'y serait pas allé.

Jem prépara la commande, la tête ailleurs. Un peu plus tôt dans la soirée, Rupert lui avait fait l'amour et lui avait donné le sentiment d'être spéciale, super, la fille la plus vernie de Bristol. Puis il s'était rhabillé et était parti pour Cheltenham, pour l'enterrement de vie de garçon d'un copain de son frère. Il l'avait embrassée distraitement en lui disant qu'il serait de retour le lendemain.

Jem éprouvait un horrible sentiment de déjà-vu. D'abord l'Écosse, puis Rome, et maintenant ça. Elle se sentait seule comme jamais.

Un éclat de rire lui fit lever les yeux, et elle vit Davy et Lucy en costumes sombres et chapeaux mous de gangsters. Depuis que Lucy habitait chez lui, Davy se transformait à vue d'œil, comme si elle travaillait à le faire sortir de sa coquille. Du coup, les autres l'acceptaient mieux. Il n'était plus à leurs yeux le petit garçon à sa maman, qu'on ignore et qu'on n'invite jamais. Le fait qu'il soit lié à Lucy faisait de lui un mec cool, et force était de constater qu'il l'était, ce soir, en gangster.

Ni lui ni Lucy n'avait eu un regard pour Jem. Mais après tout, personne ne lui avait vraiment prêté attention.

— On ferme ! lança le patron en sonnant la cloche à 22 h 50.

Jem finit de préparer la commande de Spiderman, prit la carte de crédit qu'il lui tendait et la glissa dans la machine.

— Bientôt fini de bosser, alors ? dit-il d'un ton enjoué.

— Dès que tout le monde sera parti, oui.

— Tu viens à la fête, après ?

Autour d'eux, le silence se fit. De toute évidence, Spiderman n'avait pas dit ce qu'il fallait. Jem secoua la tête.

— Euh… non.

Darren, qui n'avait pas inventé la poudre, insista :

— Ben pourquoi ?

« Parce que personne n'a envie que je vienne. Tout le monde me déteste, tu n'as pas remarqué ? » eut envie de répondre Jem. Mais elle se contenta de lui tendre la machine en disant :

— Parce que. Tape ton code, s'il te plaît.

— Ouais, mais c'est con, si tu n'as rien d'autre à faire. Hé, Alex ! lança Darren en se tournant vers l'organisateur de la soirée. Je disais à Jem qu'elle pouvait venir, après, non ?

Jem se sentit mal à l'aise. Alex était visiblement gêné, et les autres se donnaient des coups de coude en ricanant.

— Le problème, c'est que c'est une soirée déguisée, marmonna Alex.

— Et puis, il faut que je rentre, s'empressa d'ajouter Jem. Mais merci.

*Merci de ne pas m'inviter à ta soirée, Alex, et merci à toi, Darren, d'attirer l'attention de tout le pub sur ce détail. Ça fera sans doute la une de l'*Evening Post *demain.*

— De toute façon, on n'est pas assez riches pour elle ! lança, du fond de la salle, Cerise Logan, une peste que Jem détestait et qui faisait du plat à Rupert chaque fois qu'elle le pouvait. Elle ne daigne plus sortir avec des gens ordinaires comme nous, maintenant qu'elle a Rupert !

Jem fut très tentée de lui répondre qu'elle aurait peut-être eu sa chance avec quelqu'un comme Rupert, si elle n'avait pas eu des poteaux à la place des jambes et des dents de cheval. Mais elle aurait perdu son boulot sur-le-champ, alors…

— Six demis, quatre verres de blanc, trois Bloody Mary et deux Bacardi Breezer, annonça Alex. Ah, et quinze paquets de chips oignon-fromage.

En ce dimanche midi, les quelques rescapés de la soirée de samedi, toujours déguisés, semblaient prêts à continuer la fête qui, à en croire les commentaires qui fusaient, avait été un succès. Jem, qui n'avait eu aucune nouvelle de Rupert, se baissa pour sortir les paquets de chips du carton posé sous le bar. Davy et Lucy n'étaient pas venus, c'était déjà ça.

Malheureusement, Cerise, elle, était là.

— Alex ! Prends-moi des chips normales, j'aime pas les oignon-fromage ! lança-t-elle d'une voix perçante.

— Tu as entendu ? demanda Alex à Jem, en se penchant par-dessus le bar.

— Je pense que tout Clifton a entendu, murmura Jem.

— Et pas de vin blanc tout seul, avec mon mal de tête... ajouta Cerise. Un spritzer, plutôt !

Jem se redressa.

— Quelle soirée, c'était génial ! T'as raté quelque chose ! poursuivit Cerise en allumant une cigarette, dont elle souffla la fumée en direction de Jem. Tu aurais dû venir, vraiment... Oups ! J'oubliais, t'étais pas invitée !

Gêné, Alex tenta de jouer les pacificateurs.

— C'est pas qu'elle était pas invitée, mais elle avait pas de déguisement.

— Oh, tu crois ? fit Cerise avec un sourire méchant. Elle aurait pu venir avec sa tronche d'hypocrite, ça le faisait, non ?

Sssssplatchhhhh ! fit le jet d'eau gazeuse, que Jem venait de saisir pour préparer le spritzer. Mince, comment était-ce arrivé ?

— Aaahhh ! hurla Cerise, le chemisier trempé. Ça va pas, non ? T'es dingue ?

Ça allait bien mieux, au contraire. Maintenant qu'elle avait commencé, Jem n'avait plus envie de s'arrêter. Cerise n'était qu'une emmerdeuse qui méprisait les autres et avait besoin d'une bonne leçon. Une douche à l'eau gazeuse réfrigérée, c'était une leçon comme une autre, non ? En quelques instants, Cerise fut inondée des pieds à la tête. Et, « cerise » sur le gâteau, un peu partout dans l'assemblée, les gens étouffaient des rires, reconnaissant implicitement que Cerise n'avait que ce qu'elle méritait.

— Arrête ! Mais arrête ! hurla Cerise, qui tentait vainement d'échapper au jet glacé, les joues maculées de traînées de mascara.

— Non, répondit Jem, qui s'amusait beaucoup.

— Mais arrêtez-la ! Elle est complètement folle ! C'est froid !

— Ah, j'oubliais, fit Jem en riant. Tu as les chevilles épaisses et une tronche de cheval.

Puisqu'elle allait perdre son boulot, autant le perdre en beauté.

— Repose ça !

De sa grosse main, le patron du pub lui prit son nouveau joujou pour le remettre en place.

— Espèce de sale pétasse ! hurla Cerise en secouant la tête. Mon père est avocat, je vais te coller un procès aux fesses !

— Ça, ça m'étonnerait, intervint le patron en la fixant d'un regard las et méprisant. Tu brailles trop, et tu as trop bu. Et toi, ajouta-t-il en se tournant vers Jem, tu es virée.

— Super, dit Jem en s'essuyant les mains avec un torchon. J'ai toujours rêvé de m'en aller sur un coup d'éclat. Alors, un bon éclaboussement, je trouve que ça le fait, non ?

Dans la salle, tout le monde était stupéfait. Et plus personne ne l'ignorait. À quelque chose malheur était bon.

Franchement, quelle importance ? Des pubs, il y en avait des dizaines d'autres, à Bristol. Mais tout compte fait, Jem se demandait si elle allait se remettre en quête d'un petit boulot. Travailler lui prenait tout son temps libre, tandis que faire un nouvel emprunt lui permettrait de profiter de la vie. Elle et Rupert pourraient passer plus de temps ensemble, et il partirait moins souvent en week-end de son côté. Oui, c'était une meilleure idée. Plein d'étudiants s'en sortaient comme cela et ne s'inquiétaient pas à l'idée d'être endettés. Il suffisait de rembourser, le moment venu, lorsqu'on gagnait enfin sa vie avec un vrai métier. Quand on y réfléchissait, faire un autre emprunt était bien plus logique.

En arrivant dans Pembroke Road, le cœur de Jem fit un bond. La voiture de Rupert était garée devant la maison. Enfin, il était de retour ! Elle accéléra le pas. Rupert allait hurler de rire lorsqu'elle lui raconterait ce qui venait de se passer. Puis il lui dirait qu'elle avait pris la bonne décision, et surtout, il la serrerait dans ses bras pour qu'elle se sente aimée, ce dont elle avait besoin plus que tout.

Elle ne lui avait pas encore dit que son professeur principal l'avait convoquée dans son bureau, vendredi après-midi. Elle avait trop honte. Mais Rupert trouverait ça hilarant aussi.

Elle monta l'escalier quatre à quatre, glissa sa clé dans la serrure et poussa la porte.

— Rupert !

Tant pis s'il dormait, elle allait le réveiller. Elle avait trop besoin de lui.

Mais il ne dormait pas. Elle entendait couler l'eau dans la salle de bains. Imaginer Rupert nu sous la douche, en train de se savonner, la fit sourire et frissonner d'anticipation. Elle ôta une botte et testa discrètement la poignée de la porte de la salle de bains pour voir si le verrou était mis. Non, c'était ouvert. Elle enleva l'autre botte et retira ses chaussettes. Elle n'avait jamais fait l'amour sous la douche.

Mais Rupert, si.

D'ailleurs…

Sur le seuil, Jem se figea. Elle voyait trop de bras et de jambes à travers la paroi embuée de la cabine de douche. Par-dessus le bruit de l'eau, elle entendit alors une voix féminine gémir et murmurer des encouragements. Puis ce fut la voix de Rupert :

— Oh… oui. Oui… mmm…

Oh, non. S'il vous plaît, non. Faites que ce ne soit pas vrai.

Mais les gémissements se faisaient plus prononcés. Contre la paroi en verre apparurent des fesses, une main, un pied. Avant d'en voir plus et de subir la pire des humiliations, Jem se rua sur le lavabo et ouvrit à fond le robinet d'eau chaude.

L'effet escompté ne se fit pas attendre.

— Merde ! s'exclama Rupert lorsque la température de l'eau passa en un instant de chaude à glaciale. Putain de plomberie !

— Aaahhh ! hurla la voix féminine. Arrête ! Arrête ! Ferme le robinet !

Une main tira sur la porte coulissante de la cabine. Sans hésiter, Jem s'empara des serviettes de toilette posées à proximité, puis recula jusqu'à la sortie, prit la clé qui se trouvait dans la serrure côté salle de bains et attendit que Rupert et son amie émergent de la cabine.

— Ah !

Caro, en voyant Jem, recula d'un pas et percuta Rupert.

Caro.

— Oh, merde… lâcha Rupert. Tu devrais être au boulot, non ?

— Désolée de gâcher ton après-midi, répliqua Jem. Je me suis dit que j'allais rentrer plus tôt pour te faire la surprise, et c'est assez réussi, non ? Rupert t'a dit qu'on était ensemble, maintenant ? demanda-t-elle à Caro.

La belle Caro eut un petit sourire.

— Non. Il m'a juste dit que vous baisiez de temps en temps.

Cette fille avait toujours eu un petit côté hautain, quelle que soit la situation. Et Rupert aussi, finalement.

— Je vois, fit Jem.

— Écoute, je suis désolé, dit Rupert en faisant un pas en avant, la main tendue pour avoir une serviette.

Jem fit un pas en arrière. Décidément, cette journée était riche en événements.

— Non, je ne pense pas que tu le sois vraiment. Mais peu importe. Ça va venir, tu peux me faire confiance.

Les serviettes toujours dans les bras, elle claqua la porte et la ferma à clé.

De l'intérieur, Rupert hurla :

— Jem, arrête tes conneries ! Ne sois pas idiote !

La clé entre le pouce et l'index, songeuse, Jem répondit :

— Idiote ? Je l'ai été, ça, c'est sûr. Mais c'est fini.

Dix minutes plus tard, elle frappa à la porte de la salle de bains et lança d'un ton bien plus guilleret :

— Bon, j'y vais ! La clé est dans la poubelle de la cuisine. Ne prenez pas froid, hein ! *Ciao !*

41

— Jem ?

Lorsque Ginny ouvrit sa porte ce soir-là, vers 22 heures, elle crut qu'elle avait la berlue.

— Oh, maman…

Jem était livide, et son visage était maculé de larmes. Elle se jeta dans les bras de sa mère.

— Ma chérie, mais que se passe-t-il ? Il t'est arrivé quelque chose ?

Par-dessus l'épaule de Jem, Ginny vit un taxi qui attendait dans la rue, et un chauffeur d'une stature imposante qui remontait l'allée.

— Tout va bien, ma p'tite demoiselle ? demanda-t-il gentiment. Vous voilà rendue chez vous, ça devrait aller mieux.

Il se tourna vers Ginny.

— Elle pleurait quand je l'ai ramassée à la gare. Elle a pas un sou sur elle. Ça fait quatorze livres cinquante.

Sous le choc, redoutant le pire, Ginny hocha la tête et parvint à se détacher de Jem pour aller chercher son sac. Vingt livres plus tard, elle referma la porte et serra Jem dans ses bras tandis que cette dernière pleurait tout son soûl.

Mon Dieu, faites qu'elle ne soit pas enceinte !

— C'est Rupert ? demanda-t-elle doucement, un peu plus tard, quand Jem en fut au stade « je renifle, je hoquette, mais le plus gros est passé ».

— Oui. Enfin, non. Pas seulement.

— Bon, mais tu es à la maison, maintenant, ma chérie. Tu n'as plus à t'inquiéter. Quel que soit le problème, on va trouver une solution.

Jem essuya ses larmes avec la manche de son pull.

— C'est inutile, j'ai déjà résolu le problème.

Elle ne l'avait pas liquidé, tout de même ?

— C'est-à-dire ? demanda Ginny.

— C'est-à-dire que je ne retournerai plus là-bas. Jamais.

Il y avait dans le ton de Jem quelque chose de définitif qui donna la chair de poule à sa mère. Avait-elle réellement assassiné Rupert ?

— Mon bébé, il faut que tu me dises ce qui s'est passé.

Allait-elle dénoncer sa propre fille ? Appeler la police ? Ou au contraire la protéger bec et ongles, l'envoyer en Argentine, en cavale pour le restant de ses jours ?

Bien sûr qu'elle la protégerait. Personne ne méritait d'aller en prison pour avoir réglé son compte à Rupert.

— Maman, c'était horrible. Rupert sort avec une autre fille. Je les ai surpris tous les deux, aujourd'hui. C'est Caro, son ex. Tu l'as rencontrée, le jour où tu es venue à Bristol.

— Je me souviens, oui. Mais qu'as-tu fait ?

Jem lui raconta ce qui s'était passé. Lorsqu'il devint évident qu'elle n'avait rien commis d'irréparable, Ginny la serra dans ses bras.

— Ma chérie, tu l'oublieras en un rien de temps, tu verras. Tout va rentrer dans l'ordre. Comment est-ce qu'ils vont sortir de la salle de bains ?

— Par la fenêtre, c'est la seule issue. Rupert va devoir descendre le long de la gouttière tout nu et sonner chez quelqu'un pour qu'on lui ouvre. Dommage qu'il n'y ait personne avec un Caméscope pour filmer ça, ajouta-t-elle après un reniflement.

Elle arrivait à en plaisanter, c'était bon signe. Ginny lui caressa les cheveux et lui tendit un nouveau mouchoir.

— Tu verras, quand tu rentreras, tout le monde sera de ton côté. Tous tes amis se rallieront à ta cause... Oh, Jem, ne pleure pas. Lorsqu'ils sauront ce que tu as fait, ils te trouveront géniale !

Les sanglots redoublèrent.

— Non... Ils ne me trouveront rien du tout.

— Mais si !

— Non, parce que je n'y retournerai pas. Parce que je n'ai plus d'amis, maman. Tout le monde me déteste !

— Mais qu'est-ce que tu racontes ? Ce n'est pas vrai ! Et Lucy, alors ?

— Elle me déteste. Elle sortait avec Rupert aussi. Quand il m'a choisie, elle a déménagé.

Les mots étaient étouffés par le cardigan en laine mauve de Ginny, mais celle-ci avait parfaitement entendu. Jem lui avait caché bien des choses...

— Et Davy ? dit-elle, décidée à ne pas baisser les bras.

Jem se redressa.

— Il me déteste aussi. Lucy et lui sont comme les doigts de la main, maintenant. C'est chez lui qu'elle s'est installée quand elle est partie. Je n'ai nulle part où aller. J'ai perdu mon boulot au pub aujourd'hui, et vendredi, mon prof principal m'a convoquée dans son bureau pour me dire à quel point il était déçu, parce que je ne travaille plus assez et que je prends du retard. Il pense que mon année est fichue. Et il a raison, je vais me planter. Je ne sais même pas si je vais aller passer les exams. Au début, j'étais embêtée, mais maintenant, ça n'a plus d'importance. De toute façon, je ne resterai pas à Bristol. Je déteste cet endroit. Je...

— Ma chérie, tu ne peux pas...

— Si, maman, je peux. J'ai essayé la fac, et ça n'a pas marché. Voilà, on n'en parle plus. J'ai décidé de faire ce qui me rendrait heureuse, à la place.

Faire le tour de l'Australie en stop ? Devenir masseuse en Thaïlande ?

— Et… c'est quoi ? demanda Ginny d'une toute petite voix.

— Je vais trouver du boulot, répondit Jem d'un ton résolu. Ici, à Portsilver. Et je vais revenir m'installer à la maison.

— S'il vous plaît ?

D'un geste hésitant, la cliente avait posé la main sur le bras de Ginny, qui passait près de sa table.

— Je ne voudrais pas être désagréable, mais vous pensez que je pourrais récupérer ma carte de crédit ?

Il ne manquait plus que ça !

Deux minutes plus tard, Finn trouva Ginny occupée à fouiller dans une pile de menus et entre les reçus de cartes de crédit.

— Tu as perdu quelque chose ?

— La carte de crédit de Mme Black, répondit Ginny en plongeant dans la corbeille à papier. Elle me l'a donnée, et je ne la trouve plus.

— Règle numéro un quand on pique une carte de crédit : ne jamais se faire voir par le propriétaire.

— Mais qu'est-ce que j'en ai fait ? marmonna Ginny, exaspérée, en jetant un œil dans le bouquet de roses blanches qui ornait le bar.

Finn ouvrit le tiroir-caisse.

— Alerte terminée, dit-il en en sortant la carte. Elle était là, avec les billets de dix.

Soulagée, Ginny s'éventa avec.

— Désolée. Je suis à côté de mes pompes.

— J'avais cru remarquer.

Flûte. Donc il l'avait vue, tout à l'heure, quand elle avait servi les desserts à une table qui attendait les entrées.

— Ils n'ont rien dit, protesta-t-elle. Ça les a plutôt fait rire, même.

— Je sais. Ce n'était pas une critique. Je disais juste que tu étais un peu distraite, aujourd'hui.

— Un peu beaucoup, oui.

— Tu veux en parler ?

— Oui, je veux bien, soupira Ginny, qui appréciait réellement la proposition de Finn.

Elle ne savait plus que penser et avait grand besoin d'un avis objectif sur la situation.

— Il est 14 h 10, on n'en a plus pour longtemps. Tu peux rester après le service ?

— Pas de problème.

— Je ne sais pas quoi faire, conclut Ginny, environ une heure plus tard.

Ils étaient assis à une des tables près de la fenêtre et buvaient un café. Elle avait tout raconté à Finn.

— Je suis vraiment partagée, expliqua-t-elle. D'un côté, c'est mon rêve qui se réalise. Quand Jem est partie, j'étais à ramasser à la petite cuillère. L'avoir de nouveau avec moi est ce que je peux espérer de mieux. Mais d'un autre côté, je veux ce qu'il y a de mieux pour elle, et je ne suis pas sûre que revenir à la maison soit la solution idéale. Ce Rupert, je te jure, si je l'avais sous la main, il passerait un sale quart d'heure. Jem adorait la fac jusqu'à ce qu'elle se mette à sortir avec lui. Je ne veux pas la forcer à y retourner, mais je ne veux pas non plus qu'elle éprouve un sentiment d'échec. Imagine qu'elle quitte la fac et le regrette pour le restant de ses jours !

Finn finit de remuer son café et posa sa petite cuillère.

— Elle peut y retourner à quatre-vingts ans si elle veut, il n'y a pas de limite d'âge.

— Je sais bien. Mais si tout le reste n'avait pas mal tourné, elle aurait voulu le passer maintenant, son diplôme. Elle a toujours été bien dans sa peau, avec un tas de copains. Se retrouver isolée de la sorte à Bristol, ça l'a complètement anéantie. Et moi, ça me fend le cœur de la voir comme ça.

Par la fenêtre, elle vit Tamsin sortir de l'appartement avec Mae dans les bras.

— Bon, voilà ce que j'en pense : Jem a presque fini sa première année, les examens approchent et ce serait dommage de ne pas les passer. Ensuite, elle aura tout l'été devant elle pour décider de ce qu'elle veut faire.

— C'est exactement mon avis ! soupira Ginny, soulagée.

— Si elle échoue à ses examens, elle peut aussi les repasser, ajouta Finn en regardant Tamsin entrer dans le magasin. Mais on ne sait jamais. Si ça se trouve, elle les aura du premier coup. Ensuite, ce sera à elle de voir. Elle peut trouver une autre colocation, se faire de nouveaux amis, continuer son cursus. Ou bien décider de rester ici avec toi. Ou encore se lancer dans quelque chose de complètement différent, prendre une année sabbatique, partir en voyage. C'est ce qu'il a fait, tiens.

Du menton, il montra Dan, dont la camionnette venait d'entrer dans la cour.

— Il est parti faire le tour du monde pendant deux ans après son doctorat. Il dit que c'est une expérience inoubliable. Tu pourrais lui demander de parler un peu avec Jem.

— Dan a un doctorat ?

— D'astrophysique.

C'était la meilleure, celle-là. Ginny regarda Dan décharger les cagettes de fruits et de légumes et les porter à la cuisine. Un doctorat en poche, et il était primeur. Voilà qui en disait long sur l'astrophysique.

— Tu es allé à la fac, toi ?

Amusé, Finn secoua la tête.

— Non, je n'ai pas eu le temps. J'ai très vite bossé pour un commissaire-priseur, qui m'a appris tout ce qu'il fallait savoir sur le marché des antiquités. Puis je me suis lancé et j'ai créé mon entreprise.

Et il ne s'en était pas trop mal sorti.

— Quoi qu'il en soit, je ne sais pas quoi faire, pour Jem.

— Et son père, qu'est-ce qu'il en dit ?

Ginny avait appelé Gavin le matin même, et celui-ci ne l'avait pas beaucoup aidé.

— Il dit que c'est à Jem de décider ce qui est le mieux pour elle.

— Allez, ne vois pas tout en noir. Les choses finiront par se calmer. Donne-lui quelques jours pour trouver une solution.

— C'est aussi ce que Gavin m'a dit. Si seulem...

— Non !

Le hurlement les fit sursauter tous les deux et, en un éclair, Finn fut debout. Par la fenêtre, Ginny vit Tamsin courir dans la cour, nettement gênée par sa minijupe et ses talons aiguilles, jusqu'à l'endroit où Mae, assise par terre près de la camionnette, se laissait joyeusement inspecter le visage par le museau humide de Stiller, l'adorable bâtard de Dan.

— Sale bête ! Va-t'en de là ! hurla Tamsin.

Elle prit Mae dans ses bras. Stiller, dépité de perdre sa nouvelle camarade de jeu, lui lécha le pied. Mae éclata de rire.

— Sale chien, file ! C'est dégoûtant ! hurla Tamsin. Non, mais ça va pas bien ! lança-t-elle à l'intention de Dan, qui sortait de la cuisine. Vous êtes complètement inconscient de laisser votre chien en liberté ! Il a attaqué ma fille !

Le pauvre Dan blêmit aussitôt et chercha les traces de sang. Finn arriva sur ses talons, en compagnie de Ginny.

— OK, OK, on se calme, personne n'a été blessé.

— Mais ça aurait pu ! glapit Tamsin en examinant Mae sous toutes les coutures. Ce monstre aurait pu la défigurer !

— Je… je suis désolé ! bredouilla Dan, terrorisé. Je ne savais pas. Ô mon Dieu, je suis désolé…

— Dan, tout va bien, intervint Finn en lui faisant signe qu'il ne devait pas s'alarmer de la sorte. Ce que je veux savoir, moi, c'est ce que faisait Mae seule dans la cour.

Il se tourna vers Tamsin, qui serra aussitôt sa fille dans ses bras et opta pour le mode agressif.

— Alors, c'est ma faute, si je comprends bien ? Je pose ma fille parce qu'elle ne voulait plus être dans mes bras, je discute deux secondes avec Tom pour savoir comment ça va au magasin – deux secondes ! – et lorsque je regarde, voilà qu'elle s'est carapatée dans la cour. Tu sais comme elle peut aller vite, quand elle a décidé de marcher !

— Je sais, oui, fit Finn. Mais pas assez vite pour éviter une voiture s'il y en avait eu une dans la cour.

La voix de Tamsin monta d'un ton.

— Je faisais attention ! Tu ne crois tout de même pas que je voudrais que mon bébé se fasse écraser ? Si j'avais entendu un moteur, j'aurais été là tout de suite. Mais laisser un chien en liberté, c'est complètement… irresponsable !

Le pauvre Stiller, que les cris de Tamsin inquiétaient, avait trouvé refuge derrière Dan et se plaquait contre ses jambes. Inconsciente du drame qui se jouait à cause d'elle, Mae se mit à taper joyeusement dans ses mains en babillant :

— Oua-oua ! Oua-oua ! Beleu-beleu-beleu !

— Bon, calmons-nous, répéta Finn. Mae va bien. Il ne lui est rien arrivé.

— Rien ? Mais elle empeste ! Sens-la ! ordonna Tamsin. Ce maudit clébard a bavé partout sur mon bébé ! Et ce n'est même pas un chien de race !

Cette fois, Dan et Stiller étaient tous les deux paralysés par la honte. Ginny vint à leur secours.

— Tamsin, croyez-moi, Stiller est le chien le plus doux et le plus gentil de la terre. Il ne ferait pas de mal à une mouche. Mae ne risquait absolument rien avec lui.

Elle avait parlé d'un ton apaisant, pour rassurer Tamsin, mais celle-ci était proche de l'hystérie.

— Elle ne risquait rien ? Vous plaisantez ? Un sale chien puant bourré de microbes lèche le visage de ma fille, et vous me dites qu'elle ne risque rien ? Seigneur, et moi qui pensais que vous étiez une mère compétente ! Je ne risque pas de vous redemander de garder Mae, tiens !

« C'est parfait, pensa Ginny, parce que de toute façon, je n'accepterais jamais. Et soit dit en passant, Finn mérite bien mieux que vous. »

42

Dans la foule, l'excitation était palpable. Le brouhaha des fans augmentait à mesure que les aiguilles de l'horloge approchaient de 19 h 30. Ce n'était pas tous les jours qu'on voyait une personnalité hollywoodienne de premier plan à Bristol. Mais Marcus McBride était bel et bien attendu à la librairie du centre commercial, où il devait dédicacer son autobiographie. Âgé de quarante ans aujourd'hui, célèbre depuis presque vingt, il avait un look un peu sombre, pas vraiment conventionnel, et du sex-appeal à revendre. Si l'on ajoutait à cela un vrai talent et un sens de l'humour qui l'empêchait d'avoir la grosse tête, on comprenait que toutes les femmes soient sous le charme.

— Regarde ! Je crois que c'est lui ! s'écria Lucy en pointant un doigt vers le ciel.

Des centaines d'yeux suivirent la direction qu'elle indiquait, tandis qu'au loin, un hélicoptère approchait.

— Et il commence à pleuvoir, soupira Davy. Écoute, on n'a qu'à imiter sa signature, faire comme si on l'avait vraiment rencontré et aller boire un café à la place.

Mais il avait dit cela sur le ton de la plaisanterie, bien conscient que sa proposition n'était pas recevable. Lucy était impatiente de rencontrer Marcus McBride, et sa mère était une fan inconditionnelle.

— Pauvre Rhona ! dit Lucy. Elle aurait adoré, si elle avait pu venir.

L'hélicoptère se posa quelque part derrière le centre commercial, et la longue queue se prépara à avancer. Lucy vérifia pour la centième fois que son appareil photo fonctionnait bien. Elle avait promis à Rhona de photographier Marcus et Davy ensemble.

— Ton col est mal mis, dit-elle à Davy. Laisse-moi le redresser… Voilà. C'est mieux, quand même.

— Je n'en doute pas. Et ça va sûrement mieux avec ma nouvelle coupe de cheveux.

Il passa une main sur sa tête, pas encore tout à fait habitué à ses cheveux courts. Lucy l'avait traîné dans un des salons de coiffure les plus branchés de Bristol et était restée debout à côté du coiffeur tandis que celui-ci coupait sa tignasse très, très court.

— Arrête de râler, ça te va super bien.

— Ça m'a coûté une fortune !

L'équivalent de six heures de boulot, ce qui était dingue quand on savait qu'il possédait une excellente paire de ciseaux à la maison.

— Bougez un peu, marmonna impatiemment l'homme qui se tenait derrière eux. La queue avance.

Il disait vrai, mais avec plusieurs centaines de personnes devant eux, il n'y avait pas d'urgence. Et Marcus McBride n'était même pas encore arrivé à la librairie.

Ils avancèrent et se retrouvèrent juste à côté d'un poster grandeur nature de l'acteur.

— Mmm… fit Lucy d'un air gourmand. Ces yeux… Pourtant, il n'est pas vraiment beau. En fait, il est mieux que ça. Tu crois qu'il ferait quoi si je l'embrassais ?

— Rien, c'est un poster.

Lucy s'esclaffa.

— Arrête ! fit-elle en lui donnant un coup de coude. Tu sais que tu vas me manquer, quand je partirai de chez toi ?

Elle regarda Davy un instant, songeuse.

— Tu te souviens, quand tu étais amoureux de moi ? Qu'est-ce qui t'a fait changer d'avis ?

— Je ne sais pas. J'ai arrêté d'y penser, c'est tout.

— Et maintenant, je ne te plais plus du tout. Ce n'est pas très flatteur, ajouta-t-elle avec une grimace.

— Désolé, fit Davy avec un grand sourire. Mais ne le prends pas personnellement. Ça n'a rien à voir avec toi, en fait.

— Tout de même, tu étais carrément accro, non ?

— Quand j'ai acheté le CD de Darkness, je l'écoutais tout le temps. Je pensais que c'était le meilleur album jamais composé. Et puis, au bout de quelques mois, je l'ai écouté moins souvent, et aujourd'hui, je ne l'écoute plus du tout. La magie est retombée, sans doute.

— Sympa, la comparaison avec un CD, fit Lucy en lui donnant une petite tape. Je suis moins plate, quand même…

Ce que Davy ne disait pas, c'était qu'il était ravi que son faible pour Lucy ait disparu tout seul et ait laissé la place à une authentique amitié. Il aimait pardessus tout pouvoir se chamailler avec elle comme ils venaient de le faire, en véritables amis qu'ils étaient devenus.

— Tu n'es pas obligée de partir, tu sais, dit-il en voyant Lucy feuilleter un journal de petites annonces, à la recherche d'une chambre à louer.

Elle passa son bras sous le sien et le serra gentiment.

— Je sais. Mais c'est mieux. Ta mère est géniale, je l'aime beaucoup, mais je ne peux pas rester. Quand on part étudier loin de chez soi, l'idée, c'est de vivre comme un étudiant et de faire des trucs d'étudiant.

— Comme ne pas ranger ses affaires, inviter des potes tout le temps, boire trop et coucher avec des gens peu recommandables.

— Et se disputer pour savoir qui a fini le lait et remis la bouteille vide dans le frigo.

— Ah, oui, j'oubliais ça.

— Se demander d'où vient cette odeur pestilentielle et découvrir qu'il s'agit d'une boîte de thon ouverte cachée sous le canapé.

— Un classique.

— Mais il y a de bons côtés aussi. Comme emprunter les fringues de ta coloc' et partager le mascara.

— Il ne faut pas avoir un rugbyman pour colocataire, alors.

Ils se turent un instant, songeurs, puis Lucy dit enfin :

— Je me demande comment va Jem. Ça fait une semaine que personne ne l'a vue.

Davy savait à quel point Lucy avait été blessée par ce qui s'était passé avec Jem. Elles ne s'étaient pas reparlé depuis.

— Elle est peut-être malade. Je pourrais l'appeler, voir si elle va bien.

Mais déjà, Lucy secouait la tête.

— Non, laisse tomber, c'est inutile. Elle a Rupert pour s'occuper d'elle. Bon, si on parlait d'autre chose ? De cette queue qui n'avance pas, par exemple ?

Au même moment, comme si Lucy avait été entendue, le brouhaha se fit plus intense, et les gens se mirent à applaudir, indiquant que Marcus McBride venait d'arriver dans la boutique. Les flashes crépitèrent un peu partout.

— Waouh, murmura Lucy. C'est la première fois que je rencontre une star.

— Ce n'est pas pour tout de suite, si ça peut te rassurer, fit remarquer Davy. Il a des centaines de livres à signer avant le nôtre, et une heure pour le faire. Et puis, il faudra que tu te tiennes prête, pour la photo, parce que tu auras deux secondes maximum.

— C'est pas facile de rêver, avec toi, hein ?

Pendant les trente minutes qui suivirent, ils avancèrent, lentement mais sûrement. Enfin, ils entrèrent dans la librairie et aperçurent Marcus McBride. Flanqué de deux gardes du corps à la carrure impressionnante, il signait, souriait, signait, souriait, signait, souriait avec la régularité d'un automate sur une chaîne de montage. Un peu partout dans la librairie se trouvaient des vigiles en uniforme équipés d'oreillettes.

Derrière eux, l'homme impatient mâchait chewing-gum sur chewing-gum, sans doute pour être sûr d'avoir une haleine supportable lors de sa grande rencontre avec la star. De nouveau, lorsque la queue avança et que Davy mit un peu de temps à réagir, il le poussa d'un mouvement impatient en soufflant :

— Bon, si ça vous intéresse pas, c'est pas la peine de rester !

Lucy haussa les sourcils, et Davy rougit, feignant de ne pas avoir entendu. S'il avait beaucoup gagné en assurance en compagnie de ses amis, il se sentait encore très mal à l'aise en public. Là où quelqu'un de plus courageux aurait réagi à l'impolitesse ou à la grossièreté, lui ne savait jamais quelle attitude adopter et continuait à subir, à sa grande honte. En l'occurrence, il aurait aimé pouvoir se retourner et lancer un commentaire bien senti pour remettre l'homme à sa place, mais il ne s'en sentait pas capable. Même si cela signifiait passer pour une lavette aux yeux de Lucy.

Ils approchaient du but. Marcus McBride portait un tee-shirt rose très moulant, un jean noir et des santiags bleues. Il avait atteint un niveau de popularité qui lui permettait de s'habiller comme bon lui semblait sans être ridicule. Ça devait être drôlement agréable, songea Davy.

Devant Lucy, une grosse dame tapota sa permanente et, jetant un regard derrière elle, murmura :

— Qu'est-ce qu'il est beau, hein ! Si j'avais trente ans de moins...

— Vous avez ouvert votre livre à la bonne page ? Allez, c'est à vous, ordonna l'espèce de sergent-major chargé de faire avancer les gens jusqu'à la table où se trouvait l'acteur.

La grosse dame avança en se dandinant, tendit son livre et lâcha à bout de souffle :

— Vous êtes mon acteur préféré !

Sourire, signature, sourire. Terminé.

— Suivant ! aboya le sergent-major.

Lucy se prépara à prendre la photo du siècle.

— Allez, avancez, quoi ! souffla l'homme derrière Davy.

Celui-ci s'exécuta, tendit son livre et se retourna pour que Lucy ne photographie pas son dos. Il sentit plus qu'il ne vit Marcus prendre son exemplaire et le signer. Et soudain, derrière Lucy, il remarqua que l'homme qui les suivait avait la main dans la poche et la bougeait d'une drôle de façon. En pensant à ce qu'il pouvait faire, Davy rougit, mal à l'aise. C'était incroyable, ce dont les gens étaient capables dans des situations un peu inhabituelles...

Lucy prit la photo, et le flash l'aveugla momentanément. Lorsqu'il ouvrit les yeux, le sergent-major leur faisait déjà signe de débarrasser le plancher. Davy se reprit et, l'espace d'un instant, fut aveuglé par un autre genre de flash, métallique, cette fois. Les yeux mi-clos, il réalisa que l'homme, derrière eux, venait de tirer un couteau de sa poche et le tenait caché dans sa veste. Lucy s'éloignait, le sergent-major insistait pour que Davy fasse de même. C'était au tour de l'homme au couteau...

— Non ! hurla Davy, réalisant que personne d'autre que lui n'avait vu l'arme.

L'homme le fusilla d'un regard de forcené et se rua sur la table. Davy, qui avait toujours détesté le rugby, se jeta sur lui et le plaqua au sol. Ouille, c'était douloureux. Ses poumons se vidèrent d'un seul coup, et l'homme se mit à rugir comme un lion pris au piège. Quelques secondes plus tard, le peu de souffle qu'il restait à Davy s'échappa, écrasé qu'il était par un groupe de malabars et de vigiles qui faisaient leur boulot. Il était sur le point de tourner de l'œil lorsqu'il sentit qu'on le remettait sur pied. L'instant d'après, debout sur des jambes flageolantes, il entendit des cris paniqués s'élever un peu partout autour de lui, entrecoupés d'ordres hurlés par les gars de la sécurité et de jurons poussés par l'homme, toujours à terre.

— Mon Dieu ! Il a été poignardé ! hurla quelqu'un dans la foule.

Davy tituba en direction de Lucy, inquiet à l'idée que le couteau ait pu blesser l'homme au moment où il lui avait sauté dessus. Puis il vit l'horreur dans le regard de Lucy, entendit sa voix étranglée qui disait :

— Mon Dieu ! Davy… Oh, non… Non ! Une ambulance, vite !

43

— Il a été arrêté et emmené au poste. Apparemment, il a un passé psychiatrique assez lourd. D'après lui, c'est la princesse Margaret qui lui aurait dit de faire ça.

Le sergent-major, qui était en réalité l'attaché de presse de Marcus McBride, apportait les dernières nouvelles à Davy et Lucy, qui attendaient dans un des bureaux de la librairie.

— Celle-là, c'est toujours problèmes et compagnie... Dommage, c'était ma plus belle chemise, soupira Davy en passant le doigt à travers la déchirure de sa chemise maculée de sang.

— Je suis sûr qu'on devrait pouvoir trouver un arrangement.

Lucy se mit à rire.

— Arrête ton cinéma. Tu l'avais achetée d'occasion !

— Et alors ? C'était quand même ma plus belle chemise.

— Voilà. Vous allez vous en sortir.

Le médecin venait de placer la dernière agrafe qui refermait la plaie et ôtait ses gants chirurgicaux.

— Je dirai que c'est la cicatrice d'un duel, déclara Davy en inspectant sa blessure nettoyée et suturée.

Il s'agissait en réalité d'une coupure d'une vingtaine de centimètres assez superficielle plus que d'une véritable blessure. Une coupure spectaculaire car elle avait beaucoup saigné, mais bien moins douloureuse et bien moins grave que si le couteau avait pénétré en profondeur dans le torse de Davy.

— C'était sacrément courageux de votre part, en tout cas. Sacrément courageux, et complètement stupide.

Davy était d'accord sur ce dernier point. Il avait agi sans réfléchir. S'il avait réfléchi, il n'aurait sans doute jamais sauté sur un dingue armé d'un couteau.

La porte s'ouvrit, et Marcus McBride entra, charismatique en diable.

— Salut, gamin, tu as été super, dit-il en serrant la main de Davy, avec un sourire sincère. Tu es un vrai héros !

— Ce n'est pas trop mon style, pourtant, répondit Davy, gêné.

Dehors, ils durent faire face à une armée de photographes. Davy, avec sa chemise ensanglantée, se tenait très droit, un peu mal à l'aise, tandis que Marcus posait, un bras autour de ses épaules. Un peu dépassé par les événements, Davy donna ensuite son nom aux journalistes, qui voulurent voir sa blessure. Il releva sa chemise. Et lorsque quelqu'un lui demanda comment il se sentait, il répondit :

— Comme une *playmate*, dans cette tenue.

Et ce fut un éclat de rire général.

Cinq minutes plus tard, la presse fut invitée à se retirer, et Marcus se tourna vers Davy.

— Je suis sérieux quand je dis que tu as été super. J'aimerais te remercier, mais je ne sais pas comment. Tu as déjà un exemplaire de mon bouquin, alors…

Lucy avait attrapé le livre dédicacé au vol, quand Davy avait sauté sur l'agresseur. Elle le conservait précieusement dans son sac. Heureusement, il n'avait pas été taché de sang.

— On trouvera quelque chose, intervint l'attaché de presse. Bon, vous avez une voiture ici, ou vous avez besoin qu'on vous fasse ramener chez vous ?

— On va prendre le bus, dit Davy.

— Pas question. Je m'occupe de vous trouver une voiture.

L'attaché de presse sortit son portable et lança des ordres. Une voiture allait venir chercher Davy et Lucy. L'hélicoptère de Marcus l'attendait pour l'emmener à Manchester, où il devait participer à une émission de télé.

Dans la tête de Davy mûrissait une petite idée, qu'il eut finalement le courage d'exposer à voix haute.

— Vous disiez que vous ne saviez pas comment me remercier, dit-il à Marcus. Eh bien, j'ai une idée.

— Oui ?

— Ma mère adorerait vous rencontrer. Elle ne pouvait pas venir ce soir, mais elle n'habite qu'à dix minutes d'ici…

— Désolé, fiston, intervint l'attaché de presse en raccrochant son téléphone. On ne peut rien faire maintenant. On a un programme à tenir et on est déjà en retard sur l'horaire. Une autre fois, d'accord ?

— D'accord, répondit Davy sans cacher sa déception.

Après avoir fini la vaisselle, Rhona emporta son café dans le salon, où elle alluma la télé. D'un œil distrait, elle regarda une émission sur une femme accro au shopping sur le point d'être mise en faillite personnelle.

Voilà au moins une chose qui ne risquait pas de lui arriver. À la seule vue de cette femme qui parcourait les rayons d'un grand magasin, les bras chargés de vêtements, elle avait des bouffées d'angoisse.

Elle regrettait quand même de ne pas avoir pu aller à la librairie, ce soir… Peut-être qu'avec le temps, cette sensation de panique qui l'assaillait dès qu'elle pénétrait dans un centre commercial finirait par disparaître. Et au moins Davy et Lucy avaient-ils pu y aller pour faire signer son livre.

Elle ne pensait plus du tout à cela quand, un peu plus tard, on sonna à sa porte. Elle se leva pour aller ouvrir et se retrouva face à Marcus McBride.

Pendant plusieurs secondes, elle le regarda comme une grille de mots croisés qu'elle ne serait pas arrivée à compléter. Parce que cet homme *ne pouvait pas* être Marcus McBride.

— Rhona ?

— Oui.

Elle pouvait encore parler. Incroyable.

— Bonsoir, je suis Marcus, déclara le visiteur en lui serrant la main avec le plus grand sérieux.

— Co… comment… comment… Enfin, je veux dire, qu'est-ce que…

— Davy m'a dit que vous aimeriez me rencontrer. Ça tombait bien, parce que j'avais envie de vous rencontrer aussi.

— D… Davy ?

Marcus sourit.

— Votre fils, vous vous souvenez ? C'est pour ça que je suis là. Je suis venu vous dire que ce soir, il a fait quelque chose d'extrêmement courageux, dont je lui serai éternellement reconnaissant.

— Mon fils a fait quelque chose de courageux ?

Rhona ferma les yeux, puis les rouvrit. Mais Marcus McBride était toujours là, sur le pas de sa porte, incroyablement… réel.

— Et… où est-il ? demanda-t-elle.

— Là, dans la voiture, avec Lucy. Je ne peux pas rester très longtemps – mon attaché de presse me fait déjà la tête. Mais quand Davy m'a dit que vous aimeriez me rencontrer, comment aurais-je pu refuser ? Au fait, il va bien.

— Comment ça, il va bien ? Pourquoi est-ce qu'il irait mal ?

Marcus lui raconta alors ce qui s'était passé à la librairie. Horrifiée à l'idée de ce qui aurait pu arriver à son fils, Rhona se précipita vers la voiture qui attendait dans la rue.

— Davy ! Mais qu'est-ce qui t'a pris ? Tu aurais pu être tué ! Et regarde dans quel état tu as mis ta chemise !

Lucy prit toute une série de photos de Rhona avec Marcus, puis ce dernier les embrassa toutes les deux.

— Il faut vraiment que j'y aille, maintenant. Merci encore ! dit-il à Davy en lui serrant la main. Et fais attention à toi.

La voiture s'éloigna. Rhona poussa un long soupir et porta les mains à sa poitrine en regardant son fils.

— C'est incroyable. Je ne peux pas te laisser seul deux minutes, toi…

Davy leva les yeux au ciel.

— Maman, arrête. Il n'y a pas de quoi en faire une jaunisse. Je vais très bien.

44

— Oh !

Ginny, qui s'attendait au facteur, fut assez étonnée de voir Finn à la place. La surprise était réciproque, sans doute, puisqu'elle sortait du lit et serrait les pans de sa robe de chambre pour qu'ils ne bâillent pas trop.

— Excuse-moi, je ne voulais pas te réveiller. J'allais à Portsilver, et je me demandais si tu avais vu le journal d'aujourd'hui.

— Il est 8 heures. Je n'ai même pas encore vu ma bouilloire. Qu'y a-t-il donc dans le journal ?

Ginny tendit la main pour prendre l'exemplaire qu'il tenait, mais Finn hésita.

— Tu connais le nom de famille de Davy, le copain de ta fille à Bristol ?

Ginny réfléchit.

— Mmm… Stokes, je crois.

— Alors, c'est bien lui. Tiens, ajouta Finn en lui tendant le journal. Il y a eu de l'animation, à Bristol. Je me suis dit que ça pourrait servir d'excuse à Jem, si elle voulait appeler ses amis.

De toute évidence, la sonnette avait réveillé l'intéressée, qui apparut derrière Ginny en disant d'un ton las :

— Je n'ai pas d'amis à Bristol.

— Ah, bon. Tant pis, alors, dit Finn en reprenant le journal.

Jem le fixa d'un air soupçonneux.
— Qu'est-ce que maman vous a raconté ?
— Elle m'a dit que tu avais laissé tomber la fac.
— Et Davy, qu'est-ce qu'il a fait ?
— Quelle importance, puisque ce n'est plus ton ami ?
— Oh, ça suffit, vos simagrées ! s'exclama Ginny. Donne-moi ce journal ! J'ai envie de savoir, moi !
— D'accord, mais ne le montre pas à Jem, alors, dit Finn en riant.
En voyant le titre de l'article de la page sept, Ginny resta bouche bée.
— Mon Dieu…
— D'accord, d'accord, grommela Jem en regardant par-dessus son épaule. J'ai envie de savoir aussi.
Finn les laissa à leur lecture. Elles dévorèrent l'article.
— Dieu merci, il est hors de danger, dit Ginny lorsqu'elle eut terminé. Il aurait pu être tué.
— Mmm… fit Jem en remuant son thé.
— Finn a raison, ma chérie. Tu devrais passer un coup de fil à Davy.
Visiblement émue, Jem lâcha d'une toute petite voix :
— Non. Ça ne servirait à rien, de toute façon.
— Si, ça servirait à le féliciter !
— Si ça se trouve, il ne me laissera même pas parler et raccrochera tout de suite.
Ginny fit de son mieux pour la convaincre, mais Jem n'en démordit pas : toute tentative de reprise de contact avec Lucy ou Davy était vouée à l'échec.
— On peut changer de sujet, maman ? Je n'ai plus envie de parler de ça.
Elle semblait tellement malheureuse que Ginny crut que son propre cœur allait se briser.

Vingt-six heures plus tard, le front de Ginny affichait les rides d'une profonde concentration. Connue pour son piètre sens de l'orientation, elle en testait justement les limites. Sept mois plus tôt, elle n'avait pas vraiment prêté attention à l'itinéraire, se contentant de suivre les instructions de Davy.

Mais aujourd'hui, elle était seule, et retrouver le chemin de Henbury n'était pas chose facile. Elle tourna une bonne quarantaine de minutes avant de s'engager enfin dans une rue qui lui disait vaguement quelque chose... Si, si, c'était bien là. Restait maintenant à trouver la porte bleue, et le petit jardin juste devant. Ah ! Enfin !

Mais Davy serait-il chez lui ?

Et s'il était là, lui claquerait-il la porte au nez ?

Et Jem serait-elle fâchée à mort lorsqu'elle découvrirait ce que sa mère avait fait ?

Et puis zut ! Finn lui avait donné sa journée, elle avait fait le voyage, et elle touchait au but, alors autant aller jusqu'au bout.

Une femme à l'air angoissé lui ouvrit. Visiblement, elle n'était pas ravie d'être dérangée.

— Oui ?

— Bonjour. Est-ce que Davy est là ?

— Non, désolée, il est sorti. Vous êtes encore une journaliste ?

Ginny inspira un grand coup.

— Non, je suis la mère de Jem Holland.

— Ah ! Entrez, entrez vite ! Davy doit passer à la radio d'une minute à l'autre.

Peu lui importait le but de la visite de Ginny. Tout ce qui comptait, c'était de ne pas rater l'interview de son fils. Et Ginny la comprenait tout à fait. Elle aurait réagi de la même façon.

Elles restèrent assises en silence pendant un quart d'heure, penchées sur le vieux poste de radio posé sur la table de la cuisine. Lorsque l'interview fut terminée, la mère de Davy se redressa.

— Excusez-moi, je manque à tous mes devoirs. Moi, c'est Rhona. Davy n'était jamais passé à la radio. Le journaliste se moquait un peu de lui, non ?

C'était le moins qu'on puisse dire. Au départ, il n'avait été question que de l'acte héroïque de Davy, puis le journaliste avait engagé la conversation sur un tout autre sujet, évoquant le fait que Davy vivait toujours avec sa mère et lui demandant si cela ne le coupait pas des autres étudiants.

Davy avait répondu par la négative, mais le journaliste avait insisté, disant que c'était vraiment une situation étrange, que la plupart des étudiants recherchaient leur indépendance. Pour finir, il lui avait carrément demandé si sa mère avait insisté pour le garder auprès d'elle et s'il n'avait pas peur de quitter sa maman.

Ginny ne savait pas comment réagir. Elle haussa les épaules.

— Franchement ? Je crois que oui, il se moquait de lui. Mais on se fiche de ce que ce journaliste pense. Si Davy veut rester auprès de vous, c'est son choix.

Rhona hocha la tête, perdue dans ses pensées, puis regarda Ginny.

— C'est vous qui avez raccompagné Davy depuis Clifton un soir de pluie, n'est-ce pas ? Il m'a dit que vous habitiez dans les Cornouailles. Êtes-vous venue rendre visite à votre fille ?

— Non. Jem est revenue à la maison. Elle a rompu avec l'insupportable individu qui était son petit ami.

— Rupert, dit Rhona avec un sourire en coin. J'ai beaucoup entendu parler de lui.

— Jem a dix-huit ans. Elle a commis une énorme erreur, et aujourd'hui, elle en paie le prix. Elle veut abandonner la fac et revenir s'installer à la maison.

— C'est fantastique ! Mais vous n'avez pas l'air si emballée que ça. Vous n'avez pas envie de retrouver votre fille ?

Ginny soupira.

— Bien sûr que si. Plus que tout, même. Mais je veux ce qui est bien pour Jem, pas ce qui est bien pour moi.

— Mon Dieu, que vous êtes courageuse…

— Ce n'est pas l'impression que j'ai.

Elles restèrent assises sans rien dire un moment, puis Rhona déclara tout à coup :

— J'ai fait une rupture d'anévrisme, il y a quatre ans. Dans un grand centre commercial.

— Vraiment ? Je l'ignorais.

— Comment auriez-vous pu le savoir ? Davy pense que cela ne regarde personne, la raison qui le pousse à rester avec moi. J'ai eu de la chance, je m'en suis bien sortie. Je n'ai pas de séquelles, hormis une légère claudication de la jambe gauche. Mais j'ai eu très, très peur, et depuis, je vis dans l'angoisse que cela se reproduise et qu'il n'y ait personne auprès de moi. Dans les boutiques, je suis prise de crises de panique. C'est pour cela que Davy et Lucy sont allés voir Marcus McBride. Je ne me sentais pas capable d'y aller moi-même.

— Et qui vous en voudrait ? fit Ginny. Oh, non, ne pleurez pas ! Vous n'êtes pour rien dans ce qui est arrivé à Davy.

— Si, un peu. Mais ce n'est pas pour cela que je pleure. Je suis ravie d'avoir Davy avec moi à la maison, mais ce n'est pas juste pour lui, n'est-ce pas ? Après tout, je ne suis pas handicapée. Et lui est un jeune homme qui doit vivre sa vie.

— C'est vrai, dit Ginny en hochant la tête.

— Je sais que le moment est venu pour moi de le laisser partir, soupira Rhona. Je n'en suis pas encore capable, mais bientôt, je pourrai.

— Cela ne veut pas dire qu'il va cesser de vous aimer, vous savez.

Cette fois, un sourire se dessina sur les lèvres de Rhona.

— Ça vaut mieux pour lui, c'est moi qui vous le dis !

Un quart d'heure plus tard, Davy rentra. Rhona alla l'accueillir dans l'entrée, le félicita pour son interview à la radio, puis lui chuchota quelque chose à l'oreille et l'envoya rejoindre Ginny dans la cuisine.

— Bonjour, Davy.

— Bonjour, madame Holland.

Madame Holland. Ce garçon était tellement poli !

— Tu as l'air en pleine forme.

Malgré lui, il passa une main sur ses cheveux courts.

— C'est Lucy qui m'a emmené chez le coiffeur.

— Ça te va très bien.

— Merci.

Il y eut un silence gêné, puis Davy demanda :

— Comment va Jem ?

Jem lui pardonnerait-elle de s'être mêlée de ses affaires ? Ginny secoua la tête, la gorge nouée.

— Pas bien, Davy. Pas bien du tout.

— Alors ? demanda Davy.

— Le flop total.

Lucy jeta sa veste rose et ses emplettes sur le canapé. Elle avait répondu à une petite annonce pour une chambre et rentrait de sa visite.

— Un vrai cauchemar, poursuivit-elle. La chambre n'était pas plus grande qu'une niche, l'appartement absolument dégoûtant, et les locataires complètement à l'ouest. En plus, interdiction de mettre de la musique, parce que ça les empêche de travailler.

— La prochaine fois sera la bonne, dit Davy, secrètement soulagé.

— Espérons-le… Bon, enlève ce tee-shirt.

Davy haussa les sourcils.

— Te voilà folle de mon corps, maintenant ?

— Je t'ai acheté deux tee-shirts, répondit Lucy en prenant ses emplettes. Essaie-les.

— Pas tout de suite. On a de la visite. Viens voir.

Depuis la fenêtre de la cuisine, il lui montra sa mère et Ginny, assises dans le jardin, au soleil.

— Qui est-ce ? demanda Lucy en fronçant les sourcils. On dirait...

Davy prit les sacs des mains de Lucy et fit la grimace en apercevant quelque chose de terriblement vert pomme à l'intérieur.

— La mère de Jem, oui. Elle voudrait te parler.

Il était 17 heures, et Jem était seule à la maison, après avoir passé cette journée de samedi avec son père. Pauvre Gavin ! Il avait fait de son mieux pour lui remonter le moral et pensait sans doute y être parvenu, mais malgré le plaisir qu'elle avait eu à le voir, elle était rentrée avec une seule idée en tête : s'enfermer dans sa chambre et ne plus avoir à sourire et à faire comme si tout allait bien.

Sa mère était encore au restaurant, et Laurel faisait du shopping à Newquay. Être seule était un réel soulagement. Mais peut-être aurait-elle dû choisir un autre film que *Moulin rouge*... Nicole Kidman n'était pas encore morte dans les bras de Ewan MacGregor, mais elle pleurait déjà toutes les larmes de son corps, en se demandant pourquoi elle n'était pas aimée par quelqu'un d'aussi merveilleux qu'Ewan. Lui n'aurait jamais fait l'amour sous la douche avec une autre femme que Nicole. Comment avait-elle pu être stupide au point de tomber sous le charme de Rupert ? Pourquoi, mais pourquoi n'avait-elle pas quitté l'appartement avec Lucy ?

À travers un rideau de larmes, elle regarda Ewan et Nicole chanter *Come what may* et se promettre d'être ensemble jusqu'au dernier jour, c'est-à-dire plus très longtemps, maintenant. En reniflant, elle croqua dans un des biscuits confectionnés par Laurel et se demanda combien de personnes, en dehors de sa famille, seraient tristes si elle mourait. À Bristol, personne ne la pleurerait, c'était certain.

Quelques instants plus tard, Nicole était d'une élégance à couper le souffle dans sa robe maculée de sang quand on sonna à la porte. Jem se leva sans entrain, balaya ses vêtements d'un revers de main pour chasser les miettes de biscuit et descendit ouvrir.

C'était Lucy.

Éberluée, Jem la regarda fixement. Derrière elle, perché sur le mur, se trouvait Davy, dans un tee-shirt d'un vert très… vert.

Le cœur battant, consciente qu'elle avait les yeux rouges et gonflés, elle finit par demander :

— Qu'est-ce que vous faites là ?

— Jem, mais regarde dans quel état tu es ! À ton avis, pourquoi est-ce qu'on est là ? On est venus te chercher, tiens !

Au bord des larmes elle aussi, Lucy ouvrit grands les bras.

— Vraiment ? demanda Jem d'une voix chevrotante.

— Vraiment.

— Oh, Lucy, je suis tellement désolée pour tout ce qui s'est passé.

— Je sais. Allez, viens, que je te serre dans mes bras.

Elles s'embrassèrent, puis Davy les rejoignit.

— Je ne suis pas très bisous, moi, comme vous savez, dit-il en tapotant l'épaule de Jem. Mais le cœur y est.

— Je n'arrive pas à croire que vous ayez fait tout ce chemin pour venir me chercher ! s'exclama Jem. Et comment avez-vous eu mon adresse ? Vous avez pris le train ?

— Ta maman est venue nous voir.

— Ma mère ? Quand ?

— Aujourd'hui, dit Davy.

— Mais elle bosse au restaurant, ils ont une réception de mariage… Oh !

— Elle t'a menti, lâcha Lucy.

— Elle nous a déposés et est repartie faire quelques courses à l'épicerie, reprit Davy. On va passer la nuit ici. Tu peux nous faire entrer, si tu veux. Ce n'est pas très bon, pour le grand blessé que je suis, de rester debout comme ça.

— Mais oui ! Entre vite !

Lucy leva les yeux au ciel.

— Il te fait marcher. Ce n'est qu'une égratignure. J'aurais fait pire avec mes ongles.

— Je veux que vous me racontiez tout dans les moindres détails, dit Jem en s'effaçant pour les laisser entrer.

— Ah, mais cette histoire, ce n'est rien. Attends de savoir ce qui s'est passé quand ta mère est allée récupérer le reste de tes affaires à Pembroke Road.

45

Jem était transformée. Pour une fois, Ginny avait suivi son instinct, et cela avait marché.

— Maman, je ne peux pas croire que tu aies fait ça ! dit Jem en la serrant dans ses bras. Je suis tellement contente !

— En fait, elle ne pouvait pas supporter l'idée que tu reviennes t'installer ici, intervint Lucy. Elle était prête à tout pour que tu t'en ailles.

Ginny sourit. Ils étaient si jeunes ! Comment auraient-ils pu comprendre que tout en elle n'aspirait qu'à une chose : garder Jem auprès d'elle ? Ils ne pouvaient pas se douter qu'en faisant en sorte que sa fille reparte à Bristol, elle avait accompli l'acte le plus adulte de sa vie.

Dès le lendemain, Ginny les reconduirait tous les trois à Bristol. Il ne restait que quelques semaines avant les vacances d'été, et en se serrant un peu, ils pourraient loger tous les trois chez la mère de Davy. Ensemble, ils mettraient toute leur énergie à réviser et à se préparer pour les examens. Si tout allait bien, Jem s'en sortirait sans avoir à refaire sa première année. Ensuite, à la rentrée, elle et Lucy prendraient un appartement ensemble, si possible avec quelqu'un de moins séduisant, mais de beaucoup plus gentil que…

— Maman, tu dois absolument me raconter ce qui s'est passé avec Rupert.

En se rappelant l'expression de Rupert quand il lui avait ouvert la porte, Ginny faillit éclater de rire.

— Bonjour, Rupert, avait-elle lancé d'un ton guilleret. Je vois que vous êtes arrivé à sortir de la salle de bains, finalement. Je suis venue chercher le reste des affaires de Jem. Et sa caution, aussi.

— Son bazar, je vous le laisse avec plaisir. Mais je garde la caution. Elle est partie sans préavis.

Ginny était entrée dans l'appartement.

— Rupert, ne soyez pas mesquin. De toute façon, je ne partirai pas tant que je n'aurai pas récupéré cet argent. En liquide.

Sans doute n'avait-elle pas eu l'air de plaisanter, car Rupert avait soupiré avant de disparaître dans sa chambre, d'où il était revenu quelques instants plus tard, une liasse de billets de vingt livres à la main.

— Inutile de compter.

— Je préfère. L'honnêteté n'a pas toujours fait partie de vos principes, je crois.

Une fois l'argent recompté, Ginny était allée chercher les affaires de Jem dans sa chambre. À son retour dans le salon, Rupert fumait une cigarette près de la fenêtre et regardait en bas.

— Je vois que Stokes est du voyage. Ne me dites pas qu'il a laissé tomber la serpillière pour devenir votre homme à tout faire.

— Rupert, ce garçon en vaut dix comme vous, avait patiemment répondu Ginny. Je ne m'attends pas que vous compreniez ça, mais sachez que le reste du monde, lui, le comprend. Et l'important, c'est que Davy soit bien dans sa peau.

Rupert avait eu un sourire narquois.

— Ah, bon ? Parce que moi, vous croyez que je ne le suis pas ?

— En fait, je suis sûre du contraire. Vous êtes très content de vous, vous vivez votre vie comme vous l'entendez, vous faites ce que bon vous semble en vous fichant de savoir si cela peut blesser d'autres gens. Le problème, c'est qu'avec ce genre d'attitude, il y a toujours un retour de manivelle, un jour ou l'autre. Et en général, c'est assez douloureux.

Rupert avait haussé un sourcil blasé.

— Ça y est, le sermon est terminé ? Qu'est-ce que je dois faire ? Me mettre à genoux et demander pardon ?

— Pas du tout. En fait, je suis assez contente de la façon dont les choses ont tourné. Ma fille a commis une énorme erreur, mais elle en a tiré la leçon. Avec un peu de chance, dorénavant, elle évitera les garçons comme vous.

— Les garçons comme moi, avait ricané Rupert en jetant d'une pichenette son mégot par la fenêtre.

— Beaucoup d'argent, pas une once de morale. Pas tout à fait ce qu'on cherche dans une relation amoureuse.

Ginny avait hésité un instant, puis, agacée par la cigarette jetée par la fenêtre, s'était décidée à abattre son atout.

— Je pense que votre mère en était arrivée à la même conclusion, n'est-ce pas ?

Le sourire arrogant avait aussitôt disparu. Rupert s'était raidi.

— Pardon ?

— Votre mère. Vous m'aviez dit qu'elle était morte, vous vous souvenez ? Sur le moment, j'ai été désolée pour vous. Mais ce n'était pas tout à fait la vérité, n'est-ce pas ?

Elle l'avait vu blêmir. Dieu bénisse Internet, et Finn, aussi, à qui le nom composé de Rupert avait dit quelque chose.

— En ce qui me concerne, elle est morte, avait déclaré Rupert sur le ton du mépris.

— Votre père a eu beaucoup de liaisons pendant leur mariage. Il la rendait malheureuse, mais elle est restée, pour vous. Puis, quand vous aviez treize ans, elle est tombée amoureuse d'un autre homme. Lorsque votre père l'a appris, il l'a mise dehors.

Rupert avait allumé une nouvelle cigarette.

— Bon, vous avez fini ? Parce que si vous n'avez rien d'autre à me dire, vous pouvez y aller.

— J'y vais, j'y vais. Et depuis son départ, vous ne voulez plus voir votre mère. Mais elle vit toujours avec le même homme, et ils sont heureux, tous les deux. Il a l'air très sympathique.

— Si vous le dites. Ça y est, vous avez fait votre B.A. C'est fini ?

— Vous devez tellement lui manquer, à votre mère, avait ajouté Ginny d'un ton radouci. Est-ce que vous ne pourriez pas envisager de la revoir ?

— Ça ne risque pas.

— Vous avez deux demi-sœurs.

— Qui vivent dans une tour HLM de Hackney, avec ma mère et un vitrier tatoué nommé Darren. Voilà, c'est dit. Vous êtes contente ?

Ginny était presque – presque – malheureuse pour lui.

— Assez, je vous remercie. Et vous ?

Et hop, la deuxième cigarette avait suivi le même chemin que la première et atterri sur le trottoir.

— C'est le plus beau jour de ma vie. Je suppose que vous avez raconté tout ça à Jem.

Il était à la fois furieux et mort de honte. Ginny avait secoué la tête.

— Non, je ne lui ai rien dit. Mais il se pourrait que je le fasse, si j'apprends que, d'une façon ou d'une autre, vous avez cherché à la blesser. À partir de maintenant, je voudrais que vous laissiez ma fille et ses amis tranquilles, d'accord ?

Elle avait empoigné les sacs contenant les affaires de Jem et, d'un signe du menton, demandé à Rupert de lui ouvrir la porte. En franchissant le seuil de l'appartement, elle avait juste ajouté :

— Et si vous vous serviez d'un cendrier, ça ne serait pas plus mal.

Ginny eut beaucoup de mal à garder pour elle l'histoire de la mère de Rupert, mais une petite voix intérieure lui souffla qu'humilier Rupert de la sorte ne l'inciterait pas à reprendre contact avec sa mère.

Plus égoïstement, elle craignait que Jem, en apprenant cela, ne s'apitoie sur le sort de Rupert et ne soit attirée par cette vulnérabilité jusque-là bien cachée.

Or, elle n'avait vraiment pas besoin de cela.

En conséquence de quoi, elle garda héroïquement cette histoire pour elle. Pour Jem, Lucy et Davy, elle avait juste dit à Rupert sa façon de penser et réussi à faire disparaître son sourire narquois.

— Et tout ça, c'est grâce à toi, dit-elle à Finn au restaurant, le lundi suivant. Merci.

— Je t'en prie. Heureusement qu'il avait un nom peu courant.

— Et heureusement que tu as bonne mémoire.

Une merveilleuse coïncidence avait mis en contact Finn et Elizabeth Derris-Beck, dix-huit mois plus tôt, lorsqu'elle était entrée dans sa boutique de Londres pour vendre sa bague de fiançailles. Cette femme charmante et intelligente, accompagnée de deux adorables fillettes, lui avait raconté son histoire – un premier mariage catastrophique, puis un second, beaucoup plus réussi. La bague était une émeraude de belle taille entourée de diamants d'excellente qualité. Une fois les formalités accomplies pour la vente, elle avait serré ses filles contre elle et lancé joyeusement :

— Les enfants, avec ça, on va pouvoir aller en Laponie voir le Père Noël. Le reste servira à acheter une nouvelle voiture.

— Elle m'a envoyé une photo d'eux quatre dans un traîneau, devant la maison du Père Noël. Et un petit mot pour me remercier d'avoir acheté sa bague. C'étaient les plus belles vacances de leur vie.

— Vous pourriez peut-être y aller, Tamsin, Mae et toi, l'an prochain.

— Peut-être. Donc, ton week-end était réussi.

— Génial. Davy et Lucy sont adorables. On a pique-niqué sur la plage hier. Lucy et Jem se sont baignées, et le téléphone de Davy n'a pas arrêté de sonner. Tout le monde tient à le féliciter d'avoir sauvé Marcus McBride. C'est dingue ce que ça lui a donné confiance en lui. Je me sens presque aussi fière que si c'était mon fils. Et hier soir, je les ai reconduits à Bristol. Je sais que tout va bien se passer, maintenant. Lucy et Davy veilleront sur ma puce.

— Tout est bien qui finit bien, donc. Soulagée ?

Ginny sourit et hocha la tête. Il avait raison, tout s'était bien terminé. Ce qu'elle ne pouvait pas lui dire, c'était qu'à son retour à Portsilver, la veille, à minuit, trouver la maison silencieuse l'avait complètement déprimée. Elle était allée se coucher avec un insupportable sentiment de solitude, de vide, d'abandon, avec une seule question en tête : « Et moi, dans tout ça ? »

46

— Arrête de mater le patron.

Ginny sursauta. Evie venait de sortir de la cuisine.

— Je ne matais pas !

— À d'autres ! Remarque, tu as bon goût. Épaules superbes, derrière spectaculaire...

— Chut !

Finn, qui raccompagnait les derniers clients à la porte, n'était qu'à quelques mètres d'elles.

— Que se passe-t-il ? demanda-t-il en se retournant. Pourquoi ce « chut » ?

— Oh, pour rien, dit Evie. On était juste en train d'admirer tes formes.

— Parle pour toi ! protesta Ginny.

— D'accord, j'admirais. Toi, tu matais.

— Mais pas du tout ! Je pensais à Jem, poursuivit Ginny pour changer de sujet. Elle a appelé ce matin pour me dire que son professeur principal était très content de son travail et pensait qu'elle avait une chance de réussir ses examens de fin d'année.

— Excellente nouvelle ! s'exclama Evie, qui savait à quel point elle s'était fait du souci pour Jem. N'empêche que tu matais. Je sais reconnaître ce genre de regard. J'ai l'œil.

Et la langue bien pendue, aussi, pensa Ginny.

— N'importe quoi, riposta-t-elle en s'éloignant vers la cuisine avec un plateau de verres sales. Certaines d'entre nous ont des choses plus importantes en tête que le physique des hommes.

— Même le mien ? demanda Finn.

Ginny se sentit rougir et pressa le pas. La cuisine était vide, en dehors du plongeur.

— Tu as l'air d'avoir chaud, dit celui-ci en remarquant ses joues cramoisies.

— Non. C'est la course, c'est tout.

Tout de même, la vie aurait été plus simple si elle n'avait pas eu tout le temps ces bouffées de chaleur.

D'accord, la vie aurait été plus simple si elle n'avait pas eu ce faible idiot, ridicule et sans espoir pour son patron.

Comme pour enfoncer le clou, Tamsin, Mae bien calée sur sa hanche, apparut dans le restaurant juste au moment où elle sortait de la cuisine.

— Je suis amoureuse ! lança Tamsin, les yeux brillants.

C'était le genre de nouvelle qui aurait pu redonner un peu d'espoir à Ginny. Mais Tamsin agitait une brochure en papier glacé sous le nez de Finn.

— Chéri, il faut que tu voies ça. Six chambres, vue sur la mer, cuisine aménagée par Clive Christian et une suite parentale à mourir ! C'est la maison de nos rêves, exactement ce qu'il faut pour une famille comme la nôtre. J'ai dit à l'agent immobilier qu'on le retrouverait sur place à 17 heures.

Finn étudia la brochure d'un air un peu inquiet.

— Six chambres ? Bon sang, mais tu as vu combien ils en demandent ?

— Ce n'est qu'un prix, tout se négocie. Regarde la salle de billard ! dit Tamsin en pointant un doigt sur la brochure. Et le jardin ! Et puis, six chambres, ce n'est pas tant que ça, après tout. On va y passer notre vie, dans cette maison. Et on ne tient pas à ce que Mae reste fille unique, n'est-ce pas ?

Elle lança un regard enjôleur à Finn, lequel était visiblement mal à l'aise. Ginny aurait voulu s'éclipser, mais c'était difficile. Tamsin insista ensuite pour qu'elle et Evie jettent un coup d'œil à la brochure, en leur expliquant que l'appartement n'était pas du tout pratique, avec Mae qui marchait.

— Il faut absolument qu'on l'achète. C'est la maison idéale ! La vôtre est mitoyenne, n'est-ce pas ? demanda Tamsin à Ginny avec un air apitoyé. Une maison comme celle-ci, ça doit vous faire rêver, vous aussi.

Ginny se demanda comment Tamsin réagirait si elle répondait : « Oui, mais seulement si je peux y vivre avec Finn. »

Mais quelle mouche la piquait, tout à coup ? Quelques instants plus tôt, elle matait son patron – Evie aurait été ravie de savoir qu'elle avait raison –, et voilà que maintenant, elle imaginait ce qu'elle pourrait dire à sa rivale !

Sauf que Tamsin n'était pas sa rivale, il fallait qu'elle se mette bien ça dans la tête. Tamsin avait une vraie vie de couple avec Finn, pas une relation fantasmée basée sur une toute petite partie de jambes en l'air sans suite.

— Oui, elle est vraiment magnifique, dit-elle poliment.

— Paaaapa, paaaa… lança Mae en tendant les bras vers Finn.

— Tu veux aller avec papa ? Tiens, prends-la, elle est lourde, dit Tamsin.

Pendant quelques instants, elle les regarda tous les deux, attendrie, puis retourna à l'étude de sa brochure pour conclure :

— N'importe quel enfant serait heureux de grandir dans une maison pareille, non ?

Sur le trajet qui la ramenait chez elle, Ginny décida de tirer un trait sur ce qui s'était passé entre Finn et elle et de prendre sa vie en main. Elle n'était pas la première à craquer pour son patron, et elle ne serait pas la dernière.

D'ailleurs, sa vie n'était pas si triste. Elle avait une fille bien dans sa peau et en bonne santé, un boulot qu'elle aimait beaucoup, une jolie maison – quoi qu'en dise Tamsin – ; elle aimait lire, écouter de la musique, se promener sur la plage…

Déjà, elle se sentait mieux. Elle baissa sa vitre et prit la décision de savourer toutes ces petites choses de la vie qu'on a trop tendance à négliger, comme ce rayon de soleil qui lui réchauffait le visage, et ces adorables petits nuages blancs, là-haut, dans ce ciel si bleu. Les Cornouailles étaient magnifiques. Elle portait son pull préféré, en angora blanc. David Gray passait à la radio, et elle adorait David Gray. Elle mit la radio plus fort, fut tentée de chanter à tue-tête, mais se ravisa, de peur de gâcher le moment. Elle se contenta donc de se laisser porter par la musique, en pensant à ces petits miracles du quotidien – le poli des galets sur la plage, le croustillant délicieux des gâteaux au citron de Laurel, la grâce incomparable des dauphins qui caracolaient au large de la plage de Portsilver, l'odeur du goudron frais…

Mmm… oui, le goudron frais. Une de ses odeurs préférées. Elle venait de passer une portion de rue dans laquelle il y avait eu des travaux. Deux ouvriers étaient occupés à répandre du goudron sur la nouvelle chaussée. Très vite, l'odeur s'estompa. Trop vite. Incapable de s'en empêcher, Ginny fit demi-tour quelques centaines de mètres plus loin. Après tout, quand on ouvre un paquet de M & M's, ce n'est pas pour n'en manger qu'un. Et si elle avait envie de retourner sentir le goudron frais, ce n'était pas interdit par la loi. En plus, contrairement aux M & M's, c'était sans calories. Un petit plaisir sans conséquence. Et gratuit, en plus.

Cette fois, elle passa beaucoup plus lentement, au point qu'un des ouvriers leva les yeux, étonné. Elle inspira à fond, les yeux mi-clos. Mmm… c'était encore meilleur la deuxième fois. Si elle leur demandait de lui en vendre un petit tas, la prendraient-ils pour une folle ? Elle pouvait aussi revenir un peu plus tard, à la nuit tombée, et en prélever un peu pour le sentir encore et encore, jusqu'à ce qu'il durcisse.

Quelques instants plus tard, il lui revint en mémoire l'époque où, comme aujourd'hui, cette odeur la transportait littéralement. Bien des années auparavant, il y avait eu de gros travaux de voirie dans la rue où elle travaillait, et tout le monde s'était plaint de l'odeur, et du bruit. Mais elle, elle aimait tellement ça qu'elle avait pris l'habitude d'aller s'asseoir dehors, au moment de la pause-déjeuner, pour regarder les travaux et s'imprégner de cette odeur, tout en mangeant ses sandwiches.

Tout en les dévorant, plus exactement. Parce qu'à l'époque, elle était… elle était…

Oh, non. Non, non, non, certainement pas…

Sans vraiment savoir comment, Ginny réussit à se garer presque correctement dans le parking du centre-ville. Lorsqu'elle descendit de voiture, elle avait les jambes en coton. *Pitié, pas maintenant !* Ce n'était pas le moment de tomber dans les pommes. Elle se ressaisit, prit son sac et se dirigea vers la parapharmacie.

Arrivée sur le seuil, elle s'immobilisa. La vendeuse la connaissait bien. Elle venait souvent essayer les nouveautés du rayon cosmétiques, et c'était ici qu'elle se fournissait en rouge à lèvres et ombre à paupières. Qu'allait-elle penser si elle lui achetait un… Non, mieux valait aller ailleurs.

Un peu plus loin, il y avait une petite pharmacie dans laquelle elle n'était jamais entrée, et où elle trouva immédiatement ce qu'elle cherchait. Elle ressortit de l'officine d'un pas vif en s'assurant qu'il n'y avait personne de sa connaissance dans les parages susceptible de lui demander si elle était malade, et ce qu'elle faisait dans une pharmacie.

Les toilettes publiques, ce n'était pas l'idéal, mais rentrer chez elle lui prendrait au moins un quart d'heure, et elle ne pouvait pas attendre. Il fallait qu'elle sache, tout de suite.

Elle s'enferma dans le dernier box, ouvrit la boîte d'une main tremblante et lut le mode d'emploi, qu'elle suivit scrupuleusement. Voilà. Il ne restait plus qu'à attendre la réaction chimique. De l'autre côté de la porte, une maman avait fort à faire, entre un bébé dans une poussette et une fillette qui refusait de se laver les mains.

— Megan, allez, s'il te plaît. Et n'éclabousse pas, sois gentille.

— Mais c'est de l'eau !

— Je sais, ma chérie, mais Thomas n'aime pas ça.

Le temps était écoulé. Ginny ouvrit les yeux et regarda le bâtonnet.

Seigneur !

Non, pas ça.

De l'autre côté de la porte, ce qui ressemblait à un tout petit bébé se mit à hurler. Megan gloussa de plaisir. Elle avait réussi son coup.

— Oh, Megan, soupira sa mère. Regarde ce que tu as fait. Ce n'est vraiment pas très malin.

« Vous m'ôtez les mots de la bouche », pensa Ginny.

47

Gavin ne détestait pas qu'on lui pince les fesses. Il aimait même plutôt ça. Mais il ne s'attendait pas que cela lui arrive en pleine rue.

— Salut, belle inconnue ! dit-il en ouvrant les bras pour embrasser Bev. J'espérais bien avoir affaire à une ravissante jeune femme.

Bev sourit.

— Tu as affaire à une femme, c'est déjà ça.

— Arrête. Tu aimerais avoir de nouveau vingt ans ? Ça m'étonnerait. En plus, pour une femme mûre, tu es très bien, dit Gavin en admirant ses cheveux bruns brillants, sa robe rouge et ses courbes voluptueuses.

— Je constate que tu n'as toujours pas pris de cours de tact.

— Je suis un cas désespéré, je sais. Mais je suis bien content de te voir. Tu nous as manqué, au club.

Bev haussa les épaules.

— J'ai renoncé à attendre que George Clooney devienne membre. Il a dû avoir des problèmes avec son visa. Mais toi, tu as l'air en pleine forme. Et ce costume, dis donc… Qui aurait cru que tu puisses être aussi élégant ? J'ai failli ne pas te reconnaître, sans tes chemises de zazou.

— C'est pour le boulot. Je sors d'une réunion assommante avec un client insupportable. Et toi ?

— Moi, c'est tout l'inverse. Une réunion stimulante avec une nouvelle connaissance tout à fait supportable, répondit Bev, le regard pétillant, en regagnant la table à laquelle elle était assise quand elle avait vu passer Gavin.

— Super. Tu me la présentes ?

— Très drôle. C'est un homme. Mais tu es le bienvenu si tu veux t'asseoir avec nous pour boire un verre. On dîne au *Blue Moon*, ensuite. Il est allé passer commande au bar.

— Alors, comme ça, tu as fini par rencontrer quelqu'un de bien ?

Bev était radieuse, et de toute évidence sous le charme.

— Eh oui ! J'ai arrêté d'aller au club et je me suis dit que si ça devait arriver, ça arriverait. Et quelques semaines plus tard, c'est arrivé ! Pas besoin de club de célibataires ni de club de gym pour trouver quelqu'un. Si ça doit se faire, ça se fait. Devine comment on s'est rencontrés.

— Dans une boîte de nuit où tu faisais du striptease ?

— Gavin ! Toujours l'esprit aussi mal tourné, hein ! Je me demande ce qui me plaisait chez toi. Non, figure-toi que je désherbais mon jardin, à quatre pattes dans la pelouse…

Le polisson en Gavin se garda de lui faire part de ses pensées. Mais cette image était indéniablement excitante.

— Et voilà ce type qui passe devant chez moi et s'arrête.

« Évidemment ! » pensa Gavin.

— Il était perdu. Il m'a demandé comment aller jusqu'à Lancaster Road.

Bien sûr. Un classique.

— Et comme, en gros, il en venait, ça nous a fait rire.

Naturellement.

— Puis il y a eu un déclic. C'était incroyable. On a parlé, parlé, comme si on ne pouvait plus s'arrêter. Le courant passait, quoi…

Le pro absolu.

— Au bout d'une heure, il m'a demandé si j'accepterais de boire un verre avec lui, le soir. J'ai dit oui, et on a passé une soirée formidable. C'était comme si on se connaissait depuis toujours. Bref, j'ai enfin trouvé l'homme de mes rêves. Il est gentil, un vrai gentleman. Et il s'intéresse à moi. Enfin. C'est presque trop beau pour être vrai. C'est seulement la troisième fois qu'on sort ensemble, ce soir. Mais je sens qu'avec Perry, tout va être différent, et…

Gavin l'interrompit brusquement.

— Holà ! Qu'est-ce que tu viens de dire ?

— Que c'était seulement la troisième fois qu'on se voyait. On s'est rencontrés dimanche dernier.

— Non, non, je ne parle pas de ça. Il ne s'appellerait pas Perry Kennedy, par hasard ?

— Mais si ! s'exclama Bev. Tu le connais ? C'est dingue !

Jusque-là, Gavin avait simplement reconnu dans la description de Bev un dragueur comme lui, qui recherchait avant tout son propre plaisir. Il n'y avait pas de mal à ça, après tout. Mais la comparaison avec Perry Kennedy s'arrêtait là, du moins l'espérait-il. Gavin ne s'attachait jamais longtemps, mais il n'avait jamais délibérément trompé une femme. Il n'était pas calculateur, n'agissait pas froidement.

— Pourquoi me regardes-tu comme ça ? demanda Bev, un peu inquiète.

Il n'y avait pas trente-six manières de lui expliquer la situation, aussi Gavin alla-t-il droit au but.

— Je le connais. Il ne raconte que des salades. Il est sorti avec Ginny parce que cela l'arrangeait, et elle a découvert qu'il couchait avec sa meilleure amie. Apparemment, il n'en était pas à son coup d'essai.

Pauvre Bev. Cette fois, elle ne souriait plus du tout. Elle avait la mine complètement déconfite. En plus, Perry allait réapparaître d'une seconde à l'autre.

— Je le déteste pour ce qu'il a fait à Ginny, reprit Gavin. Il lui a brisé le cœur…

Il exagérait, mais à peine.

— … et il fera pareil avec toi.

Pourvu qu'elle n'éclate pas en sanglots !

Mais Bev en avait vu d'autres. Elle souffla lentement, se carra sur sa chaise et lâcha :

— Merde !

— Excuse-moi, ma belle, mais il fallait que je te le dise.

— C'est tout moi, ça. Je devrais pourtant avoir l'habitude, depuis le temps. Quand ça paraît trop beau pour être vrai, c'est le signe que ça va foirer. Et moi qui pensais que la chance avait enfin tourné et que j'étais irrésistible…

— Mais tu l'es, ma belle. C'est pour ça que tu ne dois pas t'engager avec un fumier pareil. Fais-moi confiance, ce type, c'est problèmes et compagnie. Le mieux, c'est de partir en courant.

Bev baissa les yeux sur ses talons aiguilles hauts de dix centimètres, en cuir rouge, les chaussures d'une femme qui voulait impressionner le nouvel homme de sa vie. Super sexy, à vrai dire.

— Pas facile, avec ça aux pieds.

— Tu peux toujours les enlever, dit Gavin.

— Bon Dieu ! Il n'y a qu'à moi que ce genre de chose arrive, soupira Bev en se tournant pour voir si Perry sortait du bar.

— Ça n'arrive pas qu'à toi. Les hommes comme lui méritent une bonne leçon.

— C'est l'hôpital qui se fout de la charité, remarqua Bev d'un ton sec.

— Touché, fit Gavin en portant la main à son cœur avec une grimace de douleur. Bon, je ferais mieux d'y aller. Je te laisse gérer ça.

— Tu vas où ?

— Manger un morceau. Peut-être pas au *Blue Moon*. Pourquoi ?

Bev haussa les épaules, hésita. Pas très longtemps.

— Je peux te tenir compagnie ?

— Seulement si tu promets de ne pas faire trop de remarques sur mes mauvaises manières.

Bev retira ses sandales, se leva et vida son verre de vin.

— Et toi, tu as interdiction de me répéter que si j'étais plus jeune, tu serais intéressé. Pour une fois, essaie d'être sympa avec moi, d'accord ? Je traverse une crise, là.

Il y avait un monde fou au bar. Lorsque Perry ressortit enfin sur la terrasse avec les deux bières commandées, Bev avait disparu.

Il se figea, regarda autour de lui. La table à laquelle ils s'étaient assis était maintenant occupée par une famille de quatre personnes, qui n'avait vu personne en s'installant. Bev était-elle allée aux toilettes ? Il attendit un peu.

Au bout de quelques minutes, sentant qu'il passait pour un idiot avec ses verres à la main, il se dirigea vers un groupe de jeunes gens, à la table voisine.

— Excusez-moi. Vous n'auriez pas vu la dame qui était assise là-bas ? Brune, robe rouge ?

— Elle vous a planté, répondit un roux au visage constellé de taches de rousseur.

— Warren, fit sa copine en gloussant. Tu ne peux pas dire un truc comme ça.

— Pourquoi ? C'est vrai.

— Que voulez-vous dire, exactement ? demanda Perry.

— Elle était assise toute seule, puis un type est passé, et elle lui a sauté dessus pour lui pincer les fesses. Ils se sont embrassés et…

— Ils ont parlé pendant un moment, poursuivit la fille, puis ils sont partis tous les deux.

— Même qu'il portait ses chaussures, ajouta une autre fille. Un peu comme si elle était Cendrillon.

— Cendrillon, tu parles ! C'était plutôt un truc de fétichiste.

— Et elle est partie, comme ça ? Il ressemblait à quoi, lui ? demanda Perry, incrédule.

— La quarantaine. Du bide. Les tempes dégarnies. Pas vraiment Pierce Brosnan, quoi. Mais un beau sourire, et le regard brillant. L'air sympa, finalement.

— En tout cas, elle avait l'air de le trouver sympa, conclut le rouquin avec un sourire narquois.

Perry en resta comme deux ronds de flan. Bev l'avait laissé tomber pour un autre homme, qui n'était même pas séduisant. Elle l'avait planté là sans même lui dire au revoir.

Comment avait-elle pu ?

Jamais il ne s'était senti aussi humilié.

Bev souriait.

— Quoi ? demanda Gavin.

— Je viens de me rendre compte d'un truc, dit-elle en se tournant sur le côté pour lui faire face. Je dois être la femme la plus vieille avec qui tu aies jamais couché.

— De loin, oui. Mais tu sais quoi ? Ce n'était pas aussi effrayant que je l'aurais cru.

— Goujat !

— C'était un compliment, dit Gavin en l'attirant contre lui. Tu connais plein de trucs.

— C'est le résultat d'années de pratique, dit Bev en faisant courir le bout de son ongle sur la cuisse de Gavin. Pas autant que toi, mais presque. Et puis, après quarante ans, un homme a passé son pic sexuel, tandis que moi, je suis encore au top de ma forme.

— Quoi ? Ça, c'est de la diffamation. Je vais devoir mettre un terme à cette rumeur immédiatement.

Il roula sur elle, mais Bev se dégagea en rigolant.

— On n'a pas le temps ! Il est 8 heures, et je dois être au boulot à 9 heures.

Frustrant, mais vrai. Ni l'un ni l'autre n'avait prévu que la soirée finirait de la sorte. Après le dîner, Gavin avait invité Bev chez lui pour un dernier verre. Ils n'avaient d'abord parlé que de Perry Kennedy, puis, pour que Bev ne déprime pas trop, ils avaient abordé d'autres sujets. Et peu à peu, Gavin avait découvert à quel point il était agréable d'avoir une conversation avec une femme séduisante, mais aussi intelligente, ouverte et pleine de repartie. Bev l'avait fait rire et n'avait pas eu l'air perdue lorsqu'il avait parlé de Nixon et du Watergate. Elle savait qui était Bob Geldof et se souvenait de l'époque où les téléphones portables n'existaient pas. Cerise sur le gâteau, elle connaissait par cœur les paroles de la *Macarena*.

D'accord, la conversation n'avait pas porté uniquement sur des sujets intellectuels.

Après cela, la suite était arrivée naturellement. Il avait fait du café dans la cuisine, et Bev s'était chargée de mettre du sucre dans les tasses. Comme elle sucrait celle de Gavin, la main de ce dernier avait par mégarde frôlé la sienne, et elle avait sursauté, renversant du sucre sur la table.

— Je te fais de l'effet à ce point ? avait plaisanté Gavin

— Oui, avait répondu Bev. À ce point.

— Au bar, tout à l'heure, quand tu as dit que tu craquais pour moi, avant, ce n'était pas une plaisanterie ?

— Non, c'était vrai.

Sa franchise avait enchanté Gavin.

— Mais tu ne m'en as jamais parlé.

— Ça n'aurait servi à rien. Je ne pouvais pas me changer en gamine de vingt ans.

À ce moment-là, sans réfléchir, il l'avait embrassée. Le café avait été oublié, le sucre renversé était resté sur la table. La nuit avec Bev avait été une véritable révélation, d'autant plus fantastique qu'elle n'avait pas été programmée. Faire l'amour avec Bev avait été un vrai bonheur.

Il aurait bien recommencé, d'ailleurs, mais déjà, elle était debout et s'habillait rapidement pour pouvoir repasser chez elle avant d'aller travailler. En un rien de temps, elle fut prête, et Gavin réalisa qu'il n'avait pas envie de la voir partir. Lorsqu'elle l'embrassa, il lui demanda :

— Qu'est-ce que tu fais, ce soir ?

— Moi ? Rien. Je vais regarder *Les Chiffres et les Lettres* en astiquant mon déambulateur. Classer ma collection de Barbara Cartland. Et toi ?

— Eh bien, si tu penses que rater ton émission n'est pas une catastrophe, j'aimerais te prouver que je n'ai pas passé mon pic sexuel.

Elle plongea son regard dans celui de Gavin, le sonda longuement.

— Tu cherches à *me* le prouver ou à *te* le prouver ?

À son tour, il fixa les petites rides au coin de ses yeux et réalisa qu'elles donnaient du caractère au visage de Bev.

— Écoute, j'ai envie de te revoir. Je ne m'attendais pas à ce qui s'est passé, et toi non plus. Mais c'est arrivé. Et je suis drôlement content.

— Tu ne dis pas ça juste pour me faire plaisir ?

— Non, je ne suis pas attentionné à ce point, ne rêve pas. Je te le dis parce que je le pense. Alors, est-ce que tu veux bien revenir chez moi ce soir à 19 heures ?

— Pour faire quoi ?

— Je pensais à une mémorable partie de jambes en l'air, et ensuite, un croque-monsieur.

Le regard brillant, Bev l'embrassa sur le nez.

— Si tu me prends par les sentiments… Je devrais pouvoir enregistrer mon émission.

48

Le facteur avait déposé plusieurs lettres et un petit paquet en recommandé pour Laurel. Ginny emporta le tout dans la cuisine et ouvrit la première enveloppe.

Facture d'électricité, fabuleux.

La deuxième contenait la facture d'eau, génial.

La troisième était un relevé bancaire, passionnant.

Inquiétant, plutôt. Elle avait toujours une idée assez précise de ce qu'elle avait sur son compte, et là, c'était moins que prévu.

Elle l'examina d'un peu plus près et vit qu'il manquait quelque chose dans la colonne des crédits.

— Laurel ?

Sa locataire apparut dans l'encadrement de la porte.

— Oui ?

— Ton loyer n'a pas encore été payé. Tu pourrais en toucher deux mots à Perry, pour savoir ce qui s'est passé ?

Laurel se dandina, gênée, évitant son regard.

— Oh. Euh… en fait, il ne peut plus payer.

— Pardon ?

— Je suis désolée. Je voulais t'en parler.

Donc, elle était au courant.

— Et qui va payer, alors ?

— Je ne sais pas.

Ginny secoua la tête, incrédule. Comme si elle n'avait pas assez de soucis en ce moment ! Ces derniers temps, Laurel était retombée dans sa neurasthénie. L'anniversaire de Kevin approchant, elle s'était persuadée qu'il choisirait cette date pour venir la chercher, et comme il n'était pas venu, elle avait replongé de plus belle. Depuis une bonne semaine, elle déprimait totalement, et Ginny ne savait plus quoi faire pour lui changer les idées. Sa patience avait des limites, malgré tout.

— J'ai des factures à payer, moi, lâcha-t-elle d'un ton sec. Comme Jem ne travaille plus, je dois l'aider plus qu'avant. Alors, tu ne peux pas t'attendre que je te dise : « Ce n'est pas grave, on aura peut-être de la chance au loto cette semaine. » Si Perry ne paie plus ton loyer, il faut que tu le paies, toi.

— Mais je n'ai pas d'argent…

Cette fois, les limites étaient dépassées.

— Alors, il ne te reste plus qu'à faire ce que font tous les gens normaux : trouver un boulot !

Laurel vacilla comme si elle venait de recevoir une claque.

— Je ne peux pas.

— Bien sûr que si, tu peux. Tu ne *veux* pas, c'est autre chose. Mais je suis désolée, si tu ne paies pas ton loyer, tu dois t'en aller. Tu n'es pas la seule à avoir des problèmes, d'accord ? J'ai pas mal de soucis de mon côté, en ce moment, mais je vais devoir m'en accommoder, trouver des solutions, parce que c'est ça, la vie.

Le regard de Laurel s'était posé sur le petit paquet.

— C'est pour toi, tiens, dit Ginny. Ça vient d'arriver.

— Merci.

— Tu ne l'ouvres pas ?

— Je l'ouvrirai tout à l'heure.

À quoi rimait ce mystère ? Trop énervée pour s'apercevoir qu'elle allait trop loin, Ginny lança :

— Ouvre-le, bon sang !

À contrecœur, Laurel s'exécuta, le menton tremblant.

Ginny écarquilla les yeux.

— On t'a envoyé une montre Gucci ?

— Non.

— Tu veux dire que tu l'as commandée ?

Combien est-ce que ça pouvait coûter, une montre pareille ?

— Puisque tu veux tout savoir, je l'ai achetée pour Kevin. Je pensais qu'il m'aimerait de nouveau, comme ça. Il a toujours rêvé d'une montre Gucci. Mais apparemment, il n'en veut pas si elle vient de moi. Je n'arrive pas à croire qu'il me l'ait renvoyée.

Elle lut le petit mot qui accompagnait la montre et le froissa aussitôt.

— Pourquoi est-ce que je ne fais jamais ce qu'il faut ?

Ses hormones en ébullition se combinant à l'absurdité de la situation, Ginny vit rouge.

— Mais ce n'est pas vrai ! Je pensais que c'était fini, toute cette histoire ! Enfin, Laurel, c'est complètement dingue ! Kevin ne t'aime plus, il ne t'aimera plus jamais, il ne reviendra pas. Vous deux, c'est terminé, et tu dois l'accepter. Regarde le bon côté des choses : tu peux rapporter la montre et te faire rembourser.

Et payer ton loyer avec cet argent, par exemple.

Laurel renifla en regardant la montre.

— Je ne peux pas.

— Bien sûr que si ! À moins que ce ne soit une contrefaçon.

Et dans ce cas, Ginny n'aurait pas été contre l'idée de la porter, cette montre.

— Une contrefaçon ! répéta Laurel, indignée. Tu me prends pour qui ?

— Pour le genre de personne qui n'a pas de quoi payer son loyer mais dépense des centaines de livres pour quelqu'un qui se contrefiche d'elle. Bon sang, rapporte cette montre et fais-toi rembourser !

— Je t'ai dit que je ne pouvais pas. Je l'ai achetée il y a trois semaines. Ils ne remboursent que si on rapporte l'article dans les quinze jours qui suivent l'achat.

— Alors, la prochaine fois, va chez Marks & Spencer et achète-lui une paire de chaussettes ! s'écria Ginny, exaspérée.

Les larmes roulaient sur les joues pâles de Laurel.

— Je suis désolée. Je l'aime. Je ne sais plus quoi faire.

— Vraiment ?

Là, elle dépassait les bornes. Avec un bébé dans le ventre et des factures à n'en plus finir, Ginny sentit s'écrouler les derniers vestiges de sa patience.

— Vraiment ? répéta-t-elle. Tu plaisantes, j'espère ? Parce que je vais te dire ce que tu vas faire, moi. Tu vas oublier Kevin et arrêter de t'apitoyer sur ton sort. Tu vas mettre un peu d'ordre dans ta vie et te comporter en adulte. Et si tu veux continuer à habiter ici, tu vas te bouger les fesses et aller chercher du boulot !

Ginny inspira un grand coup. Avait-elle vraiment dit tout cela ? À la manière dont Laurel ravala un sanglot horrifié, tourna les talons et disparut, il semblait bien que oui.

Ginny était dans la chambre de Jem, devant l'ordinateur, et regardait des photos de fœtus trouvées sur Internet. Le sien, à en croire les informations qu'elle avait recueillies, avait déjà des doigts et des orteils, ainsi qu'un visage. Il avait aussi un odorat, une glande pituitaire dans le cerveau, et un tout petit cœur qui battait dans sa poitrine.

Elle allait vraiment avoir un bébé. Un tout petit moment d'égarement, et sa vie était bouleversée. Comment avait-elle pu être aussi…

— Euh… Ginny ?

Laurel frappa discrètement après avoir entrebâillé la porte. Prise de panique, Ginny empoigna la souris, cliqua frénétiquement un peu partout et réussit à faire disparaître les images à peine une milliseconde avant que Laurel n'entre.

— Quoi ? demanda-t-elle d'un ton agacé.

— Excuse-moi de te déranger. Euh… je vais à la pharmacie, pour mon traitement. Je voulais juste savoir si tu avais besoin de quelque chose là-bas.

Alors, voyons… Il me faudrait de la crème contre les vergetures, une boîte de coussinets d'allaitement, deux cents paquets de couches, six mille boîtes de lingettes…

— Non, merci, je n'ai besoin de rien.

— Bon. Très bien. Je… je suis vraiment désolée, pour le loyer, tu sais.

Ginny se raidit. Laurel savait qu'elle jouait sur du velours avec elle.

— Tu l'as déjà dit.

Laurel soupira.

— Bon. J'en ai pour une demi-heure. Et je vais trouver une solution. Promis.

Elle s'y connaissait, en chantage affectif. Mais Ginny avait décidé de tenir bon. Elle se retourna vers l'écran et dit simplement :

— Très bien.

Trois heures plus tard, Laurel n'avait pas reparu. Cela ne lui ressemblait pas de sortir si longtemps, mais après tout, peut-être était-elle allée à l'agence pour l'emploi. Ou voir Perry.

Ginny sortit les vêtements du sèche-linge, les tria. Le remords commençait à la titiller. Ne sachant que faire, elle alla dans la chambre de Laurel pour voir si elle trouvait quelque chose.

La pièce était si bien rangée qu'on se serait cru dans une chambre de maison témoin. En dehors du sac à main, rien ne traînait. Le sac à main de Laurel. Ginny fronça les sourcils. Quand on sortait faire une course, en général, on prenait son sac. À moins que Laurel n'ait décidé de changer de sac…

Ginny s'approcha et regarda à l'intérieur. Non seulement Laurel n'avait pas changé de sac, mais elle était partie sans son porte-monnaie et sans ses cartes de crédit.

Étrange, non ?

Le cœur battant, elle ouvrit un tiroir de la commode. Il contenait des sous-vêtements parfaitement pliés et rangés. Le tiroir du dessous était celui des collants et chaussettes. Ginny se promit au passage d'essayer de ranger aussi bien ses affaires. Ce devait être tellement plus facile, ensuite, de trouver ce que l'on cherchait. Dans le dernier tiroir, elle découvrit plusieurs photos encadrées de Kevin (qui, franchement, ne méritait pas qu'on le pleure autant), la boîte contenant la montre Gucci, un vieux pull d'homme bleu marine avec des trous aux coudes, et un journal intime relié de cuir gris souris.

Ginny hésita. Que devait-elle faire ? Elle avait déjà lu le journal intime de quelqu'un, et ce n'était pas un bon souvenir. « Maman danse comme un pied, elle m'a foutu la honte à la fête de Noël, tous mes copains rigolaient », avait-elle appris, puis : « Si seulement maman faisait faire de vraies étiquettes à mon nom pour mon uniforme, plutôt que d'utiliser un feutre indélébile ! La dirlo (je la déteste) m'a demandé avec un petit sourire si ma mère savait coudre. »

Ginny frissonna de honte à ce souvenir. Lorsqu'elle avait eu les doigts presque en sang après avoir cousu trente-deux étiquettes au nom de Jem, elle avait elle aussi détesté la « dirlo ».

Et après la scène qu'elle avait faite à Laurel le matin même, il était peu probable qu'elle lise dans ce journal quoi que ce soit de flatteur à son égard. À tous les coups, elle aurait droit à quelque chose du genre : « Ginny Holland est une garce froide et égoïste qui ne pense qu'au fric et range ses sous-vêtements n'importe comment. »

De toute façon, c'était le journal de Laurel, et le mieux était de ne pas le lire. Ginny s'approcha de la fenêtre et regarda dehors, en espérant que Laurel choisirait ce moment pour rentrer. Elle pourrait ainsi ranger le journal où elle l'avait trouvé et s'éviter mauvaise conscience et surprises désagréables.

Mais la rue était déserte. Laurel, dans son long cardigan et sa robe en tissu mou, n'était visible nulle part.

Cela faisait trois heures qu'elle était partie. Sans son sac...

De plus en plus mal à l'aise, Ginny ouvrit le journal, passa des dizaines de pages noircies d'une écriture dense jusqu'à ce qu'elle atteigne la dernière.

Les larmes avaient fait baver l'encre. Lauren avait écrit :

Kevin a renvoyé la montre ce matin, en me disant de ne plus jamais essayer de le contacter. Ginny a découvert que le loyer n'était plus payé et s'est mise en colère. Je sais qu'elle ne veut plus de moi ici. Elle m'a dit que si je ne trouvais pas de boulot, je devrais m'en aller, mais comment trouver du travail alors que je me sens si mal ? Elle ne comprend pas. Personne ne comprend.

Je ne peux plus continuer comme ça. Je déteste ce que je suis devenue. Je sais ce que je dois faire, et le moment est venu d'agir.

Adieu, Kevin, je t'ai tellement aimé. Profite de la vie. Et ne t'inquiète pas, je ne t'importunerai plus.

49

Ginny se laissa tomber sur le lit fait au carré. Elle tremblait. Sa bouche était si sèche qu'elle n'arrivait plus à déglutir. Son pouls battait dans ses oreilles, assourdissant. C'était pire, bien pire que ce qu'elle avait imaginé. Sur la page, les larmes étaient sèches. Laurel avait écrit cela trois heures plus tôt, et elle était sortie, les mains vides.

Elle relut les derniers mots écrits par Laurel. Son intention était évidente. Elle était peut-être déjà morte, noyée ou écrasée au pied d'une falaise. À moins qu'elle n'ait fait renouveler son ordonnance et ne soit en train d'avaler la totalité de ses médicaments.

Quelle idiote elle avait été de se mettre en colère de la sorte contre quelqu'un qui était sous antidépresseurs !

Arrête de t'apitoyer sur ton sort. Fais quelque chose de ta vie. Kevin ne reviendra jamais. Il ne veut pas de toi. La prochaine fois, achète une paire de chaussettes.

Quels avaient été les derniers mots de Laurel, avant qu'elle sorte ?

Je vais trouver une solution. Promis.

Laurel était venue vers elle en quête de compassion et de compréhension, et elle avait été reçue comme un chien par une harpie aux hormones chatouilleuses. Autant lui tendre un pistolet chargé.

Ginny se leva. Elle savait ce qu'il lui restait à faire.

Reu-eu-eu-eu-eu-eu…

— Non, s'il te plaît, pas ça. Pas maintenant. Démarre, bon sang !

Reu-eu-eu-eu-eu-eu-eu-eu-eu-eu…

Ginny essuya la sueur qui perlait au-dessus de sa lèvre supérieure et pompa frénétiquement avec la pédale d'accélérateur.

Reu-eu-eu-eu.

Clic.

Fichue bagnole ! Sans vraiment y croire, Ginny tourna une nouvelle fois la clé de contact.

Clic.

Furieuse, elle donna un grand coup sur le volant et ferma les yeux.

On frappa à la vitre, et elle sursauta. Son cœur battit encore plus vite lorsqu'elle vit qui se trouvait là.

— J'ai des câbles, si tu veux.

— Quoi ?

— Ta batterie est à plat, dit Carla. Tu as laissé tes lumières toute la nuit.

— Quoi ? répéta Ginny, toujours sous le choc.

Elle regarda son tableau de bord et constata que Carla disait vrai.

— Tu as vu que j'avais laissé mes phares allumés et tu n'as rien fait ?

Carla se raidit.

— Tu as dit que tu ne voulais plus jamais me voir. Si je suis venue maintenant, c'est uniquement parce que tu avais l'air un peu énervée.

— Donc, si j'avais été renversée par un bus, tu m'aurais laissée là ? Bravo. Tu savais que je n'avais plus de batterie, mais tu n'as… tu n'as…

Ginny frappa une nouvelle fois le volant, incapable de regarder Carla, son carré souple, son tailleur-pantalon rose et son maquillage parfait.

— Je viens de te proposer mes câbles, Gin.

— Mais ça va prendre des heures. Et moi, j'ai besoin de ma voiture tout de suite.

— Si c'est urgent, je t'emmène. Où vas-tu ?

— Je ne sais pas… répondit Ginny dans un gémissement paniqué. C'est le problème. Tu ne peux pas m'emmener, parce que je ne sais pas où je vais. Tout ce que je sais, c'est qu'il faut que je la trouve avant que… ô mon Dieu… avant qu'il ne soit trop tard…

— OK. Allez, descends de là, dit Carla en tirant Ginny au-dehors. On va prendre ma voiture, et peu importe que ce soit long ou pas. Elle est à Bristol ?

Ginny se retrouva propulsée de l'autre côté de la rue et poussée dans la voiture de Carla, sans savoir si elle avait vraiment envie que les choses se passent ainsi. Mais avait-elle le choix ?

— Bristol ? Mais pourquoi serait-elle à Bristol ?

Carla la regarda.

— On ne parle pas de Jem ?

— Non, non ! Il s'agit de Laurel.

La tête baissée, elle raconta à Carla ce qui s'était passé.

— Tu ne devrais pas appeler la police, plutôt ? demanda Carla.

— C'est ce que j'ai fait ! Mais Laurel n'a pas expressément écrit : « Je vais me suicider », alors on m'a dit d'attendre. On ne peut signaler la disparition d'une personne adulte qu'au bout de vingt-quatre heures. Et moi, en attendant, je ne te dis pas comme je suis mal !

— Arrête, ce n'est pas ta faute. Si ça peut te consoler, moi, ça fait un bail que je l'aurais poussée du haut d'une falaise, Laurel. Bon, par où on commence, alors ?

— Je n'en sais rien. La pharmacie, peut-être ? Le cabinet médical ? L'agence pour l'emploi ?

Carla eut un rire incrédule.

— Dans tes rêves !

— Ne dis pas ça.

Seigneur ! Et si Laurel était déjà morte ? Ginny frissonna violemment.

— On pourrait aller jusqu'à la falaise. Ou sur la plage, demander aux surveillants de baignade s'ils l'ont vue. Elle portait sa longue robe marron quand elle est partie. On pourrait aussi aller voir chez Perry. Peut-être qu'elle est avec lui.

— Perry n'habite plus à Portsilver. Et il a changé de numéro de téléphone, lâcha Carla. C'est fini entre nous. Je ne l'ai pas vu depuis des semaines.

— Quoi ? Que s'est-il passé ?

— C'est fini, c'est tout. Je te raconterai plus tard, dit Carla en fixant la route devant elle. Pour l'instant, on s'occupe de Laurel.

Mais Laurel était introuvable. Personne ne l'avait vue. Elle n'était pas passée à la pharmacie pour faire renouveler son ordonnance et n'avait été vue ni du côté de la falaise ni sur la plage.

— C'est plutôt une bonne nouvelle, dit Carla pour remonter le moral de Ginny. Au moins, aucun noyé n'a été repêché.

Mais ce n'était pas une consolation. Laurel avait disparu, et elle était dans un état de très grande vulnérabilité. Ginny avait laissé sur la table de la cuisine un mot demandant à Laurel de l'appeler sur son portable dès qu'elle rentrerait, mais, pour la centième fois au moins, elle composa malgré tout le numéro de la maison et écouta le téléphone sonner dans le vide. Par ailleurs – elle avait honte de se poser une question pareille, mais bon –, si on retrouvait Laurel morte et que la police découvrait son journal, pouvait-elle être accusée de non-assistance à personne en danger ?

— Tu as besoin d'aller aux toilettes ?

Ginny réalisa qu'elle avait la main posée sur le ventre. Effaçant l'image d'un accouchement derrière les barreaux, avec menottes et sans péridurale, elle l'ôta aussitôt.

— Non, non, ça va.

— Bon, où est-ce qu'on va, maintenant ?

— Sadler's Cove.

— Ça suffit, décréta Carla, une heure plus tard. Ça fait trois heures qu'on cherche, et j'aurais pu continuer, mais avec ces chaussures, ce n'est plus possible. On rentre.

Ses escarpins à talons hauts en vernis noir étaient gris de poussière après avoir parcouru l'étroit chemin caillouteux qui descendait jusqu'à Sadler's Cove, une très jolie petite plage. C'était la fin de la journée, le soleil s'était caché, et chacun rentrait chez soi. Ginny, découragée, s'imagina trouvant la police à son retour, qui lui annoncerait la pire des nouvelles.

Mais lorsqu'elles arrivèrent, il n'y avait pas de voiture de police dans la rue.

— Tiens, c'est la camionnette de Dan, remarqua Ginny, étonnée, en découvrant la camionnette verte, avec l'inscription « Dan le Primeur » peinte en jaune sur les côtés, garée derrière sa voiture en panne.

Carla haussa les sourcils.

— Nouveau petit ami ?

— Pas du tout. C'est le primeur qui fournit le restaurant en fruits et légumes. Qu'est-ce qu'il fait là ?

Ginny descendit de voiture, intriguée. Dan n'était visiblement pas dans sa camionnette. Connaissait-il un de ses voisins ?

— Oh ! Tu m'as fichu une de ces trouilles ! s'exclama Laurel lorsque la porte de la cuisine s'ouvrit tout à coup. Mais qu'est-ce que tu as ? On dirait que tu as vu un fantôme !

Stupéfaite, le souffle court, Ginny observa la scène. Laurel et Dan étaient assis l'un à côté de l'autre à table, devant un thé fumant et le gâteau à l'orange que Laurel avait fait la veille. Dan fit mine de se lever, tel un bon élève.

— Reste assis ! aboya Ginny. Qu'est-ce que tu fais là ? Et toi ? demanda-t-elle à Laurel. Où étais-tu passée ?

— J'étais sortie, répondit Laurel, alarmée, tandis que Dan se rasseyait sans demander son reste. Mais qu'est-ce qu'elle fait là, elle ?

Carla venait d'apparaître sur le seuil de la cuisine.

Visiblement terrifié, Dan tenta une nouvelle sortie.

— Excusez-moi. Peut-être qu'il vaudrait mieux que je m'en...

— Pas question ! lancèrent en chœur Laurel et Ginny.

— Je vais te dire ce que je fais là, dit Carla, dont les yeux lançaient des éclairs. J'ai passé l'après-midi à aider Ginny à te chercher. Plus précisément à chercher ton cadavre. On a passé je ne sais combien d'heures à parcourir les falaises et les plages, et j'y ai laissé une paire de chaussures, figure-toi. On a appelé la police, parlé aux surveillants de baignade, et j'ai dû annuler trois rendez-vous professionnels importants. C'est vraiment dommage que tu n'aies jamais appris à *lire* !

D'un geste furieux, elle saisit le mot qu'avait laissé Ginny et l'agita sous le nez de Laurel avant de reprendre :

— C'est dommage, parce qu'elle était morte d'inquiétude et que tout ce que tu avais à faire, c'était l'appeler et lui dire que tu n'étais pas morte !

— Bon, bon, on se calme, souffla Ginny, épuisée.

— Mais pourquoi pensais-tu que j'étais morte ? demanda Laurel.

— À cause de ce que tu as écrit dans ton journal ! rugit Carla. Tu disais que tu allais mettre un terme à tout ça, et je ne sais quoi encore !

— Quoi ? Tu as fouillé dans mes affaires et tu as lu mon journal intime ? Mais c'est dégoûtant !

— Hé ! Tu devrais plutôt la remercier de s'être fait du souci ! Je vais te dire, si c'était chez moi que tu habitais, je...

— Arrêtez ! Arrêtez ! supplia Ginny en levant la main comme un arbitre de foot. Laurel, je suis désolée d'avoir lu ton journal, mais j'étais inquiète. Tu m'avais dit que tu sortais pour une demi-heure. Trois heures plus tard, tu n'étais toujours pas revenue, alors j'ai commencé à me faire sérieusement du souci, d'autant que tu n'étais pas bien lorsque tu es partie. Dans ta chambre, j'ai vu que tu n'avais pas pris ton sac, et quand j'ai lu ce que tu avais écrit, j'ai vraiment eu peur que tu aies fait une bêtise. C'est pour cela que je t'ai laissé un mot en te demandant de m'appeler dès que tu rentrerais.

— On est arrivés il y a vingt minutes à peine. J'ai essayé de t'appeler, mais c'était toujours occupé. Je voulais te rappeler, mais on s'est mis à parler... Puis tu as déboulé comme un cyclone.

— C'est ma faute... commença Dan.

— Non, c'est la mienne. J'ai mal analysé la situation, dit Ginny en remplissant la bouilloire pour se faire du thé. Bon, alerte rouge terminée. Carla, assieds-toi. Vous deux, vous allez nous raconter ce que vous avez fait toute la journée. Comment est-ce que tu as rencontré Dan, d'abord ?

Laurel la regarda sans comprendre.

— Qui est Dan ?

Ça, c'était le bouquet. Dan n'avait tout de même pas un frère jumeau !

— Dan, aide-moi, s'il te plaît. Je perds la boule ou quoi ?

Perplexe, Laurel se tourna vers Dan.

— Mais qu'est-ce qu'elle veut dire ? Qu'est-ce qui se passe ?

Il haussa les épaules, embarrassé.

— Tout le monde m'appelle Dan, mais c'est parce que j'ai gardé l'inscription sur la camionnette quand je l'ai rachetée à mon prédécesseur. En réalité, je m'appelle Hamish.

50

Assises devant un thé et une part de gâteau à l'orange, Ginny et Carla écoutèrent le récit des aventures de Laurel. Après avoir encaissé les remontrances de Ginny, elle avait compris qu'il était temps pour elle de se reprendre en main. Sortie pour aller faire renouveler son ordonnance, elle avait beaucoup réfléchi en route. À la pharmacie, la queue n'en finissait pas, si bien qu'elle était ressortie pour prendre l'air. Attendre entre deux retraités qui discutaient transit intestinal et fuites urinaires, non, merci.

Il y avait aussi la queue à la boulangerie, mais cette fois, elle avait attendu, et lorsque son tour était venu, elle avait trouvé le courage de demander si, par hasard, le boulanger n'aurait pas besoin de quelqu'un pour lui faire des gâteaux.

Pourquoi ce dernier avait-il pris la chose de si haut ? D'un ton acerbe, il lui avait répondu que pour faire du pain et des gâteaux, il fallait se lever à 3 heures du matin et travailler jusqu'à 18 heures le soir. C'était un travail physique, la spécialité de la boutique était le cake au lard, et non, il n'avait besoin de personne.

Humiliée, Laurel avait quitté la boutique en courant. Dans la queue, un homme avait protesté, sans pour autant élever la voix :

— Il n'avait pas besoin d'être aussi désagréable.

Elle reprenait le chemin de la pharmacie quand quelqu'un lui avait tapé sur l'épaule. C'était l'homme qui attendait derrière elle chez le boulanger.

— Ne laissez pas Bert vous entamer le moral. Sa femme l'a quitté la semaine dernière.

— Ça ne m'étonne pas.

Son interlocuteur était un peu débraillé, d'allure dégingandée, mais avait un regard gentil et un visage doux.

— Je… je ne sais pas si cela pourrait vous intéresser, mais je connais une dame à St Austell qui vend des gâteaux sur le marché. Et il se trouve qu'elle a besoin d'aide.

St Austell, c'était loin, au sud des Cornouailles. Laurel avait failli refuser tout de suite, mais quelque chose l'avait fait hésiter. Elle ne voulait pas que la conversation tourne court. Cet homme avait l'air encore plus timide qu'elle, si c'était possible.

— Elle risque de me mordre, elle aussi ?

Il avait souri, et tout son visage s'était illuminé.

— Elle s'appelle Emily Sparrow[1]. Vous l'imaginez capable de mordre, avec un nom pareil ?

— Vous n'avez rien acheté, à la boulangerie, à cause de moi.

Oh, de toute façon, les pâtés à la viande de Bert ne sont pas si bons que ça. Je connais une autre boutique qui en fait, un peu plus loin. Vous avez un stylo ?

D'un geste, Laurel lui avait fait comprendre qu'elle était sortie sans rien – elle avait juste glissé son ordonnance dans la poche de son gilet.

— Moi non plus. Ce n'est pas grave, j'ai de quoi écrire dans la camionnette.

1. *Sparrow* signifie *moineau* en anglais. *(N.d.T.)*

Il avait une jolie voix. Un timbre rassurant. Une élocution agréable. Et Laurel l'avait accompagné jusqu'à la boutique, où il avait acheté trois petits pâtés. Ensuite, ils étaient allés jusqu'à la camionnette, et il lui avait expliqué qu'il venait de finir sa tournée, commencée à 7 heures du matin. Elle avait sursauté lorsqu'un chien ébouriffé avait jailli de la place du passager.

— Ne vous inquiétez pas, Stiller est la crème des chiens. On fait toujours une petite pause à cette heure-là, tous les deux. Vous avez faim ?

L'odeur alléchante des pâtés chauds lui avait soudain aiguisé l'appétit.

— En fait, oui. Vous avez acheté ce pâté pour moi ?

— Oui. Mais si vous n'en voulez pas, je suis sûr qu'il ne sera pas perdu. Au fait, je m'appelle Hamish.

Hamish ? Était-il possible que ce soit le Hamish qui écrivait de la poésie et n'était pas venu à la réunion du club des célibataires, plusieurs mois auparavant ? Celui que l'ex-mari de Ginny lui destinait ?

Ils étaient allés s'installer dans le parc tout proche et avaient mangé en bavardant.

— Vous êtes marié ? avait soudain demandé Laurel, parce qu'il fallait absolument qu'elle sache.

Il avait juste souri et secoué la tête.

— Non. Pourquoi ?

— Je me demandais, c'est tout.

Pour ne pas lui demander s'il écrivait des poèmes, elle avait pris une grosse bouchée de pâté. S'il s'agissait effectivement du même Hamish, mieux valait qu'il ne sache pas qui elle était. Gavin n'avait certainement pas parlé d'elle en termes très élogieux.

Mais son cerveau semblait en avoir décidé autrement. À peine avait-elle avalé sa bouchée qu'elle s'était entendue demander :

— Vous ne connaissez pas un certain Gavin Holland, par hasard ?

Hamish avait eu l'air stupéfait. Puis il avait rougi.

— Si. Pourquoi ?

Tout à coup, Laurel s'était sentie animée d'un courage sans bornes. Elle l'avait regardé droit dans les yeux et lui avait dit :

— Vous m'avez posé un lapin, il y a quelque temps.

Il l'avait regardée un long moment.

— Non ! Vous voulez parler de cette réunion du club des célibataires ? J'ai flanché à la dernière minute. Vous voulez dire que…

Elle avait souri et hoché la tête.

— Je m'appelle Laurel.

À partir de là, tout avait été extraordinaire, comme si plusieurs épaisseurs de protection s'étaient soudain volatilisées, rendant possible une discussion sincère, sans gêne ni faux-semblants. Le lien qui s'était tissé entre eux n'avait rien à voir avec tout ce que Laurel avait pu vivre jusque-là, y compris avec… Non, il était hors de question qu'elle songe à Kevin. Après avoir mangé, ils avaient regagné la camionnette et Hamish lui avait donné les coordonnées de la dame de St Austell qui vendait des gâteaux. En lui tendant le papier, il avait hésité, puis s'était jeté à l'eau.

— Je sais que c'est un peu au débotté, mais si vous avez un peu de temps, j'y vais, là, maintenant.

Et voilà comment ils étaient partis pour St Austell, où Hamish avait présenté Laurel à Emily Sparrow, qui, comme promis, ne mordait pas. Il avait proposé de livrer chaque mercredi les gâteaux que Laurel aurait faits le mardi. Sa tournée passait de toute façon par St Austell, il n'aurait même pas de détour à faire. Tout s'était arrangé si vite et si simplement que Laurel en avait eu les larmes aux yeux. Bon, ce n'était pas un travail à plein temps, mais c'était un début.

Pour fêter cela, ils étaient allés promener Stiller sur la plage, et là encore, la conversation était allée bon train. Quand Laurel avait demandé à Hamish si Gavin avait dit d'elle qu'elle était ennuyeuse à mourir, Hamish avait été honnête.

— Oui, c'est ce qu'il a dit. Mais vous avez vu ses copines, avec leurs cervelles de moineau et leurs minijupes ? Gavin est sympa, et chacun ses goûts, comme on dit. Mais sortir avec des filles comme ça, pour moi, c'est de la torture.

Après trois heures passées sur la plage, ils avaient fait un saut chez Hamish, qui vivait dans un petit cottage, pour déposer Stiller, épuisé. Lorsque Laurel lui avait caressé les oreilles, le chien l'avait regardée avec des yeux tellement suppliants qu'elle avait dit sans réfléchir :

— Allez, le chien, ne sois pas triste. Je reviendrai.

Réalisant à quel point c'était présomptueux de sa part, elle s'était tue et avait levé vers Hamish un regard confus.

— J'espère bien, avait-il simplement dit.

— Mais tu détestes les chiens ! intervint Ginny, la dernière tranche de gâteau à l'orange à la main.

Sa remarque sembla blesser Laurel.

— Ce n'est pas vrai.

— Bien sûr que si ! Tu m'as dit que tu détestais les chiens, qu'ils étaient tous sales et qu'ils sentaient mauvais.

Laurel la regarda comme si elle était devenue folle.

— J'ai dit que certains chiens sentaient mauvais. Ce n'est pas le cas de Stiller.

Le mensonge était tellement énorme que Hamish lui-même intervint pour rectifier le tir.

— Si, il faut reconnaître qu'il sent un peu mauvais.

— Eh bien, moi, je ne trouve pas. Stiller est parfait.

« Ce qui tendrait à prouver, pensa Ginny, que l'amour ne rend pas seulement aveugle. Il met aussi un sale coup à l'odorat. »

51

— Eh bien ! Quand Gavin va apprendre ça, il ne va plus se sentir, soupira Ginny en regardant Hamish aider galamment Laurel à monter dans sa camionnette.

— Ça ne changera pas beaucoup, répondit Carla en souriant. Non, je rigole. Comment va-t-il ?

— Égal à lui-même.

Il y eut un silence. Ginny ramassa du bout du doigt des miettes de gâteau pour les manger, puis, d'un ton un peu hésitant, demanda :

— Et toi ? Comment vas-tu ?

Elles attendaient ce moment toutes les deux. Carla se redressa. Elle était prête.

— C'était la plus grosse erreur de ma vie. Je crois que je n'ai jamais fait pire. Et je te demande pardon, dit-elle, les larmes aux yeux. Oh, ma Ginny, je suis tellement désolée. Tu m'as terriblement manqué. Tu crois que tu pourras me pardonner ?

Carla, qui ne pleurait jamais, avait maintenant le visage baigné de larmes. Pour Ginny, brusquement, ce qui paraissait impossible la veille encore devint évident. Et puis, si Lucy avait pu pardonner à Jem, elle devait pouvoir faire la même chose avec Carla.

Certains hommes ne méritaient pas qu'on sacrifie une amitié. Perry Kennedy encore moins qu'un autre.

— J'ai déjà tout oublié, dit-elle.

Carla se jeta dans ses bras.

— Merci, oh, merci. C'était tellement difficile, la vie sans toi ! Tu n'imagines pas le nombre de fois où j'ai pris mon téléphone pour t'appeler, avant de réaliser que ce n'était pas possible !

— J'ai fait pareil, tu sais. Alors, dis-moi ce qui s'est passé. Tu l'as largué ou c'est lui qui est parti avec quelqu'un d'autre ?

Même si elle avait pardonné à Carla, apprendre que Perry l'avait quittée ne lui aurait pas déplu. Se comporter en sainte, c'était bien beau, mais parfois, la loi du talion avait quelque chose de satisfaisant.

— Ni l'un ni l'autre. Je lui ai dit que je voulais un bébé, et ça a été terminé. Il est parti.

Le mot « bébé » fit sursauter Ginny. Elle se ressaisit et demanda :

— Mais quelle mouche t'a piquée de lui dire un truc pareil ?

— Je le lui ai dit parce que c'était la vérité.

— Quoi ?

— Je voulais un bébé.

Ginny secoua la tête.

— Tu me fais marcher ?

— Non ! C'est comme si mon corps avait soudain décidé que le moment était venu. C'est arrivé d'un coup, et je n'ai plus pensé qu'à ça.

Elle se pencha par-dessus la table, vers Ginny, et ajouta sur le ton de la confidence :

— C'est comme quand tu vois la paire de chaussures la plus géniale qui soit dans le dernier numéro de *Vogue* et que tu te dis : « Il me les faut », même si cela signifie partir pour Londres à 4 heures du matin afin d'être devant le magasin à l'ouverture des portes.

Ginny n'avait jamais été tentée à ce point par une paire de chaussures, mais elle se rappelait avoir vu une pub à la télé pour une nouvelle glace Magnum et s'être rendue aussitôt au supermarché le plus proche… où elle avait découvert qu'ils étaient en rupture de stock.

— Les chaussures, ça ne te réveille pas en pleine nuit et ça ne te vomit pas sur l'épaule. Quand une paire ne te plaît plus, tu la donnes à une œuvre de charité. Les bébés, c'est plus difficile à refiler.

— Je sais, je sais, soupira Carla.

— Donc, quand tu as dit à Perry que tu voulais un bébé…

— Il a paniqué. Pour lui, à partir de ce moment, je représentais un risque. Le lendemain, quand je suis passée chez lui, il était parti. Tu dois être contente, non ? dit Carla avec un sourire forcé.

— Contente pour nous deux, oui. On l'a échappé belle. Mais comment te sens-tu, maintenant ? Tu veux toujours un bébé ?

Ginny avait toutes les peines du monde à imaginer Carla en mère. Elle trouvait cela aussi incongru que la princesse Anne en train de traire une vache.

— D'une certaine manière, oui. Ça dépend des fois, en fait. Il m'arrive de penser que je suis complètement folle. Quand j'essaie de raisonner froidement, je trouve que c'est une très mauvaise idée.

— Surtout, ne brusque pas les choses tant que tu n'es pas sûre à cent pour cent.

— Je crois que j'aurais du mal, avec les couches, fit Carla en plissant le nez.

— Ah, les couches, c'est la galère.

— Et il y a la question des vacances. Et des sorties. Un bébé, ça vous coince pour pas mal de trucs.

— Effectivement. C'est dommage qu'on ne puisse pas les mettre dans des sortes de chenils, quand on a besoin d'aller faire un peu la fête.

— C'est exactement ce que je pensais ! s'exclama Carla en se levant pour venir embrasser une nouvelle fois Ginny. Tu m'as tellement manqué ! Il faut célébrer nos retrouvailles. Tu as du vin au frigo ?

— Non, désolée. Du jus d'orange, seulement.

Depuis déjà un moment, Ginny, qui avait soif, ne pensait plus qu'à ce jus d'orange, d'ailleurs. Comme souvent depuis qu'elle était enceinte, n'importe quelle petite envie tournait à l'obsession.

— Pas de vin du tout ? Mais c'est terrible, ça ! Qu'est-ce qui t'arrive ? fit Carla en ouvrant le réfrigérateur, dont elle contempla le contenu avec incrédulité.

Ginny aperçut la bouteille de jus d'orange et se mit à saliver tant elle en avait envie.

— Bon, ce n'est pas grave. J'en ai, moi. Je cours à la maison et je nous rapporte quelques bonnes bouteilles. On a plein de trucs à se raconter, on a besoin de carburant. Il faut que tu me racontes où en est ta vie, conclut Carla en refermant le réfrigérateur.

Pour Ginny, c'était comme claquer la porte au nez de Johnny Depp.

— Tu plaisantes ?

— Non, dit Ginny.

— Seigneur…

Carla était tellement surprise qu'elle faillit en renverser son verre de vin rouge.

— Mais qu'est-ce que tu vas faire ?

— Je n'en sais rien. C'est le brouillard complet. Ma hantise était que Jem tombe enceinte, et voilà que c'est à moi que ça arrive !

— Peut-être qu'inconsciemment, tu avais envie d'être enceinte. Jem te manquait tellement que tu voulais un autre enfant pour la remplacer.

— Je ne l'ai pas fait exprès. Et on n'a pas joué avec le feu non plus. On s'est protégés, d'accord ? Ce foutu morceau de latex n'a pas été efficace, voilà tout !

Ginny secoua la tête. Elle avait pensé et repensé à ce qui avait bien pu se passer. Il n'y avait pas trente-six explications.

— Et alors ? Tu vas le garder ? demanda Carla.
— Je ne peux pas avorter.
— Il va falloir que tu en parles à Finn.
— Ce n'est absolument pas possible !
— Écoute, je sais que les hommes sont idiots, mais tôt ou tard, il va finir par remarquer quelque chose.

Était-ce la demi-bouteille de jus d'orange ou la pensée de Finn qui lui donnait la nausée, tout à coup ? Ginny inspira et souffla profondément.

— Pas si je quitte le restaurant.
— Mais il a le droit de savoir !
— Pour lui, ce n'était qu'une histoire d'un soir sans conséquence. C'est tout juste s'il ne me rendait pas service, dit Ginny en rougissant au souvenir de la soirée qui avait précédé leurs ébats. Et puis, il a Tamsin et Mae, maintenant. Alors un autre bébé...

Carla la regardait fixement tout à coup, avec un air bizarre.

— Quoi ? Qu'est-ce que j'ai dit ?
— Tu vas avoir un vrai bébé ! s'exclama Carla. Quand il sera né, je pourrai m'en occuper autant que je voudrai ! Et jouer avec lui, discuter avec lui, et... et tout !
— Euh... oui.
— Mais c'est fantastique ! Comme ça, je n'ai plus à me préoccuper d'en avoir un à moi !

C'était peut-être aussi bien, d'ailleurs. En regardant Carla vider son quatrième verre de vin, Ginny répondit un peu sèchement :

— Ravie de pouvoir te rendre service.

52

C'était une excuse un peu bidon, mais la seule qu'il ait trouvée pour venir sonner à sa porte sans prévenir. Finn se faisait l'effet d'un adolescent en approchant de la maison de Ginny, et il ne trouvait pas cela particulièrement agréable.

Malheureusement, c'était une sensation qu'il éprouvait souvent ces derniers temps. Travailler avec Ginny au restaurant n'aidait pas beaucoup. Ses sentiments pour elle refusaient tout bonnement de s'estomper. Il ignorait si elle éprouvait la même chose, et cela le minait. Mais cette fois, il avait pris une décision : il avait absolument besoin de savoir s'il existait l'ombre d'une possibilité d'un avenir entre eux deux.

Il se gara devant la maison de Ginny, conscient du risque qu'il prenait. La situation dans laquelle il se trouvait aujourd'hui était invivable. Il n'aimait pas Tamsin, mais il aimait Mae, et il devait prendre en compte son bien-être à elle aussi.

Quel cauchemar ! Mais cette fois, il allait dire la vérité à Ginny. C'était un peu comme lorsque l'on repère un objet extrêmement rare à une vente aux enchères. Pendant un certain temps, on peut rester impassible et jouer l'indifférence pour ne pas susciter la curiosité des concurrents, mais une fois les enchères lancées, on est bien obligé de manifester son intérêt. Ensuite, la balle serait dans le camp de Ginny. Elle pouvait lui rire au nez et l'envoyer sur les roses. Ou elle pouvait dire oui.

Dans un cas comme dans l'autre, elle mettrait fin à la torture que provoquait cette incertitude.

Finn se gara et prit le gilet posé sur le siège passager. Il avait l'estomac noué et la gorge sèche, alors qu'il s'apprêtait à se lancer dans les enchères les plus risquées de sa vie.

Il sonna et vit par la vitre dépolie une silhouette rose un peu floue approcher de la porte. Reconnaissant la robe de chambre de Ginny, il l'imagina aussitôt nue en dessous. Si ce n'était pas tenter le destin, ça…

La porte s'ouvrit, et…

Nom d'une pipe !

— Salut, Finn ! Comment allez-vous ?

Complètement déstabilisé, Finn accepta malgré lui la poignée de main enthousiaste de Gavin. Comme si prendre Gavin pour Ginny ne suffisait pas, il était maintenant contraint de faire la conversation à un homme vêtu d'une robe de chambre rose bordée de dentelle qui ne cachait que très parcimonieusement son torse poilu.

— Désolé pour ma tenue, je viens de prendre une douche, dit Gavin, tout à fait à l'aise. Alors, qu'est-ce qui vous amène ?

Heureusement qu'il avait une excuse, si ridicule fût-elle. Finn tendit le cardigan en angora vert pâle à Gavin, en s'efforçant de ne pas regarder ses pieds nus.

— Mmm… Ginny a oublié ça au restaurant, cet après-midi. Je passais dans le quartier, et je me suis dit qu'elle en aurait peut-être besoin. Elle est là ?

— Elle est en haut, elle prend un bain. On sort, ce soir.

On ? Espérant qu'il avait mal compris, Finn demanda, l'air de rien :

— Avec la jeune femme qui vous accompagnait au restaurant l'autre fois ? Comment s'appelle-t-elle, déjà ? Cléo ?

— Oh, non, c'est du passé, ça. J'ai arrêté les bimbos. J'ai compris que je faisais fausse route.

— Ah.

Donc, Ginny était en haut, dans son bain, et l'ex-mari avec qui elle était restée en bons termes et à qui elle avait prêté sa robe de chambre rose annonçait qu'il avait fait fausse route et qu'ils sortaient dîner ensemble ce soir. Il n'y avait rien de bien compliqué à comprendre là-dedans. Finn ravala une furieuse envie de lui flanquer son poing dans la figure et, d'une voix tellement normale qu'elle l'étonna, lâcha :

— Vraiment ? Ginny ne m'avait rien dit de tout ça.

— C'est bien les femmes, ça. Elle n'est pas sûre que ça va durer. Il m'a fallu un moment pour voir où était mon intérêt, c'est vrai, mais cette fois est la bonne, je le sais. Les petites jeunettes, c'est très bien, mais les femmes plus mûres ont aussi leur charme. Et si elle savait que je l'appelais « femme plus mûre », elle me tordrait le cou ! conclut-il avec un sourire jusqu'aux oreilles.

Cette fois, Finn en avait assez entendu.

— Bon… eh bien, je suis très content… pour vous deux.

Et il tourna les talons avant de tordre lui-même le cou à Gavin.

Ginny émergea de la salle de bains, enveloppée dans une serviette.

— Quand je t'ai dit que tu pouvais prendre une douche, je ne voulais pas dire que tu pouvais utiliser toute l'eau chaude ! Mon bain était à peine tiède !

Gavin, dont la chaudière avait rendu l'âme, apparut au pied de l'escalier.

— Désolé. Comment tu me trouves ?

Ginny sourit, parce que Gavin avait tellement changé ces dernières semaines qu'elle avait parfois du mal à le reconnaître. Cela durerait-il ? Personne n'avait la réponse – personnellement, Ginny leur donnait deux mois maximum –, mais Gavin faisait indéniablement des efforts pour Bev.

— Tu es très beau. Pour un mec qui a du bide et les tempes dégarnies.

— Charmant. Des fois, je me demande pourquoi je t'ai quittée, puis ça me revient.

— C'est moi qui t'ai quitté, voleur d'eau chaude. Mais j'aime beaucoup ta chemise.

Satisfait, Gavin ajusta les poignets de l'élégante chemise bleu nuit qu'il avait achetée pour l'occasion.

— Bev dit que le bleu, c'est vraiment ma couleur.

— Bev dit que, Bev pense que, railla Ginny. Tu ne peux pas t'empêcher de prononcer son nom, hein ? Au fait, qui est-ce qui a sonné, tout à l'heure ?

— Mmm ? Oh, c'était juste Finn qui te rapportait le cardigan que tu as oublié au restaurant, dit Gavin en s'admirant dans le miroir de l'entrée. Tu devrais peut-être te préparer, non ? Bev ne va pas tarder.

Il était prévu que Bev passe directement chez Ginny après sa réunion à Exeter et qu'ils aillent ensuite dîner ensemble tous les trois.

— Tu es sûr que je ne serai pas de trop ?

— Évidemment. On va passer une super soirée, tu verras.

— Pas de mamours en public, OK ? Je ne veux pas tenir la chandelle. Tu promets ?

— Mes mains ne quitteront pas le dessus de la table, dit Gavin. Mais je ne peux rien te promettre pour le reste…

Ginny secoua la tête et alla dans sa chambre. Gavin était amoureux – une fois de plus –, et ce n'était pas sa faute si elle était jalouse. Elle avait envie de s'amuser, ce soir, mais l'évocation de Finn, à l'instant, l'avait un peu déstabilisée. Dîner avec Bev et Gavin ne la dérangeait pas. Elle aurait juste aimé être accompagnée, elle aussi.

53

Ginny ne savait pas ce qu'elle perdait. Carla sirotait une coupe de champagne frappé tout en regardant Lawrence faire des merveilles avec ses cheveux. Pour se faire pardonner, elle avait proposé à Ginny de venir chez le coiffeur avec elle, pour une vraie coupe digne de ce nom.

Mais Ginny, adepte du coup de ciseaux dans sa salle de bains, avait décliné son offre. Le plus énervant, c'était qu'avec les cheveux qu'elle avait, même un coup de ciseaux amateur pouvait passer pour professionnel.

Ce que Ginny ne comprenait pas, c'est qu'en allant chez Lawrence, Carla venait chercher bien plus qu'une coupe de cheveux parfaite. Son salon minuscule, tout rose, était un véritable cocon, et Lawrence avait tout du psychothérapeute. On pouvait lui raconter n'importe quoi, il n'était jamais choqué. Il aimait parler mais ne disait jamais de mal de personne. Dans une autre vie, il avait été marié, avec des enfants, et aujourd'hui, la cinquantaine épanouie, il était gay et vivait avec un officier de police. Lawrence était drôle et plein de bon sens, adoré de tous et, détail qui ne gâtait rien, c'était un coiffeur hors pair. Pour couronner le tout, il servait de l'excellent champagne à ses clientes. Que demander de plus ?

Non, vraiment, Ginny ne savait pas ce qu'elle perdait.

— Tu es mieux sans lui, ma chérie, disait-il à Carla. Les types comme lui sont des briseurs de cœur professionnels, crois-moi. Et si tu avais eu un bébé avec lui, quel genre de père aurait-il fait, tu peux me le dire ?

— Je sais, je sais. Mais j'étais tellement obnubilée par cette idée que je n'ai pas vu le reste. Je voulais un bébé, et je n'ai pas pensé un seul instant qu'il pouvait ne pas être du même avis.

— Sans prendre son parti, j'imagine ce qu'il a dû ressentir. Après les deux premiers, Linda en voulait un troisième, et moi, je n'étais pas très partant. Seulement, va expliquer ça à une femme qui a les hormones qui la chatouillent. Impossible.

Carla savait que Lawrence avait trois enfants, adultes maintenant, et dont il était très proche.

— Alors, comment est-ce qu'elle t'a fait changer d'avis ?

— Elle m'a mis devant le fait accompli. Elle a arrêté la pilule sans me le dire. Oh, chérie, merci d'avoir l'air choqué ! fit Lawrence en riant. On voit que tu n'as pas l'habitude. Les femmes font ça tout le temps.

— Mais comment savait-elle que tu ne la quitterais pas ?

Carla s'était toujours vantée d'être d'une honnêteté irréprochable. Pas une seconde elle n'avait envisagé de cacher ses projets à Perry.

— J'aimais mes enfants. Linda savait qu'il fallait juste que je me fasse à l'idée, et qu'ensuite, ça passerait comme une lettre à la poste. Et bien sûr, elle avait raison. Je vous resserre une coupe, mesdames ?

Lawrence remplit les verres de Carla et d'une cliente qui avait la tête sous le casque, mais ne perdait pas une miette de la conversation.

— Alors, ça a marché, finalement ? demanda cette dernière à Lawrence.

— Demandez-moi ce que je fais ce soir, répondit-il.

L'autre cliente regarda Carla, amusée, et posa la question.

— Que faites-vous ce soir ?

— Je garde mes deux petits-enfants. Ceux de ma plus jeune fille, annonça fièrement le coiffeur. J'ai la famille la plus formidable du monde. Ma vie ne serait rien sans elle.

— Oh, non, gémit Carla. Maintenant, j'ai de nouveau envie d'avoir un bébé !

— Mais choisis mieux le père, la prochaine fois. Commence par en trouver un qui ne déteste pas les enfants, par exemple.

— Et ensuite ? Je fais quoi ? Je me lance ?

— Exactement, ma chérie. Mais en douceur. Tu le prépares en douceur.

Sous l'effet du champagne, Carla était complètement détendue. Elle sourit à l'autre cliente.

— Alors, annoncer que j'avais pris rendez-vous chez le gynéco pour faire retirer mon stérilet, ce n'était pas une bonne idée ?

L'autre cliente et Lawrence se regardèrent, horrifiés, puis éclatèrent de rire.

— Mais je croyais qu'il serait content ! dit Carla.

— Quelle ingénue tu fais, soupira Lawrence en lui tapotant gentiment l'épaule. La prochaine fois, cache ton jeu. Souviens-toi, c'est toi la femme, c'est toi qui décides.

— Sauf si on utilise des préservatifs, remarqua Carla. Dans ce cas, il n'y a pas grand-chose à faire.

— Oh que si, dit l'autre cliente avec un clin d'œil. C'est facile, il suffit que vous soyez discrète.

Carla gloussa dans son verre. C'était exactement pour ce genre de conversation qu'elle adorait venir ici.

— Arrêtez ! Vous voulez dire qu'on peut l'enlever en pleine action en espérant qu'il ne s'en rendra pas compte ?

— Quand j'ai voulu un autre bébé, mon fiancé m'a dit que c'était trop tôt. Mais j'étais comme votre femme, dit-elle à Lawrence. Mes hormones me rendaient folle, et je savais que je voulais un autre enfant. Alors, j'ai pris une aiguille très, très fine et j'ai percé tous les préservatifs de la boîte !

— Et ça a marché ? demanda Carla, captivée.

— En fait, les choses ont évolué différemment pour nous. Mais quand même, ça aurait pu marcher.

Impressionnée par le subterfuge, Carla était aussi rassurée de voir qu'elle n'était pas la seule à être saisie par cet irrépressible besoin de faire un bébé. Par ailleurs, cette jeune femme avait déjà eu un enfant, mais ne s'était pas pour autant laissée aller, ce qu'elle trouvait admirable. Elle avait un corps fantastique et ne portait que des vêtements griffés.

— Bon, je te laisse un moment, je m'occupe de madame, dit Lawrence. Tu veux un magazine ?

Quelques instants plus tard, Carla était plongée dans les derniers potins des stars lorsque le téléphone de l'autre cliente sonna.

— Tu as eu mon texto ? Génial ! Comment vas-tu ?

Le ton était celui du flirt. De toute évidence, elle ne parlait pas à sa vieille tante célibataire. Carla tenta de ne pas écouter la conversation et de se concentrer sur son article.

— Mais oui, je vais bien ! Je me disais qu'on pourrait peut-être se voir, puisque je serai à Londres, ce week-end.

Elle draguait son interlocuteur, cela sautait aux oreilles.

Tout à fait. C'est noté, alors. Euh… est-ce que je viens avec Mae ? Mmm… non, c'est mieux, tu as raison. Non, non, pas de problème, je peux la laisser là. J'ai bien le droit de prendre quelques jours de vacances, quand même. Dis-moi, qu'est-ce que tu veux que je mette ?

Il y eut un silence, puis elle gloussa.

— Pourquoi est-ce que je ne suis pas surprise que tu me répondes ça ?

Carla fronça les sourcils. Elle avait fait de son mieux pour rester concentrée sur son magazine, mais n'avait pu s'empêcher d'entendre des bribes de la conversation.

Elle n'avait pas rêvé, la jeune femme venait bien de parler d'une certaine Mae. Mais pourquoi ce prénom lui disait-il quelque chose ?

Mae, Mae…

Carla se figea. Mais oui !

Bon sang de bonsoir ! Mae !

54

La journée avait à peine commencé qu'elle avait déjà été riche en événements : d'abord le départ de Laurel, et maintenant, cet accident qui bloquait la route. Ginny pianotait sur son volant avec impatience. Elle allait être en retard au restaurant, s'ils ne dégageaient pas le passage très vite.

Qui l'eût cru ? Laurel avait déménagé pour aller habiter chez Dan… enfin, chez Hamish. Finalement, comme le disait tout le temps la grand-mère de Gavin, à chaque pot son couvercle. Hamish et Laurel allaient parfaitement ensemble. Ils se complétaient si bien et semblaient tellement fous l'un de l'autre qu'emménager ensemble si peu de temps après leur rencontre avait paru normal. Et, pour parachever ce tableau idyllique, Laurel paraissait toujours indifférente à l'odeur de Stiller.

Hamish était arrivé ce matin avec sa camionnette, dans laquelle il avait amoureusement chargé les affaires de sa belle. Ginny, avec quelques remords et un grand soulagement, avait embrassé Laurel et lui avait souhaité tout le bonheur possible. Sa locataire n'allait pas vraiment lui manquer, mais ses gâteaux, si.

Une voiture klaxonna derrière elle, mais les conducteurs des deux véhicules accidentés ne réagirent pas. Ginny entendit une portière claquer, puis quelqu'un approcher d'une démarche énervée. L'instant d'après, une femme se penchait à sa vitre.

— Je ne vais pas attendre que ces deux escargots aient réglé leur problème. Il faut que j'avance, moi. Si vous m'aidez, on peut bouger la petite Renault, là, et dégager le passage.

Ginny avait déjà vu faire ça. C'était un exercice particulièrement éprouvant qui nécessitait une grande force physique. Un court instant, elle se dit que c'était un moyen comme un autre de provoquer une fausse couche, ce qui serait peut-être l'occasion de régler tous ses problèmes d'un coup.

Mais non. Ce n'était tout simplement pas envisageable.

Elle regarda la femme et répondit :

— Désolée. Je ne peux pas, je suis enceinte.

Le fait de le dire comme cela, simplement, à une inconnue, provoqua en elle un sentiment étrange. Comme si, enfin, c'était vrai.

Mince, je vais avoir un bébé.

Son interlocutrice sembla déçue.

— Oh.

— Mais attendez, j'ai une idée, dit Ginny.

Elle descendit de voiture et se dirigea vers les deux hommes, qui discutaient toujours.

— Bonjour, messieurs. Écoutez, il faut qu'on passe, nous. Alors, si vous ne bougez pas vos voitures, c'est nous qui nous en chargerons. Et comme je suis un peu enceinte, je préférerais ne pas avoir à le faire.

Le plus jeune des deux hommes, crâne rasé et avant-bras couverts de tatouages, se retourna et la regarda de haut en bas. Puis il poussa un soupir résigné.

— J'ai l'impression d'entendre ma femme quand elle essaie de passer son tour de vaisselle.

Ginny entrait dans la cour du restaurant lorsque son portable sonna. Elle se gara et décrocha. C'était Carla.

— Je n'ai pas beaucoup de temps, annonça Ginny d'emblée, alors fais vite. Je suis en retard au boulot.

— Oublie le boulot cinq minutes, répondit Carla d'un ton allègre. Je viens de découvrir quelques petites choses qui risquent de t'intéresser.

— Quel genre de petites choses ? demanda Ginny en descendant de voiture.

— Alors, premièrement, je pense savoir comment tu es tombée enceinte.

— Carla ! J'étais assez bonne en biologie, figure-toi. Je sais comment j'ai fait.

— Écoute-moi au lieu de faire ta maligne. Tamsin voulait absolument un autre enfant juste après avoir eu Mae. Je pense que comme elle n'était pas sûre que sa fille soit de Finn, elle voulait un autre bébé qui soit forcément de lui.

— Quoi ?

Sous le choc, Ginny s'arrêta en plein milieu de la cour.

— Mais Finn n'en voulait pas, ce qui était embêtant, poursuivit Carla. Alors, Tamsin a saboté sa provision de préservatifs, en les perçant tous un par un. Sauf qu'ensuite, le milliardaire italien a refait surface, et elle s'est tirée à Londres. Mais elle a oublié de dire à Finn ce qu'elle avait fait.

— Carla, tu es en train de me raconter ton rêve de cette nuit, c'est ça ?

— Mais non ! C'est la vérité ! Et je voulais te dire aussi que cet après-midi, elle est partie faire du shopping. La voie est libre, si tu veux aller vérifier. Elle a un stérilet, maintenant, donc les préservatifs doivent toujours être là où Finn les range.

La porte du restaurant s'était ouverte, et Finn venait d'apparaître sur le seuil, tenant Mae d'un bras contre sa hanche, une pile de dossiers sous l'autre bras.

— Ginny, tu es en retard.

Je sais où il les range.

— Je suis désolée. Il y a eu un accrochage juste devant moi. J'étais bloquée.

— Mais, Gin, ce n'est pas tout, continua Carla. Tu ne devineras jamais ce que…

— Allez, il faut se dépêcher. J'ai des clients qui attendent au magasin, et je suis censé suivre une vente chez *Sotheby's* par téléphone.

— Je dois y aller, marmonna Ginny dans son téléphone.

— Non ! Attends ! Tu vas…

—… me faire virer ? demanda Ginny, consciente du regard appuyé de Finn. Je te rappelle plus tard, d'accord ?

Et elle raccrocha, coupant Carla en plein récit.

— Ça va ? demanda Finn, les sourcils froncés, comme elle se glissait entre lui et la porte.

— Bien sûr, pourquoi ça n'irait pas ?

— Tu as l'air un peu pâle.

— Non, non, ça va.

Et ça changeait un peu du rouge pivoine.

Mince alors. C'était donc à cause de Tamsin qu'elle était enceinte ? On frisait la comédie de mauvais goût, là.

Elle n'y tenait plus. Il fallait qu'elle sache. Que Tamsin ait percé les préservatifs ou non ne changerait rien à sa situation, mais elle avait besoin de connaître la vérité.

Le service de midi avait duré une éternité, et il était presque 15 h 30. Un coup d'œil discret dans le magasin lui confirma que Finn était toujours occupé avec des clients. Elle inspira un grand coup et se lança. Lorsqu'elle ouvrit la porte, Finn se tut et la regarda.

— Excuse-moi, j'apportais juste des restes pour Myrtle et les petits. Je n'avais pas vu que tu étais occupé…

— Tu n'as qu'à laisser ça devant la porte, je le monterai tout à l'heure.

Non ! Mauvaise réponse.

— Ou alors, monte, si tu veux voir les chatons, reprit Finn.

Oui ! Soulagée, Ginny sourit.

— D'accord, je vais faire ça. J'en ai pour cinq minutes.

Elle grimpa les marches quatre à quatre et alla directement dans la chambre de Finn. Essoufflée, elle fonça droit sur la commode qui se trouvait à côté du lit et ouvrit le tiroir du haut. La boîte de préservatifs était là, tout au fond, posée sur le côté, répandant son contenu au milieu d'un mélange de vieilles ceintures, boîtes d'allumettes, stylos, canifs, lunettes de piscine et lunettes de soleil. Elle prit une poignée de petits carrés argentés. Il faisait trop sombre dans la chambre pour les examiner, et allumer la lumière était trop risqué, aussi referma-t-elle le tiroir pour courir jusqu'au salon, ignorant les chatons qui miaulaient, ravis de voir quelqu'un. Devant la fenêtre, elle leva un premier sachet à la lumière et passa le bout des doigts sur l'aluminium. Son cœur battait si fort qu'elle…

— Aaahhh !

Quelque chose de lourd venait de lui tomber sur l'épaule. Le préservatif lui échappa. Encore un coup de Myrtle. Fichu matou, quelle trouille il lui avait fichue ! Lentement, elle retira la chatte de son épaule, dégageant ses griffes l'une après l'autre de son tee-shirt en Lycra, et la posa par terre. Puis elle s'agenouilla pour chercher le préservatif.

Ce n'était décidément pas son jour. Elle trouva le sachet, mais il était hors d'atteinte, coincé entre deux lattes du parquet en chêne.

Réfléchis, réfléchis, ma grande.

Après avoir glissé les autres sachets dans son soutien-gorge, Ginny courut jusqu'à la cuisine et ouvrit le tiroir à couverts. Que choisir ? Un couteau ? Une fourchette ? Elle prit un exemplaire de chaque et retourna dans le salon pour essayer d'attraper le sachet. Mais le couteau se révéla inutile, et la fourchette guère plus efficace. Autant essayer de sortir un spaghetti de la casserole pour voir s'il est cuit. Dès qu'elle croyait y arriver, le sachet glissait. Et plus ça allait, plus elle tremblait…

Bon, allez, on se calme et on se concentre. C'est parti. Cette fois, c'est la bonne… Voilà, comme ça…

— Ginny ? Mais qu'est-ce que tu fais ?

55

Ginny se figea, couteau et fourchette à la main. Lentement, très lentement, elle tourna la tête vers Finn.

— Tu manges des bêtes à bois ? suggéra-t-il.

— Euh… euh…

Il approchait, et elle ne savait plus quoi faire. Il s'arrêta près d'elle, les mains sur les hanches, puis se pencha, prit le couteau et la fourchette et, d'un coup, retira le sachet.

Magistral.

— Super. Merci, dit Ginny. Excuse-moi. Myrtle m'a sauté dessus, j'ai fait un bond d'un kilomètre, et il est tombé de ma poche. Je ne pouvais quand même pas le laisser là…

Finn fronça les sourcils.

— Il est tombé de ta poche ?

— Oui !

— De ta poche de jean ?

Flûte. Elle n'avait pas de poche ailleurs. Comme elle jetait autour d'elle un regard désespéré, Finn leva une main pour indiquer qu'il revenait dans un instant. Trente secondes plus tard, il ressortit de sa chambre en disant :

— C'est bizarre, j'aurais juré avoir toute une boîte de préservatifs dans ma commode. Mais la boîte est presque vide.

La bouche sèche, Ginny hésita. C'était le moment ou jamais de tout lui expliquer, de tout lui dire.

— Qu'est-ce qui t'arrive ? demanda soudain Finn, horrifié, en fixant sa poitrine.

Elle baissa les yeux. Son sein droit était rond et normal. Le gauche, lui, ressemblait à une chaussette de Noël… bourrée de préservatifs. C'était plein de creux et de bosses. Inquiétant, à vrai dire. Lentement, Ginny glissa une main dans son soutien-gorge et en retira le contenu, qu'elle lui tendit.

— Je suis désolée.

— Je… je ne comprends pas.

Comment lui en vouloir ?

— Tu ne peux pas aller à la pharmacie et t'en acheter ? Ou demander à Gavin de s'en charger ?

Cette fois, c'était vraiment le moment de tout lui avouer… Profondément troublée, ne sachant comment commencer, Ginny bredouilla :

— Je… je peux t'expliquer…

— Je t'écoute.

Mais non. Ce n'était pas le bon moment. De l'endroit où elle se trouvait, Ginny venait de voir une voiture entrer dans la cour.

— Tamsin est de retour, dit-elle en secouant la tête.

Finn soupira et regarda les préservatifs qu'il avait dans les mains.

— Bon, je ferais mieux de ranger ça, moi.

Ginny se ressaisit. Humiliée pour humiliée, autant y aller à fond…

— Je peux en avoir un ? dit-elle comme Finn s'éloignait.

— Pardon ?

Tu as très bien entendu.

— Est-ce que tu pourrais m'en prêter un ? Enfin, bon, pas prêter, rectifia-t-elle devant l'étonnement de Finn. Je te le paierai.

— Tu es sûre que ça suffit, un ? demanda-t-il d'un ton sarcastique.

— Bon, deux, alors.

Seigneur, était-ce une conversation à avoir avec le père de son enfant ?

Sans rien dire, Finn lui donna deux préservatifs et disparut dans la chambre. Il en ressortit au moment où Tamsin entrait. Ginny glissa les deux petits sachets dans la poche de son jean – tellement moulant qu'à moins d'une explosion nucléaire, rien ne les en aurait délogés – et lança d'un ton aussi enjoué que possible :

— Oh, vous êtes allée chez le coiffeur ! Ça vous va bien !

— Je sais, répondit Tamsin avec mépris. Qu'est-ce que vous faites là ?

Eh bien… j'étais sur le point d'annoncer à Finn que j'attendais un bébé de lui.

— Je suis venue apporter des restes de saumon pour Myrtle.

Qui ne les méritait pourtant pas…

— Quoi, ça ? fit Tamsin en montrant l'assiette recouverte de film plastique, posée sur le rebord de la fenêtre.

— Et il fallait que je discute des horaires de la semaine prochaine avec Finn.

— Passionnant.

Tamsin ne l'écoutait déjà plus. Elle agita en direction de Finn toutes ses emplettes.

— Chéri, il faut que je te montre ce que j'ai trouvé ! J'ai passé un après-midi formidable ! Où est Mae ?

— Martha est partie la promener en poussette. On a eu beaucoup de boulot, aujourd'hui.

Mais la culpabilité n'était pas un sentiment très développé chez Tamsin, qui ne releva même pas.

— Super. Peut-être qu'elle voudra bien la garder ce week-end, aussi. Ma copine Zoé m'invite à Londres pour quelques jours.

Elle s'assit sur le canapé et se mit à fouiller dans les sacs.

— Je t'ai acheté une chemise fabuleuse, tu vas voir.

Ginny s'excusa et s'éclipsa avant que Tamsin n'ait trouvé la chemise et exigé de Finn qu'il l'essaie sur-le-champ.

— Ce n'est pas trop tôt !

Carla jaillit de chez elle à la seconde où Ginny arriva.

Dans la cuisine, elles examinèrent les sachets.

— Trois trous, annonça Carla.

— Quatre dans celui-ci.

Les marques d'aiguille étaient pratiquement invisibles, mais en passant le bout des doigts sur les sachets, on les sentait. Il fallait aussi beaucoup de concentration. Pas étonnant que, dans l'urgence du moment, Finn n'ait rien remarqué.

— Voilà. Maintenant, tu sais.

— Je suis enceinte à cause de Tamsin.

— Et tu ne connais pas la suite, dit Carla. Elle va à Londres ce week-end.

— Je sais. Voir sa copine Zoé. J'étais là quand elle l'a annoncé à Finn.

— Et moi, j'étais là quand elle a organisé son week-end, répliqua Carla avec un sourire entendu. Je peux te dire que si c'est à une femme qu'elle parlait au téléphone, alors je suis une banane.

Encore une soirée épuisante au restaurant. Ginny n'avait pas prévu de révéler quoi que ce soit à Finn, mais il venait de passer deux heures à la traiter avec désinvolture et à lui lancer des regards méprisants. C'était à la fois déconcertant et douloureux. Comme son stylo ne marchait plus, elle alla en chercher un neuf dans le bureau. Finn l'arrêta dans le couloir à son retour.

— Désolé, nous n'avons pas de réserves de capotes dans le bureau, lâcha-t-il, narquois.

— Mon stylo ne marchait plus, alors je suis allée en prendre un neuf. L'autre est dans la poubelle, si tu veux vérifier. Et je crois m'être déjà excusée pour ce qui s'est passé tout à l'heure. D'ailleurs... il faut qu'on reparle de cette histoire de... de préservatifs.

— Je ne vois pas pourquoi on en reparlerait. En ce qui me concerne, tu commets une énorme erreur, c'est tout.

Elle ne voyait pas à quoi il faisait allusion, mais de toute évidence, ce n'était pas très flatteur pour elle. Elle sentit la moutarde lui monter au nez.

— Oh, vraiment ? lança-t-elle, irritée par son ton condescendant. Eh bien, je ne suis peut-être pas la seule. À ta place, je me renseignerais un peu sur la personne avec qui Tamsin passe le week-end !

Voilà, c'était dit. Après tout, il fallait qu'il sache, non ?

Il resta immobile un moment.

— Quoi ?

— Tu as très bien entendu.

Déjà, Ginny regrettait ses paroles. Finn semblait furieux contre elle. Hors de lui.

— Qu'est-ce qui te fait dire ça ?

— Ce n'est pas à moi qu'il faut poser les questions, c'est à Tamsin.

Sans rien dire, Finn tourna les talons et s'éloigna. Tremblante, Ginny réalisa qu'il allait accuser Tamsin de le tromper. Celle-ci allait se défendre et exiger de savoir qui répandait un tel mensonge. Et ensuite, ce serait la parole de Ginny contre la sienne...

Ginny se refusait à imaginer ce qui allait se passer. Tout ce gâchis… Pour ne pas y penser, le mieux était encore de retourner travailler.

Elle glissa son nouveau stylo dans sa poche et retourna dans la salle.

Le spectacle devait continuer…

56

Tamsin venait de prendre un bain. Enveloppée dans un peignoir turquoise, elle se vernissait les ongles de pieds. Lorsque Finn entra dans le salon, elle leva les yeux et sourit.

— Bonsoir, mon chéri ! Mae est couchée. Comment se fait-il que tu rentres si tôt ?

Elle était magnifique. N'importe quel homme aurait eu envie d'elle. Pourtant, si ce que Ginny avait dit était vrai, Finn allait enfin pouvoir prendre la décision qu'il repoussait depuis des mois.

— Je travaille trop. J'ai bien envie de faire un break. Une petite virée à Londres, ce week-end, ça te dit ? J'ai réservé une suite au *Soho*.

Il y eut un silence, puis Tamsin, sur le ton du regret, répondit :

— Oh, chéri, j'aurais adoré, mais je ne peux pas. J'ai promis à Zoé que j'irais lui tenir compagnie. En fait, c'est top secret, mais elle vient de subir un lifting, et elle a une tête à faire peur. Alors, je vais aller lui remonter le moral et tâcher de lui faire oublier qu'elle ressemble à la sœur jumelle du monstre de Frankenstein.

— Ah. Très bien.

Finn soutint son regard, le regard direct et franc d'une femme capable de mentir sur l'identité du père de son enfant sans ciller une seule fois.

— Une autre fois, d'accord ? dit-elle en souriant. Tiens, pourquoi pas le week-end suivant ? Comme ça, on pourra… Hé ! Qu'est-ce que tu fais ?

— Je t'emprunte ton téléphone. Je peux, n'est-ce pas ?

Finn avait pris le portable que Tamsin ne perdait jamais de vue et faisait défiler le menu « Contacts ».

— Ah, voilà.

— Mais c'est mon téléphone ! s'écria Tamsin en se levant précipitamment. Tu ne peux pas…

Finn avait déjà le téléphone contre l'oreille.

— Zoé ? Bonsoir, c'est Finn Penhaligon. Comment vas-tu ? Bon, écoute, je fais le tour des copines de Tamsin pour voir si elles seraient libres pour une fête surprise que j'aimerais donner pour elle au *Cannaught* samedi soir… Super. À samedi, alors.

Sur ce, il tendit le téléphone à Tamsin.

— C'est Zoé, elle est partante. Ça lui dit bien de venir samedi.

Ginny sursauta et faillit lâcher les deux assiettes de fondant au caramel qu'elle tenait lorsque Tamsin, en jean et tee-shirt blancs, entra en trombe dans le restaurant. Elle se planta au milieu de la salle et examina tous les convives les uns après les autres.

— Vous cherchez quelqu'un ? lui demanda Evie.

— Je regarde, répliqua sèchement Tamsin. Finn n'a rien voulu me dire, mais ça ne peut être que quelqu'un du restaurant. Vous n'imaginez pas ce qu'on vient de me faire. C'est tellement méprisable, mesquin… De la jalousie pure…

Elle se tut. Son regard venait de se poser sur Ginny.

— Oh, mais si, vous l'imaginez très bien, on dirait ! Vous avez vu votre tête ? Bon sang, mais qu'est-ce qui se passe, ici ? Vous savez exactement de quoi je parle, n'est-ce pas ? Qui l'a dit à Finn ?

Bien, le cauchemar avait officiellement commencé. Ginny regarda Tamsin, inspira un grand coup et se lança.

— C'est moi.

— Vous ! Mais comment… Bon Dieu, j'aurais dû m'en douter. Dites-moi si je me trompe : vous étiez jalouse parce que j'avais Finn et que vous êtes seule, c'est ça ? Vous ne supportez pas de voir les autres heureux, alors vous cherchez à leur empoisonner la vie en racontant n'importe quoi ?

« Vous n'êtes pas loin du compte, pensa Ginny. Je suis jalouse parce que vous avez Finn et que vous ne le méritez pas. Vous le trompez, ce que je ne ferais jamais… Et zut, tout le monde nous regarde. »

— Je n'ai pas menti, dit-elle.

— Vous craquez pour lui, hein ? C'est pour ça que vous étiez dans l'appartement cet après-midi ? Vous espériez qu'il vous remarquerait ?

— Bon, ça suffit, intervint Evie en entraînant Tamsin vers la sortie. Vous n'êtes pas dans votre état normal, je vais vous rac…

— Lâchez-moi ! hurla Tamsin en se dégageant.

Elle attrapa une carafe de vin blanc sur la table la plus proche et en arrosa Ginny.

— Sale garce ! Vous avez foutu ma vie en l'air !

Dans le restaurant, tout le monde retint un cri d'effroi. Pour la seconde fois en quelques minutes, Ginny faillit lâcher ses deux assiettes de fondant au caramel. Puis, derrière un rideau de vin blanc, elle constata que, de toute façon, elles étaient pleines de vin et ne pouvaient plus être servies. Eh bien, fichues pour fichues…

— Aaaaargh ! hurla Tamsin, qui ne s'attendait pas qu'une serveuse réagisse de la sorte.

Elle fit un bond en arrière et baissa les yeux sur son tee-shirt et son jean maculés de caramel dégoulinant.

— On dirait que ce n'est pas votre jour, commenta Ginny. D'abord votre vie qui est foutue, et maintenant votre garde-robe.

Evie avait repris Tamsin par le bras et, cette fois, elle tint bon. Tamsin, rouge de colère, se mit à taper des pieds en hurlant. Un peu partout dans le restaurant, les clients étouffèrent des rires.

À la table qui avait commandé les fondants au caramel, l'un des convives regarda Ginny et demanda d'un ton hésitant :

— Euh… ils étaient pour nous, ces fondants ?

Ginny tenait à peine debout, mais elle parvint malgré tout à s'exprimer d'une voix normale.

— Je suis vraiment navrée. C'étaient les derniers, mais je vous recommande la tarte au chocolat.

Elle rentra chez elle dans un état second, mais, grâce à Dieu, sans avoir d'accident. Il n'était que 21 heures, ce qui eut pour effet de faire jaillir Carla de sa maison.

— Que se passe-t-il ? s'écria-t-elle en traversant la rue.

Ginny était à bout de nerfs et ne tenait pas en place. Elle lui raconta la scène en allant et venant dans le salon, puis conclut en secouant la tête :

— Cette fois, c'est bien fini, j'ai perdu mon boulot. Je vais partir m'installer à Scarborough.

— Assieds-toi. Calme-toi. Donc, il ne sait toujours pas que tu es enceinte. Tu es déjà allée à Scarborough ?

— Une fois, quand Jem était bébé, on y a passé des vacances. C'est bien pour la thalasso. Et c'est loin d'ici.

Le téléphone sonna. Ginny sursauta. Toutes ces péripéties et ces montées d'adrénaline, ce n'était sûrement pas bon pour le bébé.

— Ne réponds pas si tu n'en as pas envie, dit Carla.

Mais l'écran annonçait Jem.

— Maman ! Tu ne devineras jamais !

Même dans les pires moments, entendre la voix de Jem lui faisait un bien fou.

— Qu'est-ce que je ne devinerai jamais ?

— Marcus McBride a une maison au bord de la mer en Floride. Il vient d'envoyer un mail à Davy pour lui dire que si on voulait y aller en juillet, on était les bienvenus ! C'est génial, non ?

— En effet.

Un aller-retour pour la Floride, ça coûtait combien ?

— En plus, il nous offre les billets ! reprit Jem, surexcitée. C'est dingue, non ? On ne le verra pas, parce qu'il tourne tout l'été en Australie, mais quand Davy lui a demandé si on pouvait venir à trois, il a dit : « Pas de problème, plus on est de fous, plus on rit ! » Et il a même proposé à la mère de Davy de venir !

— Et elle a accepté ?

— Non ! Rhona a dit que c'était notre voyage et qu'elle resterait à Bristol. C'est un sacré progrès, parce que ce sera la première fois qu'elle et Davy seront séparés. Alors, tu es d'accord ? Je peux aller à Miami en juillet ?

— Bien sûr que oui, ma chérie.

— Super ! Et de ton côté, quoi de neuf ? Ça va ?

— Ça va, ça va. Carla est ici, elle me sert à boire.

— Laisse-moi deviner. Un grand verre de frascati frappé !

Ginny regarda Carla, qui, après avoir cherché du vin dans tous les placards, avait dû se résoudre à préparer un chocolat chaud et remuait la mixture avec une grimace de dégoût.

— Comment as-tu deviné ?

Quand elle eut raccroché, Carla lui tendit son chocolat.

— À elle aussi, il va falloir que tu annonces la nouvelle un jour. Avant que le bébé arrive, en tout cas.

— Je sais. Arrête de m'énerver.

Elles restèrent assises en silence un instant, Ginny perdue dans ses pensées, Carla hésitant à aller chercher une bouteille de vin en face. La sonnette de la porte d'entrée les fit sursauter toutes les deux.

— Pff, soupira Ginny, une main sur la poitrine. Je n'en peux plus de ces rebondissements.

— Je vais voir qui c'est, dit Carla.

— Non. C'est moi qui me suis mise dans une situation impossible, c'est à moi de gérer.

Son rythme cardiaque redoubla lorsqu'elle vit Finn.

— Je peux entrer ? demanda-t-il sur le ton de celui qui n'a pas l'intention de perdre son temps.

Il s'arrêta net en voyant Carla, puis, brusquement, demanda :

— Vous pouvez nous laisser ?

— Non.

— Carla, dit Ginny en penchant la tête en direction de la porte. S'il te plaît.

— S'il te plaît quoi ?

— Rentre chez toi.

— Mais il pourrait te couper en morceaux et te donner à manger à sa saleté de chat !

— Dehors, dit Finn.

— Oh, vous n'êtes pas drôle, vous... grommela Carla en sortant.

57

— Je ne suis absolument pas désolée pour les fondants au caramel, alors ne t'attends pas à des excuses. Et je vais démissionner, donc tu n'auras pas à me licencier.

— Je n'envisageais pas de te licencier, dit Finn. Tu n'es pas obligée de partir.

Oui, mais il n'avait pas toutes les données en main.

— Je partirai quand même.

C'était la meilleure solution. Mieux valait qu'il ne sache jamais la vérité.

— C'est terminé, au fait. Tamsin et Mae sont parties.

L'amertume et la douleur se lisaient sur son visage. Ce devait être tellement dur pour lui !

— Oh… je suis désolée. Sincèrement.

— Ça ne pouvait pas finir autrement. Essayer de reconstruire quelque chose avec Tamsin, c'était illusoire. Mais je voulais essayer, pour Mae. Seulement, on ne bâtit rien sur des bases pareilles. Ce n'est pas Tamsin qui a quitté Angelo, c'est le contraire. Elle me l'a avoué ce soir. Depuis des semaines, elle essayait de le récupérer. Et elle aurait réussi, si son plan pour ce week-end avait fonctionné. Elle ne sait toujours pas comment tu as eu vent de ses projets, d'ailleurs.

— C'est Carla qui l'a entendue en parler au téléphone, chez le coiffeur.

— Encore Carla. J'aurais dû m'en douter… Quoi qu'il en soit, c'est terminé. Elles sont parties. Et je ne pense pas que je les reverrai.

Malgré son calme apparent, il devait souffrir le martyre. Ginny avait des remords.

— Mais tu pourrais, si tu voulais.

Finn secoua la tête.

— Non, c'est fini, pour de bon. En ce qui me concerne, il n'y a plus rien entre Tamsin et moi depuis longtemps. Et Mae n'est pas ma fille. Lui dire adieu m'a énormément coûté, mais ça n'a pas été aussi dur que l'an dernier. Cette fois, c'était… inévitable, d'une certaine façon.

— Vraiment ?

— Vraiment. En réalité, pour être totalement honnête, je cherchais depuis un certain temps un moyen de me sortir de cette situation. Et pour Mae, il valait mieux que cela arrive maintenant que plus tard. La vie ne prend pas toujours le tour qu'on aimerait, n'est-ce pas ? On pense qu'on maîtrise la situation, et en fait, non. C'est comme prendre un avion pour Venise et se retrouver à Helsinki.

Ginny ne savait plus quoi faire.

Dis-lui que tu es enceinte.

Je ne peux pas. Je n'y arrive pas.

Allez, dis-lui.

— Gavin et moi avons passé notre lune de miel à Venise. Peut-être que j'aurais mieux fait d'aller à Helsinki, s'entendit-elle dire.

Elle avait voulu faire un trait d'humour, pour lui changer les idées, mais de toute évidence, Finn n'était pas d'humeur à rire.

— C'est ce que tu as pensé à l'époque ? demanda-t-il d'un ton presque agressif qui dérouta Ginny.

— Non, bien sûr que non. Je connaissais Gavin, mais j'étais jeune et stupide, je pensais pouvoir le changer.

— Et aujourd'hui ?

Elle haussa les épaules.

— Aujourd'hui, je suis vieille et stupide. Mais cette fois, il m'a dit qu'il avait changé.

— Et tu le crois ?

Les taches d'un léopard pouvaient-elles disparaître ? Pourtant, Bev et Gavin semblaient réellement heureux ensemble.

— Je suis romantique, dit-elle. J'ai envie d'y croire.

Elle avait le sentiment que Finn voulait lui dire quelque chose. Comment réagirait-il si elle lui annonçait la nouvelle maintenant ?

Allez, dis-lui.

Non.

— Bien, dit brusquement Finn. Alors, bonne chance.

— Merci.

Voilà, c'était fait. Démission acceptée, sans autre forme de procès. Elle ne retournerait pas travailler au restaurant.

Finn s'en alla sans se retourner. Seigneur, quelle soirée ! Ginny passa ses mains sur son visage, puis dans ses cheveux. Trop éprouvée pour pleurer, elle prit son téléphone pour composer le numéro de Carla, même si, à n'en pas douter, celle-ci devait être en train de regarder Finn monter dans sa voiture.

La sonnette retentit de nouveau. Carla avait dû piquer un sprint pour traverser la rue, songea Ginny en allant ouvrir.

— Tu fais une grosse bêtise. Je n'arrive pas à croire que tu puisses être aussi naïve.

— Quoi ?

Finn la regardait comme s'il était en colère.

— Gavin. Il va te briser le cœur encore une fois.

Stupéfaite, et en même temps terriblement contente de le revoir, Ginny demanda :

— Il va me briser le cœur ? Mais de quoi parles-tu ?
Ce fut au tour de Finn d'être étonné.

— Tu ne sors pas avec Gavin ?

— Ne parle pas de malheur ! On est divorcés depuis bientôt dix ans. Je suis allée dîner avec lui et sa nouvelle copine hier soir. Elle s'appelle Bev, et elle est charmante. Et attention : elle est aussi vieille que moi !

— J'ai cru que Gavin et toi vous étiez remis ensemble, dit Finn, les sourcils froncés. Quand je suis passé hier, il portait ta robe de chambre.

— Sa chaudière était en panne. Je lui ai dit qu'il pouvait venir prendre sa douche à la maison, c'est tout. Non, crois-moi, si j'envisageais une seule seconde de remettre le couvert avec Gavin, je demanderais moi-même à être enfermée.

— Excuse-moi. J'ai tout compris de travers. Et… euh… tu penses que ça va marcher, avec cette Bev ?

— Honnêtement ? Non. Bev est super, mais Gavin ne changera pas. Je leur donne encore quelques semaines, puis le goût de la nouveauté aura perdu son attrait…

C'était un bien étrange sujet de conversation, après tout ce qui venait de se passer ce soir-là, mais Ginny poursuivit malgré tout :

— Je crois que Bev en est consciente aussi. Hier, pendant le dîner, elle a dit que si ça ne marchait pas, au moins, elle pourrait oublier Gavin, alors qu'avant, elle n'arrêtait pas de penser à lui.

Il y eut un long silence, puis Finn lâcha :

— Pas forcément.

— Pourquoi ?

— Ça ne fonctionne pas toujours comme ça.

— Enfin, bon, ils sont grands, tous les deux.

Finn la fixait, et Ginny se sentit rougir, gênée par l'intensité de son regard.

— Pourquoi me regardes-tu comme ça ?

— Sans doute parce que j'ai couché avec toi et que je ne suis pas arrivé à t'oublier.

Ginny sentit ses jambes se dérober sous elle.

— Qu... quoi ?

— Excuse-moi. Tu m'as posé une question, j'ai répondu franchement. Je sais que tu ne cherchais qu'une aventure d'un soir, mais moi, je n'ai pas réussi à t'oublier. Même pas un tout petit peu. Évidemment, vu ma situation, je ne pouvais rien dire jusque-là, et peut-être que je ne devrais rien dire maintenant. Mais j'ai eu une journée un peu difficile, et j'avais besoin que tu saches ce que je ressens pour toi. Pour ne rien te cacher, c'est ce que j'éprouve depuis que Tamsin est revenue.

Il était ému, Ginny l'entendait dans sa voix. Elle-même avait la gorge si serrée qu'elle eut du mal à prononcer ces deux petits mots :

— Moi aussi.

Elle vit nettement Finn vaciller.

— Vraiment ?

— Oh, oui. Oui, vraiment.

Il l'embrassa. Jamais elle ne s'était sentie aussi vivante, et aussi terrifiée. Lentement, elle se dégagea, ferma les yeux.

— Il... il faut que je te dise quelque chose.

Cette fois, Finn n'avait plus envie de la prendre au sérieux.

Tu étais un homme jusqu'à tes vingt ans ?

Si seulement !

— Je... je ne l'ai pas fait exprès.

— Quoi donc ?

Le courage lui manqua.

— Non, je ne peux pas.

C'était trop dur.

— Bon, dit Finn. C'est une bonne ou une mauvaise nouvelle ?

— Je n'en sais rien.

— Je t'aime. Est-ce que ça t'aide à me le dire ?

Les larmes perlèrent à ses yeux.

— Je suis enceinte.

— C'est vrai ?

— Oui.

Elle vit l'expression de Finn et comprit aussitôt à quoi il pensait.

— De toi ! Le bébé est de toi, je te le jure ! ajouta-t-elle en éclatant en sanglots. Je n'ai couché avec personne d'autre depuis des années ! Je suis désolée !

À son grand soulagement, Finn se détendit et sourit.

— Tu n'as pas à t'excuser. Je suis plutôt content que tu n'aies couché avec personne d'autre.

Il baissa les yeux sur son ventre et demanda :

— Tout va bien ?

— Pour le bébé ? Oui, j'ai passé une échographie.

— Avais-tu l'intention de me le dire ?

— Non. Je pensais partir m'installer à Scarborough. Jusqu'à cet après-midi, tu avais déjà une famille.

Finn la prit dans ses bras.

— J'avais une fille qui n'était pas de moi et une petite amie que je n'aimais pas. Pire encore, j'étais amoureux d'une de mes employées à qui je ne pouvais rien dire parce qu'elle s'était remise avec son ex-mari... Attends un peu. C'était quoi, cette histoire de préservatifs, alors ?

Enfin une question à laquelle elle pouvait répondre. Les deux préservatifs qu'elle et Carla avaient examinés se trouvaient toujours dans la cuisine. Elle alla les chercher.

— Tamsin voulait un autre bébé, l'an dernier, mais tu n'étais pas très chaud. Alors, elle a percé tous ceux de la boîte.

Finn fit glisser son doigt sur le sachet et sentit la présence d'un petit trou.

— Heureusement que ça n'a pas marché.

— Sauf que ça a marché. Mais pas avec elle.

— Incroyable ! Tamsin a enfin fait quelque chose de bien ! Tu sais quoi ? Je me demande si je ne suis pas en train de vivre le plus beau jour de ma vie. On devrait fêter ça.

Il l'embrassa, et Ginny se sentit défaillir de désir. Mais elle se dégagea.

— Il vaut mieux que j'appelle Carla. Elle doit se demander ce qui se passe.

— C'est une fille intelligente. Je suis sûre qu'elle devinera.

— Oui, mais elle déteste ne pas être sûre à cent pour cent. Telle que je la connais, elle viendra tambouriner à ma porte jusqu'à ce que j'ouvre.

Le portable de Ginny était sur la table. Finn s'en empara et chercha le numéro de Carla. Cette dernière, de toute évidence sur le qui-vive, décrocha à la première sonnerie.

— Je l'ai vu partir et revenir sur ses pas. Je n'en peux plus d'attendre, moi ! Soit vous vous envoyez en l'air, soit vous vous disputez comme des chiffonniers !

— La première supposition est la bonne, dit Finn.

— Aaahhh ! s'écria Carla.

— Merci. C'est ce qu'on pense aussi. Et ce serait bien si vous ne veniez pas en courant, parce que Ginny et moi, on est sur le point de monter dans la chambre.

Ginny lui prit le téléphone des mains et ajouta en riant :

— Et on risque d'y passer un certain temps !

Le lendemain matin, il lui fallut passer un autre coup de fil. À Jem.

— Bonjour, ma chérie. Comment vas-tu ?

— Ça va bien. Au fait, j'ai oublié de te demander, hier. Tu as reçu les photos que je t'ai envoyées par mail ?

Ginny sourit, parce que le bonheur de Jem était contagieux, et les photos de Davy, Lucy et elle à roller lui avaient fait chaud au cœur.

— Jem, j'ai une nouvelle à t'annoncer. Ça va peut-être te faire un choc.

— Mon Dieu ! Tu es malade, c'est ça ? C'est grave ?

— Non, non ! Dieu merci, je vais très bien ! dit Ginny en serrant la main de Finn, en quête de soutien moral. En fait... je suis enceinte.

Il y eut un silence. Puis Jem soupira, attristée :

— Oh, maman. Je ne sais pas quoi dire. Je suppose que c'est de Perry Kennedy.

— Non ! Dieu merci, non !

Après un instant de stupéfaction, Jem s'emporta.

— Maman ! Est-ce que tu te rappelles le sermon que tu m'as fait quand je suis partie à la fac ? Tu n'en finissais pas de me dire de faire attention, et ceci, et cela. Et aujourd'hui, tu m'annonces comme ça que tu es enceinte, mais pas de ton ex. Est-ce que tu as une petite idée de l'identité du père, au moins ?

Finn souriait en entendant la réaction de Jem. Ginny lui tendit le téléphone. Mais il leva les mains, hilare.

— Oh, non, pas question. Cette fois, je te laisse faire !

58

L'été était passé, laissant place à l'automne. Les feuilles rouge et or s'amoncelaient le long des voies, menaçant de perturber le trafic ferroviaire. Ginny repensa à l'année précédente, à la même époque, quand elle aurait tout donné pour qu'une chose pareille arrive. Puis elle ferma les yeux pour empêcher les larmes de couler, parce que même si elle se sentait plus capable aujourd'hui d'accepter le départ de Jem, son état la rendait extrêmement sensible à tout, et elle pleurait comme une madeleine dès que l'occasion s'en présentait.

Heureusement, il y avait de la distraction sur le quai.

— Arrête, dit Jem.

— Arrête quoi ? demanda Gavin d'un air innocent, ce qui n'était jamais bon signe.

— De mater la fille, là-bas.

— Je ne matais personne.

— Papa, je t'ai vu. Et on t'a aussi vu faire du plat à la fille du guichet, maman et moi.

— Ça s'appelle être sociable, protesta Gavin. Vous pourriez quand même me laisser le bénéfice du doute, de temps en temps.

Après vingt ans ? Impossible, pensa Ginny en levant les yeux au ciel. Elle plaignait Bev. Leur relation durait depuis quatre mois, c'est-à-dire beaucoup plus longtemps qu'on n'aurait pu l'imaginer. Mais désormais, tels les participants à *Secret Story* et autres *Loft*, Bev en était réduite à s'accrocher comme elle le pouvait, évitant chaque semaine l'éviction de justesse. Elle avait fait son temps et le savait, mais n'avait pas encore trouvé le courage de s'en aller.

Gavin ne changerait jamais.

Jem était au téléphone, à présent, probablement avec Lucy. Elle avait hâte de rentrer à Bristol.

— Le train arrive dans cinq minutes. J'ai deux bouteilles de vin dans ma valise, et deux gâteaux faits par Laurel. On mange des pâtes, ce soir ?

Ginny la regarda, le cœur débordant d'amour et de fierté. Encore bronzée après ses trois semaines à Miami, Jem était une jeune fille de dix-neuf ans sûre d'elle et pétillante, qui abordait sa deuxième année à l'université avec enthousiasme. Elle allait partager un appartement avec ses deux meilleurs amis. Pauvre Rhona, laisser partir Davy n'avait pas été facile pour elle…

— Ginny ? C'est toi ?

Ginny se retourna et se retrouva nez à nez avec une femme imposante, boudinée dans un manteau en tweed, qui, de toute évidence, la connaissait.

— Mais oui, c'est bien toi ! s'écria l'inconnue. C'est incroyable ! Comment vas-tu ?

Que faire ? Feindre de la reconnaître et bluffer, ou admettre sa défaite et risquer de la blesser ?

— Mais je vais très bien. C'est dingue de se retrouver ici, non ?

Et comme il était déjà trop tard pour reculer, Ginny se laissa plaquer contre le tweed et embrasser sur les deux joues.

— Je rentre chez moi. J'étais venue voir ma vieille tante à Tintagel. Je suis tellement contente de te revoir… Tu n'as pas changé !

« Toi, si », pensa Ginny, fouillant frénétiquement sa mémoire à la recherche d'un indice qui la mettrait sur la voie. Mais qui était cette personne ?

— Moi, j'accompagne ma fille, dit-elle pour faire diversion.

— Ta fille ! Eh bien ! Comment s'appelle-t-elle ?

— Je m'appelle Jem, répondit cette dernière, qui venait de raccrocher. Maman ? Tu nous présentes ?

— Euh... chérie, je te présente... euh...

Plaçant sa main devant sa bouche, Ginny fit mine d'être prise d'une quinte de toux.

— Ravie de te rencontrer, Jem. Moi, c'est Theresa Trott. Ta maman et moi étions à l'école ensemble, il y a des lustres de ça.

— Ah, mais oui ! s'exclama Jem. Amisdavant. com !

Theresa eut un instant d'hésitation, puis retrouva son entrain.

— Oui, on peut le dire comme ça !

Ginny fit la grimace, regrettant que sa fille n'ait une mémoire d'éléphant.

— Je parlais du site Internet. C'est vous qui avez repris contact avec maman l'an dernier. Elle était allée vous voir à Bath, c'est ça ? dit Jem, ravie d'avoir fait le lien.

— C'était quelqu'un d'autre, souffla Ginny.

— Mais non. C'était Theresa Trott, je m'en souviens très bien.

— Mais je n'habite pas à Bath, j'habite à Ealing, dit Theresa, déconcertée, cette fois.

— Que se passe-t-il ? demanda Gavin.

— Papa, fais quelque chose avec maman, elle perd la boule.

— Bon, bon, d'accord, dit Ginny en levant la main. J'ai menti.

Mais Theresa semblait décidée à passer outre toutes les invraisemblances. Elle serra la main de Gavin.

— Donc, vous êtes le mari de Ginny. Enchantée. Oh ! Mais qu'est-ce que je vois ?

Ses yeux s'étaient écarquillés. La veste de Ginny venait de s'ouvrir, révélant une incontestable rondeur.

— Nom de nom ! s'exclama Gavin en fixant le ventre de Ginny. Mais d'où ça sort, ça ? Il n'est pas de moi, c'est certain !

Il se trouvait drôle, comme d'habitude. Ginny sentit quelque chose de doux lui caresser une jambe. Soulagée, elle se baissa et prit le petit chien dans ses bras. Puis elle se tourna vers Finn, qui était allé faire faire ses besoins à Rocky devant la gare.

— À l'aide, s'il te plaît.

Il sourit à Theresa Trott.

— Laissez-moi vous expliquer. Gavin est l'ex-mari de Ginny. Moi, je suis son futur mari, et le bébé est de moi. Le chien est à nous, aussi. Il s'appelle Rocky. Le bébé est pour janvier et Ginny doit m'épouser peu après.

— Ce sera mon beau-père, dit Jem avec un large sourire, en glissant son bras dans celui de Finn.

— Oh, comme c'est charmant, fit Theresa. Eh bien, mes félicitations ! Moi, je ne me suis jamais mariée.

D'un regard sévère, Ginny ordonna à Gavin de garder ses commentaires pour lui. Theresa était grosse, permanentée et habillée comme une mémé, mais ce n'était pas une raison pour se moquer d'elle.

— Ah, mais on ne sait jamais, dit Finn. Ça peut arriver n'importe quand !

Et voilà. Ginny soupira d'aise. C'était ça, la différence entre Finn et Gavin. Cette fois, elle avait fait le bon choix.

Theresa, les joues tremblantes de gratitude, décocha un sourire radieux à Finn.

— C'est ce que papa et maman me disent toujours. Mais racontez-moi un peu. Comment vous êtes-vous rencontrés, tous les deux ?

Ginny sentit le bébé bouger dans son ventre. Au loin, on entendait le train approcher.

— À vrai dire, je l'ai prise en flagrant délit de vol à l'étalage, dit Finn.

Découvrez les prochaines nouveautés de nos différentes collections J'ai lu pour elle

AVENTURES & PASSIONS

Le 1er avril :

La forteresse des Highlands **Kathleen Givens (n° 8923)**

La vie de Margaret MacDonald paraît toute tracée. En tant que fille de lord, elle épousera celui à qui elle est promise depuis l'enfance, puis elle vivra à la cour du roi d'Angleterre. Cet avenir est bien différent de celui que lui a prédit une voyante : « Il te faudra affronter des dragons, ma fille ! » Élucubrations de sorcière, sans doute. Pourtant, quand Margaret surprend son fiancé au lit avec sa meilleure amie, elle se rebelle. Il a trahi sa confiance, elle ne l'épousera pas, quoi qu'en dise le roi ! Mais son destin va être bouleversé par une horde de Vikings sanguinaires et sa rencontre avec un guerrier celte à la chevelure d'or.

Le maître-chanteur **Julie Garwood (n° 5782)**

Lady Gillian n'a pas le choix. Si elle veut sauver son oncle, retenu prisonnier par le félon Alford, il lui faut retrouver le trésor que convoite ce dernier et se rendre en Écosse, alors qu'une guerre sans merci oppose l'Angleterre aux Highlanders. Brodick, chef du clan Buchanan, admire le courage de Gillian. Et, peu à peu, succombe à l'amour. Qu'importe, qu'elle soit Anglaise, elle sera sienne...

Les Carsington —1. Irrésistible Mirabel
Loretta Chase (n° 8922)

Alistair Carsington, troisième fils du comte de Hargate, est un jeune homme charmant, qui a pour seul défaut de tomber amoureux du premier jupon qui passe, ce qui ne lui attire que des ennuis. Deux ans après son retour de Waterloo où il a été grièvement blessé, il est devenu un parfait dandy qui ne s'intéresse qu'à sa toilette et dépense sans compter. En désespoir de cause, lord et lady Hargate le mettent en demeure de trouver une occupation sérieuse ou de se marier. Son ami, lord Douglas Gordmor, qui veut creuser un canal dans le Derbyshire, lui propose de l'aider à vaincre les réticences des habitants de Longledge Hill. C'est là qu'il rencontre Mirabel Oldridge, la fille du plus gros propriétaire terrien et la plus farouche opposante au projet de canal...

Nouveau ! 2 rendez-vous mensuels aux alentours du 1er et du 15 de chaque mois.

Le 15 avril :

Les sœurs Lockwood —1. La belle et l'espion ☙
Julie Anne Long (n° 8925)

1820. Susannah Makepeace a grandi dans le luxe et reçu la meilleure éducation. Elle a tout, sauf l'amour d'un père distant. Le jour où celui-ci meurt assassiné, Susannah apprend avec stupeur qu'il la laisse sans un sou ! Mise au ban de la société, la jeune fille quitte Londres pour s'installer au village de Barnstable. Elle y rencontre Christopher Kit Whitelaw, un drôle de personnage qui se dit naturaliste et prétend avoir besoin de ses talents de dessinatrice pour constituer un herbier. Comme il est aussi très séduisant, Susannah accepte. Bientôt d'étranges incidents se produisent et il devient vite évident que quelqu'un cherche à la tuer…

La Viking insoumise ☙ **Johanna Lindsey (n° 3115)**

Norvège, IXe siècle. Kristen Haardrad a été capturée par Royce de Windhurst, mais jamais elle ne s'avouera vaincue. Le Saxon n'en revient pas. Elle ose lui résister ! Une jeune Viking blonde, fière, qui éveille en lui un désir irrésistible. La prendre de force serait trop facile. Elle sera sienne, de son plein gré, par amour. Mais Kristen n'a qu'une idée : venger la mort de son frère. Le meurtrier ? Royce, bien sûr !

La mariée fugitive ☙ **Karyn Monk (n° 6841)**

Décidément assister à un mariage est une perte de temps ! Des affaires urgentes attendent Jack Kent en Écosse. En outre, il connaît à peine le duc de Whitcliffe, un vieillard arrogant. Quant à Amelia Belford, la richissime jeune Américaine sur laquelle le duc a jeté son dévolu, Jack ne l'a jamais rencontrée. Il s'esquive dans le jardin. Soudain, un léger cri lui fait lever les yeux vers la balustrade. La mariée vient de l'enjamber pour se laisser choir dans le vide. Et la voilà qui se relève pour s'enfuir à toutes jambes, dans un nuage de tulle et de dentelle !

Si vous aimez Aventures & Passions,
laissez-vous tenter par :

Passion intense

Quand l'amour vous plonge dans un monde de sensualité

Le 15 avril :

Les charmes discrets de Beatrix ⌘ **Emma Holly (n° 8926)**

Style et sensualité. Pouvoir et passion... Quelque chose d'indéfinissable incite à entrer dans la boutique parisienne Meilleurs Amis où la frontière entre travail et plaisir s'estompe inexorablement. Personne ne le sait aussi bien que Beatrix Clouet, la fille de la sulfureuse fondatrice qui, à sa mort, laisse la chaîne de boutiques de luxe entre les mains de Philip Carmichael, le beau-père de Bea. Le moment est enfin venu de vérifier si l'attirance qui couvait entre Philip et la jeune fille se concrétisera.

Quant à Lela Turner, la meilleure amie de Bea, elle doit diriger la boutique de New York. Ayant besoin de cours de gestion, Lela se tourne vers l'énigmatique Simon Graves. Ils signent alors un pacte : pour chaque leçon de Simon, Lea lui accorde une nuit de plaisirs. Mais Simon menace l'avenir de Meilleurs Amis et l'amitié la plus précieuse de Lela...

Ces deux meilleures amies devront mesurer le prix de l'amour et du sexe – tout en réalisant leurs fantasmes les plus fous...

Nouveau ! 1 rendez-vous mensuel
aux alentours du 15 de chaque mois.

Et toujours la reine du roman sentimental :

Barbara Cartland

Le 1er avril :

Les belles amazones (n° 727) *Collect'or*

Pour un premier baiser (n° 8921)

Le 15 avril :

Un terrible malentendu (n° 5074)

Nouveau ! 2 rendez-vous mensuels
aux alentours du 1er et du 15 de chaque mois.

8869

Composition
CHESTEROC LTD

Achevé d'imprimer en France (La Flèche)
par CPI BRODARD ET TAUPIN
le 4 février 2009. 51292

Dépôt légal février 2009.
EAN 9782290010167

ÉDITIONS J'AI LU
87, quai Panhard-et-Levassor, 75013 Paris
Diffusion France et étranger : Flammarion